U0679835

邓一光文集·中篇小说

猜猜我的手指

邓一光·著

四川出版集团 四川文艺出版社

图书在版编目（CIP）数据

猜猜我的手指 / 邓一光著. —成都：四川文艺出版社，
2012.8

（邓一光文集）

ISBN 978-7-5411-3494-4

Ⅰ.①猜… Ⅱ.①邓… Ⅲ.①中篇小说-中国-当代

Ⅳ.①I247.5

中国版本图书馆 CIP 数据核字（2012）第 090181 号

邓一光文集 中篇小说 CAICAIWODESHOUZHI
猜猜我的手指

责任编辑	贾　波　张春晓
责任校对	韩　华
责任印制	唐　茵等
封面设计	尚书堂
版式设计	史小燕　张　妮
封面题字	邢补生

出版发行　四川出版集团 四川文艺出版社

社　　址　成都市槐树街 2 号

网　　址　www.scwys.com

电　　话　028-86259285（发行部）028-86259303（编辑部）

传　　真　028-86259306

读者服务　028-86259285　028-86259287

邮购地址　成都市槐树街 2 号四川文艺出版社邮购部　610031

印　　刷	成都东江印务有限公司
开　　本	700mm×1000mm　1/16
印　　张	20.75
字　　数	300 千
版　　次	2012 年 8 月第一版
印　　次	2012 年 8 月第一次印刷
书　　号	ISBN 978-7-5411-3494-4
定　　价	35.00 元

版权所有，侵权必究。如有质量问题，请与出版社联系更换。

...目录

扬起扬落

一

我在办公室里接到一个电话，电话是一个陌生人打来的，那个陌生人说一口标准的普通话，口气很大，他在落实了我的身份之后对我说，你等着，然后把电话给了另一个人。

我一下子就听出电话那一头的人是谁了，我的口气立刻就变得很冷淡，我说，什么事？

电话的那一头有点迟疑，停了一会儿，说，蔚然，是我，我是姚三和。

我说，我已经听出你是谁了，说吧，有什么事？

对方又迟疑了一下，说，蔚然，我出事了，我现在被关在庆成街派出所，我有困难，需要你的帮助，事情是这样的……

我大致已经判断出那是一件什么事了，我还能猜测到刚才那个要通我电话的人是一位警察，我打断他的话说，你别从盘古王说起，有什么事就直截了当地说，我现在很忙，没有时间听你说古。

电话那一头有一阵没说话，然后他开口说，蔚然，我需要两万块钱。

我说，怎么，又骗到谁头上了，这回不是爹爹婆婆，不是黑道老大，换了警察追杀你？

电话那头说，蔚然，不是这么回事，不是你想象的那样，我一时半会儿说不清楚，你又不想听我说，总之我现在需要两万块钱，我在派出所已经关了两天了，如果今天拿不到这两万块钱，他们就会把我弄进去，你得救我，否则我就完了。

我说，姚三和，你听好了，我不会救你，我也不会给你两万块钱，我就是有也不会给你，在所有朋友当中，大概我是目前唯一还没有被你骗过的一个，我想把这个纪录保持下去。

电话那头有些急了，说，蔚然，你听我解释……

我再一次打断他说，我说过我没空，我现在得出去，有什么事咱们以后再说吧——对了，请你转告那位替你拨通电话的警察，他的普通话说得很地道，他不是本地人吧？

我说过这句话之后就挂断了电话。

电话放下不久，我办公室里的电话就开始响个不停，最先是王家物业有限公司董事长滕锦华打来的，然后是宝泰实业有限公司总经理徐方生打来的，接着是朋友出租汽车公司总经理占赋打来的，最后是大西部农庄的庄主程自祖打来的，他们的电话内容全都是一样的，告诉我那个人出事了，人在派出所里，也许现在已经不在了，被丢进了拘留所，等着另一拨警察来收拾他。他们知道这件事的起因是他们分别接到了一个电话，和我刚才接到的那个电话一样，有一个说一口标准普通话的人要通了他们，然后把电话转给了那个人，那个人找他们要两万块钱，他们全都拒绝了，这点和我一样，如果说有什么不同的话，那就是他们的拒绝在我之先，并且他们在拒绝之前，先找那个人要他早些时候从他们那里骗去的钱，在他们告诉我这些事的时候我粗略地估算了一下，这些钱加在一起的总数大约在十五万元左右。

这件事谈过之后，我们没有再谈那十五万块钱的事，我们谈了一些别的。对于我来说，钱这玩意儿是个温柔的陷阱，对于他们来说，钱这玩意儿什么都不是，而且在我们这一拨朋友的圈子里，他们都是商人，我是唯一的官员，他们和我都知道，在我们之间的交往中，钱是一个需要回避的话题，朋友要做下去，要做出朋友的样子来，这是一个禁区，只有在特殊的情况下这个禁区才会被打破。我和滕锦华聊了一会儿他的公司股票上市的情况，和徐方生聊了一会儿他在境外收购公司的情况，和占赋聊了一会儿他的某一位情人在电视台健康小姐比赛中拿名次的情况，和程自祖聊了一会儿前一阵子他的美国黑李子覆盖本市水果市场的情况，然后我们约了什么时候聚一聚，便各自收了线。

我的秘书在我接那些电话的时候走进我的办公室，把一些文件放在我的办公桌上，他第三次走进来的时候把那些文件拿走了。我的秘书神色平静，但我知道他偷偷地用眼睛的余光观察过我，我放下电话时心里想，他这个秘书当的时间是不是长了一点儿，有点深闺难养了？

二

那个人的名字叫做姚三和，是我的朋友。

我说的朋友，是指十几年前的事。

我们那时还很年轻，刚参加工作或者参加工作时间不长，热爱文学，充满理想，雄心勃勃地想当作家。我们在一个业余文学讲习班里听一些已经成了作家或者说自以为成了作家的人给我们讲课，这些人全都是那种才华横溢的样子，经历曲折，口才出色，他们给我们讲什么是文学和文学的使命，什么是人生的道路，他们神色庄严，口若悬河，激情着或者藐视着，他们的头发一般来说都很长，没有抹油，这样他们的样子就显得更具英雄主义，常常让我们敬佩得泪流满面。但是这些作家们他们都很清高，除了站在讲台上给我们讲文学的使命和人生的道路之外，他们一般不怎么理我们这些文学青年，有时候他们也理，但他们理的是那些女孩子，特别是那些单纯漂亮的女孩子，这让我们这些不是女孩不单纯漂亮的人很沮丧，我们沮丧过后就决心发愤图强，靠着自身不懈的努力，把自己也弄成一个口若悬河头发长长的作家，这样我们就成立了一个文学小组。

我们这个文学小组的成员来自四面八方，组员有十四个人。我那时大学刚刚毕业，分到政府机关工作；滕锦华在商业局当采购员，到处采购袜子和三洋牌录音机；徐方生在锅炉厂当机修工，整天油腻腻地修床子；卢森是奶制品厂的一名工会干事，管办墙报和组织女工们跳广播体操；占赋是一所小学的教师，教学生读《骄傲的孔雀》和《小蝌蚪找妈妈》；程自祖是郊区农民，种大白菜和养肉鸡；另外还有储天荣、王长江、安少林、刘旭、马启琪、朱晨、蔡向来几个人，都是青工或者别的什么，总之除了一份普通的工作和一大堆野心之外，剩下的一无所有。

我们这个文学小组的组长是姚三和，他是大家选出来的。

我们选姚三和当组长，是因为他是我们当中年龄最大的一个，我们那个时候都是二十出头，还有十几岁的，姚三和那时已经三十多岁了，他在一家水果店里当柜长，管着好几个人，是我们当中社会职务最高的，他是中专毕业生，工龄有十几年了，社会经历和经验都比我们丰富。我们选姚三和当组长还有一个原因，就是我们那时几乎没有人发表过作品，占赋写过一些新闻，被记者拿去后修改一下以本报记者和本报通讯员的名义发表了，卢森在工会里编一份厂报，他在自己编的报纸上发表过一些思想火花，而姚三和却已经在报纸上发表过两篇小小说和一首诗歌了，他在我们这些人当中是出类拔萃的，不夸张地说，差不多就是我们当中的作家了，就算我们不情愿，不选姚三和当文学小组的组长都说不过去。

在我们那个文学小组里，姚三和是核心人物，是小组的灵魂。他是一个非常有热情的人，他个子不高，人长得不魁梧，也说不上英俊，戴一副样式很一般的眼镜，一说话老是用手去推镜框，好像眼镜在那里阻止着他说话，他必须和它对抗似的。他的生活中充满了理想主义，他很敬佩那些给我们讲课的作家们，他把他们叫做精神世界的农民，伟大的农民，但是他是我们那个文学讲习班里最喜欢给作家们提问的人，他老是在作家们滔滔不绝地讲着他们苦难经历的时候站起来向他们提问，把他们弄得措手不及，让他们非常恼火。他读书很多，除了我之外，小组的成员差不多全是从他那里才知道了萨特、罗兰·巴特、弗洛伊德、马斯洛和米兰·昆德拉，而且即便是我这个刚从大学里毕业出来的文科大学生，在谈起席勒的人本主义和M·普鲁斯特的《追忆似水年华》来也不是他的对手，他会用最简单的道理和最丰富的语言把我给击败。

我那时对自己的一份工作不满意，我不想做一个小公务员，我想在文学史上青史留名，同时我天性不服气，总是和姚三和争论不休，可每一次姚三和都能轻而易举地击败我，让我非常恼怒。但是我也没有别的办法，姚三和的一张嘴太厉害了，不像我在大学演讲中学到的那些雕虫小技，中看不中用，同时他还经验丰富，对付我很容易，在我们之间的辩论中，总是以我的失败告终。不过，姚三和不是那种有了一点能力就一定要把所有的人都踩在脚下的人，他在小组里好几次公开说，文学是一门艰辛的事业，它需要耐得住寂寞，同时需要天分，说到天分，我们小组里蔚然的天分是最好的，蔚然最具有当作家的才华。这话让我听起来非常得意。

我们的小组经常利用业余时间进行活动，一般是每周活动一次，地点差不多都是在姚三和家里。姚三和的家在江边的棚户区，这里离码头很近，属于城市贫民聚集的地方。姚三和的家是一间用木板搭成的房子，房子很矮，又黑又潮，因为年头不短了，有些地方已经破烂不堪了。姚三和是我们当中唯一成了家的人，他的妻子叫陆志红，是一位印刷厂的排字工人，人很贤惠，每一次我们小组活动，她都事先把屋子打扫干净，把姚三和利用职权一块钱一大堆买来的烂梨子一个个削好，切成片，用盘子摆好，再给我们泡上茶，然后轻轻地掩上门，抱着刚刚学会走路的儿子到外面去坐着，和隔壁邻居聊天。她很骄傲地对邻居说，我丈夫他们在搞文学。如果我们在姚三和家里搞文学搞晚了，陆志红还会给我们下鸡蛋面吃。姚三和家里的经济情况并不好，而姚三和历来是一副干大事业人的样子，家里的事完全不管，他并不知道鸡蛋在那个时候的普通家庭里算得上是奢侈品，是给老人孩子和病人吃的，或者说他知道却并不买账，我们一去十四个人，陆志红给我们每人打两个鸡蛋，那是整整一篮，对一个普通家庭简直是排场了，姚三和却一点也不满意，他说陆志红，你怎么拿这种东西来给我们吃？这简直是打发叫花子，你就不想一想，托尔斯泰光吃鸡蛋能写出《战争与和平》来吗？我们听着有点不好意思，我们就在一边埋怨姚三和，说姚三和你不了解情况，你不能拿托翁来比，你拿托翁来比就比错了，我们现在还没有开始写《战争与和平》，我们还没有准备充分，我们现在还不能享受托翁的待遇，我们得把这种待遇留到以后再来享受。

我们都很尊敬陆志红，我们叫她嫂子。我们说，嫂子，你以后别给我们弄鸡蛋了，你以后就给我们光下面，你多放点猪油就行。我们还说，嫂子你就别出去了，外面冷，你就在家里待着，你待着听我们谈文学。陆志红先听了我们的，不出去了，抱着孩子坐在一旁听我们谈文学，她很喜欢听我们谈文学，她坐在那里，一点也不敢出声，额角上冒着细汗，若是遇上我们在那里吵架的时候，她就很紧张，把眼睛瞪得大大的看着我们，同时把怀里的儿子搂得紧紧的，好像我们吵架吵到一定的程度，就会跑过来从她怀里把她的儿子夺过去帮助我们吵架似的。但是陆志红坐在那里不动孩子却要动，陆志红不出声孩子却要出声，孩子在陆志红怀里待不住，要下地走，姚三和家的地是木板做的，年代太久远了，已经朽了，一走叽呀叽呀直响，弄得我们老是扭过头去看。陆志红见我们老是看，脸就红了，连忙说，我在家里待着会影响你们的，我不影响稗子也会影响你们的我还是出去吧。陆志红说着就把稗子抱走了。

我们都在那里点头，稗子是姚三和的儿子的名字，我们都觉得这个名字取得好。

我们从四面八方乘坐公交车或者骑着自行车赶到姚三和的家，先交流一下文坛动态，诸如谁在哪个刊物或者报纸上看到了一篇好文章，谁接到了编辑的亲笔退稿信，谁见到了某某知名作家在医院里拔智齿，等等，然后我们拿出各自这一周写的稿子来交流，大家互相看，再互相提意见，一边吃剜掉烂创部分的梨片一边开始脸红脖子粗的吵架。

这样的日子大约过了有一两年，后来卢森和占赋考进了报社当记者，再后来滕锦华、徐方生、程自祖几个人下海做起了生意，我也下了决心在仕途上发展，打算在职考研，大家食尽飞鸟各投林，离开了小组，这个文学小组也就垮了。

我在那以后的十几年时间里从一个小职员做起，兢兢业业，自强自励，一直做到了现在局长的位置上；卢森到报社后发奋努力，他过去就有写思想火花的经历，再一发奋努力，前途就无可阻挡了，很快就当上部主任，成了本市很有影响的名记者；滕锦华先是在他们公司里搞承包，以后公司发达了，和一个台湾人合了资，他改换门庭，做了台湾人的代理，生意越做越大，做成了一个大型商业联合体，滕锦华当上了董事长；徐方生和程自祖各自做自己的老板，凭着精明和机遇，再加上一些众所周知的手段，也做成了气候，生意日益红火；占赋当了几年记者之后下了海，先凭着当记者时的老关系做广告，再办出租汽车公司，也发达了。这几个人生意做得都不错，报纸和电视台搞企业活动，常常能见到他们的名字，大小也算是本市的企业界名流了。

我们这些人几年后又聚在一起了，是占赋为一份批文找到我，他和滕锦华徐方生几个人因为生意上的事常有联系，事情办妥之后问我是不是老朋友聚一聚？我说，行。占赋就拨通了他们的手机。那天晚上占赋做东，我们在红莲花园老友相逢，把酒问霓虹，大醉一场，那之后我们就恢复了联系。

有一天我清理自己的书柜，清出一些文学书籍来，其中有一本《马克·吐温传》，那里面有一段文字吸引了我，那段文字如下：

马克·吐温动笔写《汤姆·索亚历险记》的时候，他就已经开始创作一部比他所有的作品更富有戏剧性的真实故事。他为这部巨著花费了四十年的时光；它简直发展成为一个文学宝库的规模了。他在那份无止境的手稿里，不但要叙述一个人的举止和言谈，描绘他的外表，还要表达他的思想情怀——"那昼夜不息、迸发翻腾的火山般的烈焰"。

那天晚上我做了一个梦，我梦见自己变成了那个名叫熊湾的美国南方小镇上的一个孩子，我顶着傍晚时骄阳的炙烤，穿过街道两旁那些木板墙的白色小顶屋子和那些被阳光晒得冒烟的老式小木屋，躲开一辆飞驰的马车，到赛尔迈斯开的杂货铺里替妈妈买六分钱一磅的黄油、三分钱一打的鸡蛋、五分钱一磅的含糖咖啡和一角钱一加仑的当地酿造的威士忌酒，并且在那里和莉奇·霍金斯太太的女儿，那个穿着一件拖地长袍，头戴一顶遮阳帽，长了一头漂亮黄发的安妮·萝丽斗嘴。我在路上就着一大口烧酒偷吃了一点新奥尔良糖蜜，然后含着一片切片的嘴嚼烟叶回了家。

我得承认，那是我在成年之后做过的最好的一个梦。

<h2 style="text-align:center">三</h2>

一个小时后，名记者卢森打电话来，问我知不知道姚三和的事。我说知道了。卢森叹息了一阵，说姚三和这个人英雄有难，是要遭受九九八十一劫的，否则成不了正果。

卢森一直和我有联系，但他从来不和滕锦华占赋他们来往。那一次老朋友聚会我通知了他，他一口拒绝了。他说他瞧不起他们，他说他们是一些肮脏的虱子，他说经他的手已经毙掉了好多吹捧他们的稿子，他说迟早有一天他会找一个机会把这些虱子本人给毙掉的。

我对卢森的表现一直很奇怪，卢森对成功了的滕锦华徐方生占赋程自祖们一万个看不起，对不成功的姚三和却从不鄙视，他的咬牙切齿和叹息实在是一种耐人寻味的反差，不过他说虱子的话有点意思，而且他说毙掉他们，这话充满了血腥味，让人想到用一只大口径的滑膛枪冲着一只肉眼都难以看清的虱子开火的决绝和仇恨，我相信卢森是仇恨滕锦华他们的，当然这个话我不会对滕锦华占赋他们说。

我们在电话里又说了一会儿别的话，然后把电话挂了。

卢森挂断电话后，占赋把电话打了进来。

占赋在电话里说，我已经弄清楚姚三和的情况了。

我说，说说吧，是怎么回事？

占赋说，你现在手头没公务吧？

我说，没有。

占赋就在电话里把他了解到的情况告诉了我。

姚三和自荐到电视台科技部当制片人，为电视台科技部搞活动（电视台里有大量这样的制片人，他们一般都是那种活动能力很强的人，在企业中有各种各样的关系网，能打着电视台的牌子拉来赞助，并从这些赞助中按比例与电视台分成，占赋当年起步的时候也干过这种事，按占赋的说法，这些人和电视台的关系，是牛虻和牛的关系）。姚三和与电视台不是第一次合作了，他在职业文化活动家的圈子里名气很大，有很多传奇的事迹流传于世，那些事迹几乎全是空手道，说出来精彩至极，若不计算事迹所涉金额，只说手段，一点也不比那个拿着一堆罐头从独联体把飞机弄回来的牟其中玩得差。姚三和与电视台科技部签订了一份"科学家与科学"文艺晚会的活动合同，姚三和负责筹集晚会所需的六万元钱，电视台向姚三和提供电视台的招牌、与赞助商签订合同所需各种手续、三份进出电视台大门的工作证。电视台方面最先是发现姚三和私下里滥用权力，他在与赞助商谈合同时胡乱许愿，答应赞助商在晚会现场悬挂广告牌，应邀参加晚会的著名科学家为产品做广告，告诉电视观众自己使用的是赞助商的产品，在晚会上要赞助商面对镜头向电视观众问好，甚至许愿让那些著名的科学家为赞助商做顾问。姚三和找了十几家赞助商，每一家他都这样的和人家签合同，科技部知道这些情况之后就把姚三和找去了。科技部对姚三和说，老姚，我们部虽然和你是第一次合作，但你的名气我们是知道的，你吃电视这碗饭也不是一次两次了，你应该明白吃电视这碗饭的规矩。姚三和说，我明白，我怎么能不明白呢？科技部说，既然如此，你就该知道，"科学家与科学"这样的晚会不是甲A赛，不可能满台挂广告，更不可能让著名科学家来给赞助商做广告，尤其不可能让他们给赞助商当什么顾问，你要让他们这么做他们会当场就踢凳子走人。姚三和说，没有你说的这么厉害，科学家也是人，科学家也不是油盐不进，我跟中央台也搞过这样的活动，我清楚。科技部说，我们不是中央台，我们就是中央台也不能这么搞，我们这么搞会把规矩搞坏。姚三和说，规矩我明白，其实我和赞助商这么签合同，并不是真的都得按合同来办，我那是为了合同签得顺利一点。科技部一听吓了一跳，说，你别说这个，说这个就更不行了，你就是欺骗了，老姚你赶紧给我打住，要么你和赞助商的合同重签，要么咱们之间的合同终止。姚三和一口答应，说不再许愿挂产品广告，不再让那些著名的科学家当长工。但是姚三和嘴上这么说，背地里仍然一如既往，合同越签越多，到后来竟签了几十万元的合同。科技部发现无法操纵姚三和了，姚三和根本就不是一个受人操纵的人，他是一个拿着一根棒槌就敢去捅天的人，采到一棵小草就敢承包火星绿化工程的人，科技部就立刻中止了和姚三和的合同，收回了工作证，并且和赞助商方面了结合同关系。谁知合同可以终止，姚三和那一头却已经做下了不少事，他和那些赞助商签合同，有的赞助商提供了不少实物，比如家用电器、服装、食品、饮料，这些东西姚三和全都不知弄到哪里去了，总之它们全都失踪了，合同终止时赞助商要求退东西，东西退不出来，赞助商找姚三和，姚三和躲了，找不到他的人，赞助商就找到电视台。电视台拿出已经和姚三和终止的合同给赞助商看，双方正扯着皮，一家酒店找来了，拿出一份合同来找电视台结账，电视台一看合同大吃一惊，原来姚三和私刻了一枚"××电视台科学家与科学大型晚会摄制组"的公章与这家酒店签订了一份含餐饮在内的住店合同，欠下了该酒店两万元钱，酒店凭着那份合同，说我们不找个人，只找单位，你们要不给钱我们就去法院起诉你们。电视台这下慌了，又找不到姚三和的人，只好把案子报到派出所，派出所的人找了姚三和两天，终于在一家招待所里把姚三和找到了。

我觉得占赋说的这个故事一点也没有什么精彩之处，如果说这个故事中的主人公不是姚三和而是别的什么人，我甚至不想听完它。不过我在听完这个并不精彩的故事之后还是有点不明白，我在电话里问占赋，姚三和不是在这个行当里很有名气吗？他不是搞过很多成功的大型活动吗？

占赋说，没错，他在本市的职业文化活动圈子里可以说是祖师爷，他也的确搞过不少活动，很多活动堪称这个行当的经典之作。

我说，既然如此，他应该是赚了不少钱的，他可以先从兜里拿两万块出来，把酒店的账结了，人出来，这个活动搞砸了，下个活动再来——你们是怎么说来着？十个坛子八个盖？

占赋说，姚三和的确赚过不少钱，他早期赚的钱说出来会让你吃惊，但是那些钱都被他花掉了，他现在是分文没有的一个穷光蛋。我只给你说一个细节，警察把他捕到之后，带着他到他的住处去搜赃款赃物，他在郊区租了一间农民的房子，房子里只有一张床，一张桌子，几个装衣服的电视机包装盒，一个煤气炉子和一堆爬满了苍蝇的快餐盒，床上的被子脏兮兮的堆在那里不知有多久没有叠过，除此之外什么值钱的东西也没有。警察说，像他这种情况，连从农村出来的大学生都比他强，大学生起码还有个随身听，他连那玩意儿都没有，警察就是因为这个才把他收进去的，说是怕他没有钱再跑了人，到时候交不了差，警察还是有眼力的。

占赋这么一说，我就想起来了，不久前姚三和到我这里来了一次，是托我找一位市一级的领导出面为他的一个活动当顾问，我拒绝了。他那次来见我的时候特意收拾了一番，穿了西装，打了领带，发式和皮鞋都精心处理过，但我看得出来，他的那套西装是从廉价商店里买来的，穿了不知多少朝代，袖口已经发毛了，领带上有一些油渍，头发是用水而不是发油梳理的。我后来在和滕锦华占赋他们聚会时说到这件事，他们告诉我，姚三和现在是单身，几年前陆志红和他离婚了，生活没人照料，整天在外面胡游荡，他过去又不是个能操持生活的，所以弄成那样，很正常。

我笑了笑，说，他怎么混得这么惨？

占赋在电话那一头打了个哈欠，说，姚三和的事没有什么说的了，他混到今天这一步，进去是迟早的事，总之这样的人现在到处都有，算不得稀奇。说实话，像我们这些人，哪一个不是属鱼的，在商业时代的塘子里混着，坑蒙拐骗的方式不同，无非是鲶吃肉鲩吃草鲢吃屎，各人在不同的水域里游着罢了——我也不和你说这些，我也不是给你打电话解剖自己的，我们这些人刚混出道，还轮不到做慈善赎罪和写自传忏悔，我是通知你，刚才徐方生来电话，他后天去北也门，说走之前聚一聚，你今晚有空没有？

我翻了翻办公桌上的记事本，说，什么地方？

占赋说，徐方生做东，去外商俱乐部，你别开车，我去接你。

四

我们这个文学小组的人当年全都雄心勃勃，虽然我们当中没有多少人发表过作品，但是这一点也没有让我们的狂妄自大有所收敛，我们每一个人都自信自己是一个正在经历人生苦难的伟大作家，正背着装有线装版《天问》的肮脏褡裢一脸倦容地行走在漫漫求索的路途之中，终有一天会脱颖而出，光照文坛的。

我们这样的人聚在一起，矛盾必然少不了，开始的时候小组还比较团结，后来就不行了，大家互相不买账，都觉得自己是小组中最优秀的，都要求另外的人承认自己，差不多每一次聚会都要吵架，弄得越来越不愉快。

姚三和在每一个小组成员中间尽量做着斡旋工作，他像个抱鸡婆，用尖喙梳理梳理这个，又用翅膀抚慰抚慰那个，极力维持着小组的安定团结局面。他痛心疾首地对大家说，你们应该知道这个世界有多么大，大家能走到一起来是多么的不容易，你们为什么要吵架呢？你们为什么不懂得互相敬爱呢？你们真的要像古罗马人那样彼此残杀才能解恨吗？你们真的要把对方牡蛎一般吞食下去才罢休吗？我们并不是用钢筋水泥做成的人呀，我们是一些用色彩和诗歌做成的人，我们就是这样的兄弟，嫉妒和仇恨会使我们像宋瓷一样悲哀地破碎掉，除此之外我们不会得到别的。

有一次小组聚会，聚会内容是为卢森在晚报上发表了一篇七十三个字的思想火花开庆功会。小组每一次有人发表了作品都要聚会庆祝一番，以示对先进的表彰和对后进激励，原则上是由发表作品的那个人把稿费拿出来做酒资，不够的部分由姚三和贴补，由于我们一般的情况下只能发表一些豆腐块文章，稿费有限，大多只有几块钱，所以实际上每一次都是由小组组长姚三和请客。

姚三和每一次都在家里请客，他要陆志红出去买菜回家来做，他说这样显得有气氛。姚三和总是挑剔陆志红买的菜，不是说买来的肉不够肥，就是说买来的鱼不够大，把陆志红弄得每一次都很紧张。

我们不喜欢姚三和那样，我们就批评姚三和，说，嫂子又要买菜又要做饭，已经够累了，她还要把稗子背在背上，免得稗子跑去动了你的稿子，你还要挑剔，你这样做太不像话了。

姚三和很严肃地说，给一位作家当夫人不是那么好当的，既要上得厅堂，又要下得厨房，夜里还要红袖添香，可以这么说，作家夫人是最具有挑战性的社会职业，若不经受各种挑剔，如何能够茁壮成长呢？

我们那时都没有结婚，缺乏经历，对姚三和说的这些话很困惑，心里想作家的夫人怎么成了一个社会职业了呢？而且这个职业还不是一般的职业，是个最有挑战性的职业，要接受百般的挑剔，如果是这样，那谁还愿意来做作家的夫人呢？我们就有点担心，但是我们一边困惑和担心，一边对姚三和的这番话感兴趣，尤其是对红袖添香这个说法感兴趣，我们就一起大声地背诵《女曰鸡鸣》："女曰鸡鸣，士曰昧旦。子与视夜，明星有灿。将翱将翔，弋凫与雁。弋言加之，与子宜之。宜言饮酒，与子偕老。琴瑟在御，莫不静好。知子之来之，杂佩以赠之。知子之顺之，杂佩以问之。知子之好之，杂佩以报之。"

大家说笑一番，陆志红把菜做好端上来，我们就开始为卢森祝贺。

大家纷纷给卢森敬酒，向卢森表示祝贺。卢森很激动，脸喝得通红，一副踌躇满志的样子，欣然接受我们的祝贺，并向我们传授他对文学的认识和经验，一而再再而三地表示决不辜负大家的希望，一定要谦虚谨慎，戒骄戒躁，再接再厉，争取创作出无愧于这个时代的伟大作品来。

卢森老这么表态，坐在一旁的占赋就不高兴了，占赋就拿鼻子哼了一声。

占赋那么一哼，卢森就不高兴了，卢森说，占赋你哼什么？

占赋说，我哼什么你管得着吗？我鼻子里有虫子，我爱哼，未必你还能拿这个题材创作出一首无愧于这个时代的伟大诗歌来不成？

卢森生气了，把酒杯往桌子上一放，说，占赋，你这完全是妒忌，是小人心眼，你除了一些新闻稿之外，一篇真正的文学作品也没有发表过，当然妒忌，这个我能理解。

占赋说，你能理解什么？你要能理解也不过是思想火花一类的东西，那也能算是真正的文学作品？你还让姚三和替你请客，真是不要脸。我现在是没有发表作品，我要发就轰轰烈烈地发，我也不会让人家替我请客，我在老会宾摆席正正规规地请大家吃一顿。

卢森气得要命，说，算了，我还是那句话，你现在创作上还没有起步，心理上不平衡，有怨气，我原谅你，但实话告诉你占赋，我能原谅你，你不能原谅自己，你得在自己身上找问题找差距，争取迎头赶上。

占赋说，我迎头赶上什么？我有什么好迎头赶上的？不就是思想火花吗？你也不要拿这个来吓唬人，你也吓唬不住人，我现在就编一段来让你见识见识——理想是我们每个人心中的风帆，我们靠着这个风帆一往无前，驶向成功的大海彼岸——怎么样，我连韵都押上了，比你那个要强得多吧？

卢森气急败坏，跳起来要和占赋打架。占赋一脚踹开了凳子，顺手从桌子上操起了啤酒瓶。卢森一看，把臭干子哗啦一下倒掉，装臭干子的大土碗卤汁沥沥地抓在手里。我们一看情况危急了，庆功会开不成了，大家身手熟练地扑过去，美式橄榄球似的，每五到六人对付一个，把卢森和占赋按小鸡似的按住了。占赋在我身下声嘶力竭地喊，放开我，我要杀了他！滕锦华扭着头在程自祖身下喊，卢森，把你的臭碗拿开，你把我的西装弄脏了！徐方生在储天荣的身下嘻嘻哈哈笑着喊，操你妈，谁的膝盖顶着我的小鸟了！姚三和站在那里一个劲地冲我们叫，你们住手！你们给我住手！陆志红听见屋子里有动静，连忙跑了进来，一看满地滚着的我们就愣了，她怀里抱着的稗子兴奋地从她怀里挣脱出来，摇晃着跑过来，咯咯大笑着一下子扑进人堆里。

事情过去之后，姚三和把卢森和占赋两个人都很严肃地批评了一顿，姚三和说，卢森发表了作品，是好事，占赋胸怀远大抱负，也是好事，这是小荷才露尖尖角和风雷积蓄的关系，是牛刀小试和知耻而后勇的关系，把这种关系弄混淆了，甚至弄成了对立关系就不是好事了，我们大家是一个小组的，我们应该团结，应该互相砥砺，取长补短，共同进步，在文学这条道路上齐步前进，而不是别的，至于说到我请客的事，这就没有必要了，就像我刚才说过的那样，我们是一个小组的，我是组长，我有这个责任来出面做东，我给大家说一句心里话，我希望我们小组的每一个人都能成为伟大的作家，如果我们小组每天都有作品发表，我愿意每天都做东请客，我就是把稗子卖了也不会让大家没有酒喝。

我们都被姚三和的话感动了，我们觉得姚三和的话说得太好了，我们在心里想，姚三和的境界这么高，我们这样的小组，姚三和不当组长谁还能当呢？我们还想，我们一定不辜负姚三和的希望，一定不辜负替我们打扫房间泡茶削烂梨子买菜做饭把守大门的志红嫂子的希望，一定要发愤努力，争取早日发表作品，当上伟大的作家，当然我们当上伟大的作家之后，是不会让姚三和把稗子卖掉的，稗子也不可能被卖掉了，因为作家一旦伟大了就变得富裕起来，就是天天上馆子吃东坡肉喝老缸陈酿都没问题，哪里还用得着拿稗子去换酒喝呢？

实际上，我们的想法并没有实现，事情过去了十几年，我们当年的那个小组至今没有出现过一个作家，在卢森和占赋那次争吵后不久，我们的文学小组就分裂了，先是卢森和占赋考进报社离开了小组，再是我决定在职考研离开了小组，然后是滕锦华徐方生程自祖下海经商离开了小组，我们的文学小组四分五裂，各自东西，彼此之间很长一段时间没有来往。在日后的十几年中，我们的文学小组出现了我这样的官员，滕锦华徐方生占赋程自祖这样的商人，卢森这样的名记者，我们有着各自的文牍，比如官员的文件商人的账目以及记者的新闻稿，但是这与作家和文学相去甚远。在那以后的日子里，我们只是偶尔想起我们的文学青年生涯，想起我们的文学小组，想起我们曾几何时所做过的文学梦，我们一想起这些来就在心里会心一笑，我们笑的是，我们当年的那些感动和发誓是多么的幼稚呀。

我后来读到过马克·吐温的一篇演讲稿，那是马克·吐温在新英格兰协会纪念新教徒在美国登陆二百六十一周年集会上所作的演讲，这个一生都在改变自己的可爱老头极力主张取消对祖先的崇拜，主张举行一次拍卖，把普利茅斯巨石卖掉，他在他的演讲中说：

> 新教的移民是一类愚昧无知的人，他们过去从来没有见过好的大石头，至少是没有见过无人监视的好石头，所以他们一上岸就欣喜若狂，跳跳蹦蹦，还在这个巨石周围连忙造了一道铁围栏，这是可以原谅的……

我在读到老头的这段文字时心里想，如果我是1620年乘着"五月花"号轮船从英国到达北美马萨诸塞的普利茅斯港的那102人当中的一个，我会不会为寻找到一个新大陆而欣喜若狂呢？

答案是，我会的，不管那样做有没有人原谅。

五

下午我去外面开了一个会，回来后又接到了姚三和的电话，电话还是从派出所里打来的。

我一拿起电话就听见到那个标准的普通话在一旁说，姚三和，电话你都打了一百个了，钱没有晃回一分来，老子的电话费倒被你打掉了不少，我告诉你，我手头的案子多得很，没心思陪你在这里玩，这是你最后一个电话，再晃不回来钱，今晚就把你丢进去！

我让自己靠在皮圈椅子上，我说，怎么，你现在还没有弄到钱？

姚三和沮丧地说，没有，我把通讯录弄丢了，我没有联络电话，没法联络，蔚然，你一定得帮我的忙，我只需要两万块，这个数目并不算多，而且我保证一出来就还给你，我保证。

姚三和的口气非常诚恳，隔着电话线我没法看见他，我能够想象他此刻的面孔有多么的痛苦，他的眼镜恐怕都要痛苦得戴不住了，但是我并没有为此而感动。

我说，姚三和，站在你身后那个警察的话我已经听见了，你都打了一百个电话了，警察的话当然不可全信，我还不至于那么傻，我们就算只信一半吧，你也打了五十个电话了，五十个电话，要么通讯录还在你手上，要么你根本就不需要它，不管是哪一种，你那五十个电话一分钱也没给你弄来，看来你骗人已经把你这个人的信誉骗得一点也不剩了，你不但没有信誉也没有了市场，在这种情况下我要是再借钱给你，我也太没有水平了。

姚三和有点着急了，说，蔚然，你肯定是听滕锦华他们说了一些什么，你千万别听他们的。

我说，那我听谁的呢？听你的吗？你告诉我，你是不是在所有的朋友那里都——我们不说骗吧，我们说借——借过钱？

姚三和一点也不抵赖地说，是的，我是借过钱，但我肯定是要还给他们的，我在借钱的时候就说过要还，我说过要还就一定会还。

我说，据我所知，你从朋友那里借钱的历史已经有好几年了，几年不是一个短暂的时间，你从来没有还过任何人一分一厘，你每一次借钱的时候都信誓旦旦，赌天发誓，说你会尽快还，你有一次甚至在徐方生那里咬破指头写过血书，可是钱一拿到手之后你就不见影子了，你知道滕锦华他们是怎么说笑你的吗，他们说，我们只有在姚三和需要钱的时候才知道他是不是还活在这个世界上。

姚三和有点委屈地说，他们说的不是事实，我是还过钱的，我又不是只借过他们的钱，他们的钱我一时没有还，可别人的钱我是还过的。

我说，不错，你说的这个事我也听说了，有一次你是还过钱，你是在黑道那里借的钱，黑道追杀你，要下你的膀子，结果还给黑道的那笔钱你还是在徐方生手上拿到的，你对徐方生说三天之后挖祖坟也把钱还上，结果三年过去了，你这钱仍然没有还，我说得没错吧？

姚三和嘟嘟囔囔地说，没错，那一次是徐方生帮了我，我不会忘记，我会把钱还给他的，我们是十几年的朋友，朋友应该有起码的信任。

我说，我就不跟你谈信任这个话题了，我只问你一件事，这些年你在朋友手上借的钱也不是一个小数目了，你还过任何一位朋友的任何一笔钱没有？

姚三和很肯定地说，我会还给他们的，我的能力朋友们是知道的，我也不是没有赚过钱，只要我再搞成功一笔，别说这些小钱，再大的数目我也能还起。

我说，姚三和，要论下海搞活动，你比谁也不晚，这些年你也没有少搞过活动，你带出来的徒弟现在都成了这方面的大腕，你现在连两万块钱都拿不出来，你就是再搞多少活动又有什么意义呢？你又能改变什么呢？你什么也改变不了，就你这种情况，你自己说说，谁还敢借钱给你？我是不会借钱给你，这是实话，你应该知道我一般只要说了话就不会改变了。

姚三和有些伤感地说，蔚然，当年在小组里我是最看好你的，我说过你是最有才华的一个，虽然你现在没有成为一个作家，你走的是仕途，但我为你的出来是付出过心血的，是有所展望的，看在这个面子上，你也应该救救我。

我说，没错，当年你是表扬过我，你为了表扬我得罪了小组的很多人，这个我不会忘记，我想我确实应该报答你，我会到监狱里去看你的，我还会给你送一些零花钱，我能做的就是这些了。

我说过这话后就把电话挂断了。

我挂断电话后，秘书进来了，拿一份文件给我签署，等我把文件签署完之后，他不动声色地说，刚才电话里的那个人在你去开会的时候来过两次电话。说完这话后他把文件夹合拢，夹在肋下毕恭毕敬地退了出去。我看着他的背影，心里想，他真是一个聪明过人的秘书，他还是一个观察力很强的秘书，这样的人当着秘书实在有些亏了，我不该把这样的人才留在身边，下周就把他提起来，让他到总务处当副处长去。

我这么想着，就拿起桌上那本洁丽·艾伦写的《马克·吐温传》，这本书自从被我从满是灰尘的书堆中找出来之后就一直放在我的桌子上，有时候我会拿起来随便翻一翻，现在我就翻开了它，我读到了赛姆回忆他的兄弟亨利的那段文字：

我母亲为了我很伤心，可是我想她是心甘情愿的。我的弟弟亨利却一点也不给她添麻烦；他比我小两岁，我觉得要不是他的善良、诚实和恭顺可以调剂调剂我的淘气所起的作用，变变花样的话，他那种永远保持单调的表现简直会成为母亲的精神负担。我是一种兴奋剂，对她很有价值。过去我从来没有想到这一点，现在我可是明白了。我从来不知道亨利对我干过什么坏心眼的事，他也没有对不起别人的行为——可是他却常常做些正当的事，叫我吃的苦头不少。我干了坏事，自己不肯说实话，需要有人告状的话，那就是他的责任，他对完成这个任务是十分忠实的。亨利比席德高尚多了，善良多了。

母亲为了防止我去游泳，把我的衬衣领子缝在了一起；可是我把它拆掉，游泳完了再缝上。没想到我用的线颜色不同，母亲没有注意，亨利却提醒了她，戳穿了我的鬼把戏……

如果我把摔破糖钵子的事也写进了《汤姆·索亚历险记》的话——我不记得是否写上了——那就是个例子。亨利从来不偷糖吃。他总是公开地从糖钵子里舀。

我觉得这段文字写得太有意思了。

六

姚三和一直在极力维护着小组的团结，并且极力阻止着小组的分裂，很长一段时间里，他被这一繁重的工作困扰着，并且为之殚精竭虑。姚三和不止一次对我们阐述过他的一个观点，姚三和说，世界上有两种生命群体是最难管理的，一个生命群体是鳄鱼，它们在出生六个小时之后就开始打架，另一个是文学小组，他们要不为打架就根本不会成立。

姚三和的这个观点一开始让我们很生气，我们想，你拿鳄鱼来比喻我们我们也就不追究了，你说我们不为打架就不聚堆我们也就认了，你干吗要把自己弄成一个管理者的形象呢？好像你和我们不是一回事，你是在那里高瞻远瞩似的，这就一点意思也没有了。

事实证明我们一开始的生气是没有道理的，那是我们的小心眼，因为姚三和为我们文学小组付出的努力是有目共睹的，他要负责把大家搜罗在一起，要组织大家交流作品，彼此提出各自的意见，并且对这些意见作出综合归纳，要为小组请老师讲课，请编辑看稿，要鼓励后进，表扬先进，阻止小组的成员公牛似的互相掐架，要为小组提供集会场所，张罗饭局，总之要花费很多时间、精力和经济，而这一切别人是做不到的。有一段时间姚三和根本没有时间和精力干别的，整天为我们的文学小组操劳，连自己的作品都顾不上写，他是小组中唯一发表过小说的，但是小组成立之后他再也没有拿出过一个字来，如果不算他给我们大家写的那些信的话。

姚三和给小组的每一个人都写过信，而且是大量的信，他不光每周一次把大家召集到一起，在他的那间贫民区的破木板房里互相掐架，然后气呼呼地吃一大海碗鸡蛋面条拍屁股走人，他还在小组不集中的时候给每一个人写信，用这样的方式来把小组凝聚在一起。姚三和的信写得非常有才气，同时非常有激情，它让每一个读到它的人都热血沸腾，热泪盈眶。我现在还能记得他在写给我的一封信中有这么一段话：

　　……你要知道我们现在正朝着文学海洋的方向走去，你要相信你自己就是那个伟大的水手，那个心怀感激的、惊喜的、有着超凡脱俗的预感和满怀期待之情的水手，那个注定要去征服世界的水手；你要牢牢记住尼采的那些话，现在，我们这些追求理想的冒险者，其勇气还甚于谨慎，丝毫不在意翻船的危险，故而，我们比其他一般人更为健康。我们拥向一片尚未开发的领域，没有人知道它的界限，其中充满了华丽、诡异、疑难、怪奇和圣洁，使我们的好奇心和欲求有如脱缰之马，不可控驭。天哪！再也没有任何东西可以满足我们无穷无尽的欲念了……不过，或许真正最严肃的一切才刚揭开序幕，问号早已埋下，人类的命运已然转变，时针在移动，悲剧诞生了……

姚三和无疑热衷于他的写信工作，小组成立之后他一直以它来替代他的那些小说，他把他的读者限定在我们这些小组成员中，他热爱我们这些读者，他在创作着另一类作品，那些作品就是我们这些小组的成员们。可以毫不夸张地这么说，姚三和靠着他的那些热情洋溢的信而不是他的小说和年长的经历把我们这个小组凝聚在一起的。

姚三和为小组付出了巨大的努力，他把小组的存在看成是他的人生成就，他的骄傲，他时时处处以一个文学群体领袖的身份来规范自己。他给自己换了一副秀气的无框眼镜，精心地把头发梳成了二分式，要陆志红去买来了衣料，做了一件早期文化人时髦的燕尾式小背心，学着皱起眉头来说话，言必谈红楼老卡忧患意识，行必将一只手揣在小背心的口袋里，喝廉价咖啡，抨击时政，拒绝与官员来往（虽然当时并没有什么官员可以供我们那个文学小组来往）……每一次小组聚会，姚三和都要来一番激情洋溢的主题演讲，他演讲的题目越来越大，常常听得我们目瞪口呆。我们有时候坐在那里，脚下是咯吱作响的老地板，窗外是里巷人家刺耳的叫骂声，稗子在一旁哭闹着，我们闻着从姚三和身上散发出来的烂梨子的味道，心里犯着嘀咕，我们想，姚三和他怎么会把自己弄成这种样子呢？

姚三和的经济状况并不好，他一个月的工资七十来块钱，陆志红每月只有三十来块钱，他的父母是城市贫民，早年过世，只给他留下了这一间破旧的木板房，家里的生活可以说只算是够勉强度日。姚三和的祖先据说早先是在水上生活的船民，后来上了岸，成了陆地上的人，但是姚三和的祖先不适应陆地上的生活，一个个都患上了风湿性心脏病，全是英年早逝，姚三和为此对自己的祖先一直崇拜不已，他认为他的家族在进化史上有着不屈不挠可歌可泣的经历，是值得他继承和发扬的，他给自己的儿子取名叫稗子，意思就是勉励后代做一种有着顽强生命力的植物，一代一代地在陆地上生存和繁衍下去。稗子三岁后本来应该入托，陆志红也找了一所幼儿园，但是姚三和掏不起入托费，只好由陆志红每天带着去印刷厂上下班，放在休息室里任他一个人在那里玩耍，有好几次稗子拿着油墨把自己涂得像个祭神时的印第安人，还有一次稗子把一枚铅字吞进了肚子里，把陆志红吓得差点儿没晕过去，后来还是弄到医院去吃滑肠药才把铅字屙出来了。陆志红为这事哭过好几次，姚三和却很乐，他呵呵地笑着说，我爷爷上岸时吃糠饼，我爹吃玉粟面窝窝，我小时候吃高粱饭，长大了吃大米，稗子才三岁就能吃铅块了，他比我们家所有的先人都有出息，我们姚家看来是有希望了。

姚三和顾不了他的稗子，却把我们这些文学青年召集到他的木板房里，给我们泡上茶，煮上鸡蛋面，削好烂梨子，如果小组有人发表了作品，还得买鱼买肉请一顿饭以示庆祝，这笔开销对他来说无疑是沉重的，时间一长，就有点难以为继了。姚三和过去抽三角四分钱一包的永光牌香烟，后来抽二角七分钱一包的大江，再后来干脆戒了，每次我们聚会时抽烟，他就从我们手中要一支去拿到鼻子下嗅一嗅。我们问他为什么不点上？他说，抽烟损害健康。我们说，熬夜损不损害健康？你每天晚上点灯熬夜，你是不是也把熬夜给戒掉？他分辩说，熬夜不能戒，熬夜是一个作家的必经之路，如果拿士兵来作比较，作家的抽烟好比士兵的摩拳擦掌，熬夜好比士兵的越出战壕，真正优秀的士兵是不屑于摩拳擦掌的，他只是不断地越出战壕向前冲锋。

姚三和戒了烟，但是每周的小组聚会他却从来不肯放弃，并且从来不肯马虎，仍然一如既往地准备好茶水烂梨子和鸡蛋面。有一次滕锦华提出小组今后的聚会轮流做东，以减轻姚三和的经济压力，姚三和立刻表示反对，那一次他显得十分生气，他像受了侮辱一样，脸涨得通红，他举了鲁迅的例子，举了胡适的例子，然后义正词严地说，我是小组的组长，组织工作是我义不容辞的责任，我不能把这种责任推卸给任何人。姚三和还说，我们现在的情况确实不太好，困难很多，但是我们必须团结一致，共同奋斗，齐心协力往前冲，我们只要冲出去了，小组就将载入文学史册，我们今天的这些窘迫就将成为文学史上的美谈。

姚三和在那一次的小组聚会上提议我们一起唱《国际歌》，以表示我们小组集体的决心和士气。我们后来没有唱那首歌，我们后来什么歌也没有唱，我们没有唱的原因主要是大多数人都记不全《国际歌》的歌词，大多数人只记得"英特纳雄耐尔"这句话，但是只记得"英特纳雄耐尔"显然是没法唱好这首歌的。姚三和不肯放弃，征求大家的意思换一首别的歌。大家觉得这个建议好，后来大家在唱什么歌这个问题上发生了分歧和争执，卢森提议唱《救亡歌》，占赋提议唱《花儿为什么这样红》，滕锦华提议唱《烧酒盅盅淘米也不嫌你穷》，程自祖提议唱《少林小子歌》，谁也不买谁的账，争得一塌糊涂，协议最终没有达成，结果唱歌这件事就放弃了，弄得姚三和好长一段时间都觉得很遗憾，埋怨我们错过了一次提高小组凝聚力和进取心的好机会。

事实上，导致小组分裂的不是别人，正是姚三和本人。

姚三和不光在小组里倡议唱《国际歌》，他也是最早在小组当中提倡"喝着牛奶写小说"的人。姚三和经常给我们举两位作家的例子，一位是在庄园中守着壁炉火抽着雪茄烟写小说的托尔斯泰，一位是为了还债写了大量作品并且留下了大量遗憾的巴尔扎克，姚三和认为富裕的小说家才能写出真正具有悲悯情怀的伟大作品，而贫困潦倒的作家只会对妒忌、暴力、仇恨和变态投之以热情。姚三和经常说一句话，那句话是，让我们的荷包温暖起来，让我们做我们笔的主人。姚三和不光提倡，他还把他的观念付诸实现，他是小组中第一个涉足有偿报告文学的人，在我们大家以为报告文学就是添油加醋的故事的时候，他就用它为自己赚来了第一笔钱。事情的经过是这样的，姚三和的单位领导要姚三和请一位著名作家为单位写一篇报告文学在报纸上宣传一下，姚三和请了一位笔名叫"大麦"的著名作家，这位"大麦"先生只需要姚三和的单位提供一份单位的经验介绍材料，几天之后，一篇洋洋洒洒的报告文学就交到了单位领导手中，单位领导在惊喜之余问姚三和怎么报答著名的"大麦"作家，是不是请到饭店里吃一顿饭？姚三和说，报答是应该的，吃饭就不必要了，人家"大麦"

先生很忙，没有时间吃请，你们就给一笔润笔费吧。

姚三和的单位没有请著名作家"大麦"先生吃饭，姚三和却在那之后请小组的人吃了一顿饭，这一次姚三和没有在家里请，而是在老会宾酒楼请我们大吃了一顿。那一次我们吃到了久违的原笼粉蒸牛肉、红烧猪大肠、子姜爆鸭块和从未谋面的雪梨鸡球以及蟹黄海参。姚三和举着酒杯先致了一番关于文学和人生的祝酒词，然后得意地告诉我们，根本就没有什么"大麦"先生，那位著名的作家"大麦"先生就是他自己，是他写了那篇报告文学，并且拿到了一笔稿费。

我们那天都忙于啃鸭子了，我们把自己弄得一脸一手的鸭油，我们嗯嗯地应付着姚三和充满激情和诙谐的演讲，一边用啤酒把嘴里来不及嚼碎的鸭肉送下肚里去，然后再去对付更为富有挑战性的猪大肠。我们在心里感慨地想，姚三和真是才华横溢，真是点子超群，他同时还具有现代意识和能力，他这样的人不当文学领袖谁还有资格当呢？

著名作家"大麦"是姚三和的第一次成功的文化活动表演，我们吃进肚子里去的那些鸭子肉和猪大肠是用姚三和的出演酬金换来的，我们在那一次做着饕餮之徒的时候并没有意识到那有什么不同，并没有意识到那是姚三和第一次从别人手中骗取了一笔钱，他在今后被他称之为文化活动的舞台上已经闪亮登场了，而在他之后，我们这些小组的成员们也将各自登场，去孤身奋斗对付这个世界。事情过去多少年后，再想到这一点，我就在心里暗自思忖，如果当时我们意识到了这一点，我们意识到了"大麦"先生将把我们的文学小组引向一条分裂之路，我们还会那么心安理得地大啃鸭子肉大嚼猪大肠大灌啤酒吗？

我不知道小组别的人是怎么想的，我想我是会的。奇迹时代已过，我们以集体蜜月生存的方式已经不再可能，那一次饕餮注定是我们最后的晚餐，是我们以小组的名义举行的最后狂欢，在那之后，我们都将不可避免地成为这个世界上的一粒灰尘，听任着东来西往，扬起扬落，那确实是一件不可改变的事情。

小组解散的时候，姚三和痛苦万分，他企图阻止这件事情的发生。

他给我们一个个打电话，他还给我们写信，他在电话里劝我们回到小组来，大家团结一心，共同向文学高峰攀登，他在信里引用尼采在《快乐的科学》里的一段话来告诫我们：在整个人类生命的漫长岁月中，没有比感觉到自身的孤立无依更叫人害怕的了；要独行，要感觉那份自主，既不能指使谁，也不受谁的指使，只是单纯地去代表个人——对任何人来说，那不过是一种惩罚，而无乐趣可言，他注定要成为一个个体。姚三和信里的字写得非常潦草，字里行间充满了愤怒，这使得他越来越像那个天才者尼采，从而让我们对他敬佩不已，但是他忘了，尼采正是一个疯子似的独行客，他在叛逆的路上走得比谁都要远，他确实是一个好榜样，对于小组，我们去意已定，而有了这样的好榜样，我们的去意更定，这是他的悲哀。

我现在还记得他怎样在烈日炎炎的一个下午一脸灰尘一身臭汗地赶到我在母校租借的宿舍里做我的工作，要我回到小组里去。他对我说了很多，说得口干舌燥，他痛苦不已，泪水婆娑，他用力地把宿舍的门踢上，头发蓬乱地在屋子里冲过来冲过去，把我同宿舍的同学吓得不知所云。那天我请他在学生食堂吃了一餐饭，然后把他送走。我请他吃的是蒜苗炒肉丝和豆腐丸子，我没有请他吃姜爆鸭子和猪大肠，学校食堂里没有这样的菜卖，我只能这样了。我对姚三和说我很抱歉。我看见他十分疲倦地沿着长长的校园甬道走远，走出校门，消失掉，我在那里站了一会儿，把一个滚到脚边的足球一脚踢回操场上去，然后回到宿舍里看我的《行政管理学概论》。

那天晚上我做了一个梦，我梦见那个叫做赛姆的二十一岁的年轻人终于拿定了主意，在1857年4月的一天辞去了辛辛那提莱特父子公司印刷所里的那份工作，花十六块钱买了一张船票，迫不及待地登上了一条沿着波澜壮阔的俄亥俄河顺流而下开往新奥尔良的轮船——破破烂烂、老掉了牙的"保尔·琼斯"号，他要去完成一个伟大的事业——勘察亚马孙河的源头，创办一座规模惊人的可可大种植园，然后衣锦还乡，回到汉尼巴尔，让昔日的朋友个个瞠目结舌，羡慕不已。

黎明时分，船有点晃悠，我有一种想要呕吐的欲望，我想大概是起风了。

七

传达室打来电话，说是有人在大门口，想要见我，是个女人。秘书在请示我的时候意味深长地看了我一眼。我把电话接过来，问传达室的保安，来人叫什么名字。保安回答说叫陆志红。我说，你让她进来。

十几年没有见，陆志红的变化让我大吃一惊——她非常的衰老，脸上皱纹很多，有不少褐色的暗斑，头发都花白了，背佝偻着，有点咳嗽；她穿着很朴素，是一身已经看不出来本来颜色的旧劳动服，浆洗得很干净，除此之外身上没有任何装饰品；她显得有点拘谨，敲门的时候犹豫不决，秘书把门打开后她吓得直往后退缩，要不是我热情地往里让她，她甚至不敢走进我打过地板蜡的锃亮的办公室。

我让她在沙发上坐下，从冰箱里取了一块湿毛巾递给她，给她倒了茶，把空调调到合适的温度。我在她身边坐下，先问了一些她现在的情况，然后对她说，我知道你是为什么来的，我和姚三和通过电话，我知道他遇上了麻烦。

陆志红仍然有点拘谨，她把茶杯捧在手里，水有点烫，她把杯子在两只手中倒换着，不知该喝还是该放下。她说，蔚局长，我也拿不准是不是该来找你，姚三和已经把所有的朋友都得罪完了，他在朋友们的眼里就像是一堆烂梨子，我找过他们，他们都不肯帮忙，我知道他们有理由这样做，谁叫姚三和骗了那么多的人呢？我现在只能找你了。

我说，你别叫我局长，你就像过去那样叫我小蔚，叫我蔚然也行，过去我们都叫你嫂子，我们吃过你多少鸡蛋面呀，我有好多次都想起你一个劲儿往我们碗里添面汤时的情景，那段日子真是令人难忘。

陆志红有点不好意思地说，你还记得这些事呀，这真让我想不到，那个时候我们家里的情况太糟糕了，也不可能给你们做更好的，真是亏待你们了，你们那个时候是在做一件多么了不起的事情呀，现在我想起来还一个劲儿地后悔，要是我们家里的经济情况好一点，我怎么也不会让你们吃鸡蛋面的。

我说，嫂子，你别这么说，鸡蛋面已经很好了，我们在吃鸡蛋面的时候你和稗子就站在一边看着，你们最多就是喝点剩汤，有一次稗子闹着要吃鸡蛋，你还打了他的手，要说该脸红的应该是我们。

陆志红看着我，她的脸上有了一些血色，人显得有些激动。她说，你这样说我就多少有些宽慰了，我知道你没把我当外人，我就能把话说出来了。我找你就是为姚三和的事，他在派出所里已经关了两天了，他在那里没地方吃没地方睡，夜里臭虫蚊子咬得厉害，还得吃皮肉苦，派出所的人说了，如果今天不把钱弄到手，明天就把他送到拘留所里去，人一送进去就等于是给判了，我把家里能凑的钱全都凑出来了，只凑了六千多块钱，派出所的人说不行，起码得两万块钱才能放人，姚三和骗过很多朋友的钱，我知道他们不可能再帮姚三和了，我只能来找你。

我说，姚三和的事你怎么知道的？

陆志红说，他的事我都知道，他这些年怎么晃荡的，他干了一些什么事，他从多少朋友那里骗了钱，我都知道，我也非常恨他，我恨他无可救药，但现在没有人关心他，我再不管他就没人管他了。

我说，嫂子，不瞒你说，姚三和给我打过电话，他要我借两万块给他，我拒绝了，我不能不拒绝他，你也知道，两万块钱对我来说不是一个小数目，这个钱一借给他等于是丢进水里了，他从朋友那里已经借过不少钱了。他从来没有还过任何人的钱，他根本就没有还钱的能力，也没有打算过还钱。另外，姚三和现在这种情况，我也不宜和他有任何联系，但是我答应你，我会想办法帮助他的。

陆志红的脸上露出失望的神色，她叹了一口气说，其实我知道找你没有用，不是你们这些朋友不肯帮忙，是姚三和把事情做绝了，你们再不可能帮忙，我只不过是没有别的办法，试一试，总是把该我做的事情做了，事情做到了，姚三和没人搭救，那就是他的命了。

陆志红要走，我留她多坐一会儿，问了她生活的情况。陆志红告诉我，和姚三和离婚后，她和稗子一起过，姚三和把那一间破旧的木板房留给了她，自己搬出去了，从此再也没有回去过，连稗子也不见。姚三和走的时候家里一分钱也没有，姚三和是空着两只手走的，倒是姚三和走了之后，陆志红还省吃俭用积攒了两个钱，本来打算留给稗子，现在看来先得拿出来赎姚三和。陆志红已经下岗了，她那个印刷厂被人兼并了，新老板把四十岁以上的人全赶回了家，陆志红刚好四十岁，也在回家的人之列。陆志红回家之后摆了个小摊子，卖一些批发来的磁带音碟影碟，生意好的时候，生活倒是能够顾上，若是遇上了扫黄打非的事，不但生活顾不上，说不定还得赔本。

我问陆志红姚三和怎么会和她离婚的。陆志红说，不是姚三和要离的，姚三和整天在外面搞他的活动，今天北京，明天广州，后天海南岛，根本就没有离婚的精力和时间，是她提出离婚的。姚三和这十几年来从来就不顾家，他很少回过家，说句不夸张的话，稗子是怎么长大的他都不知道，更不要说关心她了。这倒也罢了，姚三和这些年在外面找不少人骗过钱，人家找姚三和找不到，就跑到家里来要钱，姚三和这些年从来就没有往家里拿过一分钱，家里还不了这些钱，人家不相信，说姚三和是赚过钱的，而且赚过大把的钱，姚三和不抽烟不喝酒，偶尔找个妓女，也是花不了多少钱的，他在外面没有养家室，他那些钱都到哪里去了？债主若是客气的，只是每天上门，恶语相加，弄得邻里都斜着眼看陆志红；不客气的，把家里一些值点钱的东西全都搬走了；要是碰上了黑道人追债，人家没有多少话，大板刀往桌子上小心翼翼地一放，人是礼礼貌貌的，袖口扣得一丝不苟，说出来的话也是文质彬彬的，说，告诉姚三和，我是来替朋友收账的，今天还钱我请他吃饭，明天还钱他请我吃饭，后天还钱刀子请他吃饭。那种礼貌，把人吓得半死。陆志红实在受不了这样的日子，担心将来把黑道惹急了，找不到姚三和的人，把稗子绑去再一撕了票，陆志红就是哭都来不及。这个家早就名存实亡了，儿子不能再没有了，不如早点离了婚，保不住姚三和，好歹把稗子保下来。陆志红涩了眼睛说，我恨死姚三和了，他把我们这个家弄成了这个样子，我这一辈子再也不想理他。

我说，稗子呢，稗子怎么样？

一提起稗子陆志红脸上就有了笑容，说，稗子很好，现在已经参加工作了，这孩子很争气，在外面从来不和人有什么来往，上班说声妈我走了，下班说声妈我回来了，一点也不让我操心，倒是他懂事，一直操着我的心，我今天到你这里来，就是他送来的。

我说，稗子呢？他人呢？

陆志红说，站在大门口，说在那里等着我，不上来。

我说，为什么不上来？

陆志红迟疑了一下，说，他说他不想上来。

我送陆志红下楼的时候，陆志红说，小蔚，想一想你们当年在一起搞文学的情景，那有多么好啊。

我按了一下电梯按钮，说，是啊，那段日子真是令人难忘。

我这么说，想起了《斯托姆斐尔德船长漫游天国记》这部书里老斯托姆斐德经过长途飞航之后发现的那个天国，在那个天国里每个人都是天使，每个人都得重新接受他适当的等级，国王们降到了一般人的地位，拿破仑不再趾高气扬，莎士比亚老是跟在一个名叫毕林斯的田纳西的普通成衣匠背后，因为那个裁缝写的诗歌，"荷马和莎士比亚都赶不上"。每个天使都在干着适得其所的事情，只有新来的才弹竖琴，参加唱歌队，练习飞翔。

> 我们常常在他那酸果农场遍地烂泥的沼泽地带上面的高处，在暖和的下午，悠闲地躺在一座大岩石的阴影里；常常在那里天南地北地闲谈，还抽抽烟。

八

小组分裂后，姚三和开始从事以赚钱为目的的文化活动，并且很快成了本市这个行当里颇有影响的人物。

姚三和的文化活动大致分为两类，一类是办各种各样的学习班，另一类是创造各种各样的节日。

姚三和办班的套路一般是找一家囊中羞涩的政府职能部门、大专院校或者专业性小报刊，和他们签订一份办班合同，条件是这些部门提供名目，姚三和提供策划和组织，活动的先期费用由姚三和支付，亏了姚三和承担，盈利两家分成。姚三和拿到这样的招牌后，先策划选题，再拟订一个某某会议的名目，然后向全国各地大量发邀请函，邀请各单位或部门的有关人员参加会议，比如在宜昌举办全国中专技校职校政治思想工作经验研讨会，会议内容是开会半天，交流经验半天，沿三峡旅游线考察四天。比如在海南岛举办全国中小型企业党政（含工青妇）干部特区考察学习班，会议内容是对特区的改革开放情况作身临其境的考察和学习，如此等等，不管哪一个名目的学习班，参加学习班的人食宿费和交通费用一律自理，每人另交一笔报名费学习费和各种参观的门票费。

姚三和在这方面头脑灵活，点子极多，而且独辟蹊径，常常能策划出令人称绝的办班名目来，比如说上面提到的两个班，这两个班用的是政治思想工作和党政工青妇的会议名义，邀请的是中等学校和中小型企业的负责人，都是冷门，被邀请者大都手中有权，但又不是行政一把手和业务干部，很少能接到这一类的邀请，外出的机会不多，接到邀请函的人谁不想来？一旦来了，费用首先不愁了，因为是党政干部，明摆着公费旅游的事，心里先就已经理亏了，就算组织者有些不尽人意处（向老天爷发誓，这些事肯定会有），他们也害怕事情捅出去最后落下个不好的印象，一般情况下都会打落牙齿往肚子里咽，忍气吞声了，不会闹事。用姚三和的话说，这种班生源丰富，收费有保障，管理容易，基本上只需要数钱就行了。

姚三和在这方面战绩丰硕，频频得手。当然他有时候也把活动搞砸了——比如某一次办班的机会不好，正遇上上面有股什么风刮下来，到会的人数不够，没钱可赚，或者某一次他向办班对象许的愿不能兑现，办班对象要求退款，他领着他手下的那帮"工作人员"携款逃跑——但更多的时候不是这样的，更多的时候姚三和不用考虑生源的情况，他也不是总带着他的"工作人员"携款逃跑，他有着稳操胜券的策划和丰富的经验，应变能力强，总是能把活动对付下来。他创造过这方面的辉煌，有一次他办了一个班，一下子来了三百多个"学员"，他不得不在学习班开办地租下了两家招待所，并且紧急与搭档的旅游公司联系，要求加派大巴，保证参观门票，当然由此而来的报酬也是可观的，负责收报名费的"工作人员"点现款把手都点僵了，差点儿没点出腱鞘炎来，以后几天一看见现款就犯头晕。还有一次，姚三和把学习班办到俄罗斯去了，他让学习班的"学员"们欣赏了一番伏尔加河畔金黄色的白桦林并且采购了大量的皮货，以至在学习班结束的时候，所有的"学员"都一致认为这个学习班办得很有成效，强烈要求在适当的时机再办一个班，并且下一次把学习班办到阿尔卑斯山脉或者亚平宁半岛去。

那是姚三和办班生涯中最辉煌的时期，那个时候他在全国各个旅游点都有了关系网，专门负责提供人员的交通、住宿、吃饭和旅游以及从当地公安部门往外捞人的服务，他甚至在一些热门旅游点还开设了长驻办事处，据说他那个时候真的已经开始在拟订一个计划，准备把他的学习班办到欧洲、非洲和美洲去。毫无疑问，那是一个令人振奋不已的计划，而且我们可以乐观地相信一点，如果说姚三和不转向，不那么雄心勃勃地改换另外的项目，他甚至有可能在不久的将来与美国航空总署或者俄罗斯航天局这样的机构联络上的。

姚三和后来开始了更为庞大的文化活动，那就是创造各种节日。

有人说姚三和放弃办班而转为创造各种节日是因为以公款旅游为目的的班越来越不好办了，姚三和在这上面再也赚不到钱了，他必须另辟蹊径，这种说法未免过于片面。我们都知道姚三和是个理想主义者，他不会甘于平庸，不会放弃更为广阔的天地，他一定要把自己提升到更具有挑战性的位置上去，他要操纵更大的舞台，并且在这个舞台一显身手，他根本就不会满足于办班这种小敲小打的活动。姚三和对他手下的人说过，办班好比办幼儿园，只需要稍动一动你的小脑部分，你的大脑根本就派不上用场，它一直在那儿睡着大觉，这简直就是一种资源浪费，而搞节日才是真正的创造，想一想吧，这个世界充满了由你创造的节日，人们因为这些节日而狂欢着，发泄着积郁，邂逅着机遇，因此欣喜不已，这些节日就像一些魔术，它们改变着这个平庸的世界，让它产生出奇迹，它们本身就是奇迹，它们在到处闪烁着，那是一件令人多么兴奋的事情呀。

姚三和后来开始运作节日。他的第一个节日是为一个郊县创造的"皮蛋节"。他向那个郊县提供了一份长达五十三页令人眼花缭乱的《某某县国际皮蛋节活动方案》，方案建立在扩大该县的知名度，吸引中外投资，把该县的皮蛋推向全国，打入国际市场这个宏伟的目标上，他把它称之为宗旨。他找到那个县土财主似的神气的县委书记和县长，他先说得他们动了心，他再说得他们咧开了嘴笑，他然后把他们说得面红耳赤，热血沸腾，当场拍了板。那个郊县为此花费了上千万的开销，装修宾馆，整顿街道，修建市场，生产特种皮蛋，创作"皮蛋节"节歌，组织小学生军乐队，满天下到处请人，在紧锣密鼓地筹备之后，热热闹闹地搞了三天"皮蛋节"，至于是不是扩大了影响，吸没吸引来外资，皮蛋打没打进国内和国际市场，这个只有那个县的县委书记和县长才知道，姚三和只管按合同分钱，当然不必操那份心。

那以后，姚三和又搞过"中草药节"、"南瓜节"、"粽子节"、"汤圆节"、"栀子花市"、"双胞胎节"、"一技之长节"……，总之他在这方面极具创造性，点子如泉而涌，花样翻新。他有时候在本地创造节日，有时候把节日创造到外地去。他在这个行当中的名气越来越大，大到报纸电视一报导有个什么节在紧锣密鼓地筹备之中，有个什么节隆重开幕，我们就想，这个节又是姚三和搞的吧？大到在这个行当中混的人没有不知道姚三和的，并且只要是一提到他，人们总是要由衷不由衷地说一些他的传奇故事。姚三和这些年到底创造出了多少个节日我们不得而知，我们只知道姚三和在创造他的这些节日的时候就像一个恺撒大帝，浑身上下充满了主宰的光芒，他的手下有一个庞大的工作班子，他们吃住在高级宾馆，包着高级轿车，来往一律是航空器代步，随时随地能搬动地方甚至北京方面的官员出面，他们全都听命于姚三和。我们还知道，姚三和创造的这些节日有的成功了有的失败了，他消失的时候就是他成功的时候，他出现的时候就是他失败的时候，换言之，只要他从我们这座城市里消失的时候，我们就知道，姚三和出发了，他去创造他的节日了，就像他曾经对我们说过的那样，他是一个士兵，他越出了战壕向前冲锋去了；只要他回到我们这座城市的时候，我们就知道，姚三和把一个节日给创造砸了，他现在回到战壕里来休养生息来了。于是，姚三和在我们这座城市里出现的次数和频率，就成了我们了解他创造节日生涯的告示牌。

姚三和就是在那个时候开始向朋友们借钱的。

姚三和最早是找徐方生借钱。姚三和坐在徐方生的办公室里，一副日理万机的样子，他告诉徐方生他正在搞一个大型活动，这个大型活动是某某部门出面组办的，某某和某某做活动的总顾问，至于顾问那就太多了，足足有一长串名字。他拿出一份文件来给徐方生看，那是一份行文严谨措辞得当暗藏诱惑并且盖满了大红章的正规文件，姚三和的名字赫然写在活动组委会主任头衔的后面。姚三和说他需要一笔活动的开办费。徐方生问他需要多少。姚三和说十万，活动结束之后徐方生作为该活动的投资者之一将从盈利部分中得百分之二十的报酬。徐方生仔细地研究过那些文件之后说，报酬确实是个不小的数字，但十万太多，我不能一下子拿这么多钱给你。姚三和说，十万元单独看是有点多，但比起活动的收入来就不能算多了，你是做生意的，这点道理你应该懂得，如果投资这种方法你不能接受，我们还可以采取别的方法，比如说，这笔钱不是你的投资，而是我个人向你借的，活动结束之后我还给你借款，另外再给你盈利部分的百分之十，这样你就是旱涝保收了，怎么样，这种好事你到哪儿去找？说实话，我们是朋友，若不是朋友，这种事我不会照顾你的。

徐方生后来把钱借给了姚三和，不过徐方生没有借给姚三和十万，而是打了折扣，只借给了他五万。徐方生认为自己很聪明，他在姚三和很不高兴地埋怨他的时候对姚三和说，正因为我是做生意的，我才必须谨慎一点，谨慎没有什么坏处，我宁愿少赚点钱，也不能把本给砸进去了，这是我们生意人的原则。徐方生没有想到，他还是把那五万块钱给砸进去了。

姚三和把五万元支票揣进兜里走出徐方生的公司大门之后再也没有揣着一分钱回到那里，他重新回到那里的时候总是找徐方生一次又一次地借钱，他有很多的理由告诉徐方生为什么一时不能还钱以及为什么还需要借钱，他批评徐方生目光短浅，没有做大事的气魄，斤斤计较，夏洛克式的守财奴，他这个样子充分显示出了中国企业家永远无法走出小农经济意识的悲哀，姚三和甚至于把这个问题上升到全球化的高度，说只要看看徐方生，就没有什么不服气了，就能明白人家美国不让咱们进入世贸组织是有道理的了。

徐方生之后，姚三和开始找滕锦华占赋程自祖借钱，他也找了名记者卢森借钱，他找到了所有的人，从每一个人那里把钱借走。他每一次都会编出各种各样的理由，而且赌天发誓限期还钱，但每一次他把钱拿走之后就再也不出现了。他居无定所，不配手机，拷机呼他他也不回，他好像是一条回到了大海里的鱼儿，很有把握保证没人能找到他似的，直到他下一次自己从大海里浮出脑袋来，吐着泡泡朝朋友们游来，当然，他游来的目的无一例外地是找朋友们再度借钱，就像那些鱼儿是要不断地找食吃似的。

朋友们最开始总是借钱给姚三和的，大家想起当年在姚三和家里吃鸡蛋面和烂梨子时的情景，心里全都存着一份温馨的感情，毕竟是十几年前的老朋友，现在自己发达了，朋友有了困难来借钱，哪有不借给他的道理？但是在徐方生借钱的经验之后，大家一般不会借给姚三和很多，不会相信他利润分成的鬼话，只是看在朋友的分上借给他一些钱，在更多的经验教训之后，大家更知道别说分成了，连收回借款的可能性都没有保障了，那以后的借钱，就看借主的高兴了，这样的日子一直过了好几年。

后来就不行了，姚三和借钱从来不还，这种事谁也不会高兴，朋友们不再借钱给姚三和，同时在圈子里流传着鄙夷姚三和的一些说法。姚三和又开始给这些朋友写信，他在信里热情洋溢地向朋友们展示他的宏伟抱负和远大理想，详细地讲述他新的计划和方案，他在谈到他的设想时引用了尼采有关浪潮的那一段著名的话——这浪潮是多么热切地来到这里，仿佛它是一个涉及某些东西而渴望得到解答的问题！……现在，它又慢慢地撤回了一些什么，依旧是带着兴奋的雪花——它失望了吗？……然而另一个浪潮已接着过来了，比第一个还要急，还要野，而且它的心灵之中也似乎充满了秘密和寻宝的憧憬。就是如此，使浪漫生生不息，而我们也随着意气风发、神采飞扬！啊，我不再多说了……我对你说，我知道你和你的秘密，也知道你的种族！你和我其实是属于同一类族！你和我有着共同的秘密！

当朋友们表示不再借钱给姚三和之后，他又借尼采之口愤怒不已地写信来说：上帝到哪里去了？我老实对你们说，我们杀了他——你和我！我们都是凶手！但我们是如何犯下这件案子的呢？我们又如何能将海水吸光？是谁给我们海绵而将地平线拭掉？它现在移往何方？我们又将移往何方？要远离整个太阳系吗？难道我们不是在朝前后左右各个方面赶吗？当我们通过无际的空无时不会迷失吗？难道没有宽阔的空间可让我们呼吸与休息吗？

姚三和的信在很长一段时间像雪花一样纷纷扬扬地飞到朋友们的办公桌上，更多的时候它们干脆就是一些闪电，穿过被物欲社会笼罩着的天空，以其独有的激情和愤怒的批判性轰击着每个人，让他们觉得自己是多么的渺小，让他们觉得自己是在犯罪，让他们觉得他们欠下了债。有一段时间这些朋友完全被姚三和的那些信给困惑住了，他们一看见姚三和的信就心里发虚，好像是做了贼似的，好像他们偷了姚三和的似的，他们为此而惭愧无比，他们在惭愧无比之后就互通电话，彼此讨论他们的困惑，在经过反复认真的讨论之后，他们恍然大悟地明白过来他们并没有偷了姚三和的，他们从来不欠他的，他们一点也不渺小，相反的，是姚三和欠了他们的，他从他们这里把钱一笔笔地借走，然后消失掉，下一次再编一个故事来从他们手上再骗去一笔钱，他只不过是想用尼采这个老家伙把大家弄糊涂罢了。

一旦弄清了这个事实，所有的朋友一下子就愤怒了，他们决定不管姚三和说什么，不管姚三和写多少信，不管姚三和搬出哪一个疯老头来，坚决不再借钱给姚三和，不但如此，他们还要找姚三和讨还欠款。他们设法与姚三和通了电话，（这费了他们很大的劲）他们猛烈地抨击了姚三和并且要他还钱。

姚三和对朋友们的这种背信弃义痛心疾首，他在电话里举了伟大的马克·吐温的例子，他告诉他们马克·吐温当年也举债于人，他甚至在电话里当场背了马克·吐温1909年在斯托姆菲尔德山庄写下的有关回忆那些艰难光景的文字："九十六个债主之中，只有三四个主张对我采取毫不留情的苛刻手段，不肯让步，其余的人都说我可以放心，随便什么时候还钱都行。他们说他们决不会妨碍我的事，决不会采取任何行动；他们并没有失信。至于那三四个债主，我从来没有憎恨过他们的狠毒，直到在我的《自传》里才提到他们。而且在那里也没有表示怨恨，没有表示恶意，只是在简短的一章里坦率地谈了一下——那一章决不会伤害他们，因为我绝对相信，在我的《自传》出版时，他们早已下地狱了。"

朋友们简直快要被气疯了，他们气得吐血，他们决定这回索性就把恶人做到底，做到破釜沉舟斩绢折柳的地步，让姚三和去写他的《自传》吧；他们商量好了，这一次一起去找姚三和，把他堵住，要他还钱，砸锅卖铁也要他还钱，就算他还不了——这一点的可能性在百分之九十九点九——也要当面告诉他，这一辈子他再别想从他们手中借走哪怕一个钢镚儿了。他们开始寻找姚三和，而姚三和却失踪了，连同他的那些闪电般的信，他和它们一齐消失在空气中了，有很长一段时间没有露面，直到有一天他和另外几个人一齐出现在徐方生的公司大楼里。

姚三和神色镇定，像一个大义凛然的共产党员，他告诉徐方生那几个他带来的人是黑道上的朋友，他欠了他们两万块钱，一时没有出处，黑道的朋友给他一天时间，如果他还不了钱，他们就要下掉他的一只胳膊。

姚三和为了表示他说的不是假话，走过去掀起一个年轻人的衣襟，从那个年轻人的腰里抽出一把锃亮的砍刀来举到徐方生的鼻子底下给他看。

钢火很好，切西瓜肯定是亏了，他们总是用这种上好的家伙。姚三和这样对徐方生说，我只能找你了，我知道你不会看着我被这帮朋友下掉一只胳膊的，那样就太残忍了，对吧？

在所有的朋友当中，只有名记者卢森不说姚三和的坏话。卢森也被姚三和借过钱，他也没有收回过一分钱来，但是他对这件事一点也不恼火，他表现得相当冷静，从来不埋怨姚三和。卢森一直不和这些当年的老朋友们来往，他不是用他的有关虱子的理论把他和朋友们区分开的，他是用他对姚三和的态度把自己和当年的这些朋友完全区分开来了。

卢森有一次对我说，姚三和是韩信，他现在是在胯下受辱，但迟早有一天他会让那些乡下的小痞子们大吃一惊的。

卢森说得非常肯定，他说那句话的时候就像是在做新闻评述。我们知道，卢森的新闻评述写得很出色，他几乎可以说是靠着它成为一位名记者的。

九

我一直把陆志红送到了大门口，在那里我见到了稗子。稗子已经长成了一个大小伙子了，他个子很高，皮肤黑黑的，很结实，人也很稳沉，一点也不像姚三和。我和稗子握手，就像和成人那样，这让陆志红很高兴，陆志红显然对我把稗子当成一个大人而感到兴奋。但是稗子却没有这样，他很冷静，甚至有点淡泊，既没有叫我局长，也没有叫我叔叔，他不太情愿自己的母亲到这里来找我。这一点就是陆志红不说我也看出来了。他很快把他的母亲带走了。

稗子走之前突然对我说了一句话。

稗子说，我知道你们这些人瞧不起我爸爸，可你们错了，你们根本就不了解他，你们从来就没有了解过他。

稗子的那句话我一时没能反应过来，我不知道稗子说的是什么意思，瞧不起和不了解是什么意思？错了又是什么意思？我想着这孩子当年咯咯笑着扑到我们身上来时的情景，他不知道我们那是在打架，他那个样子简直是高兴坏了。我还想，一个孩子长大之后，他就不会再主动地扑到人的身上来了，他也不会出现高兴坏了这种情况，这是一种怎样的悲哀呀！

回到办公室之后，卢森的电话打进来了，大记者的声音有点疲倦，不知是不是熬了夜。

我将使用新闻特写的方式告诉你什么是姚三和，而且是深度报导的姚三和。卢森在电话里对我这样说，他在电话线的那一头喝了一口水，我猜想那该是一杯茶水，一杯很酽很酽的茶水，滚烫着，当然是绿茶。如果你有时间并且有兴趣的话，他说。

我看了看表，离下班时间还有半个小时，我不太清楚新闻特写和深度报导是怎么一回事，不知道用半个小时的时间能不能够对付，但我想我答应过陆志红要帮帮姚三和，现在也许正是一个契机，我应该听一听。

我说，你说吧。

卢森说，我们先说有关姚三和这个人的疑问——这是新闻从别的文化门类那里借鉴来的方法，提出矛盾，然后解决它，当然，不是要你来解决，是我来解决，你只要听着就行了。

我说，我已经准备好了。

卢森说，姚三和这些年从朋友们手上以借的名义拿走了一笔又一笔钱，据我的调查，这些钱总的数目大约在十五万左右；姚三和借走了这些钱之后再也没有还过，这些钱从他的手中失踪了。

第一个疑问是，这些钱到哪里去了？

姚三和这些年的日子过得非常的潦倒，在他和陆志红离婚之前和之后，他从来没有往家里拿过一分钱，姚三和是赚过钱的，而且是赚过大钱的，××××年他在××搞了一个××活动，据多人证实，那一次活动的纯收入是一百三十多万，姚三和按合同拿到了三十九万元，证实者说，姚三和在拿到那笔钱之后，立刻把它们分成了八份，把其中的七份各装入了一个信封里，剩下的一份揣进了自己的钱夹。姚三和离婚后自己在郊区租了一间农民的房子，他的生活很简单，简单得近似于窘迫，常常举债于他人，三天前警察在他的房子里搜查，他们没有找到存折信用卡之类的东西，只找到了六百二十一元现钱，这是姚三和的所有财产。警察要姚三和交出欠酒店的两万块钱，否则就把他丢进看守所里去，但是姚三和拿不出这笔钱来，他急于想要出来，他很害怕被丢进看守所里去，他在派出所里打了不少电话，能找的人可以说是全找遍了，如果说他在什么地方有秘密金库，他应该有理由启用它先把自己赎出来，而不是让自己冒进局子的危险，也就是说，他确实是一分钱也没有了，他赚的那些钱全都花掉了。

第二个疑问是，姚三和不吸毒，不收藏，不讲究穿着，不与任何女人有长期的稳定关系，若按姚三和这些年的开销，他一个人怎么也花不了这么多的钱，他完全有能力把自己赎出来，他的那些钱——我是说，他这些年赚的和从朋友们那里借的钱，它们究竟花到哪里去了？

现在我来给你讲一个姚三和的故事。在讲故事之前我要申明一下，我所讲的所有故事都具有真实性，也就是说，它们不是文学范畴里的故事，而是新闻范畴里的故事，你不必对故事的真实性表示怀疑。

一个月之前，我和我妻子出门办事，我们坐了一辆人力车，我们是在码头边坐上这辆人力车的，你该知道，码头离姚三和的家不远，因为这个原因，我和妻子在车上说起姚三和。我们说姚三和的时候，人力车夫插嘴问我们，你们认识姚哥？我问，姚哥是谁？人力车夫说，姚哥就是姚三和。我说，姚三和我们认识，是十多年前的老朋友。那个人力车夫就开始给我们谈姚三和的事，在他的嘴里，姚三和是个写小说的作家，谈吐深刻的思想家，交往甚众的社会活动家，干大事业的能人，同时还是有着菩萨心肠的大善人，总之姚三和无所不能，差不多就是一个神人了。

你要知道这种情况是奇怪的，我们都是姚三和的朋友，我们了解姚三和，或者说我们自以为了解姚三和，我们知道姚三和发表过两篇小小说但他算不上作家，姚三和能说会道但他算不上思想家，姚三和不安现状但他算不上社会活动家，姚三和忙忙碌碌但他算不上干大事业的人，姚三和充满激情但他算不上大善人，现在一个陌生人告诉了我们一些我们从来就不知道的事情，而且这个陌生人是一个决不会矫情的贩夫走卒，它们就有了另外的意义。

到目的地之后，我们下车，付给车夫钱。车夫不收，说，坐我的车，如果是姚哥的朋友，不管是十几年前的朋友还是十几年后的朋友，都不用给钱。我问，为什么？车夫说，我这辆车就是姚哥帮我买的，你自己说说，姚哥的朋友我能收钱吗？打死我我也不能收呀，我能收吗？

第二个故事与黑道有关。卢森在电话线那一头喝了一口水，说，据调查，姚三和因为欠人的钱不断被人追着讨债，但被黑道追债的事只有过两起，一起涉债金额是两万，最后由徐方生拿出了这笔钱，另一笔涉债金额是三万，这件事朋友们都不知道，最后是由一名叫做王汉的人解决的。我一说王汉你就应该知道，他和你一样，都在仕途上混事，也是一方诸侯，但是恐怕你不知道他是姚三和的同学，他们从小到中学一直是同学，并且两个人是非常好的朋友。

那一次姚三和被黑道的人捞住了，限定他一日内还钱，并且是由黑道的人带着找钱，如果拿不到钱，就要挑姚三和的两只脚筋。姚三和像一只没头苍蝇一样带着黑道的人满城转，四处碰壁，他自知从朋友那里再也没法哄到钱了，到了晚上，他无可奈何，只有把黑道的人领到了王汉的家。

姚三和对王汉说，我不该把人领到你这里来，他们要是只下我的胳膊我就不会带他们来了，可我得走路，我不能丢了脚，我丢了脚就哪儿也去不成了，我是没办法了。王汉打断姚三和的话说，老姚，别说这个话，说这个话你就见外了，我这个家，不是你又能从哪里来？你就是把我家搬空也不欠我的。王汉要自己的妻子立刻去弄钱，如果家里没有，想方设法找亲戚朋友借也得把钱借齐还上，要是不行，就让黑道的人挑他的脚筋。

黑道的人很奇怪他们之间的这种关系，问王汉是怎么回事。王汉开始不肯说，后来经不住黑道的追问，就告诉他们，姚三和和他是小学和中学的同学，两个人一直是好朋友，王汉是班上唯一一个走上仕途的人，公务员的收入本来就不高，家里又有老人和孩子，生活比较困难。姚三和对王汉说，你我都是棚户区长大的孩子，你做到今天这一步不容易，要珍惜，不能因为贪财把前途给毁了，贪污受贿这种事千万不能做，家里需要什么我来办。那以后姚三和总是接济王汉，家里一些值钱的东西全是姚三和给拖来的，姚三和把那些东西拖来丢在那里就走人，从来不找王汉办事，哪怕是一点小事也不办。有一次王汉对姚三和说，老姚，你有什么事需要我帮忙的，你就提出来，你给我帮那么大的忙，怎么说也应该还你的情。谁知姚三和一听就火了，说，老王，你这么说就是把我的一片苦心给全糟蹋了，我资助你，是因为你是我们班上和这一片棚户区里最出息的一个，你替我们争了光，我不愿意你为了一点蝇头小利把自己给卖进去了，你说的还情那叫以权易钱对不对？你要以权易钱和谁易不行？我要以钱易权和谁易不行？老实说我也不是没干过这样的事，我干这样的事干多了，我和别人干不和你干，我就是要保你不为钱发愁，你现在要我开口，岂不是把我的初衷全给弄拧了吗？那我不如一开始就跟你说白了，咱们就是钱权交易，咱们也别搞得那么纯洁无比了。

黑道的人一听王汉这么说，立刻对姚三和肃然起敬，他们拍着姚三和的肩说，老姚，看不出来你还是个人物，你这就有点像我们了，你比我们的境界还要高。这样，这笔钱，今天你能凑多少是多少，凑多少我们带回去交个差，凑不出来的，你说声对不起，就算我们交你这么一个朋友，以后有什么事需要我们帮忙的，你尽管说一声。

那天王汉果然没有凑足三万块钱，他的妻子四处筹借只弄到两万二，黑道的人表示剩下的八千块钱不再要了，姚三和很认真地对黑道的人说，多谢朋友宽限，这八千元记在账上，我会还给你们的，我保证。

卢森停下叙述，他在电话那头咔嚓一声点上了一支烟，深深地吸了一口，然后说，现在我告诉你第三个故事，你还记得我们小组那个写诗的储天荣吗？那个给自己取了个笔名叫天地，写得非常苦，结果一首诗也没有发表过的储天荣？

我说，还记得，当年他二十来岁，像个小老头，整天忧郁得要命，从来没见过他笑，有一次占赋说一个笑话，我们大家都笑了，他很生气地说我们庸俗，是汽配的电工吧？

卢森说，没错，就是他，七年前他下岗了，他们厂破了产，厂里的工人每人拿两千块钱回家，厂里关了门，一年以后，他的妻子也下岗了，情况比他还要糟糕，一分钱没拿到，两口子在外面摆了一个摊子，先卖塑料制品，后来又卖冷饮，两口子勤扒苦做，家里的日子是吃米不愁，吃菜得计划，吃肉就得等着过年了，算是勉强过得去一类。

三年前，储天荣四岁的女儿被发现患了白血病，只病情的确诊和一开始的治疗费用就把储天荣两口子的所有积蓄给花光了。对储天荣来说，那是塌天的大事，孩子得治病，光换血每一次就得花五百元，病床费医药费一周一结算，储天荣把家里稍稍值点钱的东西全都卖了，根本是杯水车薪，孩子在进医院不到两个月就因为欠治疗费停了药，后来弄到了钱，孩子才又开始治疗，到现在已经两年多了，一共花了治疗费十二万多。

这笔钱，零头是储天荣自己筹的，其余的全是姚三和掏的。

我有些吃惊，我说，哦？有这事？

卢森说，不光储天荣这里如此，姚三和还帮助了不少人。我们都知道姚三和这些年搞活动有一个班子，但是你知道姚三和班子中的成员都是谁吗？你不会想到，但我说出来你会大吃一惊——他们都是当年我们那个文学小组中的成员，安少林、王长江、刘旭、马启琪、朱晨、蔡向来，他们在小组分裂之后并没有离开小组，仍然跟着姚三和。他们几个人的家庭情况都不好，拖累不小，又没有什么活动能力，并不能帮姚三和多少忙，倒是开销了姚三和不少。姚三和待他们很好，每一次搞活动亏了钱，姚三和都是自己一个人垫了，如果赚了钱，姚三和必定要大家来平分，自己决不会比任何人多拿一分。也就是说，姚三和这些年是养着一批人，而他赚的那些钱全成了公共财产。这个行当中的人说，姚三和的这个工作班子并不是最好的班子，甚至不是一个合格的班子，是姚三和生生地把这个班子组织到一起来的，行当中人戏称姚三和的班子为大杂烩。这个说法在行当中传得很广，安少林他们当然也会知道，有一次安少林他们向姚三和提出不愿连累姚三和，要退出姚三和的班子，以便姚三和能没有牵挂地干下去，被姚三和阻拦住了。姚三和是怎么说服安少林他们的不得而知，但姚三和在那一次对安少林他们说过一句话，那句话十多年前姚三和在我们文学小组里就曾经说过，那句话是，我们要团结一致，共同进步。

姚三和是一个太自信的人，每一次搞活动，钱还没到有手，他就先包了酒店，包了车子，一大群人，吃住行全是排场，他对安少林他们说，我们要以资本主义的姿态在社会主义初级阶段搞市场经济，我们要坐着奔驰车到一个陌生的地方去数钞票。姚三和当然是坐过了奔驰车了，他也在很多陌生的地方数过了钞票，但是那些钞票差不多有一半在装进姚三和的衣兜里之前就被送进了他的活动费用中，被别人数走了，剩下的一半，他把它们一分八份，分给了安少林们，而他自己得到的那一份，则被他拿了去到处补漏。姚三和不光自信，他还是大包大揽的班头，如果他的班子中有一个人遇到了麻烦，姚三和就会以班头的名义帮助他。他先后出资帮朱晨的姐姐打过官司并且代付了一笔数目不小的赔偿费……他关照过他班子里的每一个人，而且每一次都是他主动出面做这些事的，别人要不干他就发火，说他们不看重他，他认为那就是他的事，是他责任中的事，是他义不容辞的事，只要他在一天，这些事他永远都要管下去。

我得到的消息说，姚三和把他这个班子称之为我们这个社会中最后一个文学小组，永远的小组，而他自己则是最后一个文学小组组长，永远的组长。有一次他喝醉了酒，哭着拥抱了小组中所有的人，他哽咽着对他们说，我为小组而骄傲，我为你们而骄傲，我为我自己而骄傲。

卢森完成了他的故事，完成了他所说的新闻口述，我听见他在电话那头把茶杯的盖子盖上了，新闻消失之后，他的疲惫感又从电话线那一头流淌了过来，作为记者，他是一个好记者，没有那种新手的冲动，并且知道该在什么地方结束，他几乎没有任何多余的话就把电话挂断了。

十

卢森的电话一挂断，占赋的电话就打了进来。

占赋说，跟谁聊天呢？电话半天打不进来。

我一直坐在那里没动，现在才发现那种姿势很累。

我换了一种姿势说，刚读过一篇新闻。

占赋说，是看党报吧？

我说，怎么能肯定？

占赋说，没听人说吗？两类人看党报，官员和生意人，你是第一类。

我说，有点意思。

占赋说，你那里没事了吧？

我说，没事了。

占赋说，那好，我现在出发，二十分钟之后到你那里，你下楼等着。

占赋说完之后就挂断了电话。

我在自己的办公室里坐着，等占赋的车来接我。我等着，今晚我们有一个聚会。我们总是会有聚会的，这是我们生存着的一种方式，我们在这样的方式里分分合合，聚聚散散，除此之外，我们还能怎么样呢？

我从桌子上拿过那本《马克·吐温传》，随手翻开，那本书有点旧了，但这没有什么关系，在那二十分钟里，我有足够的时间读完如下一段文字：

> 我要是能见到过去那些日子认得的一只狗，能搂着它的脖子，把一切都讲给它听，宽宽我的心，那该多好！

我把书翻到扉页，我在那里读到了另外一段文字：

> 送给文学同道和朋友蔚然。

姚三和

××××年×月×日

我们爱小鸟

一

我们爱小鸟。

池丹是一只小鸟。

池丹是一只小鸟，但是池丹并不是真正的那种小鸟，她是一个人，一个被我们称之为女孩的那种人。准确地说，池丹是我们的同事，是每天八小时和我们在一起共同工作和学习的同事，不同的是，她是我们的女同事，在我们这个由男性构成的办公室里，她是唯一的女同事。

池丹是我们唯一的女同事，这就是我们把池丹当做小鸟的原因，虽然这不是唯一的原因，但也是很重要的原因了。

有一天，我在办公室里整理一份文件，我抬头看见窗外有一只小鸟飞过，我其实并没有看清楚那是一只什么鸟，我脱口而出说，池丹就像一只鸟。办公室里先前是静静地，大家都在各自忙着手头的工作，大家听见我说的那句话后，放下手头的工作，不约而同地抬起头来，后来大家都笑了，大家的笑十分会心，大家说，头儿的比喻真好。从此之后，我们办公室的人就不再管池丹叫池丹，而叫她小鸟了。

池丹是小鸟，但池丹不是我们通常意义上理解的那种小鸟，我们通常意义上把一个人比喻作小鸟，是说那个人自然、美丽、轻盈、快乐、活泼，我们这样比喻那个人，我们是拿小鸟的禀性来对照那个人，我们没有办法用别的方法来完成这样的比喻，只能借助这样的方法使自己摆脱困境。好在这样的方法，我是说比喻这种方法常常是出神入化的，它确实能使我们摆脱困境，让我们在言穷辞尽的时候得到升华，甚至于能够让我们进入到丰富的、无穷无尽的、美妙的浮想联翩中去。我们说池丹是一只小鸟，我们确实是摆脱困境了，我们也升华了，并且进入到丰富的、无穷无尽的、美妙的浮想联翩中去了。但是我们这么浮想联翩着，我们并没有真的把池丹当成小鸟，当成那种有着一双轻盈的翅膀、总是在树林里动听地歌唱着、或者是在天空中自由自在飞翔着的小鸟，我们更没有说池丹她就像小鸟那样美丽、轻盈、快乐、活泼，实际上，池丹她并不美丽，她的长相很平常，就像大街上走着的大多数女孩一样，她也不轻盈，她只是安静，轻声轻气地说话，轻声轻气地走动，轻声轻气地笑，她若是快乐和活泼，也不是我们通常理解的那种快乐和活泼，那种张扬得让满世界都知道的快乐和活泼，她是把自己的快乐和活泼隐藏起来的，就像我们总是把自己的内心隐藏起来似的，她这个样子，若是小鸟，就是朴素的白腰叉尾海燕、灰树鹊、楔尾伯劳、棕颈雪雀，而不是娇艳的朱巫、火尾绿鹛、栗腹歌鸲、红翅凤头鹃或者目中无人的戴胜、红腹锦鸡、双角犀鸟、灰腹角雉了。

我想，我在这里已经把池丹是小鸟的基本情况说清楚了。

二

池丹是八年前分到我们这个办公室里来的大学生。

池丹来办公室报到那天，我们的办公室就像过节一样快乐。

我们办公室自打成立以来就没有过女同事，如果不算我的前任手上借调的那个临时工的话。那个借调的临时工我没有见过，据说她人很好，很直率，非常热情，爱大声地说话，说起话来从不遮遮掩掩的，也不酸气十足地拿腔拿调，把自己弄得文绉绉的；她的责任心很强，眼里不揉沙子，喜欢伸张正义，虽然常常把伸张和正义这两样全都弄错了，但她仍然热情不减。她在我的前任手下工作了六个月，差一点就在实际工作中顶替了我前任的主任位置，并且把办公室所有的人弄出集体心脏病来。

我的前任实在忍无可忍，他找到我们的局长，对局长说，要么我留下她走，要么她留下我走，你发个话吧。

局长很奇怪我的前任怎么会有这样的念头，他对我的前任说，你怎么会有这样的想法？你这样的想法会让人产生我们在歧视女性的恶劣副作用。

我的前任有点急眼了，说，那怎么办？难道男性就应该被歧视吗？

局长说，我既不能歧视女性，又不能歧视男性，我歧视谁都不对，都没有道理。

局长这么说，并没有真的不管，事情闹到最后，终于以给那位人很好的临时工换了一个办公室为结束，当然，前提是，她再也不属于借调了，而是另一个办公室的一名正式干部。

那位昙花一现的女同事离开我们办公室之前，还最后和我们办公室里的每一个人分别谈了一次话，谈话的内容包括教诲和鼓励以及希望。她离开我们办公室之后，我们办公室的人全都长长地出了一口气，并且心有余悸地埋怨我的前任说，主任，你在处理这件事情上显得太自私，你当时给局长说的时候怎么能那么说呢？你应该说，要么我走她留下，要么她走我留下，要么我们俩一起走，你只说了前两种选择，你只有百分之五十的成功把握，你很可能让我们继续生活在水深火热之中，你这哪像一个主任的做法呢？

我的前任气坏了，他差一点又气成了心脏病。我的前任说，你你你你你们才叫自私呢！

据说那个曾经在我们办公室工作过的女同事差不多快六十岁了，她总是指使我的前任打开水拖地板，并且在办公室里像河马似的轰轰烈烈地大笑。另外，据说她有一位整天愁眉苦脸基本上不怎么开口说话的丈夫和一位身高一百八十三公分性格像个中学女生的儿子。

　　我们的办公室长期没有女同事，就好像我们的办公室是一座没有树木的高山、没有鱼儿的大海、没有鸟儿的天空、没有石油的沙漠。我们基本上就是这样的沙漠。我们倒是有石油，这些石油是我们的才情和怜爱之心，它们被深深地埋藏在沙漠之下，从来就没有人来开采过，实在是被糟蹋了。我们倒并不一定非要谁来开采，我们也不是害怕被埋没，可是这个世界不应该只有光秃秃的高山、空荡荡的大海、一览无余的天空，我们的办公室也不应该是一片看不见石油的沙漠，如果说这个世界本来就是这样、本来就应该这样、本来就必须这样，那这个世界也就没有什么好得意的了。

　　为了我们的办公室不再是沙漠，我们办公室全体成员一致认为，我们必须引进一位女同事，为此我们不惜再冒一次险。

　　我对这件事还是有一点顾虑。我问大家，如果历史的悲剧重演怎么办？

　　大家悲壮地说，宁愿在奋斗中求生，不愿在沉默中死亡。

　　我说，你们可得想好了。

　　大家说，想好了。

　　我去找局长。

　　我对局长说，我们不想继续做沙漠了。

　　局长说，你们怎么是沙漠呢？你们是现代化社会里一个具有现代化设施和工作能力的办公室，你要是沙漠就是现代化的沙漠，我们倒是很需要这样的沙漠。

　　我一针见血地说，你要我们做这样的沙漠，你就不要拿一些针叶植物、绿洲、驼铃和海市蜃楼在我们的面前招摇，你把那些东西全都收起来，让我们做一个没有指望的坚定的沙漠。

　　池丹就是在这种情况下分到我们办公室来的。

　　池丹来的那天，我们办公室基本停止了正常的工作，大家都很高兴地做着欢迎池丹的事。在此之前，我们已经知道了，池丹是一名刚刚毕业的大学生，她毕业于一所名牌大学，是学校里的优等生，连续四年被学校评为奖学金的获得者。这样的同事分到我们的办公室来，已经是我们办公室的福分了，更何况她是一位女同事，是我们办公室里唯一的女同事、年轻的女同事、正式的女同事，如果她是针叶植物，就是生长迅速的桧柏，如果她是绿洲，就是水草丰足的绿洲，如果她是驼铃，就是叮铃悦耳的驼铃，唯独不会是海市蜃楼。办公室所有的人都为这件事激动了好几天，大家整天都在议论池丹给我们办公室带来的划时代意义，议论到最后，总结出一句话来，大家说，池丹来之不易，我们一定要爱护她。

池丹是我从局里人事处领来的。我领着池丹走进我们的办公室。我们进办公室的时候，我走在前面，池丹跟在后面，我走进去的时候，办公室的同事全都站在那里，他们像迎接王室重要成员一样隆重而欣喜，这使我十分高兴。说实话，我调到这个办公室好几年了，我当主任也有三个年头了，可我从来就没有得到过这样的待遇。公平地说，办公室的同事们平时都很尊重我，他们都亲密地管我叫头儿，他们说，头儿，咱们什么时候发奖金？头儿，咱们什么时候去春游？很拿我当一回事，但是他们从来就没有把我当成过王室的重要成员，现在他们全都站在那里迎接我，这不能不让我高兴。我对我的同事们说，大家不用这样客气，奖金咱们才发过，要发咱们再商量，春天还没有到，要想游咱们就另想一个题目，就算要讨论，咱们坐下来讨论，没有必要站着。我这么说过之后，所有人都拼命地鼓起掌来，并且一个劲地说，欢迎欢迎。这一下我才明白过来，他们隆重而欣喜地站在那里，他们热烈地鼓掌，跟我完全没有关系，他们是在欢迎池丹。

我给大家介绍池丹。我说，这是我们办公室的新成员，我们今后一起学习和工作的同事——池丹。

我又给池丹介绍办公室的每一位同事，这是老马，这是大牛，这是小杨，他们都是老同志，他们都是业务上的骨干，他们会在今后的学习和工作中热情洋溢地帮助你。

我给大家介绍池丹的时候，老马笑眯眯的，大牛一脸庄重，小杨朝池丹使着眼色，全是自己人的样子，看得出来，他们和我一样，一开始就接纳了池丹并且喜欢上她了。

我给池丹介绍办公室的同事时，池丹的脸红了，她站在那里，两只手合握着，有点不好意思。我介绍一个，她就对那个人掬一躬，莺声燕语地说一声，你好。她那个样子让我们直乐。我们觉得池丹她太纯洁了，太柔弱了，太那个什么了，她就是我们想要的同事。我们同时还在心里暗自想，我们一定要好好地保护她。

事情过了八年之后，想起池丹来我们办公室的那一幕，我们仍然觉得我们当时的看法是正确的，池丹她就是我们想要的那样，她和我们的想象完全吻合，她走进我们的办公室，成了我们中间的一员，从来就没有改变，从来就没有背叛过我们的想象，从来就是一开始的那个池丹，这真是一个奇迹。我们一直为这样的奇迹感到庆幸，我们也为这样的奇迹感到自豪，为我们确实保护了池丹而感到自豪，我们因此常常想起我们办公室历史上那个昙花一现的女同事来。只要一想起她，我们就会哈哈大笑，然后像公牛队的禅师杰克逊、飞人乔丹、野牛皮蓬、坏孩子霍勒斯那样豪气冲天地互相拍了一下巴掌，然后一齐说，嘿。

我们的办公室，因为有了池丹，真的没话可说。

三

我们这个办公室是局里最有活力的办公室。

我们这个局是一个机构庞大的政府职能局，各式各样的办公室有二十几个，因为历史悠久，办公室的组织和人员构成显得十分沉重，老气横秋。而我们的办公室不同，我们办公室的人员很精干，在池丹来之前，连我这个主任一共四个人，清一色的男性，且个个长得人高马大，相貌堂堂。我是办公室里唯一的老青年，80年代中期的大学毕业生，有一个事业上春风得意的妻子和一个戴三杠牌子上小学四年级的女儿；我虽然是老青年，可尚未谢顶，也没长啤酒肚子，能一口气打六局保龄球，一餐吃两大笼汤包，加班熬夜不当一回事，第二天政治学习的时候仍然不打瞌睡。在我之下，老马刚满三十岁，结婚两年，小两口良辰苦短地度过"双蜜年"，打算将这爱河里的混合双泳再游上几年，目前还没有考虑生孩子。大牛二十八岁，正在热恋之中，对方是一位花样游泳教练，她是大牛的第九个热恋对象——大牛的前八位热恋对象分别是警官、育婴员、秘书、女导游、训兽师、歌手、保险推销员，她们教会了大牛很多生活的道理和本领，这一回换了花样游泳教练，大牛像前八回一样，热情不减，爱得要死要活。小杨是办公室里最年轻的，二十四岁，他是两年前分来的大学生，目前还没有对象，他生性好玩，迷球、迷吧、迷迪、迷机器、迷英特网，总之把生活搞得很热闹，看那样子，大概一时半会儿不打算找对象。

我们年轻，精力充沛，喜欢身体力行，心里不装事，有话就说，有钱就花，有气就撒；我们还才华横溢，富有创造性，喜欢争强好胜，遇上局里有什么比赛，要么我们不参加，我们要是参加了，除了门球（我们管那叫老年弹子球）之外，任何一个项目都可以稳拿第一名。在我们这个像一个巨大的养老院的局里，我们的办公室真是朝气蓬勃，充满激情。我们这样的办公室，要说有什么缺陷，那就是颜色太单一，我们若是走出去，走在一起，倒是很像公牛队，我们那个样子威风倒是威风了，却孤芳自赏，特别是有的办公室，他们一个个不是歪瓜裂枣就是人老珠黄，只是因为有两个女同事，就得意得不得了，就可以拿君主的目光来看我们。当然这种情况也不是绝对的，我们局里不歪瓜裂枣人老珠黄的人也有几个，女孩子也不少，有很多女孩子都希望调到我们的办公室里来，总务处财会室的张琴好几次给我暗示过，她对调到我们办公室很有兴趣，工会的秋玲也表示过非常想做我们的同事，局办的秘书赵红梅干脆直截了当地对我说，我到你们办公室来怎么样？你要不同意就说明你太没有眼光了，你要不是瞎子就是白痴。对这些女孩子我从来都没有动心。我不是没有动心女同事，我是不想要一个由别人培养出来的女同事。我在心里悲愤地想，难道说我们就不能自己培养出一个女同事来吗？

有一次局里春游，在一处长满了青草的山坡上，总务处的李主任和我站在一起，他十分满意地看着他那几个在山坡上羊儿似跑来跑去的女同事，对我说，要不我借两个人给你改善改善环境？他那句话把我气得够呛。我对他说，我们宁缺毋滥。我说过这句话后就扭头走开了。

我就是在那次惨遭羞辱之后下定决心改变我们办公室的沙漠状态的。

现在池丹来了，池丹成了我们办公室新的一员，而且是我们自己培养的一员，我们清一色的男性世界从此为之改变，如果我们的办公室曾经是沙漠，我们这片沙漠如今已经长出了植物，生出了绿洲，响起了驼铃，我们为这样的改变欢欣鼓舞，我们不光鼓舞，我们还理直气壮，我们只差一点就准备上街游行去了。

池丹她走进我们的办公室，她红着脸，站在那里，两只手缠绕在一起，有点不好意思；她不漂亮，却很安静，她对每一个人轻轻地掬躬，莺声燕语地说，你好，她一下子就成了我们办公室里的一员，好像八百年前她就注定了要和我们做同事似的，而只是因为她是我们当中唯一的女孩子，只是因为她是我们当中最小的，还在慢慢地成长，我们就必须先到这个办公室来等着她似的。

我对大家说，她叫池丹，池塘的池，丹顶鹤的丹。

老马大牛小杨异口同声地说，多好的名字呀。

我说，池丹就像那只小鸟。

大家都会心地笑了，说，头儿的比喻真好。

四

池丹成了我们办公室的新成员。

池丹她先从母亲的怀抱里挣脱出来，咿呀学语，蹒跚学步，稍大一点儿，上幼儿园，再上小学、中学、大学，她从大学毕业，分到我们局里，再分到我们办公室里，然后她成了一只小鸟，一只被我们大家呵护的小鸟，这就是到目前为止她的经历。这是一份简单透明以至于简单透明到纯洁无比的经历。

我们办公室的所有人对池丹都十分关心，十分照顾。我们是爱着池丹的。我们的爱是兄长般的爱。我们就像池丹的哥哥，在各个方面都做着她的楷模和保护神。我们所有的人都决心保护池丹的纯洁和来之不易，让她在我们这个集体中无忧无虑地成长，永远做一只无忧无虑的小鸟。

我是办公室的头儿，又是最年长的一个，所以，我在照顾池丹方面，总是起着表率作用。我在工作安排上，尽可能地关照池丹，让她有更多的学习和熟悉业务的时间；我在办公会议上做出一个决议，在最开始的时候，在池丹还没有分到宿舍的时候，她不参加我们经常性的加班；我很严肃地对池丹说，你得尽快地熟悉业务，你要争取做一个事业有成的好青年；我对大家说，你们都是老同志，你们要帮助她。

其实我这么说一点用处也没有，我根本就没有必要这么说，我根本就没有必要说任何事，自从池丹到我们办公室来之后，办公室的每一个人都在帮助她，而且是我一开始说的那样，热情洋溢地帮助她，所有的人都很真诚，都把池丹当成自己的一个小妹妹，一个刚刚走上社会的小妹妹，尽自己的能力来帮助和关照她。

老马是个很细心的男人，他一点也不像只有三十岁，而像一个有着一百二十年生活经验的智者，他的经验充满了人情味，被他笑眯眯地讲出来，让我们和池丹觉得生活真是阳光普照。不仅如此，老马还是甜蜜生活的杰出样品，他把他的甜蜜生活也带给了池丹。每天上班的时候，老马都会从他的提包里拿出一些小零食来，有时候是话梅，有时候是小胡桃，有时候是榛子，那些零嘴无一例外全是带给池丹的。老马笑眯眯地说，这是我太太带给你的。老马那么说起来简直醉人得要命。而池丹呢，她并不独享那些零食，她会把那些零食分给我们大家，她把话梅用牙签挑着递给我们，把小胡桃用砚盘敲碎了分给我们，把榛子用信封装好了放在我们的办公桌上。池丹是个大方的女孩子，体贴的女孩子，她让我们每个人都明白，她是在乎我们的。

大牛对池丹的关心更多地表现在意识形态的影响上。大牛不光是一个在感情上十分投入的行动者，他还是一个具有诗人气质的哲学家，他对埃·弗洛姆、苏珊·郎格、A·H·马斯洛和罗兰·巴特有着相当的研究，他经常在办公室里给池丹讲规范人本主义，讲符号的创造、时间意象、虚幻的空间、同化原则，讲Z理论、自我实现者的爱情、约拿情结和高峰体验，讲《S/Z》和《恋人絮语》。大牛平时总是很严肃，他在爱情的时空之外一般缄口不言，以示对平庸的藐视，但是他给池丹讲这些东西的时候，总是双目炯炯，神采飞扬。他站在那里，一只手插在兜里，一只手端在小腹前，大谈着"精神过程本身都是无意识的，而那些有意识的精神过程只不过是一些孤立的动作和整个精神生活的局部"，他那个样子，不光让池丹惊叹，同时也让我们惊叹。我们觉得大牛他真是了不起，我们同时觉得有点对不起大牛。我们心里想，如果池丹不来，我们差一点就把他这种了不起的才华给埋没了。

小杨则是另外一种样子。小杨根本就不需要零嘴和哲学，小杨也不需要一脸的笑眯眯或者严肃，小杨他本来就是和池丹一样的，他们年龄相仿，都是刚出大学不久，有共同的经历和语言，对体育、音乐、旅游、英特网和美好的生活有着同样的兴趣，他们若是鱼儿，就是同一片水域里的鱼儿，他们若是鸟儿，就是同一片树林里的鸟儿，如果有什么不同，那就是小杨是男鱼或者男鸟，而池丹是女鱼或者女鸟，他们如今在我们办公室这片水域和树林子里相聚了，他们还需要什么样的媒介呢？他们什么样的媒介也不需要。小杨和池丹两人一见面就自来熟，他们不光熟，而且亲近，两个人连打招呼的方式都与众不同，池丹最开始有点拘谨，她最开始叫我叫主任，叫老马和大牛叫马老师、牛老师，而叫小杨则叫嗨，她走进办公室，把长长的黑发往颈后一捋，天真烂漫地笑着，冲小杨说，嗨。小杨也冲池丹纯洁无比地笑着，说，嗨。他们这个样子，在我们这个办公室里，就像两个还没有来得及毕业的大学生，是各自端着一份红烧肉在学校的食堂里相见了，只不过我们这里并不真的是大学食堂，他们也再用不着念书和考试罢了。

我们非常爱护池丹，我们不仅仅把池丹当做我们的同事，还把她当做我们的妹妹，这样一来，我们的办公室就变成了一个大家庭了。这种现象使我们非常高兴。说实话，我们喜欢这种状况，我们喜欢大家庭，我们不想把自己弄得一点人情味也没有——我们确实生活在一个越来越现代化的社会里，但这并不一定就意味着我们必须没有人情味，这是两个完全不同的概念。

池丹分到我们办公室的第三天，单位里分大米，大牛和小杨正好出去了，我就领着老马去总务处扛大米。池丹见了，也跑过来帮忙。我对池丹说，你别动，你站到一边去。张琴说，她是正式人员，大米也有她一份。我说，我知道大米也有她一份，有她一份她也得站到一边去，如果分鲜花她就不用站到一边，她来，她抱着鲜花合适。

我在办公室树立了爱护池丹的楷模，我希望大家都向我学习。我们是一个由男性组成的集体，我们全都很优秀，但我们的优秀是一片沙漠，也就是说，我们是一片优秀的沙漠，一片沙漠再优秀也是丝毫没有意义的，这一点我想大家都明白。现在我们的沙漠上种植了一丛针叶植物，开辟了一片绿洲，摇响了一串驼铃，沙漠由此有了生机，我们有责任来保护这一生机，有责任不让生机成为海市蜃楼，这就是我的想法。

五

我很快就发现，其实这不光是我一个人的想法，它也是办公室所有人的想法。

池丹来我们办公室后，我先安排她做一般性的文件处理工作，以便她更快地熟悉情况，争取早日上路。在我们这样一个庞杂的办事机构里，我们就像一些生活在甬道复杂的地层下的蚯蚓，我们的工作就是蚯蚓的工作，对于蚯蚓来说，这样熟悉情况的过程十分重要。

我要小杨带着她。小杨人很灵活，处理起这一类事情来既有原则性又很麻利，带池丹完全没有问题。

有一次，小杨不在，我要池丹将一份已经完成的文件送报，池丹很高兴地接过文件去办，结果她没有按照文件的送报程序去做，而是把文件送报到不该送报的部门去了，具体地说，那份文件本来是该送给局委领导的，结果让池丹给送到了老干办，误了事。

局长把我叫到他的办公室，把我给训了一通。局长说，你是怎么回事？你这个主任是怎么当的？这么简单的工作也让你给耽误了，要都像你这样，我们这个局就全乱套了。

我挨了批，心里很窝火，回去我就批评了池丹。我对池丹说，你办事怎么这么马虎呢？一份简单的文件送报工作，你要是不清楚，可以问问小杨，小杨不在，你就问大牛和老马，你还可以亲自问问我，你谁也不问，擅自处理，结果怎么样，出问题了吧？

我这么批评池丹，池丹她站在那里，她的样子非常不好受。我一看她那个样子就心软了，就想算了，事情出都出了，有什么问题我顶着吧。

谁知我想算，小杨大牛老马他们却不想算。

首先是小杨，小杨从他的办公桌后站起来，说，主任，这事不能怪池丹，要怪就怪我，是我让池丹这么送文件的。

我知道小杨这话不对，小杨也许会让池丹往老干办送钓鱼票或者是鸡蛋，再不就是澡堂子票，绝对不会让池丹送文件，那不明摆着刺激老同志们吗？小杨虽说还很年轻，这种错误却不可能犯。

我摆摆手说，小杨你不用替池丹辩解，这种事我明察秋毫。

大牛放下手头的事，一脸严肃地说，主任，一份文件，送错了就送错了，也不可能导致金融市场危机，也不会影响环球生态平衡，用不着那么小题大做吧？

我说，这怎么是小题大做呢？你把应该送到局委成员手中的文件送给了退休的老干部，你让退休的老干部觉得是讽刺，让局委成员觉得是暗示，这种错误还不严重呀？大牛你是老同志，这话别人说可以，你说就是没有觉悟了。

老马本来在那里很认真地整理一份材料，这时抬起头来，笑眯眯地说，主任，你把事情说得太严重了，我们局里每天要生产几十份文件，哪天没有驴食进猫碗的事儿，也没见驴和猫怎么样，再说，这样的错误你也犯过，你刚来那会儿，有一次上面要你起草一份三八节放假的通知，本来是说女同志放假，你给写成了同志们放假，结果到了三八节那一天，领导跑来一看，大楼里空空如也，同志们都满怀喜悦地在家里庆祝节日呢，要说是错误，你这错误也算是有水平了，你忘了？

我一下子就臊红了脸。

我在心里想，老马整天阳光灿烂，他其实是一个隐藏得很深的杀手。

我说，你们这么说，你们要自食其果。

小杨说，自食就自食。

大牛说，其果就其果。

老马说，天塌不下来。

我说，我们这个月的奖金可就全泡汤了。

小杨说，泡汤就泡汤。

大牛说，不就是奖金吗？

老马说，钱挣不完。

我有点生气。我说，你们的意思，反倒是我错了？

这一回他们没有分别表达自己的想法，这一回他们三个人异口同声地说，是的，你错了。

这件事给了我很深的启发，这也是我在我们这个办公室里受到的第一次启发，在此之前，他们三个人一直很尊敬我，从来没有在公开的场合反对过我，他们一直管我叫头儿，现在他们不光联合起来反对我，还管我叫主任，可见事态的严重性。但是这件事情并没有让我沮丧，相反让我很高兴。我觉得我在这件事情上处理得很对，我觉得我的下属他们在这件事情上处理得也很对。我们是蚯蚓，但并不是说我们就是一点感情都不讲的蚯蚓，我们应该成为一群团结友爱、快乐活泼的蚯蚓，事情就应该这样。

池丹对此非常感激，她一下子就喜欢上了我们办公室，她的样子甚至是意外的，惊喜的。有一段时间她有些不知所措，以为什么地方出了问题，以为她走错了地方，走到一个其乐融融的大家庭里面来了，而池丹是独生子女的一代，她从来没有过这样的大家庭，她只是在一些怀旧的电影和书中见过这样的大家庭，她还不太适应，她有点昏了头。但是很快地，池丹她就明白过来了，她明白没有什么地方出了问题，她也没有走错什么地方，她从学校毕业出来，本来就应该分到我们的办公室里来，我们就算是一个大家庭，那也和她的毕业分配没有关系，她只是非常有幸地成了我们这个办公室里的一员；如果我们是一个大家庭，那她就是这个大家庭里的一个新成员，如果我们是兄长，那她就是妹妹。这种情况肯定让池丹欣喜无比，她确实是欣喜无比的，这一点我们全都看出来了。

池丹在适应了我们这个办公室的氛围之后，开始变得活跃了，她对我们说，我真是好运气，我们班上所有的同学都没有我这样的好运气。我们班长的那个单位有二十几个同事，他分去的时候连办公桌都没有，每天只能趁着其他同事不在的时候，在人家的桌子上办公，人家一来就赶紧让座。有一个叫郭有为的同学，他得负责给办公室的老同事们倒水、抹桌子、拿信件报纸，他的领导说他得这么干上两年才能走上正轨。有一次他出了一点差错，他给一个老同事泡上了一杯茶，那个老同事正在吃中药，不喝茶，只喝白开水，那个老同事很生气地说他，你们这些大学生会不会办事？你们难道连白开水和茶都分不清吗？还有一个叫肖粪的女同学，她们办公室只有三个同事，可她去了一个星期也没搞清楚那两个同事叫什么名字。有一次她忍不住问她们科长，科长说，你问名字干什么？你又不是户籍民警，你只管做好自己的本职工作就行了，别的闲事不要管，你们这些大学生，一点起码的社会经验都没有。

池丹讲这些，她是感激的，她为自己不是她的那些同学而庆幸，这点我们完全看出来了。我们觉得池丹有理由庆幸，她的确不是她的那些同学，她有自己的办公桌，她用不着在别人的办公桌上做吉卜赛女郎，她不用给我们倒水、抹桌子、拿文件报纸，并且在走上正轨之前得这么干上两年，她一下子就和我们融为一体，我们也没有管她叫做户籍民警，我们倒是非常喜欢她那种"一点起码的社会经验都没有"的样子，她在我们的办公室里，简直就是万绿丛中一花独放，她这种情况，要不说是幸福无比，实在也就没有别的词汇好形容了。

池丹站在那里，她站在我们中间，她的脸蛋红扑扑的，眼睛明亮得像星星，长发清爽飘逸，在我们的呼吸下轻轻地拂动着，好像她是一只蝴蝶，被我们这些喜欢蝴蝶的人簇拥着，粉翅儿微微颤动，一时要飞去似的。她很急促地讲着她的那些同学的故事，我们很认真地听着，她讲得气喘吁吁，我们听得很着迷，而且非常开心，那个样子，就好像我们真的是一个大家庭，我们是哥哥，池丹是妹妹，我们这些哥哥在听池丹这个妹妹讲一些有意思的故事似的。

池丹她由衷地对我们说，你们真好。

池丹快乐地说，你们太好了。

池丹这么说的时候，我们的脸上没有太多的表情，我们只是在心里微笑着，我们微笑，同时想起了小鸟这个词。

说实话，我们觉得池丹她说得对。

六

池丹分到了我们办公室，她给我们办公室带来了一片生机，使我们办公室变得刚柔相济，使我们办公室从此成了一个真正紧密团结的集体。在此之前，我们的办公室当然也是一个集体，但那是一个松散着的集体，是一个各自心有旁骛的集体，这样的集体每时每刻都在产生着对抗和冲突，现在池丹来了，她像一缕春风，轻轻地吹进了我们的办公室，她坐在那里，或者无声地走动，让我们每一个人为自己过去的刚愎自用和目空一切感到惭愧，让我们明白安静是多么的好，气守丹田是多么的好，微笑是多么的好，热爱针叶植物、绿洲、驼铃和小鸟是多么的好。池丹给我们办公室带来了一种全新的生态，她和我们每个人都相处得非常好，非常和谐；她尊敬我们每一个人，像大家一样笑嘻嘻地管我叫头儿，像我一样管老马叫老马，管大牛叫大牛，管小杨叫小杨；她非常虚心地向我请教业务，很乖巧地一枚一枚吃老马带给她的话梅，很崇拜地听大牛高谈阔论现代人的变异性格，与小杨嘀嘀咕咕地说小话，然后咯咯地笑个不停，她非常信赖我们，这种信赖甚至有一种依赖的成分。我们连每天上下班都是一块儿的，有好几次办公室要加班，我要池丹先走，她不肯，非要和我们一块儿离开，让我们所有的人都十分感动，我们觉得池丹她是很懂事的，我们觉得池丹她不光懂事，还知道和我们一块儿离开的好处。你想一想那是一幅什么样的情景吧，四个年轻力壮身材高大风度翩翩的男人，他们就像四匹毛光水滑的良种马，他们并排走在路上，他们走起来一阵风刮过，在他们中间，有一位风摆杨柳文文静静的女孩，这幅情景怎么会不让人羡慕？

最先对我们办公室这种情况表示出不满的是局办的赵红梅、总务处的张琴和工会的秋玲。

赵红梅有好几次碰到我都要我给她一个说法，给她一个为什么不要她而要池丹的说法。

赵红梅在办公大楼的大厅里拦住我，说，喂，你小子说说，我哪一点不比那个小毛丫头强？我是没她漂亮？没她年轻？还是没她有能力？

我说，赵红梅你别挡道，我重任在肩，我得上班。

赵红梅竖着两道娥眉说，你那班算什么班？我管着七个局长，你那要叫重任在肩我叫什么？不行，你今天一定得给我说清楚，不说清楚我不让你走。

我说，赵红梅你千万不要这么糟蹋自己，你是局花，你要不是局花也调不到局办侍候局长大人们了。我要没记错的话你今年芳龄五五，要说这个年龄也不能算太老，你的工作能力有目共睹，你要没有工作能力几个局座怎么会听你摆布？

赵红梅说，那你为什么不要我？

我说，我们喜欢小鸟。

赵红梅说，你什么意思？

我说，我的意思你还不明白？

赵红梅说，你别给我打哑谜，你直截了当说，用白话文说。

我说，赵红梅，你很漂亮，也很年轻，工作能力没得说，但你不是小鸟，你要是小鸟也是那种让人望而却步的小鸟，比方说，是冠斑犀鸟、红翅凤头鹃、凤头麦鸡，或者干脆是黑翅鸢，你这样的小鸟我们才不要呢。

赵红梅笑着说，我掐死你。

赵红梅这么说，真的扑过来掐我，她掐起人来很疼，完全不是小鸟的那种掐法，一下子就使她的本来面目暴露无遗了。

我站在那里不动，等她掐过之后我说，你掐完没有？

赵红梅说，我掐完了。

我说，你掐完了我就给你总结一下，你这个样子就和一只金喉拟啄木鸟一模一样，所以我们还是不能要你。

赵红梅一白眼说，美得你！

张琴不像赵红梅那样掐人，张琴很长一段时间不理我，她也不理老马大牛和小杨，她就像没有看见我们这几个人似的。我很奇怪张琴她怎么会这样，她怎么会看不见我们？我们的身高都在一百七十五公分以上，我们生龙活虎，最关键的是，张琴平时见了我们，从来都是笑吟吟地，就像真正的亲人那样，她怎么会一下子就不认识我们了呢？

有一次我出差回来去总务室报销票据，我先在总务处李主任那里签了字，然后到财会室张琴那里兑现，张琴在那里对着镜子勾眼线，就像没看见我似的。

我说，张琴，拿钱。

张琴依然对镜贴花黄，爱理不理地说，拿什么钱？

我说，报销的钱。

张琴说，什么报销的钱？

我说，还能有什么报销的钱，出差呗。

张琴说，没钱。

我说，怎么会没钱？咱们局又不是企业，又没有亏损一说，哪能没钱报销呢？

张琴说，有钱没钱是你说了算还是我说了算？

我说，当然是你说了算，但是我们办公室有好几次都没有报销了。

张琴放下小圆镜，说，你们是什么办公室？

我笑了，我说，张琴，别开玩笑。

张琴说，谁跟你开玩笑？你也不看看这是什么地方，这是财会重地，没见整个办公大楼里，就我们这儿是两道防盗锁吗？

我说，没错，我看见了，但我没打算抢你们。

张琴说，我想起你们是哪个办公室了，我还正准备问你们呢，整个局里，就你们办公室最出格，事又多，你们就没有觉得？

我说，我们没觉得，我们一直奉公守法，我们觉得这样很好。

张琴哼了一声，说，票据先放在这里，什么时候有钱了你来问问。

秋玲和赵红梅张琴不一样，秋玲既不掐我也不在报销上拿捏我，她只是用一种怨怨的目光看我们办公室。有一次，秋玲在车棚里推车时看见身边只有我一个人，她飞快地对我说了一句话，然后推着车走掉了。

秋玲说，你们能不能不那么那个？

秋玲的那句话让我费猜测。我很长时间都没有弄明白，秋玲那句话是什么意思。

池丹不仅使我们的办公室成了一个紧密团结的办公室，一个生机勃勃的办公室，一个充满了创造性的办公室，而且还使我们办公室成了一个整洁的办公室和一个办事效率极高的办公室。

池丹是一个非常爱清洁的女孩，而在她来之前的我们不是。我们也许爱清洁，但我们爱清洁的方式不同。我是一个被太太宠坏了的男人，属于油瓶子倒了都懒得扶的那一类。老马倒是没有人宠，但他把所有的爱心都留在了他那个爱巢里，一点公益精神也不肯带出来。大牛只对形而上感兴趣，连平时单位分苹果的时候他都板着一张严峻的脸，袖手旁观地说一些诸如希尔德布兰德的虚幻空间理论来以示对我们这些庸俗者的不屑。小杨则是一个大大的即时享乐主义者，他从来就不会因为身处环境的严重污染而发愁，他可以把满地的纸屑当做一种行为艺术，并且像对付铲球的队员那样一边唱着"噢嘞——噢嘞噢嘞噢嘞"一边从那上面身轻如燕地跳过去。我们办公室在池丹来之前一直为没有人主动打扫清洁而头疼，叫谁打扫谁不愿意，以至每次碰到单位大扫除的时候，我都得使用拈阄的办法来解决这道难题，然后垂头丧气地从工会干事秋玲手上接回一个不清洁的牌子。

池丹来了之后，也没人吩咐，她自己就把打扫清洁的工作承担下来了。她每天一到办公室就挽起袖子，露出两只藕节似的小胳膊，擦窗扫地拖地板，然后把我们每个人的桌子上整理得就像总理的办公桌一样整洁气派。她做这一切事情都很快乐，她拎着水桶，轻快地在办公室里走来走去，一边在嘴里哼着歌；她的歌是在她的小胸脯后面藏着的，我们听不清，我们只能猜想那是一支什么样的歌，通常的情况下，我们的猜想都不会得到检验，因为如果我们要去问池丹，池丹就会不好意思地笑一笑，然后把歌儿收藏起来，让我们连猜想的机会都没有了。池丹把她的歌儿收藏起来，但是池丹不会把她爱清洁的好习惯和勤劳能干的优良品质收藏起来，她仍然每天一到办公室里就挽起袖子来打扫清洁，她这么一做，所有的人都不好意思了——我们都是大男人，谁忍心袖手旁观地看着一个小姑娘在那里气喘吁吁地干活而自己心安理得地做着总理呢？于是大家每天一到办公室，全都争先恐后从池丹手里争着抓扫帚操拖把，唯恐落后，反倒把池丹晾在一边找不着事做了。

工会的秋玲再到我们办公室来检查卫生时，就会十分惊讶地说，呀。

秋玲说过呀之后就在我们办公室的门上贴上了清洁的牌子。

秋玲还含含糊糊地对我说，你们变了。

秋玲说你们变了是一句双关语，这一点我听出来了。秋玲那句话的意思不光是指我们办公室，她还指我们的人，比如说我们的个人服饰、举止言谈、精神面貌，这一点不光是秋玲，我想，整个局里的人都应该看出来了。

局里在秋天的时候组织了一次郊游，那是在池丹分到我们办公室的一个月后。我们那次玩得很开心，我们带了网球、扑克牌、围棋、相机以及大量的食品，我们还去爬山——现在我们有自己的羊儿了，我们的羊儿就是池丹，我们看着池丹在青青的草地上快乐地奔跑，她奔跑的样子比总务处那一群羊儿敏捷多了，生动多了，这让我们十分开心，而我们就像四只精神勃勃的苏格兰长毛牧羊犬，微笑着坐在一旁，对着蓝天白云愉快地吹口哨，看着总务处李主任在那里若有所思，心里想，沙漠变良田是一件多么有意义的事情呀。

秋游事件就是在那一次发生的。

赵红梅约池丹和张琴秋玲去商亭边买冰激凌，在那里遇到了一群流氓。赵红梅遇到这样的情况从来不省事，她连局长都不怕，哪里会怕流氓？流氓当然就更不省事了，他们很高兴这样，他们把几个女孩子纠缠上了。

出事的时候，几个局长和总务处李主任都在现场，可是局长们上了年纪，再说他们都是一些有身份的人，不可能和流氓动手，只能在那里一遍遍地说，要讲道理，要讲道理。老李倒是有点块头，又是转业军人出身，可是老李当了几年总务处领导后，已经树立了全新的价值理论，同时他的总务处大多是女同志，有两个男同志，也属于老弱病残一类，幸亏老李有点军事经验，他在万般无奈之中想到了我们，马不停蹄地跑来搬救兵。

我们一到那儿，一见池丹像受了惊吓的小鸟一样缩在赵红梅身后，我们就出了手。

那是一场恶战。

我是老奸巨猾，当了几年领导，平时总研究治人的办法，都研究出套路来了，知道往哪儿下手最狠、最有力、最事半功倍、最有经济和社会双重效益。老马别看整天笑眯眯地，惜香怜玉是他的看家本领，知道世界上的爱是要用武力来维护的，别无捷径。大牛生就了一副金刚脸，又是激情型的人种，先已经在形象上得了分，平时他总是来形而上的，这回动了形而下的真格，李逵抢板斧，不知轻重，反而把形而下里的秩序弄乱了，弄得真正的形而下毫无招架之力。小杨早就对现代社会世上本无事的平庸感到不满了，整天对无英雄时代现状嚷嚷着没劲，这回逮住一个宣泄的好机会，乐得一蹦三尺高，一边嘴里唱着"噢嘞——噢嘞噢嘞噢嘞"，一边冲在头里像踢球似的猛踢那些流氓。我们这样的四条汉子，我们这样的出手，就算是一个中东战场，也让我们给打得惨不忍睹了。

那天的战绩是，我们四个人人人都挂了彩，我是吃了暗算，背上挨了一砖头，老马是腮帮子上中了一老拳，脸上青出一大块来，大牛是不会使用拳头，在捅人家眼窝子的时候把自己的指关节弄脱了臼，小杨是起跳太高，落地时崴了脚，另外，他的一只鞋也失踪了，找了半天也没能找到。而那帮流氓可就惨了，在警察到来之前，他们至少有三个人倒在地上打滚耍赖，另外有两个见势不妙，要同伴们坚持住，自己回去搬救兵，然后溜之大吉，最后只剩下了一个黑大个，被我们揍得七窍只有两窍还干净着，警察扭住了他的手臂时，他还硬着脖子吐着牙血让我们走着瞧。

我们在风景区派出所里被关了半个小时，有革命群众作证，有领导作保，没犯人命案，再加上那帮流氓是在风景区派出所里挂了号的，我们算是惩治地痞，是见义勇为伸张正义，警察很快就把我们给放了。

那个负责做笔录的警察很好奇地问我，你们四个全是武警转业的吧？

从派出所出来后，赵红梅张琴秋玲几个人立刻跑了过来，一个劲给我们揉背摸脸搓脚腕子，她们完全把我们当成了英雄，她们差不多就是泪水涟涟的了。赵红梅说，你们简直他妈的太棒了。张琴红着脸对我说，回去我就把报销的钱给你送到办公室来，以后要报销，你也不用亲自来了，只要打个电话就行。秋玲哽咽着对我说，你们……你们这个样子真好。

回到局里之后，局长叫我到他的办公室，我去了。我知道局长他不可能说我什么，事情发生的时候他们几个领导都在那儿，他们都是有思想觉悟的领导，观察能力很强，能分出好歹来，再说，如果我们不去，或者我们去晚了，他们能忍心看着自己的下属惨遭凌辱吗？他们要是稍有一点正义感，老当益壮，老骥伏枥，老将出马，老来红，那还不被那帮流氓打得立马中风吗？我相信局长他不会没有这种劫后余生的感受的。

局长果然没有批评我，他只是让我坐下，坐在他办公室里那套非常舒服的沙发上，然后他前言不搭后语地给我说了一些诸如法与非法罪与非罪的关系转化以及度的性质把握之类的话。我坐在那里，坏笑着听着，我想我才没脾气跟你在云里雾里绕呢，我想你有本事就把我给撤了，你要不撤了我下一届没准就该我坐你这把交椅了，你还是除患趁早，要不你可就危险了，我这么一想心里就直发乐。局长没看出来，他并不知道我心里是在乐着，他也没打算撤我，他倒是递给我一支香烟，是极品"山茶"，我觉得局长那张脸就和那种烂漫的花儿一样，中看不中用，所以我就把那支烟给丢进字纸篓里去了。

局长在谈话结束的时候突然问我，你们干吗出手那么狠？

我没听清。我问，你说什么？

局长把他那两个肉肉的拳头举在空中比画了一下，说，你们差点儿没把那几个流氓给揍死。

我就明白局长的意思了。我说，因为小鸟。

这回是局长没听懂。局长问，什么？为什么？

我说，小鸟，为小鸟。

局长问，什么小鸟？

我把胳膊展开，在空中振动了两下，说，小鸟，就是在天空中飞着的，有时候它们也在树梢上停下来，它们在那里梳理羽毛和歌唱。

局长更加不明白了。局长问，这干小鸟什么事？你们打架的时候小鸟出现了吗？

我说，小鸟出现了，当然出现了。

局长说，我怎么没看见？

我笑着说，局长你到戴老花镜的年龄了吧？

局长用力拍我的肩膀，说，小×你调皮。

我从局长办公室走出来的时候开始还乐着，后来我不乐了，我觉得有什么不对劲。办公大楼里非常安静，而且十分整洁，有一些举止同样安静衣着同样整洁的职员像太空人似的硬着脖子在光可鉴人的走道里走来走去，心如止水，脸如版画，无论从哪个角度来讲，这座建筑都是一栋出色的建筑，这些职员都是一些优秀职员，可是我的疑惑并没有因此而解决，相反地，它们越来越重了，它们重得让我就像陷进了一大堆棉花团里。

我走进自己的办公室时老马大牛小杨池丹正在那里说笑着，他们被我的样子吓了一跳，他们异口同声地问我，头儿，你看见UFO了？！

我的神色是悲哀的，我的口气是同样悲哀的，我突然对他们说的UFO

产生了极度的好感，我想我应该到那上面去看一看，也许那里的情况不一样。

我这样问我的部下：人们怎么看不见小鸟呢？

七

池丹来到了我们的办公室，她成了我们办公室里新的成员，我们一起学习，一起工作，一起加班熬夜，一起上下班，一起谈论大家感兴趣的事情（当然这得包括形而上和形而下两种，否则大牛这样的激情型思辨者和小杨这样的行动主义者就会把我们的办公室弄成一座神圣的教堂或者是一间充满噪音的工作场），一起打扫清洁卫生，一起吃老马的太太带给我们的各式各样美味零食，一起算计领导并且和别的办公室的人吵嘴。我们是非常好的同事，我们亲密无间。这是一件让大家都高兴的事情，这也是让大家从既往的消沉和无所事事中摆脱出来的事情，而池丹她在这件事情中起着一个黏合的作用。

池丹成了我们的同事，我们很快就知道了池丹的一切。当然我在这里说的一切，是特指她的身世和经历，并且是近似于履历表上的经历。我们知道了池丹她的身世和经历很简单，她出生于一个一点也不复杂的家庭，她的父亲是一位职员，她的母亲也是一位职员，他们兢兢业业并且很有修养，池丹是他们的独生女，刚出生时很难看，像个小老头儿，小时候长过天花，得过几次诸如感冒发烧咽喉炎之类的病，学习成绩一直不错，老当干部，但也没当多大，迄今为止，人生最大的灾难是在上小学四年级的时候有一次过马路差点被汽车撞上了，这是她生命中唯一的不足之处。

池丹这样单纯的经历实在是让我们感动，我们觉得池丹她的身世和经历简直太好了，我们觉得池丹有这样单纯的身世和经历真是应该为自己感到骄傲，她要如果骄傲起来，就真的像一只小鸟了，如果那样，她的生命中就算有那么一点不足又有什么关系呢？

池丹在后来的日子里越来越信任我们，并且越来越依赖我们，她不仅把我们当成她的同事，而且把我们当成她的大哥哥，她很愿意给我们讲她的事，包括一些心事。那之后我们对她的了解开始突破履历表，向社会关系、感情和理想方面发展。

我们开始知道她生活中别的一些事情，比如说，我们知道她一直很文静，在家里是爸爸妈妈的乖乖女，在学校里是同学们信任的学生会干部，在社会上是朋友们最愿意接触的好伙伴。

我们知道她很有才华，上中学时就发表过诗歌，大学时的论文得过奖，是学校各种活动的积极组织者和参与者。有一年的暑假，学校组织社会实践，她带了一支大学生文化扶贫队到一个老少边穷地区去待了两个月，事迹还上过中央台。

我们知道她能歌善舞，虽然她是把歌声藏在了小胸脯的后面，风儿似轻轻地走路，其实她的歌唱得好极了，舞也跳得好极了，她还弹得一手绝妙的钢琴，让我们感到惊讶。

我们知道有一次她被一个大学男同学欺负了，那个男同学在上戏剧赏析课时偷偷地画她的画，并且配上诗拿给别的同学看，她气急了，她打算去骂他，她打算狠狠地把那个恶作剧的男同学骂一顿，所有的女同学都支持她那么干，她真的去了，她冲到那个男同学面前，挣红了脸，半天骂出一句：你简直太坏了！

我们还知道她虽然不漂亮，但是却很可爱，从中学时她就是男同学们追逐的目标，接到过很多情书，也听到过很多面对面的表白，她把那些情书全都悄悄地烧掉了，把那些表白客客气气地退了回去，只有一次她没有客气，她没法客气，那是她大学毕业的时候，班上三个男同学一起向她求爱，他们要她在他们当中选一个，那一次把她给笑坏了，她对他们说，你们又不是萝卜，让我怎么选呢？

我们哈哈大笑，我、老马、大牛、小杨，我们笑得喘不过气来，我们觉得这太有趣了，特别是萝卜那一段，简直就像是书里写的，充满了谐趣。我们笑得前仰后合，我们笑得上气不接下气，池丹看着我们，她不知道我们为什么这么笑，她先怀疑是她说她没法客气这句话太幼稚，后来她不知所措地一个一个看我们，再后来她就跑开了，去拿镜子照自己的脸，看脸上有没有什么脏东西，这让我们更加的开心，我们觉得池丹她实在是太可爱了，她自己都不知道她有多么可爱，我们彼此看一眼，异口同声地说，萝——卜，然后笑得东倒西歪，瘫在座位上。

我们对这样的知道充满了喜悦，我们对我们知道的池丹充满了喜悦，我们觉得池丹她很符合我们想要知道的池丹，她就是我们想象中的那个池丹，或者说，她就是我们想象中的那只小鸟。我们还知道，如果池丹她是一只小鸟，她就是一只可爱的小鸟，比如说，是那种有着白色腹羽的白腰叉尾海燕，有着黑色长尾的灰树鹊，能在沙漠地区的疏林中生活的楔尾伯劳，全身纯白只在额头上有一点红的极北朱顶雀，她这样的小鸟，有时候会被人忽略，有时候会被人看轻，但是，我们不会忽略她，我们也不会看轻她，我们倒是要仔细地注视着她，把她看得很重，要让她在我们这一片林子里，自由自在地飞来飞去，并且快乐无比地歌唱。

八

池丹开始进入到我们的生活中来了。

我说的生活，是说的我们的家庭。我在前面已经介绍过了，我们办公室里，我和老马是成了家的人，各自都有家庭，大牛虽然还没有结婚，但是他已经谈了八次恋爱，现在他在谈第九次，那是一位花样游泳教练，大牛也许还会继续往下谈，他激情不减，但是他不论怎么谈，终归是要成家的，他不可能永远吊着形而上的绳子不动，而且他现在和花样游泳教练爱得死去活来，他们一日不见如隔三秋，每天下了班之后都待在一起，基本上也算是有半个家庭，这样，我们办公室实际上就有两个半家庭了。池丹是我们办公室新的同事，我们管那叫新鲜的同事，并且是唯一的女同事，池丹她很信赖我们，她把自己的身世和经历全都告诉我们了，她就好像是我们的妹妹一样，她把我们当成她的哥哥，既然她是妹妹，我们是哥哥，我们这些做哥哥的自然有理由要把做妹妹的带回家里去看看，认识认识我们的家庭成员了。

池丹对进入我们的家庭这件事表现得非常开心，为此她给我们讲了一个故事。

池丹的故事是关于她的一个师兄的。池丹的这个师兄比她高两届，大学毕业后分到一家报社，报社的同事每天抬头不见低头见，但是谁也不知道谁的家庭情况，池丹的师兄是个热心快肠的人，开始的时候，他总是主动问候同事，说，你父母还好吧？你孩子还好吧？同事就拿眼睛白他，他不明白，就问部主任，部主任是一个五十多岁快退休的男人，部主任也拿眼睛来白他，什么话也没说，走开了。在下一个碰头会上，部主任分配过任务后说，我再多说两句，我们当记者的，应该把好奇心放到社会上去，放到那些真正的新闻上去，不要庸俗地打听别人的家庭情况，你打听别人的家庭情况是什么意思呢？你要打听家庭情况你就打听刘欢的家庭情况，你就打听王菲的家庭情况，你要把刘欢和王菲的家庭情况打听清楚了我给你发奖金。池丹的师兄是个明白人，知道这是在说自己，从此他就不再主动问候同事了，但是他的性格不能改，他不能装做不认识他的那些同事，于是平时大家见面的时候，他就含糊地问人家，还好吧？有一次周末的时候，池丹的师兄在街上碰见了部主任，部主任怀里抱着一个婴儿，他的身边走着一个上了年纪的妇女，他们迎面朝池丹的师兄走来，池丹的师兄想要躲开已经来不及了，只好硬着头皮和部主任打招呼，说，主任你们逛街呀？部主任休息日的时候是很和蔼的，部主任站下了，看看池丹师兄怀中抱着的书，笑眯眯地说，你也逛街呀？是去逛书店？好，年轻人要趁着青春时光多读点书，加强各方面的学习，这样工作上才能挑起大梁来。池丹的师兄受到了鼓励，一激动，就走过去逗部主任怀里的婴儿，说，主任，你孙子长得真可爱，是个男孩吧？部主任的脸一下子红了，他身旁的那个妇女立刻垮下脸来，说了一声，神经病！拉上部主任就走，把池丹的师兄搞得莫名其妙，后来他一打听才知道，果然是自己错了，那个婴儿不是部主任的孙子，而是部主任的儿子。

池丹的这个故事让我们忍俊不禁，我们又开始笑了，但是这回我们没有笑得瘫倒在座位上，我们还来不及瘫倒在座位上，池丹接着说了一句话，让我们所有的人都为之感动。

池丹说，比起我的同学来，我是多么的幸运呀。

我们几个人相视一眼，这一次我们非常严肃，我们觉得，池丹这句话说得很对。

池丹进入我们的家庭生活是采取轮流聚会的方式，按照办公室的级别和年龄，由我开始，然后是老马，然后是大牛。池丹为此做了精心地准备，她给我们每个人的太太（含候选太太）买了一份礼物，同时还预备了一束鲜花，这使我们越来越觉得池丹很懂事。只不过在池丹怎么称呼我们的太太这个问题上，我们之间有了一点分歧。池丹问，我该怎么称呼她们呢？我想了想说，大家虽然是同事，关系很好，尊重还是要的，我看叫某夫人吧。老马说，夫人这个叫法太慎重，缺了亲密，不如叫姐姐。大牛说，姐姐的叫法太庸俗，理论上也讲不通，最好直呼其名。小杨说，名字是什么，名字是符号，若要忌讳，怎么叫也是错，若要表理达情，怎么叫也不够，索性什么也不叫，只叫嗨好了。池丹说，小杨你那是虚无主义，名字还是要有的，若不要名字，满街都是嗨，知道是叫谁？若名字没有好歹，怎么我刚来时，头儿介绍我，你们都说好？我看这样吧，叫老师，我喜欢老师这种称呼。老马说，你叫她们老师，那怎么叫我们？不是该叫我们师伯了？小杨嚷嚷道，要这样，我是最吃亏的，我也没有老师，我也做不成师伯，要不我临时借一个老师来，享受一回师伯的待遇吧？池丹说，你要命。大家就笑。

头一个周末去我家。

我太太在电视台里做化妆师，用我的话说，专门收拾演员，因为做着化妆室里的首席，尤其收拾名角。老马大牛小杨和我太太很熟悉，他们常上我家蹭饭，有时候他们一边吃着我太太做的美味佳肴一边给我太太出馊主意，要她把某某人收拾得胖一点，把某某人收拾得嘴大一点，别替某某人的一脸雀斑涂脂抹粉，别给某某人的天才头做假发。我太太事业心很强，很看重自己那份工作，免不了批评老马大牛小杨，说你们心理不健康。我太太说，我这份工作是创造美的，怎么能把美的东西收拾出丑来呢？大牛犯犟，要与我太太雄辩，说，美不是情感的形式，美是理智的概念，正如克莱夫·贝尔说过的那样，美学的任务是让人们思考审美情感、审美对象和艺术品，思考为什么某些确实处于美的范围之外的东西却能感动我们。我太太捍卫她的事业，说，你们别拿这种光明的话来搪塞，要这样，你们怎么老是盯着大街上走着的漂亮姑娘看呢？你们怎么不闭上眼睛去思考呢？你们一思考就把美学的任务给完成了，也不用眼累心累了，你们这叫虚伪。大牛就干瞪眼了。

我太太热爱她的事业，也并不贻误了我的同事，在我家聚会那天，她本来台里有演出任务，也耍大腕脾气，打一个电话要她助手顶着，她在家里为我们烧菜。我太太的菜烧得很好，她会做很正宗的阳春鸡，这道菜是老马大牛小杨来我家蹭饭时的保留菜，每次他们啃着鸡腿时都赞不绝口。我太太每一次都要准备两只以上的肉鸡。我太太说老马，你那口子平时都给你吃什么了？光吃爱情了？我太太又说大牛，克莱夫·贝尔对阳春鸡怎么说的？他有没有说过面对一盘阳春鸡，你得思考那之外的让你感动的东西？我太太再说小杨，你也老大不小了，该娶媳妇了，要不然能做阳春鸡的女人全被人抢了去，剩下你只能吃快餐炸鸡了。

我太太很喜欢池丹。

我太太在厨房里切洋葱的时候对我说，这女孩安静，像个女孩。

我一边捣着土豆泥一边说，你没结婚时也这样。

我太太往刀上淋水，说，现在可堕落了。

我拿纸巾擤鼻子，说，没错。

我太太把洋葱放进锅里，说，男人让人堕落。

我把纸巾丢进垃圾袋里，说，理想的方式是让男人死去吧。

我太太点上火，说，前车之鉴，你们别叫池丹也堕落了。

我打了个喷嚏，说，这比较难，男人不是还没死去吗？

我太太叹了一口气，说，问问大牛，克莱夫·贝尔在这方面是怎么说的？

我说，这事用不着问大牛，这事我也知道，老克说，难道只有当我们对一个形式组合体产生审美情感之后，我们才能理智地感觉到这个组合的恰当和必要吗？如果是这样，就应该解释一下这样的事实：我们匆匆忙忙地穿过一间展室，虽然某幅画并没有激起我们强烈的情感，我们却能判定这幅画是好画。我们似乎用不着全神贯注地观照，用不着去推断其情感意味便能理智地认识到这一形式的恰当。如果这样，就应该搞清楚，引起审美情感的究竟是形式本身，还是关于形式恰当与必要的概念——老克他就是这么说的。

　　我太太不满地说，老克糊涂了。

　　老马的太太同样也很喜欢池丹。老马的太太是一位经济师，人很漂亮，而且和漂亮一样的娇气，恨不得每时每刻都黏在老马身上，和老马亲热无比。老马的太太因为要和老马保持亲热状，也就没有时间和精力来为我们做阳春鸡，我们在老马家聚会的时候，老马夫妇就拿藏品丰富的零食来招待我们，然后在麦香居请我们吃牛肉饼喝罗宋汤。老马的太太一定要认池丹做妹妹，她拉住池丹的手说，我比你大三岁，做你的姐姐正合适。我们说，你不用说了，老马已经认池丹做妹妹了，他一开始就要池丹管你叫姐姐。老马的太太甜美地笑着说，你瞧，我们俩总是能想到一块儿。我们说，那是，你们是谁？你们是楷模。

　　我们在大嚼牛肉饼的时候，老马的太太一直握着池丹的手和她说悄悄话。老马的太太一副幸福无比的样子。事后，我们问池丹，我们说，你姐姐都给你说了一些什么私房话？池丹的脸一下子红了，怎么也不肯说。我们逼她，我们说，如果你不说出来，我们就不带你继续下一轮。池丹不想放弃下一轮，没办法，只好说了。池丹说，我姐对我说，结婚真好，结了婚的女人才是真正幸福的女人，可惜她明白这个道理太晚了，她二十二岁才结婚，想一想那之前她有多傻呀！我们一听，目瞪口呆，我们一齐对老马说，你这个姐夫是怎么当的？你回去得教育教育姐姐，不能让她在青少年中散布甜蜜主义流毒。

　　大牛的女朋友对池丹非常感兴趣，花样游泳教练见了池丹就像见了她的队员，用一种职业目光十分挑剔地上上下下打量池丹，把池丹打量得不知所措。花样游泳教练问池丹腿长多少？池丹说她不知道。花样游泳教练问池丹骨骼打开过没有？池丹问什么叫打开？花样游泳教练又问池丹有没有呼吸道疾病？池丹说她有过咽炎史，是念大学的时候，现在全好了。花样游泳教练很满意地点头。我们都被弄糊涂了，我们问花样游泳教练是不是会相面？花样游泳教练说，是，不过用我们的说法叫目测。我们问目测什么？花样游泳教练说，池丹的身材，她的身材不错，凭她的身材能吃水上饭。我们就笑了，并且恍然大悟。我们说，要那样，你守着大牛，大牛也行，他的腿也不短，有你手把手地教，什么优秀选手训练不出来，何必要舍近求远？花样游泳教练说，他腿倒是不短，但干我们这一行的要的是腿细长，膝关节不能大，大牛腰长占了腿长的一半，是白长的，膝关节像个磨盘，大概是小时候调皮罚跪罚多了，大牛的骨骼很僵硬，动作起来目标性太强，缺乏弹性和蕴涵，刚猛有余柔韧不足，分明没有过打开骨骼的历史，再说大牛有上呼吸道疾病，他睡觉时打呼噜，凭着这三条他就被淘汰了。我们做痛苦状，说，太惨了。我们又小声对大牛说，教练同志掌握的全是你的秘密情况，这是怎么回事？谁知我们的话被花样游泳教练听见了，教练大方地说，怎么，你们不是好朋友吗？大牛没对你们说过？我们一直同居。我们说，哦，原来这样，大牛不说这个，大牛只说鲁道夫·阿恩海姆的《艺术与视知觉》和贝尼季托·克罗齐的《作为表现的科学和一般语言的美学的历史》，大牛在办公室里对同居从来就不感兴趣。花样游泳教练笑，说，你们白做朋友了，你们只知道半个大牛。

第二天上班的时候我们一见大牛就问他，大牛，今天你来的是哪一半？

大牛一本正经，说，我们需要说者口若悬河，只要他不说出必然要说的事，我们宁可希望他省去他必说的一切，而极尽曲折地将其隐蔽在貌似无关的复杂的形式之中。

我们问，谁？我们是谁？他是谁？

大牛说，提尔亚德关于非直接陈说的重要性论述，参见《直接与间接的诗歌》第28页。

我们说，哦——

九

池丹的到来使我们的办公室不再是一片沙漠，而变成了一片郁郁葱葱的树林，就算我们还是沙漠，我们的沙漠上也竖起了一座座井架，我们的石油正通过井架源源不断喷涌而出。池丹是一只小鸟，她在我们的树林里愉快地飞翔、栖息和歌唱，她有时候会感到孤独，会有一些小脾气，会一个人坐在那里闷闷不乐，这种情况和小鸟的情况相同，没有什么大不了的，很正常。我们觉得这样很好，我们觉得变成一片郁郁葱葱的树林很好，井架很好，喷涌而出很好，我们甚至觉得孤独、小脾气和闷闷不乐也很好，我们想不出还有什么比这更好的事情来。

池丹其实是快乐的，她在我们的办公室里做着唯一的女同事，她是唯一的小鸟，这样的小鸟拥有着一整片树林，没有别的鸟儿来和她争夺什么，她被树林庇护着，没有人来打扰，她想唱歌就唱歌，想闷闷不乐就闷闷不乐，自由自在得不是公主也是公主了。

池丹其实是感激的，她老是对我们说，你们真好，真的。她还说，你们为什么对我这么好呢？

我们大家相视一笑，老实说，我们被池丹的这个问题问住了，我们回答不出来，我们从来就没有想过这个问题，我们就是想了也没有往更深处想，现在经池丹这么一问，倒把我们给难住了。是的，我们为什么对池丹这么好呢？我们为什么不对历史上昙花一现的那个女同事好，不对赵红梅好，不对张琴好，不对秋玲好，而只对池丹好呢？这个问题让我们百思不得其解。

但不管怎么样，我们的办公室自池丹分来之后很快成了局里最优秀的办公室，到年终评比的时候，我们的办公室得到了数不清的奖旗和奖状，除了计划生育那一项外，我们差不多把所有的奖旗和奖状全拿回来了。赵红梅在大楼里碰到我，一拍我的肩膀说，你小子得请客。我说，行，你给张琴说一声，奖金别发给我们好了，你们爱怎么乐怎么乐。

局长在局里的年终总结大会之后把我叫到他的办公室，局长对我做了一番额外和表扬和鼓励之后，要我写一份经验介绍，说一说我们办公室为什么会有这么突飞猛进的进步，然后印发成文件要全局向我们学习。

我想了想说，没有什么好介绍的，也就是小鸟。

局长张着大嘴说，什么小鸟？你说什么小鸟？

我说，小鸟，就是天上飞着的那种小鸟，有时候它们也在树梢上休息，或者歌唱。

局长瞪着眼说，小鸟怎么了？小鸟和你们的进步有什么关系？我记得这种话你已经说过两次了，一句话你为什么要说两次呢？这里面有什么奥妙呢？局长突然醒悟过来，张开双臂扇动了两下，说，我明白了，你是说，你们像小鸟那样往高处飞翔，你们志向高远，这样你们当然就有了长足的进步。

我坏笑着说，局长你太聪明了。

十

我们办公室的这种情况一直持续了好几年，一直到两年之后才有了一些微妙的变化。

毫无疑问，变化的原因是由池丹引起的。

有一天上班的时候，池丹有些羞涩地说有一件事要给我们讲。池丹那时已经非常信任我们了，她甚至是依赖我们的，她的事情全都毫不隐瞒地告诉我们，碰到什么难题就要我们给拿主意，她那么做，就使我们的办公室更像一个团结友爱的办公室了。

我那天在背高职考试复习题，老马在清理办公室的小金库账目，大牛在校对一份文件，小杨在一份地图上合计着下一回办公室外出旅游去什么地方，大家都忙碌着。

我一边把英语单词往脑子里塞一边含含糊糊地说，有什么事你就说吧，是不是你们家里的煤气用完了？用完了就让小杨帮你扛去。

池丹摇头，说，不是。

我说，是不是你父母谁生病了？生病了要你老马家哥哥姐姐陪着去医院。

池丹再摇头，说，不是。

我说，那有什么事？我也不能猜了，我要猜多了，到时进考场没有选择题我拿什么猜？

池丹说，别人给我介绍了一个对象。

我把半边英语单词从脑子里恶狠狠地拔出来，老马一头金屑地从小金库里钻出来，大牛用手指死劲摁住正校着地方，小杨遇上了海哮似的把地图往边上一丢，我们都从自己的办公桌后面抬起头来盯着池丹。

池丹下意识地往后退了一步，说，你们干吗呀，这么盯着，吓人不吓人。

我说，往下说，不说吓人的事，说介绍的事。

池丹恢复过来了，一晃长发，爽快地说，其实也不是介绍，是我大学里的同学，不是同班的，同一个年级，过去认识，彼此印象不错，只是没怎么说过话，前几天在一个聚会上遇见了，组织聚会的同学说，你们俩认识，又都没对象，是不是可以谈谈？我们俩觉得行，也都老大不小了，谈谈就谈谈，就联系上了。

我们都笑了。我们觉得这很好，我们觉得这太好了，池丹她是一只小鸟，虽然她在我们这片郁郁葱葱的树林子里飞着，有时候停下来歇息，或者歌唱，但是她不能老是做一只孤孤单单的小鸟，她这么可爱，应该有个伴，她老是一个人，即使是飞着，停下来歇息或者歌唱，她也会孤独，而像她这样可爱的小鸟是不应该孤独的，如果她不是一只孤独的鸟，她有一个伴，他们一起飞着，歇息或者歌唱，那会是一幅多么美妙的图画呀。

我们全都放下手中的事，微笑着看池丹，我们看出池丹她的脸蛋是红红的，她的眸子像星星一样明亮，她的长发又开始轻轻地拂动起来，我们就知道，池丹她说谈谈就谈谈，其实她对这件事情是很在意的，她把这件事告诉我们，她是想要知道我们对这件事情的意见。

我开始把塞进脑子里的那些英语顺着先前的那个眼往外倒。我说，往下说，继续说，说详细一点。

池丹说，我们就见了两次面，还没来得及继续，也没来得及详细。

老马说，那就粗略地说说他的情况。

池丹说，他姓王，和我同年，比我大八个月，身高一百七十七公分，体重六十八点六公斤，他说这是净高和净重，没有水分；他出身军人家庭，父母都在军队，没有兄弟姐妹，情况就是这样。

大牛看着池丹说，他现在在干吗？

池丹说，读研。

老马说，哦，书呆子。

大牛转过身去和老马争，说，书呆子不是读书读出来的，会读不呆，呆子不会。

老马说，凡书呆子都是读书读出来的，不读书的呆子叫傻子，和读书没关系。

我差不多已经把塞进脑子里的那些英语全都倒出来了。我说，你们俩别争了，现在还没到考核理论联系实际的灵活性问题阶段，现在还在初审阶段，你们先收拾着，听池丹的——池丹你继续往下说。

池丹双手干干净净地往外一摊，说，还说什么？都说完了。

我没明白过来，说，这么简单呀？

老马若有所思地说，简单有什么不好？简单比复杂好。

大牛又把身子转向老马，说，未必，简单有时候等于幼稚，甚至等于白痴，复杂有时候等于深刻，甚至等于智慧。

我不耐烦地说，你们两个有完没完？是你们在谈还是池丹在谈？要不你们代替池丹算了。

小杨在一旁哧哧地笑，说，他们两个牺牲了一个半，基本没戏了，再说人家不要他们，人家要池丹。

我又问池丹，你说你们是校友？

池丹说，没错。

我说，你说你们在学校时彼此印象不错？

池丹说，我们俩都是学生会的干部，平时倒没多少话，但接触过几次，他组织活动很有经验，口才非常好，我那时就觉得他非常有才华，他给我说，他那时也觉得我人挺好。

我现在已经把脑子全腾空了，我已经十分清醒了，我把那个眼封上，说，这个人不能考虑。

池丹有些意外，说，为什么？

我果断地说，不但不能考虑，还得躲开，这个人是个危险人物。

池丹吓了一跳，说，头儿，你别吓我。

我说，我不是吓你，我是分析。

池丹说，怎么分析？

我说，你听好了，第一，这个人是学生会干部，又是才子，按你说的条件，百里挑一是肯定的了，大学四年，他有过多少恋爱经历？不说是一本糊涂账，至少是历史不清楚；第二，你说你们都是学生会的干部，就算没说过多少话，也有过接触，而且他在学校时就对你有好印象，但是四年时间，他却从来没对你表达过他对你的好感，他那个时候都干什么去了？他的出色的口才用到哪儿去了？可见这个人言不由衷；第三，这个人出身军人家庭，父母全都是军人，军人最讲计谋，讲韬略，讲作战、谋攻、虚实、九变、用间、声东击西、围点打援、丢卒保车、苦肉计，总之孙子十三篇篇篇都烂熟于胸，他是军人子弟，家中又只他一个，父母还不把毕生心血全倾注在他的身上？可见他是沙场中人，这种人如何又不危险？

池丹盯着我，她的脸上露出一丝不相信的神色，但是她很快就把那些不相信赶走了，并且为之脸红。

池丹说，怎么可能呢？他不会是这样的人吧？

我说，怎么不可能？很多人，他们具有相当深的伪装色彩，他们总是把自己的真实面目隐藏起来，让你分辨不清，让你上当，不信你问问老马他们。

老马慢悠悠地说，没错，这种人大有人在，你要没有经验，总是被他们的假象所迷惑。

池丹说，可是我和他接触过，他温文尔雅，率真坦诚，他看着我的时候眼睛从来不游移，他连小时候偷过大院伙房里的胡萝卜这样的事都告诉我了，他并不是你们所说的这种样子呀？

小杨一副懂行的样子说，在军事术语中，这叫避实就虚，丢卒保车。

大牛用一种很深沉的口气说，这就是希尔德布兰德的理论——基本幻象不是景致，而是虚幻空间，不管它是怎么形成的。

池丹有点相信了，可她还不死心，说，他干吗要这样做呢？他这样做有什么好处呢？

大牛仍然是那副深沉的口吻，说，基本幻想的接受是你，构成是他，对构成而言，人们通常只关心它是二维、三维还是四维的，不关心它的构成成分，这就是为什么会产生虚幻空间的原因。

池丹有点灰心，说，那你们说，我该怎么办？

我说，还能怎么办？休掉他！

池丹拿巴巴的眼光看着老马大牛小杨，迟迟疑疑地问，你们……你们的意见呢？

老马说，也别伤着他，委婉地告诉他，你还年轻，暂且不谈。

大牛说，把充满混乱的基本问题理清，明确抽象导致的失误，系统向他阐述，除患须尽，以免他卷土重来。

小杨满不在乎地说，哪来那么复杂？给他一份哀的美顿书，说声拜拜，大不了大家做个朋友。

池丹轻轻地摇了摇头，说，好吧，既然你们都这么说，那我就不考虑，其实我也不是太满意，我不过是有点喜欢他罢了，我就是觉得有点对不起他。

我说，对不起他什么？对不起他没让他把你捕进他的鸟网里呀？我告诉你，像你这样的小鸟，四下里盯着你的猛禽多得是，迟早一天你要做了它们利爪下的猎物，你还是先庆幸这次好歹留下条小命，还能快活两天吧。

池丹一甩长发，说，都被你们说得那么严重，我才不信呢。

她说她不信，其实我们谁都看出来了，这件事她已经放弃了，她已经听进了我们的，决定不再往下继续了，她是那种心里不装事的女孩子，说放下就放下，一点牵挂也没有，再加上对我们的依赖，她是愿意相信的，所以根本就没有一点伤害，她说过不信之后，立刻转过身去做她的事，脸上晴晴朗朗的不见一丝乌云，她嘴里哼着一支歌，因为声音很小，我们没听清，有一瞬间，我们懵懵懂懂的，以为那是小鸟的啾啭。

十一

大约半年后，池丹又有了一个男朋友。

我这里说的又，是指的在那个学兄之后，我说的男朋友，是指和池丹有恋爱关系的某一个人，不过这次和上次不一样，这次的男朋友真的是由人介绍的，而不是池丹自己认识的校友了，介绍人是池丹父母的世交，也是男孩子父母的世交，非常熟悉两家的情况，这种熟悉包括对两家的孩子，池丹小的时候当然不认识那个男孩子，长大以后也不认识，池丹认识那个男孩子是某一位世伯带着他到她家里去的那一天，但是如果我们不把那个世伯排除在外的话，我们把那个世伯和三家复杂的世交关系这个因素考虑进去的话，那也不是不可以说，池丹与那个男孩子是青梅竹马，两小无猜。

那个世伯很喜欢池丹，那个世伯同样也很喜欢那个男孩子，那个世伯说，你们俩早就该在一起玩了，那个世伯还说，现在还不晚，你们现在玩吧。

池丹把这件事告诉了我们，池丹的意思是要征求我们的意见，池丹自己当然也是有意见的，她把这件事情告诉我们，只不过是想要一些参考罢了。

但是，池丹的意思并不是我们的意思，池丹要的是参考，不等于我们就只拿出参考，这是完全不同的两个概念，这是一个非常严肃的原则性问题，这样的原则我们是从来不会放弃的。

和上次一样，我们要池丹先把那个男孩子的基本情况详细地告诉我们，在我们作出判断之前，这一点是很重要的。

池丹按照我们说的做了，她把那个男孩子的情况告诉我们了。我们坐在那里，坐在我们各自的办公桌后面，微笑着，听得非常仔细。我们了解到了那个男孩子的所有情况，他的年龄、身高、体重、相貌、性格、籍贯、民族、学历、爱好、专长、职业、职务、职称、收支、家庭出身、社会关系、个人病史、各种奖励和处分，如此等等。我们一边听一边点头，我们偶尔也打断池丹的叙述，提一两个简单的问题，然后要她继续往下讲，同时在私下里交换一下眼神，我们的样子，就像在听一个很重要的报告，严肃并且投入，任何事情都无法让我们中止似的。

池丹讲完了，我们也听完了，我们的微笑仍然挂在嘴边。

池丹拿起她那只小巧玲珑的坤杯，喝了一口水，放下杯子，问我们，怎么样？

我们异口同声地说，不行。

池丹说，什么不行？是我讲得不行还是这个人不行？

我们说，你讲得很好，你的口才不错，你在大学里就练习过演讲，走上社会之后又经过了刻苦实践，已经百炼成钢了，你很行，是那个人不行。

池丹说，为什么不行？

我们说，问题很多，总之是不行，根本不能考虑。

池丹说，没有你们说的那么严重吧？

我们说，我们是过来人，对问题的严重性十分清楚。

池丹说，那小杨呢，小杨不是还没过来吗？

小杨满面沧桑地说，心路迢迢，唯有自知。

池丹咯咯地笑，说，得了吧你，还没玩够呢，装什么深沉？又转过头来对我们说，那你们说，要什么样的人才能考虑呢？

我想了想说，成熟是首要的。

老马笑眯眯地说，社会经验十分关键。

大牛一脸严肃地说，最重要的是必须具有思辨性能力。

池丹不以为然地说，你们说得太玄乎。

我们说，你年轻，阅历尚浅，很多事情不知道，等你过几年稍稍成熟一点就会知道，生活中蕴藏着无数玄机。

池丹叹息一声，说，好吧，既然如此，我就听你们的，这个也吹了，好在他是个豁达的人，又现代，不会想不开，只是我不知道该怎么对世伯交代？

我们纷纷从文件篮里往外拿工作，我们说，那是你个人的私事，与我们无关，我们不干涉。

池丹叫道：嘿，嘿，你们怎么这样？你们不问三七二十一地闯进来，把一切都弄乱了，也不管收拾的事，你们这样做也太没有良心了！

我抬头旁顾左右，问，今天轮到谁做清洁？下班以后收拾干净一点，然后我请客，咱们奔比萨去。

这件事就这么完了，结束了，池丹怎么把她那个"青梅竹马两小无猜"的男孩子给推掉的我们不知道，她怎么让她的世伯惊诧、迷惑和遗憾的我们也不知道，总之她从此之后再也没提到过这件事情了，没有提到过那个男孩子了，只有一次，她说什么事的时候提到过那个世伯，好像是她的那个世伯得了一种叫做克里曼特综合征的病，她去医院看他，还拉着伯母的手哭了一场。我们觉得池丹她的心眼真好，她是一个非常善良的女孩，是一个非常有同情心的女孩，我们因为这个才想起这件事来，想起曾经有过的那个"青梅竹马两小无猜的未遂事件"来。事过境迁，一切都已经成为历史了，历史若没有当下性，就是想起来也没有多少意义，何况池丹她并没有受到损失，她还是我们这片树林中一只自由自在着的小鸟，仍然受到我们的呵护，羽毛健全，快乐得让人羡慕。有时候我们在工作时，会在心里一动，我们抬起头来，去看池丹，她在我们的中间，一张最新款式的办公桌，她坐在桌前写字或者阅读，安静而又自然，我们有点恍惚，在心里想，这是怎么一回事呢？怎么会有一些鸟儿的幻影，不断地在我们的眼前晃过呢？我们想要得到这个答案，但是得不到，我们就想，那是一个白日梦了，我们还想，池丹她在那里，并没有途径去变化，无论是飞翔、栖息和歌唱，她都徘徊在我们的树林里。

十二

那以后，池丹又有过好几次恋爱的经历，有时候是别人介绍的，有时候是她自己认识的，有一段时间，她在这方面的交往十分频繁，连她自己都给弄糊涂了，分不清谁是谁，分不清和她有过接触的那些男孩子，哪一个是现在时，哪一个已经结束了，这种混乱的状态一直持续了差不多有两年的时间。

当然，不用说你也知道，池丹的这种情况是由我们造成的。

和已经发生过的那些事情一样，每一次和男孩子接触，池丹都会事先把有关情况告诉我们，她已经习惯了这样做，她把每一次的情况告诉我们，由我们来帮她拿主意。毫无疑问，每一次我们都会对她说不，再告诉她不的理由。我们告诉她学历、相貌、身高、年龄、职业、收入、血型、星座方面如何不合标准，我们还会毫不客气地指出嚼口香糖的坏毛病、蹩脚的外地口音、眨巴眼的丑习惯、爱张嘴大笑的傻样、喜欢吃大葱的庸俗嗜好、用手绢而不是纸巾的守旧、一激动就口吃的可笑、不知道锈腹短翅鸫以昆虫为食并喜欢独自活动的浅薄或者是别的一些什么。

我们在这方面可以说是经验丰富，我们同时观察敏锐，并且绝不嘴下留情，每一次都会把池丹的激情之火扑灭，让她从深渊的边缘幸运地退回来。这种过程一般不会拖很长的时间，平均每一次我们称之为"外科手术"的对那些可怜的男孩子们的否定，大约只需要两三次办公室的集体听证会，这种高频率的手术，造成了池丹总是记不住谁已经结束了，谁正在进入，她不断地改变着"万事通"上的花名册，不断地把电话中对方的名字弄错，不断地用怀疑的眼光盯着面前的记事本，坐在那里发呆。

池丹的样子让我们惋惜，我们觉得池丹她不应该这样，不应该弄错和发呆，事情简单而又清楚，完全用不着更多的智慧来判断，她根本就没有理由弄错和发呆，她这样弄错和发呆，让人怀疑她是在怀念着那些愚蠢的大男孩，是在为没有记住他们的那些坏毛病而感到遗憾。

我们对这种情况会感到愤慨，我们觉得池丹这样简直太没出息了，她那种手足无措的样子已经不像一只小鸟了，她如果继续下去有可能变成别的什么，比如说变成一只没有教养的蟋蟀，那样做是非常危险的。但是我们又不忍心更多地打击她，我们只是对她说那是她自己的事，由她自己做主——虽然我们知道那并不是她自己的事，到头来她也从来没有自己做过主。

我们对池丹说不的时候，她总是很无辜，甚至有点慌张，她的眼睛里露出一种无可奈何的神色，一种绝望的神色，一种恐惧的神色，好像那是她的命运似的。有时候池丹会表现得满不在乎，非常果断地接受了我们的手术，回头就把一个男孩给吹了。她爽快地说，我相信你们的眼光。有时候池丹会没精打采，撩一下长发说，我早就知道这回又不行，其实我是不想和你们争，因为我也没有拿定主意。有时候她很怀疑，她在听证会上和我们犟嘴，说，我弄不明白，到底是我在谈还是你们在谈？怎么你们比我还上劲？

只有一件事是永远不会改变的，那就是不管是哪种情况，不管池丹满不在乎也好，没精打采也好，怀疑也好，结果只会有一个，那就是那些大男孩注定全都成了过去时。

在这一段时间里，池丹的长发不再飘逸，她坐在那里或者走动的时候，她的长发就像没睡醒似的耷拉在她的肩头，更多的时候，她索兴把它盘在头上，干脆让它彻底休息，这是我们唯一的遗憾。我们说，池丹，你的长发怎么不见了？池丹安静地说，盘起来了。我们说，你把它盘起来干吗？你应该让它飘着，让它自由自在地飘着，就跟过去一样。池丹若有若无地笑笑，说，没劲。我们就觉得，池丹她变了。

池丹后来有了一些反抗。有两次，她打了埋伏，没有把正接触着的对方的情况告诉我们，她就像地下党常常做的那样，把他（们）掩护在暗处。一般来说，这种情况是在对方比较优秀的时候发生的，但是这种情况并不能改变什么，到头来，我们终究还是会知道的。我们知道的途径大致有两种，一种是我们自己观察出来的，池丹她不擅掩藏，在她和比较优秀的男孩子接触的时候，她会把她的欣喜和快乐表现出来，我们立刻就像真正的树林，在鸟儿打算离开树梢的时候敏锐地察觉到，我们察觉到就会去打听，我们打听到了就会采取行动，召开听证会，进行外科手术。另一种情况是池丹自己讲出来的，她知道我们为她好，她不忍心瞒着我们，在她的地下工作进展到一定程度的时候，在她准备做出一种重要决定的时候，她就会抱着这一次也许会有奇迹发生的幼稚想法把真实的情况告诉我们，然后眼睁睁地看着我们像联合兵团一样在办公室里集中，沏好茶，摆好椅子，正襟危坐，满怀信心地开始手术。池丹那个时候肯定在心里想，他们是怎么知道的？或者她绝望地想，我真不该告诉他们。她这么想了，当然知道那之后的结果会是什么，问题是她根本没有办法来阻止将要发生的一切——我们生活在一个并不完美的世界里，没有任何人可以做到无可挑剔——同时池丹也知道，她必须接受再一次的失败。她确实是无辜的，她确实是一只小鸟，但是，既然我们已经承认了世界的不完美，小鸟的生活当然也就不会那么一帆风顺了。

池丹有时候会和我们生气。她说，你们烦不烦人，你们到底要我怎么样？

池丹有时候会很消沉。她说，算了，我也不谈了，反正不管那人什么样，你们终归是不会满意的。

在这种时候，我们就会批评她，我们会指出她在这个问题上不负责任的轻率态度，指出她潜意识里的侥幸观，指出她急于求成的浮躁情绪，指出她因为缺乏经验而产生的幼稚言行。我们会鼓励她，让她不要放弃，让她知道满怀信心地去迎接新的寻找是一件多么有意义的事情，让她明白苦尽甘来才是人生的最佳途径，让她相信自己，相信我们。我们很严肃地对她说，你是一只小鸟，你的生命形式就是飞翔，你有什么理由放弃它呢？

只有一次，池丹做得有些过分了，明显可以看出来她有点失控，有些故意拿我们出气。有一段时间，池丹没有和任何人接触，然后她突然不怀好意地对我们说，我看你们这几天闲着没事做，都有点闲得不正常了，是不是我明天去找一个人来，让你们再开一次听证会？

那一次，我们原谅池丹了。

我们知道，有些事情，原谅比不原谅效果要好得多。

我已经说过了，这种事只出现过一次，在那之后它们再也没有出现过，在我们的办公室里，这只不过是一次偶然性的事件。大多数的时候，池丹她是非常懂事的，她有时候确实会耍一点小孩子脾气，就像所有她这样的女孩子一样，有那么一次两次任性，就像所有的小鸟一样，会朝树梢嘀咕几声，但是很快她就会明白过来，她这样做是不对的，她没有理由这样做，她会为自己的任性感到羞愧，每逢这样的时候，池丹都会像个做错了事并且明白过来的孩子，犹犹豫豫地看着我们，小声地说，对不起。池丹她还会说，你们真好，真的。

池丹她那么说的时候是犹豫的，而且声音很小，小得几乎让我们听不见。但是这种情况不能说明什么，我们只要想一想就会释然，这种情况，我是说犹豫和小声这种情况，它们在小鸟那里不是经常出现吗？

十三

我现在要说到这个故事最关键的那一部分了，它是我们这个故事的最重要部分，不管这个故事有没有意义，最好看的部分是从这里开始的。当然我说的好看，是有多层意思的，对别的意思，老实说我不太关心，我在这里强调意思而非意义，只不过是想说，我们总是把一些事情搞得非常复杂，我们老是追求一些我们力所不能及的事，老是把自己弄得非常可笑，比如说，我们老是想得到意义，其实我们不知道意思的意义有时候并不比意义的意义小，甚至它们更大；同时我想说，作为树林，我们是付出过很大努力的，我们遮天掩日，郁郁葱葱，没有放弃树林的职责，我们不愧是一片好树林，这就是我事先想要说的话。

小鸟池丹和青年唐林认识了。

有关青年唐林的基本情况，我想没有太多介绍的必要，总之他不是那种很招摇的、除了青春痘之外其他什么也看不见的青年人，他这样的人对绝大多数女孩子（尤其是安静而且出道不久的女孩子）具有着强烈的吸引力，那种吸引力较为隐蔽，属于渗透性的，但是药效发作得很快，有点像一种叫做AERHNE的激发类药，也许女孩子们见到他的头一面还不至于发生什么，世界还会控制在一种正常的状态下，如果说这种情况不加以制止，比如说，我们不给患者服用"安定"之类的抑制药，情况就会非常糟糕了。

有关小鸟池丹和青年唐林之间发生的事情，还有一个背景要介绍，那就是他们的名字。池丹姓池，池塘的池，唐林姓唐，唐与塘谐音；池丹名丹，丹顶鹤的丹，唐林名林，树林的林；丹顶鹤是鸟儿，鸟儿总是爱待在林子里，这是大家都明白的道理。有关名字的背景是池丹说出来的，池丹完全被这样的背景迷住了，她有一段时间整天坐在那里托着腮帮子望着窗外发愣，她还常常拿着一片树叶的标本出神，我们知道，这些全都与那个名字的背景有关。我们当时就批评了她，我们一致认为，池丹作为一名具有高等学历的现代青年，是不应该有这种愚昧的念头的，这种念头实在让人好笑，我们怎么可以凭着两个符号的象征性来决定自己的命运呢？这就是我们的想法。

周末，池丹去逛商场，一个孩子被挤倒了，池丹去扶孩子，人们拥过来，还有一台运货的手推车，车上的健身器摇晃着往下倒，青年唐林抢过去扛住健身器，一个特等奖摇出来了，人们又拥过去，孩子不肯爬起来，哭，青年唐林坚持不住了，孩子的母亲跑过来，孩子的母亲推了池丹一把，池丹倒在唐林身上，唐林倒在地上，健身器倒在唐林身上，是一整手推车健身器，唐林很敏捷，唐林用自己的身体把池丹覆盖住，池丹觉得自己在大地的怀抱里，池丹听见唐林叫了一声，池丹怀疑是不是在地震。

这是小鸟池丹和青年唐林认识的第一步。

　　商场经理要送唐林去医院，唐林笑着拒绝，唐林抽着气说没事，池丹觉得她不该倒在唐林身上，池丹觉得唐林完全有时间躲避开，又一个一等奖摇出来了，人们拥过来，池丹非常愧疚，池丹一定要送唐林回家，池丹还要扶唐林上楼，唐林不肯，唐林扶着楼梯单脚跳上去了，唐林的脚出血了，池丹学过简单的伤口处理，唐林不好意思脱袜子，有一个孩子在楼上吹单簧管，唐林跛着脚去给客人倒水，池丹的眼睛突然湿润了。

　　这是小鸟池丹和青年唐林认识的第二步。

　　池丹放心不下袜子后面的那只脚，池丹抱着鲜花上楼时想她应该把花换成水果，门打开时门里的人看见门外的人眼睛一亮，门打开时门外的人看见门里的人脸一红，一个孩子坐在地板上，一副围棋残局和一只单簧管放在地板上，孩子嗓门亮亮地叫姐姐好，孩子抱着单簧管跑掉了，孩子又在楼上吹单簧管，两个已经不是孩子的人突然不知该说什么话，缠着雪白绷带的脚上没穿袜子，池丹的眼睛再一次湿润了。

　　这是小鸟池丹和青年唐林认识的第三步。

　　池丹头一回有了五心不定的感觉，两次计划中的郊游被取消了，办公室又出了一次失误，池丹忘记了盘头发，总务室通知领食用油，池丹有些生气了，她想伤口总是会好的，她想袜子又会代替雪白的绷带，她想她干吗要去牵挂呢？池丹开始唱一支谁也没听过的英文歌，池丹硬要和小杨打赌去蹦极，池丹夸张地笑出声来，池丹慵慵恹恹地，池丹想她也许是病了，池丹要回去睡上一觉，池丹想什么事也没有发生，池丹想没有什么了不起，一个花工在浇花，池丹在走下台阶时一下子站住了，那个伤了脚的青年人站在那里，伤了脚的青年人微笑地着看她，池丹的眼泪一下子就淌下来了。

　　这是小鸟池丹和青年唐林认识的第四步。

　　从以上这些情况，我们可以清楚地作出如下的判断：池丹陷得很深，她差不多是一下子就陷进去了，她的陷进去简直毫无道理，而且它和以前的每一次都不一样，这一次池丹没有打算告诉我们，实际上她是陷得太快太疾猛以至根本没有想到要告诉我们，她的整个心思全都放在那只缠着雪白绷带的脚上了。池丹的陷入是被我们观察出来的，除了小杨之外我们都是过来人，我们知道脸上的潮红意味着什么，眸子里的星星意味着什么，含情脉脉地出神意味着什么，突如其来的微笑意味着什么。坦白地说，这一次我们有一些小小的失误，我们有一些轻敌了，我们最先以为这不过是又一次重复，要不了多久，这件事就会在一次新的听证会之后宣告结束，可是很长一段时间过去之后，我们没有得到听证会的任何通知，相反，在等待听证会的那些日子里，潮红和星星越来越多，含情脉脉和突如其来越来越多，这不能不使我们忧心忡忡。我们开始警觉了，我们决定不再等待，我们决定采取行动，如果一方不打算就此说明情况的话，另一方可以单方面召开听证会，这就是我们的想法。

实际上，这一回池丹根本就没有打算听我们的任何意见，这一回她打定了主意要顽抗到底，她已经完全被那条缠着雪白绷带的脚弄糊涂了，糊涂到不讲任何道理的地步。

我们一问池丹，她就爽快地告诉我们了，她把一切都告诉我们了，一点也没有打算隐瞒。

我们从池丹那里知道了唐林的所有情况，我们有了底，比如说，相貌平平，身高平平，学历平平；比如说，普通的白领，薪水不高，孤儿；比如说……我们微笑着，我们胸有成竹，我们心里想，可怜的青年唐林哪。

我们把茶沏上，把椅子摆好，正襟危坐。我们说，想听听我们的意见吗？

池丹安静地看着我们，说，不。

我们瞪大了眼睛，说，不？

池丹很坚决地说，不！

我们不明白地说，为什么？

池丹果断地说，因为你们已经说过太多的不了，现在该我说一次了。

池丹把她的长发往肩后捋了捋，我们这才发现，她盘在头顶的长发不知什么时候放了下来，随着她的动作而飘逸着，这使她非常的迷人。但是我们不明白出了什么事情，我们不明白池丹的长发怎么可以放下来，她怎么可以说不，她说我们已经说过太多的不了，现在该她说一次了，这句话是什么意思？她想要干什么？我们瞪大眼睛，张着嘴，就像看见了一个陌生的池丹，一个让我们从来没有见过的池丹，一个有点怪怪的池丹，让我们百思不得其解。

我们没有放弃，继续做池丹的工作，不管她说没说过不，不管她是不是把盘上头顶的长发又放了下来，我们仍然把早已准备好了的意见说出来。我们的意见是成熟的，它们充满了经验和智慧，它们是小鸟池丹不具备的。但是池丹她不想听，她根本就听不进去，她是拿定了主意不听进去，她任我们在那里说着，若有若无地笑着看我们，好像是说，你们说吧，看你们能说成什么样。池丹这种样子是从来没有过的，令我们有些惊诧，令我们防不胜防。不过，我们惊诧归惊诧，防不胜防归防不胜防，我们却并不放弃。我们知道，有些事情它就是这样的，你必须有主见，你不光要有主见，你还要有耐心，要反复做工作，你要把工作做好，做出成效来，你完全不能期望什么捷径。

在接下来的几天时间里，我们不断地做池丹的工作，我们反复阐述我们的观点，指出青年唐林的种种不足，不厌其烦。我们轮流上马，一个个地说，从经验上、从理论上、从实践上、从心理上，从各种各样的血的教训上，总之我们真是做到了良苦用心。可是这样做一点效果也没有，池丹她根本就不为所动，她有时候是听着，听我们说，等我们说完，她就去干别的事，干她自己的事，一句话也不留给我们，好像刚才什么事情也没有发生，我们苦口婆心说的那一大堆全都白说了；有时候她显得有些不耐烦，我们刚一开始，还没有来得及展开，她就打断我们，说，是不是还是那些话？如果还是那些话你们就别说了，你们说得太多了，我都听腻了。她看我们愣在那里，像被人打了一耳光似的，有些犯糊涂，又不忍心地加上一句，说，你们说的从道理上讲都对，我全都懂，真的，你们放心，我不会把自己喂给老虎吃的。

我们简直气坏了，我们不是为挨那一耳光气，不是为听腻了和别说了气，我们是为不忍心加上的那一句气，既然她明白我们讲的都对，既然她明白老虎吃人的道理，既然这一切她都懂，那她为什么还要那么固执呢？

她在那里说，真的，你们放心，她就不想一想，我们能够放心吗？

池丹在唐林这件事情上是铁了心了，她不再像过去那样依从我们，这一回彻底地做了我行我素的叛逆。在这件事情上有一点是肯定的，那就是池丹她很快乐，她非常快乐，她的潮红和星星是我们有目共睹的事实，她的解放了的飘逸长发也是我们有目共睹的事实，她还不停地唱歌，她的歌声不再埋藏在小胸脯后面，它们就像鸟儿在真正快乐时显示出来的那样，是让我们听见了的。在这件事情上，还有一点是肯定的，那就是池丹她根本不在乎我们怎么想，她只要她自己的想法，她被她自己的那些想法弄昏了头，是置一切而不顾地架势，而且她是死了心眼的，认定了的，如果我们是一片树林，那她宁肯从我们的树林中飞走，飞到青年唐林的孤枝上停下来，栖息或者歌唱。

在青年唐林出现的日子里，我们办公室的情况就是如此。

十四

我们开始对这件事情表示冷漠。我们不再提起青年唐林，不再规劝池丹，不再就此事谈及任何有关理论、实践、经验、心理以及各种各样血的教训。当一只鸟儿想要离开一片树林的时候，如果那只鸟儿很犟，它是不会听风来时树林是怎么苦口婆心劝告的，它的眼睛也不会在意树梢摇晃得有多么累，它的心里只有它想要飞去的那棵树，见树不见林的事情就是这样发生的，这一点我们很清楚。

我们清楚，但是不等于说我们就真的就无所作为。

池丹对我们突然之间的沉寂感到有点不适应，她是拿定了主意要和我们抗争到底的，她做好了这方面的一切准备，打算顽强抵御和反抗我们对青年唐林最猛烈的嘲讽、挖苦和损伤，她甚至已经准备好了对我们说，我愿意，我就是愿意，你们怎么着？她连在说出这番话时扬起下颏的骄傲的动作都设计好了，只等我们把她逼上梁山。

可是我们没有那么做，我们怎么会那么做呢？我们又不是高公子，我们也不是陆谦，我们根本没有打算在草料场上放一把火，我们就是要放火也会在科学的时间里采用科学的方法放，在读过《水浒传》这本名著之后，我们已经觉悟了，怎么可能再给小说家创造出一个林冲这样的人物出来呢？我们再笨也不会那么去做的。

我们就像什么事情也没有发生似的，一如既往，该工作的时候工作，该休息的时候休息，该说的时候说，该笑的时候笑，唯独不提青年唐林这个人。青年唐林这个人在我们这里从来就没有出现过，他只不过是一个莫须有的人，或者是一道一掠而过的风，一棵长在科幻读物上的树，根本就不在我们的现实生活里。

在这段时间里，青年唐林经常有电话打来，打到我们的办公室里来。电话就在那里，有时候池丹接了，有时候是我们当中的一个人接的，我们当中的一个人接了就客客气气地用标准的普通话对电话那头说，您稍等。我们当中的那一个人就把电话传给池丹，然后埋头工作，一点也不上心。大家都在埋头工作，大家都很忙，即使不忙的时候，大家也愿意剪剪指甲，打打瞌睡，用报纸叠纸帽子，或者响亮地喝水，对某些人的电话以及电话的内容和产生的作用没有人关心。我们是一个热爱工作的办公室，我们还是一个闲情逸致的办公室，我们的确是这样的一个办公室。

有时候我们在聊天，我们聊一些陈芝麻烂谷子的事，我们聊一些男人的事，我们聊得非常热闹，我们的那些话题其实一点意思也没有，我们那么非常热闹地聊着，好像那些一点意思也没有的话题真的很有意思似的。池丹在一边听着，有些耐不住，她想插进话来，她想告诉我们男人不光有那些陈芝麻烂谷子，还有一些别的，男人的确有一些有意思的人和事，比如说，还有青年唐林。池丹这么想，她就开始说，池丹说的时候，我们就停下来听着，我们听得很认真，我们没有人插话，我们有时候旋开茶杯的盖子来喝一口水，再把茶杯的盖子盖上，继续听她讲，等她讲完，我们点点头，就非常热闹地接着刚才的话题大声地讲下去，讲刚才我们的那些陈芝麻烂谷子，把池丹晾在一边，把青年唐林晾在一边，好像这些事情从来就没有出现过，或者它们出现倒是出现了，但是我们一点也不想关心。

我们这样做是不是有点轻慢了？我想不是，我想主要的问题在我们自己就是一片树林，我们是一片树林，我们怎么会对一棵孤单单的树关心呢？我们不会。

我们这样做终于把池丹给惹恼了，最主要的是池丹她沉不住气了，池丹她是我们这片树林中的一只鸟儿，她是重要的一只鸟儿，她已经习惯了这样的重要，她不能容忍这样的重要得而复失，否则她会产生怀疑，她首先会对树产生怀疑，她对树产生了怀疑就会对树林产生怀疑，她对树林产生了怀疑就会对白云和天空产生怀疑，她对白云和天空产生了怀疑就会对自己产生怀疑，一只鸟儿一旦对自己产生了怀疑还怎么飞呢？

有一次，青年唐林又来了电话，我们对电话那头非常客气地用标准的普通话说，请您稍等，我们把电话递给池丹，然后埋头工作。池丹接过电话后挑衅地对我们说，他今天晚上请我去听音乐会。我们一起放下手上的工作，我们说，谁？他是谁？哪个他？池丹说，唐林。我们说，唐林吗？哪个唐林？我们认识吗？池丹说，他是我男朋友，你们……你们不认识。我们有些遗憾地说，哦。我们说完哦了之后就一起埋头继续工作了，让池丹一个人站在办公室中间发愣。

还有一次，我们在那里聊天，我们聊的还是那些陈芝麻烂谷子，池丹插话进来，她告诉我们有关青年唐林的事，我们听着，并且微笑，等池丹讲完，我们又接着刚才的那些话题聊，还是那些陈芝麻烂谷子。池丹忍不住了，她一跺脚，大声地喊道，你们要干什么？你们到底要怎么样？

我们停下来，一起看着池丹。

我们微笑着，心里想，池丹她是一只多么可爱的小鸟呀。

十五

池丹真的准备孤注一掷了，她要把青年唐林带到办公室里来，让我们见一见，她想用眼见为实来证明她的唐林是怎样一个优秀的青年，证明她不是轻率的，他们不是轻率的，如果说铁的事实仍然不能改变我们的态度，她也将以这种方式向我们宣布她的态度。

池丹精心地策划了青年唐林的出场，她让唐林在一个工作日的下午到办公室来找她，她让唐林以这样的方式亮相。这当然是经过周密安排的，工作日，同时是下午，我们已经被如山的文件和枯燥而毫无变化的工作程序折磨得精疲力竭毫无人样，我们在那种时候既没有形象又没有雄辩的力气同时没有了团结协作精神，是在任何方面都要吃亏给以逸待劳的青年唐林的，唐林甚至不需要做些什么，他只要精神勃勃地往那儿一站，居高临下微笑着向我们环视一眼，我们就全给打倒了。

但是池丹她忽略了一点，她忽略了我们对青年唐林做过分析，这个分析同样是周密的，我们了解这个人，我们了解他，他有弱项。

唐林来了，他在规定的时间以规定的方式出场。公平地说，他的亮相分数不低。

池丹给我们介绍，这是唐林。她说，这就是唐林。池丹的眸子闪烁着，是所有的星星都聚集起来了，是要用它们支持他，支持唐林。

池丹继而给唐林介绍，这是头儿，这是老马，这是大牛，这是小杨。池丹对唐林做了一个眼色，如果我们没有理解错的话，那眼色的意思是，就像我对你说过的那样，就像我们研究过的那样。

我们说，请坐。我们说，请喝茶。我们说，你可以脱下外套来，就像在自己家里一样，千万别客气。我们微笑着看青年唐林，就像唐林是我们的一个兄弟，我们是在一个炕头上滚大的，我们很亲密，后来他一个人去了远方，现在他回来了，我们仍然很亲密似的。这是我们的亮相。

你来之前我们在聊天，你也参加一个？我们很礼貌地对青年唐林说。

行。青年唐林很爽快地说。

我们坐在那里，我们，以及青年唐林，我们开始聊天。

谁知道NBA最新排名？我说。

热队、步行者、魔术、雄鹿、76人、尼克斯、鹰队、活塞、骑士、猛龙、奇才、黄蜂、凯尔特人、公牛、网队——这是东部赛区。小杨手里玩着一台二次变频袖珍式短波王说。

　　开拓者、爵士、湖人、马刺、火箭、森林狼、超音速、太阳、国王、勇士、小牛、掘金、灰熊、快船——这是西部赛区。大牛手里玩着一把32功能瑞士军刀说。

　　常规赛程过半了吧？今年谁会夺得MVP？我问。

　　奥尼尔，他的单场得分26.7分，湖人队战绩不错，志在总冠军，又有布莱恩特、罗德曼和莱斯替他做嫁衣，MVP非他莫属。小杨说。小杨从抽屉里拿出一架高倍望远镜，把短波王放在桌子上，用那架望远镜调着焦距观察。

　　艾弗森，他的单场得分是29.1，排名全联盟第一，是目前的得分王，3月21日湖人和费城76人那场球，艾弗森得分41，奥尼尔才24，望风而逃。大牛说。大牛把手中的瑞士军刀一样样打开，它现在变成了一个有点像章鱼似的奇形怪状的家伙。

　　现在下结论还为时过早，热门不光奥尼尔和艾弗森，至少还有基德、布莱恩特、哈达维，邓肯，怎么就肯定是他们俩？湖人现在排名赛区第三，76人还不如魔术，我看奥尼尔和艾弗森都有危险。老马在一旁慢悠悠地说。

　　那你说是谁？小杨和大牛不服气地问老马。

　　马龙，我说是马龙，别管他是不是闷葫芦，这老球星仍然是重量级人物，只不过，如果他再次当选MVP，那推新计划可就成了一纸空文了。老马有滋有味地喝了一口茶说。

　　马向着马，老护着老，你这话有感情水分，不可信。小杨笑嘻嘻地说。他转过身子来，把望远镜变换了一个方向，现在他开始拿那个家伙观察老马了。

　　我拿眼角瞟青年唐林。青年唐林坐在那里有点发呆，他走进办公室的时候很潇洒，他和我们一一握手的时候很潇洒，他坐下来的时候也很潇洒，现在他开始发呆，而池丹站在他身旁，也有点发呆，她还有点着急，老是拿目光去看唐林。我想这就对了，我想他们应该发呆，我想他们应该着急，我想我们了解青年唐林，并且了解小鸟池丹。

我对老马大牛和小杨说，你们看过3月16日魔术和76人的那场球了吧？

老马从提包里拿出一袋话梅，用裁纸刀裁开袋口，起身一一让给众人，然后自己含了一枚，重新在自己的位子上坐下来，说，看了，终场阿姆斯特朗那个横空出世实在是个绝活，让他74:73反败为胜，林奇下来就哭了，他该哭。

大牛让章鱼收回乱七八糟的触角，说，你们研没研究网队是怎么被撕破的？上赛季他们是打入季后赛的球队，乔丹最看好他们，这个赛季他们已经输掉了21场比赛中的18场，成绩列东部赛区的榜尾，整个联赛的倒数第二，情况糟糕透了。

老马把梅子核仔仔细细地吐进一个信封里，说，网队全是新人，什么叫新人？新人的意思就是还需要磨合。

小杨说，你错了，要说新人，萨卡拉门托国王队这个赛季才大换血，队员全是新加盟的，人家从联赛垫底的球队一跃成为本赛季最大的一匹黑马，人家的成绩怎么会那么好？根本就是老乔看走眼了——我说，潜伏了八天的大虫罗德曼出来了你们知不知道？昨天他在电视里对记者说，凭什么让我道歉，我错了吗？歇着吧！我就这德行，别人最好接受我罗德曼的方式，如果队里看不惯，可以立刻踢我走，他们可以把协议一撕，然后跟我拜拜。老罗这样捣蛋，拉姆比斯真该用一条绳子穿在他的那两个大鼻环上把他拴在马桶上——老唐，你说对吧？我可以叫你老唐吗？小杨笑嘻嘻地问青年唐林，现在他把望远镜对准了唐林，他打算把唐林当做他新的观察对象。

我们大家都微笑着转过身来看着青年唐林。我们这才发现我们刚才忽略他了。我们忽略他了吗？

唐林坐在那里，张了张嘴，一个字都没能说出来，是说不出来，他尴尬极了，脸上红一阵白一阵，显得拘束不安，他的样子简直太可怜了，他没有想到我们会用这种方法来对待他，用一种热情的谦恭的方法来对付他，他究竟做了多少准备？他是不是想到过我们会和他谈单簧管？谈围棋和股票？谈公车改革和科索沃危机？谈社会风气以及见义勇为？或者干脆一些，我们会和他打一架？如果他那么想他就错了，我们不会和他打架，我们不是不会打架，我们要打就和流氓打，我们怎么会和一个相当优秀并且无辜的青年人打架呢？

老马从他舒适的办公桌后面走出来，提着开水瓶给大家倒水，老马先是给那个倒霉的青年人倒水，老马他是那么谦逊，并且体贴，他把茶杯里的水倒得恰到好处，刚好到沿口，可谁都看出来了，这个杀手是要把演出发挥到极致。

池丹则整个儿愣在那里，她的脸色是苍白的，一点血色也没有，一副孤立无援的样子。我不知道她是不是听出了我们聊天中的那些暗示，比如乔丹（注意这个名字与池丹的关系）看走了眼，比如林奇（注意这个姓氏与唐林的关系）该哭——这是不是也是一种象征性呢？但是，我敢肯定池丹她是明白这一切的，她明白我们不是在聊NBA，我们不是在聊MVP，我们不是在聊湖人、76人、国王、网和魔术，我们不是在聊罗曼德、奥尼尔、艾弗森、马龙、基德、布莱恩特和哈达维，我们根本就不是在聊那个该死的篮球，我们坐在那里，精疲力竭、没有人样、军心涣散，我们什么也没有说，我们只说了一个字：不。

唐林看了看池丹，从他的位子上站起来。

我们说，不坐了？

我们说，走好。

我们说，有空常来，下一次我们换一种聊法，我们聊足球。

十六

小鸟池丹和青年唐林吹了，这是我们后来知道的事。

我们知道这个消息的时候都很吃惊。我们的脸上肯定表现出了这样的吃惊。我们全都放下手中的工作，像被突如其来的风搅乱了的树林一样地围着池丹。我们问她，怎么会发生这样的事呢？我们还关心地询问池丹，不要紧吧？

池丹有一段日子很憔悴，脸蛋上的潮红没有了，眸子里的小星星也没有了，和一只伤着了翅膀的小鸟一样。她倒是仍然常常手托着腮帮子坐在那里发呆，但是她不再突然地微笑，快乐地唱歌，以及冲着我们大叫了。

我们知道这很困难，很折磨人。我们知道谁都不愿意碰上这种事，谁碰上了这种事都会痛苦万分。我们还知道这得靠池丹自己来解决，她得挺过去，这是她的事，我们帮不了她。我们有时候会给她倒一杯水，轻轻地放在她的桌子上，然后走开；我们有时候会给她买一些零食，并且细心地把袋口撕开，递到她的手中；我们有时候会带她去什么地方转一转，给她买一只漂亮的气球，或者一只巨大的冰激凌，然后把她安全地送回家；仅此而已。这是一次手术，公平地说，这是一次不小的手术，它不可能没有后遗症，不可能不出血，不可能不痛苦，不可能不留下创伤，我们只能面对现实，情况就是这样。

池丹对我们说，我知道你们是怎么想的，我完全可以不管你们怎么想，可我不想失去你们的友谊。

池丹说完这话之后就放声大哭起来。

我们都感动了，我们被池丹的那句话所感动，我们的眼眶里涌满了泪水，我们也想放声大哭。

我们在心里想，哦，可怜的小鸟池丹。

办公室里既往的日子又恢复了，它现在和从前一样，令别的办公室羡慕，不，应该说，它比从前更好了，是更牢固了。那情况有点像刮过了一阵风，下过了一阵雨，风停了，雨住了，树郁郁葱葱地长在那里，没有变化，鸟儿快乐无比地在那里，也没有变化。

我们的办公室在当年又评上了优秀，抱回了很多的奖旗和奖状，并且还有一笔数目不小的奖金，这是我们大家通过不懈的努力获得的荣耀，我们全都很珍视它。比较痛苦的是，局长一天到晚在我的屁股后面追我，要我写总结报告，要我把我们的经验在全局推而广之，我很担心这种事情会一年一年地重复下去，那将使我非常地忙碌。不过，局面很快就改善了，我们的办公室现在已经实现了办公自动化，我不用再做一些重复性的工作，任何时候都可以轻松地从电脑里输一份存档的总结出来，如果愿意，甚至可以直接把它传到楼上赵红梅的办公室里去。

这样的情况一直持续了好多年，持续到现在。如果说我们的办公室有什么变化的话，那就是我们的家庭生活，比如说，我的太太，她从电视台辞职了，自己开了一家美容中心，当上了老板，她的名气很大，生意非常红火，连电视台的播音员和台长的夫人都以在她的中心拥有贵宾卡而为之炫耀，可以说，她现在才是如日中天。老马和他的太太终于结束了他们的蜜年，他们在不久前生下了他们的孩子，是个女孩，很漂亮，说实话，我们对女孩子一般来说没有更高的要求，我们也许是有要求的，但那和漂亮无关，不过，女孩子能够漂亮一点又有什么不好呢？于是我们接受了这个事实，并且相邀着一齐到老马家去热热闹闹地庆贺了一番。大牛还没有结婚，他仍然是那么的喜欢哲学，并且充满着激情，不过，大牛的女朋友现在已经不是花样游泳教练了，而是一个大学的老师，教西方美学的，这是大牛的第十四个女朋友，我们拿不准大牛还会换多少女朋友，不过我们对此很有信心，西方美学教师，这回离哲学越来越近了，迟早有一天，大牛他会找到真正的哲学的，他会的。小杨还是独身，没谈恋爱，一次都没有谈，他的眼光太高，而且没玩醒，这是他的问题所在，不过我们并不着急，我们也不去干涉他，他愿意怎么处理他的生活，那是他自己的事，我们干吗要去干涉呢？我们才不会干涉呢。

当然，我在上面提到的这些家庭琐事与我们的办公室无关，它们仅仅是我们的私人生活部分，对于私人生活部分，我甚至可以不去说到它们。

除此之外，我们的办公室里没有什么变化。

对了，需要补充的是我们的小鸟池丹，我刚才把她给忽略了，她当然还在我们的办公室里，她现在成了我们办公室里的骨干，真正的骨干，她干得很不错，但我说的不是这个意思，我说的是，她的长发一直盘在头上，她现在是以这种方式做着一只可爱的小鸟的。

老　板

一

钟开阳一到六点钟就抽风似的从床上爬了起来，坐在床沿上发呆，席梦思咯吱咯吱地响了几下，不响了。

赵怡先是把一只胳膊缠在钟开阳脖子上，很香甜地睡，赵怡被弄醒了。她也揉着眼睛爬起来。

赵怡说："不是说好了吗？你不去的？怎么又起来了？"

钟开阳说："我睡不着。"

赵怡说："怎么睡不着？"

钟开阳说："厂里人都去，说好了，哪个不去哪个是工贼，我不想当工贼。"

赵怡说："你们才是，发不出工资的厂子又不是你们一家，不要说去市政府门前静坐，就是去抢银行，也只抢得一回两回，日后呢？再说，不去静坐的是工贼，要是去了，被公安局抓起来，那算什么？"

钟开阳愣在那里，半天才说："市政府门前没有公安，是武警。"

赵怡说："武警一样，武警还狠些。"

钟开阳说："那怎么办，厂里三个月没发工资了，我们厂长去住院前说，要是市里不管我们，那我们大家只好失业。厂长还说，我们工人是主人公，主人公有静坐的权利，他不行，他当领导的只能去住院！"

赵怡说："你们厂长是狡猾的老狐狸，他把厂子搞垮了，他就去住院割痔疮，他没有说去喝酒听歌的时候也让你们享受一下主人公的权利，你们太傻。"

钟开阳说："厂长也很累。"

赵怡说："他当然累，他怎么能不累。"

钟开阳听出妻子话里有话。妻子是电大毕业生，钟开阳只是中专，而且还只是热处理专业的，不像妻子是学文科的，文科这种东西就是要使人深沉些。

赵怡见丈夫还坐在那里发呆，就拉他，说："不去不去。"

钟开阳已经躺下了，嘴里还说："不去怎么行，日后怎么见厂里的人？"

赵怡也躺下，说："你真死心眼，你未必还真正的死守'上甘岭'呀？今天不去，以后也不去了，就办停薪留职。"

钟开阳说："办停薪留职又能怎样？总要有事做，总要吃饭叫。"

赵怡说："当然要吃饭，怎么能不吃饭，不光是吃饭，我还想吃羊肉串呢。我已经想好了，你回家来，我们把当街的窗子拆了，开大些，办家烟酒杂食铺，你当老板，我下班后帮你跑跑货。再怎么，一天弄个两张钱是没有问题的，强过你每天和油烟子打交道。"

钟开阳想了想，说："好是好，按你的理想，要是搞成了，每月有六百块钱收入，比我的工资多出四百，那你每天起码可以吃两串羊肉串了，我们还可以把儿子和你妈家接回来了，省得你妹妹老是拿眼角看我。可是，钱从哪里来，我说的钱，不是开铺子后挣的钱，是开铺子前投资的钱。开杂货铺，得不少投资呢。"

赵怡笑了笑，说："你放心，这个我来负责。三千块钱够不够？"

钟开阳吓了一跳，说："你哪来那么多钱？"赵怡说："你莫管，你只说够不够。"

钟开阳说："你找你妈妈借的么？"

赵怡在被子里推了钟开阳一把："你这人真是，我说过，我的事你莫管，你要管。就发点狠，每天给我买两串羊肉串.我不像别的女人，我不要金项链，我只吃羊肉串。"

钟开阳鼻子有些发酸，无来由地，伸出手臂轻轻将妻子搂过来，点了点头。

赵怡没动，后来就钻进钟开阳的被窝，贴在他耳朵边说："来不来？"

钟开阳说："天都亮了。"

赵怡说："反正你已经决定不去了，从今天开始，你是老板了。"

钟开阳想想：也对，既然已经决定了，那就彻底地自由了。老板完全可以想什么时候起床就什么时候起床，想干什么就干什么。

钟开阳这么一想，突然感到了一种前所未有的兴奋。

钟开阳还想，这席梦思实在是水货，老是咯吱咯吱，等有了钱，一定要换一张新的，换一张商场家具店摆的那种台湾名牌。

钟开阳这么想着，就去解赵怡背上的那颗扣子。

二

钟开阳刚刚端起汤粉，还没吃两口，有人就在敲玻璃窗，喊："老板，拿条烟。"

钟开阳连忙放了碗，过去一看，原来是巷子里的傅崇明。

钟开阳一边用毛巾揩手一边说："傅老板，莫笑我，我算啥子老板，比挖'地脑壳'的就是多个门板，哪像你，开成衣厂，生意做得天大，你才是正宗老板。"

傅崇明笑着摸出钱来，钱夹是卡丹奴的，上面嵌着一只威风凛凛的癞蛤蟆，金灿灿的。傅崇明四十出头，过去也属于营养不良的一类，这两年看着就发起来了，显得很健康的样子，一笑就看不见眼珠子了。傅崇明从钱夹里抽出一张大票子，放在柜台上，说："拿条万宝路。"钟开阳在柜台下手忙脚乱地翻了一阵子，有些窘迫地欠起身来说："没有一条了，只有九包。"

傅崇明说："九包就九包——不是水货？"

钟开阳说："绝对不是！"

傅崇明说："宁啃鲜桃一口，不吃烂杏一筐。"

钟开阳说："那是。"嘴上这么说，心里还是有些不舒服。

钟开阳的铺子开张一星期，铺子从投资到进货，都是赵怡一手操办的。赵怡后来还是告诉了钟开阳那三千块钱的来历：两千块钱是四年前从娘家带来的私房钱，另一千，那是赵怡四年中所有的奖金。赵怡做姑娘时最喜欢吃羊肉串，结婚之后，一发奖金赵怡就对钟开阳说，奖金发了，二十，我拿它买羊肉串哟？钟开阳厂子效益不好，自己工资奖金本来就不高，在经济问题上说话硬不起来，再说也不肯太委屈了中学校长独生女儿的妻子。妻子在局工会工作，大小也是以工代干的干部，人家见了面都要喊"赵干事"，却没有几身亮得出板的行头。两年前，钟开阳到沈阳接设备的时候给赵怡买了一件镶领边的西式上装，这件上装赵怡只在有重大活动时才肯穿。赵怡总是盼着夏天到来。赵怡手很巧，布摊子上买一些论斤称的花布头，拿回家来自己剪裁成很漂亮的衣裙，使她在一个夏天都像做姑娘时那样新鲜和兴奋。赵怡一般情况下是不进服装店的，要眼馋了，也是顺路到旧服装市场去看看，旧服装市场的衣服都很漂亮，也很便宜，一条八成新的花呢裙开价十五块，可以还价到八块，赵怡是消费得起的。但是赵怡从来不在旧服装市场买衣服，她绝对不穿别人穿过的衣服，这个别人包括她自己的妹妹。赵怡喜欢吃羊肉串，两人谈恋爱的时候，钟开阳也舍得花钱，两个人手拉手站在白烟缭绕的炭炉前，钟开阳看着赵怡用白而细的牙齿小心地噙住肉串，尽量不让油腻和辣椒粉糊了红若丹朱的嘴唇，那么轻轻一拖，样子动人极了。钟开阳常常就是在这个时候生出要吻赵怡的念头。现在，一千多块钱的奖金被赵怡全部拿了出来，变成了杂货铺的一部分，钟开阳算了算，得出一个结论，也就是说，赵怡在结婚后四年内连一串羊肉串也没吃过，钟开阳知道了这个之后心里很不是滋味。

三千块钱，用了八百块钱装修门面，做柜台货架，办营业证，进了一千多块钱的货，烟酒副食什么的，一辆小三轮车就拖回来了。进货也是赵怡找的关系。赵怡读电大时的一个同学在市里糖业烟酒批发公司当副科长，赵怡找到他，他很爽快地答应了。赵怡两口子回来后算了一笔账，一千多块钱的货，比在门店批发，要少七八十块钱，差不多钟开阳五分之二个月的工资。赵怡说："刘明这个关系要保持住。"钟开阳从赚钱这个角度也同意这个观点，但是钟开阳不太喜欢那个叫刘明的副科长。刘明抽的是红塔山，而钟开阳那天去拖货时买的是阿诗玛。刘明接过钟开阳递给他的香烟时笑了笑，并没点火，顺手丢在办公桌上了。而且，刘明对赵怡太热情，总是同赵怡说话，把钟开阳晾在一边，好像钟开阳是赵怡请来的小伙计。刘明只在最后提到了钟开阳。刘明说："莫说谢的话，都是同窗，日后要发了，赵怡你只要请我去跳一次舞就行了。钟先生也可以一起去。"钟开阳一时没听清楚刘明叫自己去干什么，他觉得刘明说的"同窗"那个词他不也太喜欢，"同窗"和"同床"太谐音了。拖货回家的时候赵怡非常兴奋，钟开阳却有好长一段时间没有和她说话。

钟开阳几天后又进了一次货，这次他没有保持刘明这个关系，他是自己到江汉桥下的香烟市场去批了一件白沙烟。本来心里要好受些，可当天就有买主来找他扯皮，说他卖出的白沙烟是水货，因为是巷子里的邻居，也没有动粗，只是教育他如何识别伪劣假冒香烟。钟开阳通过这件事学到了不少经商知识，但水货烟白沙却不敢再卖原价，退货是不可能的，只好以批发价卖出，反正没赚人的钱，落个心理平衡。不过也服了，日后进货，只好还去找"那个关系"。

钟开阳这么胡乱想着，找出十一块零票子递给傅崇明，说："找你钱。"

傅崇明说："零头就算了。"

钟开阳说："那怎么行，那不成了卖高价。"

傅崇明说："怎么是卖高价？你不懂什么是高价。"

钟开阳说："你说得我这苕，连高价也不懂。"

傅崇明说："那你说说看，我一件西装，成本三十八块，进了商场卖的几多？"

傅崇明开了一家成衣厂，雇了七八十个工人，生产出的服装一部分批给贩子，还有一部分他自己经营，在一家大商场里租了一间精品廊。这事钟开阳是知道的。

钟开阳在心里默了一下，壮着胆子估了一个数："七八十块！"

傅崇明笑，两个眼睛消失在眼缝里看不见了。傅崇明说："像你这样卖，我连商场里的门面租金也付不起。"

钟开阳连忙说："一百？"

傅崇明说："你这样猜太耽误时间，不如我说给你听——三百八！"

钟开阳吓了一大跳。

傅崇明说："不过这和零头不找没有关系，我是不愿意在包包里头揣零钱。"

钟开阳正要说十块钱不能算零钱，傅崇明却把话转移开了。

傅崇明说："生意怎么样？"

钟开阳说："还凑合，糊口的事，谈不上生意。"

傅崇明说："大小都是生意。我看你们两口子也没有负担，伢丢在丈母娘家里，左右是清闲，可以板一下。"

钟开阳被说得有些不好意思："我们是没得法，哪里有什么幻想，不像你傅老板。"

傅崇明正色道："话不能这么说，现在讲竞争，人人都要适应商品时代，否则人就要落伍，被时代抛弃。"

傅崇明拿着香烟走了。钟开阳好半天才想起，这傅崇明过去当过干部，所以讲话很有些时代内容，喜欢谈理想。但就是不知道他做生意的时候和不和客户谈理想。这么想着，低头一看，一把零钱还在手心里捏着。

晚上赵怡下班回来后，钟开阳忍不住就说了傅崇明买烟的事。本来是要说今天白白就赚了十一块钱。赵怡听了，却要钟开阳去拿傅崇明给的那一百元大票子来，赵怡拿了那张票子，又是摸又是捏，在灯下看了半天，才说："是真的。"钟开阳有些不快，说："你说得太过了。傅老板这样的人，哪里会用假钞票。"赵怡说："现在的事情说不定，生意人靠的就是吃黑，如今连人都可以造出假的来，什么不能做假？"钟开阳说："照你这样说，那我现在也是生意人了，我也是假人啰？"赵怡就笑，说："我倒是盼着你成真生意人，那我有几多福享。可惜梦想不能成真，你还是你，小买卖嘛还凑合，真正的生意人你成不了。"钟开阳说："你莫把人估死了。"赵怡看出钟开阳有了生气的成分，就说："我还有一句话没有说完，你现在这个样子我觉得更实在，起码我不担心你生意做大了冷淡了我，那我才是丢了西瓜捡了芝麻。"钟开阳这才舒服了些，特别是赵怡关于西瓜和芝麻的比方，他觉得很受用。

三

　　傅崇明隔三差五就到钟开阳铺子里拿条把烟。钟开阳已经熟悉了傅崇明拿烟的规律，也习惯了零头不找的方式。傅崇明来买烟时也站下和钟开阳说两句话互相称老板。钟开阳开始还有些发窘，后来习惯了，也就不脸红了。钟开阳发现他和傅崇明其实是很可以谈到一起的，傅崇明谈他的生意，说穿了也并不高深，无非怎么抓信息，比方看见哪种服装好销，摸准了行情，找到了一定的客户，快马加鞭组织回布料，星夜加工，然后推上市场，怎么压低成本，比方除了技术工，一般工人决不长期聘用，只根据活路大小急慢在劳务市场上临时找，且在工资上狠狠杀价，在工时上揩油，当然不能忽略了建立一批拥有低廉原材料的客户网。这些事情，一说出来钟开阳就觉得实际上很简单，算不上学问，自己盘了两个月杂食铺子，虽说老板小工就他一人，但许多经营窍门是相通的。只是两人有一个同题是闭口不谈的，那就是纳税的事。有一次钟开阳说漏了嘴，说这个月交了一百几十元的税，税收太狠。傅崇明笑了笑，没接腔。钟开阳自己胆子小，生意刚开始做，还没有练到偷税漏税那一步，但没吃过猪肉，总是看过猪跑的，立刻明白了这是忌讳，以后再不提有关税的事情。

　　晚上赵怡下班回来总是帮着钟开阳做些铺子里的事，进货的事钟开阳决不让赵怡去，因为刘明问过两次赵怡为什么没来，钟开阳心想，你想赵怡来，我就偏不让赵怡来，嘴上却说，赵怡出差了。赵怡除了帮着收拾一下铺子，清点一下货物，还帮忙算一下账。算账是两个人最高兴的时候。本来钟开阳每天都事先算过一回的，主要是怕找错了钱。怕让赵怡每天必有的高兴失去了又让她再算一回，钟开阳就坐在一边抽烟，看赵怡过节似的快乐，最后还要装糊涂问一句："有这么多？不会吧？我记得没有这么多的。"赵怡就把自己统计过的数字认真地举到钟开阳脸面前，脸也贴了过来，让钟开阳无端有了自豪和激动。

两个月下来，钟开阳的食杂铺子扣去一应费用，一共净赚一千一百多块钱，月均达五百多。这个收入对钟开阳来说是历史最高水平，相当于他近半年的工资。钟开阳为这精神振奋，心想幸亏听了赵怡的话下海了，要不还要守在厂子里白干。荒废年华。

钟开阳那天到商场给赵怡买了一件一百多元的羊毛衫，晚上等赵怡梳洗了后才慢腾腾地拿出来。赵怡开心极了，穿上羊毛衫在镜子面前照来照去。羊毛衫很漂亮，赵怡也很漂亮。赵怡照着照着就捂住了脸，肩头轻轻地抽搐起来。那一刻屋里静极了，只听见赵怡蜂儿似的抽泣。钟开阳努力地忍住不让自己的声音有异样，说："今年冬天，我给你买件羊皮大衣。"赵怡不哭了，松开手，对着镜子轻轻点点头。走过来坐在钟开阳身边，开始很温柔地脱那件漂亮的羊毛衫。

等两人在被窝里肌肤挨肌肤的时候，赵怡轻轻说了一句："开阳，我开始明白什么是满足的滋味了。"

本来一切都很顺利，顺利得钟开阳已经有些相信生意也不过尔尔了，顺利得钟开阳已经开始和赵怡商量把儿子从丈母娘那边接回来了，甚至两个人还决定等生意再做大一点儿，就请个小阿姨，一方面带儿子，一方面也可以帮忙做些家务杂活，让钟开阳一心一意地做生意。钟开阳对赵怡说："主要是你，我不想看到你一下班回来又是洗又是煮，忙死，连一点看书学习的时间都没得。"赵怡鬼鬼地笑道："你哄我，你以为我不知道，你哪里是关心我看不看书学不学习啊，你是怕我家务事做多了，骨节子粗，显老，要养我成细瓷花瓶。"钟开阳被说破了，也不害羞，说："就是，怎么样嘛，我现在可以说这粗话了。"

有一次钟开阳去进货回来时碰到车间里的同事。同事告诉他，厂子里最近在和台湾商人谈合资的事，厂里决定贷款发工资，使工厂里有正常生产的环境。同事说，大家对钟开阳没有参加静坐的事并不计较，工人阶级队伍中间没有根本的利害冲突，劝钟开阳回厂上班，钟开阳笑了一下，底气很足地对同事说："回去打鬼！我就在外头混，再孬也比在厂里待着强！"钟开阳这么说完全没有发"泡"的意思，他说的是实话。

哪里就知道这话说早了点。

先是烟草专卖局稽查队找上门，一下子搜走了钟开阳三十几条烟。钟开阳属无证经营香烟，按规定是该没收的。三十几条烟，光本钱就一千大好几。钟开阳多次登门说好话。一条红塔山撒光了，人家烟要抽，情却不买。还是赵怡出面找了刘明，刘明开了一张条子，才算是把烟拿回来了，不过赵怡不得不在还没有发起来的情况下提前陪刘明去跳了一场舞。跳舞那天，钟开阳很早就睡了，赵怡回家的时候他也没有和她说话。

钟开阳第二天就去办香烟准售证，但要办就得请吃饭，也不是一天两天就能办下来的。烟本来是食杂生意的大头，烟不能卖，生意就要受影响，钟开阳想捞回这个损失，包括一条红塔山和一桌酒的蚀头，就把主意打在孩子们头上，狠狠地进了一批干果和饮料。钟开阳在生意场上还是一个新贩子，有想法有勇气但缺乏一定素质，比如说，他进这批食品饮料的时候没有去找刘明，而是找的另一家私营食品贸易公司，这是他的错误之一；另一个错误，是他进这一批货并把它们全部搬上柜台的时间正好是三月十三日；如果他要是稍微老练一点，这两个错误他只犯任意一个，那么他就可以躲过第二次打击了。

三月十五日这一天，区消费者协会、食品卫生检查站、工商局采取联合行动，对辖区所有零售网点进行抽查，钟开阳家的铺子在巷子口，查起来既方便又显得出气氛，这一查就查出问题来了，钟开阳的白云边酒是假冒产品，汾皇话梅没有生产和出厂日期，果冻和带色饮料被化验出卫生标准不达标，铺子里的货差不多三分之二被丢到大卡车上拖走了，两天后一张单子传下来，因为经销伪劣假冒产品，钟开阳被罚款五百元。

铺子像是遭过了一场洗劫，凌乱不堪。钟开阳三天没有卸下铺板，任赵怡怎么说安慰和鼓励的话，他也只是不开口。账是反复算过的，没收的货折成款，再加上罚款和先前请客的花销，一共赔了两千六百八十多块，把两个多月赚的钱搭进去，还亏了一千五，正好是本钱的一半，这还不包括钟开阳赵怡的力气。钟开阳一向是老实人，那几天却有了杀人的欲望，只是人家罚他罚得证据充分，他只有杀人的念头，却没有杀人的理由。

那天早晨，赵怡去上班了，钟开阳在屋里没精打采地烫粉，听见有人敲窗户。钟开阳说："哪个？"那人还是敲，钟开阳有些心烦，就吼："敲个鬼！"出去开了窗户，却是傅崇明。傅崇明说："钟老板，都九点了，生意还不做？——拿条烟。"说着掏皮夹。钟开阳盯着那只神气活现的癫蛤蟆，说："做啥子生意哟，没得做的了。"傅崇明的手停住了，问："么样意思？"钟开阳也是憋了两天，就把受罚的事情一五一十都说给傅崇明听了。傅崇明很同情，把钱夹子装回衣兜里，说："那你打算么样办哪？"钟开阳说："能么样办？就算接着做，也没有本钱了。算了，还是回厂里领救济，终归是稳当些。"傅崇明说："那哪是人的活法？那是造孽！做生意，要么干脆不做，要做了就回不得头，就好比老姑娘好当，寡妇难捱一个道理，你尝过了做生意的滋味，你就是发毒誓剁指头，你总不能把眼珠子挖了，把耳朵堵起来？"钟开阳说："那也没得法子，就是有想法也是白想了，没得本钱没法的事。"傅崇明低着头想了想，说："你看这样行不行，我最近正在谋一个合作者，我厂子里的摊子铺大了，商场里那一档子事照应不过来，本来请了一个福建人看摊子，那小子太不仗义，吃我的夹头，我打算辞了他。我们是邻居，来往不多，但多一份信任，你就算给我帮帮忙，生意是现成的，也不用你投资，么样？"钟开阳心里一热，说："么样合作法呢？"傅崇明很爽快地说："两种方法，一是你帮我照摊子，销售记流水账，我每月给你五百，外带管中餐盒饭；另一种方法，你做我的代理，我把货你销，你按货付款，从中拿折，赚多赚少我不管。两种方法你选。"看着钟开阳一时无话，又说："你也不用马上答复我，等太太回来商量一下，这种事勉强不得，我也是图一个长期合作。"

当天晚上赵怡一下班回来钟开阳就把事说给他听了。赵怡说："这是好事呀，不投资做生意，哪里找这种事？"钟开阳说："我也觉得是件好事，要不我提都不跟你提这事。"

赵怡说："傅老板这人我们没打过交道，他莫不是有什么圈套吧？"钟开阳笃定地说："那不会，这点我还是看得出来！"赵怡说："那就干！"钟开阳说："怎么干呢？是选前一种方法，还是选后一种方法？"赵怡说："我觉得选第二种方法好。"钟开阳说："第二种方法好些？"赵怡说："你帮他照摊子，钱拿得再多，你只是打工的，做代理就不同了，代理大小是老板，自己能做自己的主张。再者说，五百块钱当然不是小数目，可五百块钱是个定数，工资一定下来，你就很难发挥出自己的潜力。我觉得你有很多才干是被油烟埋没了，说不定这是一次机会，通过这次机会你可以发现自己，磨炼自己，日后成一个百万富翁也说不定的！"

赵怡一番话，钟开阳听得泪水都差点出来了，自己作为一家的男将，本该挑起家庭经济生活的大梁，工厂发不出工资，是赵怡劝他下海，又拿出自己的私房钱做本，生意做亏了，赵怡一句埋怨的话也没说，反过头来安慰自己，鼓励自己，这已经和一般的女同志不同了，现在她又说出了这样一番话，说自己有很多的才干，说自己是被恶劣的环境压抑了，说自己日后应该成为一个百万富翁的，这样高质量的话，如果是在两人谈恋爱时说出来并不稀奇，但它却是在他们结婚五年后，有了一个三岁的孩子了，并且是在他长期平平庸庸、无所作为，连可怜巴巴几个工资都领不回来，做生意又做垮了的时候说出来的，这个意义就非同凡响了。钟开阳从心灵深处迸发出对赵怡的感激。

那天晚上，充满信心和力量的钟开阳很温柔地将妻子轻轻拥在怀里，轻轻抚摸妻子光洁的肌肤，瞪大眼睛看着黑夜。他觉得前程充满了希望。

赵怡一直像只小猫似的窝在他怀里，任他的大手一寸一分地梳理她的皮肤，突然扑哧一声笑了。

钟开阳问："你笑什么？"

赵怡说："这回，你可是真正当上老板了。"

四

钟开阳一开始从福建人手中接过精品廊时显得有些生疏。大商场里人来熙往，热闹非凡，多的是人和商品，初来乍到，眼睛耳朵嘴巴都要经过严峻的考验。傅崇明并没有因为钟开阳选择的是代理商就甩手不管他了，一直在商场里陪了他三天，先带他认识了服装商场的各位经理、商售部的经理、精品廊的柜长、会计，然后又教他怎么挂服装更抢眼，怎么码货更合理，怎么对付买主的砍价，怎么应付几个同时来买衣服的顾客，怎么打点相关部门的各种关系，怎么——这是最重要的——做账……三天之后，傅崇明和钟开阳交割清楚，说，头两个月，钟开阳售后付款，等有了一定的资金，就逐渐走向包销方式。傅崇明临走时对隔壁一个摊档的女老板说："波波，我这位兄弟是新手，你帮忙照顾一下哟。"波波很灿烂地一笑说："你傅老板搭白，那还有么样说的，只是你怎么谢我呢？"傅崇明也笑，说："那要看服务质量，如果我这位兄弟满意，请你上'帝苑'。"波波说："你一句话。"

钟开阳经过了三天传帮带速成训练，对怎样做服装生意已经有了初步的感性经历，独自做了第一天，他既紧张又劳累，连中餐也没顾得吃，还是波波给他带回一个盒饭。头一天下来，他大略算了一笔账，结果着实吓了他一大跳——按照他和傅崇明的合同，这天的销售额就扣去货款、场租、税金，一共落下一百九十九块！第二天情况还要好，利润增加到二百六十几。第三天硬像是发了疯，因为接待了两个做批发的，当天的利润竟达到四百多！弄得钟开阳心脏病差点发了。第一天，钟开阳回家后把账目报给赵怡听，赵怡兴奋得满脸通红，两个人当天晚上就失眠了，躺在床上说了大半夜的话。第二天第三天，钟开阳就不再告诉赵怡实情了，怕这个数字是虚的，过两天垮下来，赵怡接受不了。赵怡问，也含糊地说："和头一天差不多。"这样既激动又不安地捱过了一个月，到月底盘存结账，算出总利润是七千八百七十四元，合每天赚二百五十四元！那天晚上，钟开阳回到家里，把围腰从赵怡腰间抹下来，扯着她进了巷子头的"三六九"餐馆，要了四菜一汤，一瓶鸭溪窖，两人相对而坐。赵怡说："你今天发么子癫？我菜都做好了，跑这里来打摆子，这得百把块钱呢！"钟开阳说："菜够不够？要不够，再点两个。"赵怡说："你莫发烧呵。"两个人吃过晚饭，钟开阳又拉赵怡去看女儿，看女儿赵怡是巴心不得的，路上钟开阳给岳母买了必是奶茶、延生护宝液，给岳父买了一条红塔山，还特意给小姨子买了一大盒金帝巧克力。赵怡目瞪口呆，说："开阳，你没有抢银行吧？"钟开阳说："那是早几年的想法，现在用不着抢银行了，我发了！"赵怡说："不就一天百把块钱么？还不知道长不长久。像你这样花法，就是李嘉诚也经不起。"钟开阳只是笑，因为充实，笑起来精气神也显得饱满些。两个人到岳母家，和女儿玩到十一点钟，岳母一家格外地热情，离开时，都送出门来，钟开阳并不走远，就在路边拦下一辆的士，车开走时，赵怡在车窗里向娘家人招手，钟开阳却连头也没回一下。

一回到家，赵怡一边脱外套，一边说："你疯了。"

钟开阳点点头，说："那是。不过，我现在算是明白了，这个社会讲的是基础，就是疯，也要有疯的基础，不然，你凭么子去疯？"

赵怡倒了水洗脸洗脚，说："我觉得你这样不好。你忘了阶级苦。你忘了本。"

钟开阳说："正因为我没有忘。我是恨！我是不堪回首！"

赵怡看看钟开阳那个精神振奋的样子，突然发现自己倦了，打了个哈欠，说："算了，不说了，我要困。"

钟开阳说："先莫忙睡，最后还有个节目。你猜一猜，我这个月赚了多少？"

赵怡说："这还用得着猜，不就三千块吗？"

钟开阳中气十足地说："有时候电大生也不一定正确，特别是学文科的。告诉你，不是三千，是七千八百七十四！"

赵怡一愣，盯着钟开阳看，像是笑了一下，又像是没有。

钟开阳还站在那里，等着妻子的快乐和夸奖。

赵怡却突然冷笑了一下，走到屋角去把脸盆放了，又把洗脚毛巾挂好，这才说："钟开阳，我真的没有想到，原来你是这样没有出息，如果你只赚了五百，都花了给家里买东西，那说是你爽气，你是一个珍惜家庭的男人，我不但不说你，还敬重你。现在你确实是赚了钱，说多不多，说少不少，你就得意起来，迫不及待地要扬眉吐气，要扳回贫穷给你造成的不公平，你这个样子，让我想起那种成不了气候的暴发户，这不能算什么出息。"

钟开阳站在那里，听赵怡说出那番话，一时情绪上没有适应过来，脸上还挂着微笑。赵怡已经脱衣上床了。钟开阳好半天才醒悟过来，赵怡并没有如他想象的那么兴奋和冲动，咀嚼她那番话，自己也说不清她是不喜欢自己今天的大手大脚还是女人固有的小心眼。但不管怎样，钟开阳到底受到了打击，有些灰心，就去开水瓶里倒洗脚水。

洗完脚，脱衣上床，赵怡背对着他，像是睡了。钟开阳忍了一会儿没忍住，就掀了被子去摸赵怡，赵怡缩了缩身子，躲开了，说："我今天不想来。"

钟开阳很尴尬地愣了一会儿，慢慢钻回自己的被子里，好半天，才伸手拉熄了灯。

五

钟开阳很快就适应了做服装生意，并且充分发挥出了他的潜能。

傅崇明的服装在品牌、样式、用料方面都和一种国际名牌服装十分接近，做工也很精细，价格却是国际名牌服装的五分之一。傅崇明很注意包装自己，他是党员，又是个什么协会的理事，经常参加各种会议，一出席会议他就抢着发言，毕竟经历不同，说起话来很让领导和新闻记者注意，这样就免费有了不少广告。傅崇明花大价钱租下大商场货架，并不是靠商场里的零售赚钱，而是要抢一个窗口，创牌子，同时也相对占有了国家二级批发市场，这才是他赚取大量利润的窍门。钟开阳后来明白了傅崇明和自己的合作，其实是把商场里的零售甩给自己，让为人实在、本分、不肯算计顾客的自己做一块招牌，但毕竟因为上述种种原因，傅崇明的服装是很好销的，花三百多元买一套款式质量都不差的准名牌服装穿，这已经接近大城市一般人的消费水准了，所以做起来并不太难。

虽然不难，却还是累，一是钟开阳得一个人从早晨九点到晚上八点每天十一个小时守摊子，中饭天天是波波给他带盒饭，每天应酬生意大大小小得几十桩，加上没做成但经过了长期拉锯式的，总有百把人交道好打。人是世界上最难对付的东西，他（她）要好处占全，坏处一点也不沾边，并且做这一切时绝对的理直气壮，道理充分，水平高超。如果客观一点也还好说，问题是他（她）在获取自己需要的东西时绝对不会客观，几乎没有人不乏挑剔、揭短，甚至无中生有地指驴为马、画虎成犬，就算不乏这个，说软话、以情动人、故作真诚以至耍赖却是人人都会的。这些关纵然过了，也并非就一切超脱，因为世界上的事情，翻手云覆手雨，结盟城上毁约城下的事情多得很，人既然能够创造出离婚和断绝血缘关系这种事，那么买一件衣服又把它退回去就根本不算一回事了。这些事都是很累人的，钟开阳也想过请一个人来对付，但又一想，不管是利润分成还是发工资都不合算，钟开阳才三十岁，三十岁的男人除了精神和力气之外是什么也不肯让给别人的。

还有一种累，就是要和方方面面的人事打交道，对内有商场各级管理部门；对外有工商税务质检消协个协商委新闻诸路大爷；邻里摊档要讲究气候，社会上还有吃黑的，做生意实际上是在看不见的刀山火海上跳舞，你能算技艺精湛，舞姿超群，也总有失足的时候，随便一下，你就脚板心来个对穿过，痛是小事，血流如注伤了元气才是大事。钟开阳别的不怕，最怕的是吃黑的。也撞过几次。有一次来了两个小青年，也不问价，也不挑选，一个抓了一件衣服往身上一套，甩出两张大票子就要走。钟开阳连忙拉住，笑着说："二位。看清楚，三百八一套，你们钱没付足。"小青年说："没付足吗？"钟开阳说："千真万确，这是你们刚才付的钱，你们自己看。"小青年说："哦，我们没读过书，不识字，还差几多？"钟开阳说："三百八一套，两套七百六，你们给了两百，还差五百六，老板不在，看你们是真心买，我做主，让你们二十，把五百四就行了。"小青年摸包包，摸了半天摸出一把零币，说："刚从号子里放出来，荷包里暂时不暖和，明天送钱把你。"钟开阳先前已经历过几次，这次知道又是吃黑的，心里怵，却又不肯放弃，就撑着胆子说："那就对不起了，请你们把衣服脱下来，我替你们收好，明天你们再来，我请示老板把跳楼价给你们。"小青年相视一笑，说："这就为难我们了，爸爸教导我们，衣如妻，沾身就不能弃，你不能让我们不讲道德？"说完拍拍钟开阳的肩，转头就走人。钟开阳不顾一切上去抓住一个，另一个在旁边熟练地给了钟开阳一拳，钟开阳立时从鼻孔里淌出血来，波波跑过来，喊："搞么事？！商场里也敢动粗了？邪了！"小青年说："商场又么样，杀场我都毕业分配了。"波波冷笑一声，回头喊："朱哥！呆娃！"一喊，精品廊几个摊主就挤进人群，为首的朱哥也不搭话，一把就纠住一个小青年，小青年一看阵势就怵了，脱下衣服往钟开阳怀里一丢，钱也不要了，车身钻进人群溜了。人群散开的时候，波波看见钟开阳还愣在那里，就走过来塞给他一包纸巾，说："把鼻血揩一下。你莫耽心，朱哥的连襟是治安处的，就算是龙头大哥来了也不敢犯刁。"钟开阳什么话也不说，默默地用纸巾揩鼻血。

忙、累、操心、委屈，但钱却是一把把地往回挣，钟开阳只听说过富人的故事。但总也不明白赚钱是怎么一回事，以为大多是在路上跌个跟头拾到了金元宝，或者是自己祖上留下来的，但祖上又是哪来的呢？现在自己跻身商场，才知道赚钱是机会，是路子，同样是自己，三个月前拼死扒活地干，二百元的工资还拿不到手，差点要走去政府门前静坐耍赖的路，而现在却一天三百四百地挣，每天数营业额就要数上半点钟，因为累和日日温习，数钱和进银行填存款单也没有开始的激动了，守摊子、卖服装、赚钱，已经成了一种过程和习惯，这样做下去，不用一年，扩大生意规模和范围甚至自立门户的可能完全是有的。于是钟开阳也就明白了，做生意就像一个橡皮门后的世界，没进入时天难地难，一进入了，那世界广阔得很，是个人就能成富翁。

钟开阳每天晚上倦极地回家，赵怡都温存体贴地在家里迎接，先打水洗脸，换鞋，再泡上新茶递到他手中，自己到厨房里去炒菜。菜是格外与往日不同了，赵怡是个接受能力很强的女人，在很短的家庭经济变迁中，就把饭菜从丰富多样过渡到营养健身方面去了。饭菜端到桌上，赵怡必先给丈夫斟上一杯酒，让他慢慢喝着，两个人边喝边吃边说话。自从上次赵怡对钟开阳的赚钱纪录表示过冷淡以后，两人很快就忘了这件事，钟开阳用不着隐瞒什么，每天吃饭时就把当日的经历一件件讲给赵怡听，自然也顺便提提营业额的数字，赵怡是那种很专心的样子，有时候就含着筷子瞪着一双大眼睛看着男人，让钟开阳心里很得意。吃过饭，赵怡去收拾碗筷，钟开阳就边喝茶边看一会儿电视，突然想起什么，欠起身子对厨房里说："我们把房子装修一下么样？再装一部电话，买台空调，然后把咪咪接回来。我已经托人找小阿姨去了。"厨房里传出赵怡的声音："听你的，你说么样就么样。"口气极服帖。钟开阳愣了半天，心想，真是时代不同了，过去总是赵怡教他干什么，教他怎么干，家里的大事，都是电大生做主的，如今赵怡像是一下子卸下了一副担子，轻松了，也依赖了，位置那么一变化，两个人的心境和表现都有了不同。这么想着，钟开阳就有些犯困，因为收摊晚，吃饭就晚，以前没钱赚时还看看新闻节目，看看每天发生了什么国际国内大事，现在新闻也没时间关心了，电视里演了些什么钟开阳根本不知道，打过一串哈欠后就洗脚上床睡觉。

席梦思一点声音也没有，换过了。

到第四个月，钟开阳每次从傅崇明那里提货的时候就开始先付部分货款，傅崇明笑着说："商场又多了个杀手。"钟开阳不好意思地说："傅老板莫说笑，还不是你帮撑，要不然我现在还在厂子里洗蒸气浴，哪有今天？"傅崇明说："也不是这个说法，门道虽然靠人指点，修不修得成正果还要靠造化，要不20世纪末了，理想像脚气病一样，人人都有，事业却不是每个人都能干出来的，你钟老板门槛够精，吃得亏下得力，凭这，你要不发，市场经济理论就狗扯羊腿了！"钟开阳说："那还要傅老板一如既往地关照。"傅崇明接了钟开阳递过去的万宝路，点燃，吸了一口，说："也只能到这里了，我也是心有余而力不足，你是长江后面的浪头。"钟开阳听出话音，说："傅老板放心，至多再过两个月，我就可以全部走包销了。"傅崇明笑道："这个事情好说，我把出厂价还打折给你。"

　　傅崇明那天执意要请钟开阳吃饭，并叫上了波波，三个人去了"帝苑"，要了一个包间。傅崇明为自己和钟开阳点的是"马爹利"酒，波波不喜欢白兰地，自己要了"顺风冠年"。菜上来，傅崇明先要敬钟开阳，感谢他对自己的帮助，钟开阳连忙端起酒杯，说："搞反了搞反了，应该是我敬你！"傅崇明也不推让，两人干过一杯，钟开阳立时觉得如同喝了中药酒似的鼻子发呛。傅崇明再举酒杯和波波碰，说："么样，我说话算话吧？"波波抿着嘴笑，又拿眼睛来看钟开阳，钟开阳连忙放下筷子举酒杯，说："我也陪敬，谢谢你对我的关照。"波波伸过杯子来和钟开阳碰了，笑着说："其实，就算傅老板不吩咐，我也会照顾你的。你不晓得你刚来商场时那个样子。硬像是侍弄第一个儿子的年轻爸爸，手不是手脚不是脚，笑死人。"说罢波波咯咯地笑。傅崇明也笑。钟开阳则臊得不行。傅崇明连忙为钟开阳解围，说："钟老板现在毕业了，今天算是给钟老板做出师酒。来，干了它！"三个人又碰了一回，都把酒干了。

　　一顿饭吃了两个钟头，出来时波波还不尽兴，闹着要去五星城跳舞。傅崇明说："我跳舞不喜欢和姑娘伢跳，要跳我就跳嫂子。你们般配，你们去，我找人打牌去。"波波说："台子该你付。"傅崇明说："那还不好说。"摸出钱夹子，从癞蛤蟆的背后抽出几张票子。钟开阳本来也是不想去的，晚上没回去宵夜赵怡事先并不知道，现在已经九点了，酒又喝得猛了点，有些上头，恨不得立时就躺在自家的床上，但看到傅崇明已先表示不去了，波波又这大的劲头，人家帮自己也不是一次两次，现在要是自己一走，岂不是抽台？这么一想，心里有什么想法也就不说了。

　　三个人当下分手，钟开阳陪波波到五星城跳舞。钟开阳读中专时舞跳得相当出色，波波显然也是舞场高手，两个人半支曲子没跳完就配合得十分默契了。一方面有了点酒性，一方面受了灯光和音乐的诱惑，钟开阳不肯轻易放弃了这种默契，第二支曲子就开始翻新花样，一曲探戈跳得出神入化，波波吃了一惊，说："没想到你还有这一手。"钟开阳得意地说："看来你不看报纸，不关心国家大事，你要看报，就会知道你现在是在同江城首届交谊舞大赛吉特巴舞亚军共舞。"波波笑道："幸亏我刚才没说你坏话，要不然今天就栽在你手里了。"

两曲跳过，第三曲是佛斯，舞厅里灯光全熄掉了，钟开阳没有任何心理准备就被波波拉进舞池中，还没反应过来，一双凉丝丝的手腕就缠住他的脖颈，人已软软绵绵地贴了过来，下颏轻轻地抵在他的胸前。钟开阳一时没有了动作，手脚都停在那里，像冻过的，脑子发木。开始没有注意，这时就闻到波波身上散发出的香味，那香味和太紧密的人都使他身心发软。有人撞了他一下，然后又是一个，因为他们站在那里没有动，不断有人撞上他们，黑暗中也看不清是谁，先前舞厅里至少半数人是坐在那里看，或者说话，或者啜饮料，现在却全挤入舞池了，因为这才是舞迷们追求的真正节目。

音乐几乎是没有的，但人和呼吸太明白不过，钟开阳在黑暗中感觉到波波的目光粘在自己脸上，波波的脸无声地向他贴来，唇轻轻启开了……钟开阳被蛇缠了似的猛地推开波波，跌跌撞撞地往舞池外走，一路将黑暗中的一对对野鸳鸯撞得七零八落。

钟开阳回到家时已是十一点过了，推开家门，见赵怡正守在饭桌前看一本杂志。见钟开阳回来，赵怡丢开杂志，站起来去揭菜碗上的盖子，一边说："怎么才回？"钟开阳定了定神，说："傅老板请吃饭。"赵怡愣了一下，说："你吃过饭了？"钟开阳说："吃过了。"赵怡慢慢揭了盖子，自己盛了饭，用汤淘了，也不拈菜，一口一口慢慢往口里扒。钟开阳看看桌上，菜是很丰富的，工艺虽说比不上帝苑的菜，那份真实和亲切却是实在的。钟开阳说："傅老板是临时拉我去的，人家帮了我们大忙，不去又不好。"赵怡抬起头来勉强地笑了笑，说："我又没说什么，你去是应该的，我只是没有想到你已经吃过饭了。你要吃了，就先喝茶，我吃完来陪你说话。"钟开阳说："不喝了。不渴。我有些累，我先睡了。"赵怡没有反应。钟开阳换了一只脚支撑重心，又站了一会儿，就去洗脸洗脚，然后上床脱衣服。刚躺下，听见外面传来赵怡平静的声音："今天是我的生日。"

<h1 style="text-align:center">六</h1>

钟开阳第二天皮泡眼肿地去商场照摊子，一上楼就看见波波咬着牛肉饼在那里用一只手往架子上挂衣服，看见钟开阳，像什么事也没发生似的笑着和钟开阳打招呼，说："钟老板，吃过没得？"钟开阳不敢看她，说："吃过了，你挂衣服呀？"一句话，说得波波咯咯地笑，把牛肉饼也掉在地上了。钟开阳说："你笑什么？未必我说错了什么？"波波说："错倒没有错，只是不该这么说法，做服装的，哪天不挂衣服，你这么说，不是无话找话？"钟开阳闹得一脸通红，越发是不自在，倒像是自己做了亏心事，赶紧走进自己档口，正收拾着，波波隔着一个衣架子探过头来，扮了个怪脸说："钟老板，你挂衣服呀？"说了自己先笑，钟开阳忍不住，也笑了，一笑呼吸和思维都正常了，伸出一个指头遥远地点着波波的鼻子，说："你几拐哟。"

中午一过钟开阳就收摊了，转过隔壁波波的摊档对波波说："波波，我下午不做了，你帮忙照看一下。"波波说："怎么不做了？"钟开阳说："屋里有点事。"波波说："什么事比生意还重要？"钟开阳犹豫了一下，说："我爱人过生日。"波波看了他一眼，笑道："看不出来，你还是个蛮细心的男人来。"钟开阳含混地支吾了一下，就走了。

钟开阳先在商场一楼的珠宝柜挑选了一只红宝石戒指，又买了一只大蛋糕，然后匆匆往家赶，顺道又买了菜。回到家里，把东西放下，先进厨房去择菜。钟开阳现在对厨房比较陌生，但真的要做一桌菜也难不到他，况且他今天的心情不同，自上至下都浸泡在虔诚和愧疚中，所以他做这一切时都显得十分认真，等一切都收拾停当了，钟开阳就收拾出门，赶到赵怡单位的大门口等着，等了点把钟，才看见赵怡出门。

赵怡看见钟开阳时愣了一下，说："出了什么事？"钟开阳说："么事也没有出。"赵怡说："你哄我，肯定出了事？"钟开阳说："真的没有，我是来接你回家吃饭的。"赵怡说："回家吃饭还用得着接？"钟开阳说："今天不同，今天是给你补过生日。"赵怡听了，再不说话，两个人顺着街道默默地往前走，走出一段路，赵怡说："你来接我，这还是第一次。"钟开阳听了，一下子不知道说什么好。

回到家，钟开阳系上围腰就开始点火炒菜，很快就把桌子摆满了，赵怡一直倚在厨房的门边看他，直到他炒完最后一个菜，关上火，赵怡才走过来，用毛巾轻轻为他揩拭头上的汗珠子。

两个人在桌前坐了，钟开阳打开一瓶葡萄酒，先给赵怡斟，又给自己斟满，放下酒瓶，端起酒杯，说："祝你生日快乐。"两个人碰了碰，赵怡将酒杯贴在唇边，没有喝，眼泪哗哗就流了出来。钟开阳一下子慌了，本来就愧疚得很，想要不顾一切地挽回的，现在一看到赵怡的泪水，努力的信心就崩溃了，不知如何应对，只是一遍遍说："是我不对，是我不对。"不说还好，一说赵怡更是委屈地把酒杯放了，捂住脸，啜泣从胸腔涨至喉间，又要压制自己，压制不住，突然站起来扑进钟开阳怀里，用牙咬他的肩。钟开阳不说了，默默地搂住妻子，轻轻地在妻子背上抚摸着，只感到妻子的泪水热乎乎地顺着脖颈淌下胸膛，肩头的咬疼使他抽搐了一下。

赵怡哭过一阵，放松下来，并不松开丈夫，只把一脸的泪水在钟开阳脸上摩蹭着。

钟开阳见赵怡不哭了，就拍拍她的肩，说："好了，我们吃饭吧。"

赵怡不抬脸，说："不吃！"

钟开阳说："怎么能不吃，我巴心巴肝做的。"

赵怡说："巴心巴肝做的也不！"

钟开阳说："不吃饭，那我们吃蛋糕，很新鲜的蛋糕。"

赵怡说："蛋糕也不吃！"

钟开阳说："饭也不，蛋糕也不，那你要做什么？"

赵怡说："我要你抱我进去。"

钟开阳说："现在？"

赵怡说："就现在！"

钟开阳一用力站起来，抱着赵怡绕过饭桌，用脚踢开卧室的门走进去。

赵怡始终闭着跟睛，眼睫上还挂着一星泪珠，全身在轻微地颤抖着。钟开阳贴过去的时候她轻声说："开阳，我有一个要求。"

钟开阳停止了动作，问："什么要求？"

赵怡说："我要你天天给我补过生日……"

钟开阳看着那颗水晶似的泪珠，非常慎重地点了点头。

第二天早上赵怡起来的时候钟开阳也起来了，本来他可以比赵怡多睡一个钟头的，但赵怡在离开床之前有一个温柔多情的动作弄醒了他。赵怡说："你起来干什么？你再睡一会儿，昨天你太累了。"钟开阳说："妻唱夫随。再说我肚子饿了。"赵怡说："那我去把饭菜热一下，我们一起吃了再去上班。"钟开阳说："菜不热了，放着今晚回来吃，我们吃蛋糕，那个蛋糕不吃我今天生意做不好。"

两人洗漱了就吃蛋糕，赵怡很快乐地欣赏着手指上的红宝石戒指，不住地问钟开阳："我戴这个好不好看？别人不会说我妖冶吧？"钟开阳说："别人不会说你手上，会说你脸上。"赵怡发痴道："我脸上怎么了？"钟开阳说："你过来。"赵怡乖乖地过来了，钟开阳用食指从她嘴边刮下一抹奶油，送入嘴里吮食了。赵怡脸一下红了，说："邪皮！"钟开阳嘻嘻笑道："味道好极了！"赵怡连忙去找毛巾来洗脸，洗着洗着突然回过头来说："想起了！"钟开阳说："想起什么了？"赵怡说："昨天刘明去找过我。"钟开阳说："哪个刘明？"赵怡说："你忘了？就是糖烟酒批发公司那个刘明，我的同学。"钟开阳说："是他？他找你干什么？"赵怡说："他说几个月没有看到你去进货了，不知道是什么原因，来看看。"钟开阳说："他不是烟酒贩子吗？怎么也管希望工程了？"赵怡说："人家关心，可见也是有责任感的。"

钟开阳说："那是，可惜你不会请他去跳舞了对不对？因为我们并没有得到他的拯救。"赵怡说："再怎么，我们还是应该表示一下，人家毕竟帮过我们，不然总是心里过不去。我们送点东西给他的伢好不好？"钟开阳心里突然有了一个念头，说："送东西不好，你也不知道送什么他喜欢，再说也有受贿的感觉，我看，我们请他吃一餐饭，请他们全家人。"赵怡高兴地说："你这个主意好，就按你说的办。"

七

钟开阳将四扎二十八万元现款往傅崇明的大班桌上一放，说："上月最后一批货款和这个月的货款。"

傅崇明戴着个眼镜正在看账本，从眼镜上面看了看钟开阳说："一次提这多？"

钟开阳说："做就规规矩矩做，总是放不开手脚，经济总也不能腾飞。"傅崇明说："你哪来这多钱？"

钟开阳说："银行贷了五万，还有一部分是找朱哥和波波借的。"

傅崇阳说："租金几多？"

钟开阳说："二十二点。"

傅崇明说："还是你有气魄，是做大生意的料，我没看错。不过你要找我借，我可以给你二十点的利。"

钟开阳说："要这样我还借。"

傅崇明说："你哪要这多？"

钟开阳没有说。他已经在别的地方看中了一个门面，他想盘过来开一家精品店。他没有说，主要是他并不打算在这个精品店里经销傅崇明的产品。

傅崇明点好钱，用一架袖珍伪钞鉴别机将钞票过了一道，将钱锁进保险柜里，然后给钟开阳开了收据和提货单。

傅崇明说："钟老板，这回该你请我吃饭了。"

钟开阳从厂里提出一部分货，雇了辆小货车拖到商场附近自己租的一个仓库里放好，然后去了商场。波波正在帮他应付一个顾客，见他来了，就对那个顾客说："老板来了，你和老板谈价。"钟开阳很快和买主成交，用衣袋装好衣服递给对方，说："好走。"波波过来，将几张四联单递给他，说："帮你卖了三件，柜台上结的账。还有一个贩子要十套，我要他下午来找你谈。"商场里的规矩，引厂进店引商进店，卖买双方都要在柜台上结账，不过私营业主对不索取发票的顾客还是喜欢直接付款的方式，这里头的窍门不言而喻。钟开阳接过联单，说："波波，谢谢你。"波波笑道："么样？昨黑了读过书？这斯文。"钟开阳也笑，说："还不是想讨你的好，到时候租子还不起，多少抹一点走。"波波冷笑了一下，说："这话说给我听可以，要是你太太听了去，怕是要对你进行法制教育的。"钟开阳好一阵尴尬，一声不响退回自己的摊档里去。

中午，钟开阳和波波正躲在衣架子后面边吃盒饭边聊天，有人进来了，问："老板，衣服么样卖？"钟开阳说："三百八。"说着把鸡翅膀丢进饭盒里，伸出脑袋去看，一看一愣，说："苏山？"苏山也愣了，说："钟师傅，么样是你？"钟开阳放下饭盒走出来，一边揩手一边对昔日一个组的同事说："是我，这个摊子是我的。"苏山说："是也，是说你为么事不回厂，有人传你去云南贩药去了，原来你在这里当老板！"钟开阳轻松地一笑，说："么老板哟，还不是混饭吃。厂里么样？"苏山说："还好，和台湾老板合资了，改厂为公司，生产山地车轮坯子，产品百分之八十外销。工资也发了，还加了一级，我每月带奖金可以拿到二百三四十块。你莫说，台湾老板就是有板眼些！"言语自有一些感激。钟开阳笑了笑，说："么样，你是来买衣服的？"苏山说："是的，半年没有进过商场了，昨天关了饷，来找件衣服穿，不过你这衣服太贵了，我一月工资统把你也只拿得走两只袖子。"钟开阳说："你还个价。"苏山说："商场里的衣服也兴还价？"钟开阳说："东西是我的，场子是我的，我说行就行。"苏山犹豫了一下，小心翼翼说："三百，么样？最多三百二，再多我就拿不出了。"钟开阳说："二百四，你把一个月的工资奖金我，衣服是你的！"苏山喜得嘴都歪了，说："钟师……钟老板，还是你爽气，你生意做得活泛——你该不得赔？"

等送走了苏山，钟开阳回到衣架后，重新端起饭盒。波波已经吃完了，端着钟开阳的大茶杯喝茶。波波说："有你这样做生意的？自己杀自己。"钟开阳说："一个厂的同事，本来就不是生意。"波波看着钟开阳，摇了摇头，说："你呀，你生成就不是生意中的人，你是吃错了药，摸错了婆，硬是一件历史冤案，做生意，认的只是钱，爹来了，妈来了，该宰的一分不得让，不是不认情理，要一处让了，哪一处又找不出让的理由来？那不乱了方寸，没了规矩？做生意偏偏就最讲规矩。"钟开阳说："理论知识我懂，但太规矩，岂不累人？"波波说："相反。要是没了规矩，东也要心来应酬，西也要情来讲究，又不知道这心这情要让出多少才算利人不亏己，落个人也夸，自己也心安理得，那不累？有了规矩，而规矩也很简单，生意场中认钱不认人，规矩上下人人平等，老少无欺，用不着心来勉为其难去平衡，好比是罪是错，只认一个法律，法律健全了，就没有那多人为的结果，那不简单？"钟开阳说："那照你说法，商场也用不着搞那些情感销售让利销售了，总归明码实价，爱买不买。"波波说："你又错了。情感销售也好，让利销售也好，那都是促销手段，是技巧，为的还是把商品更多更快地推销出去，只是多了一层心理学包装，说穿了还是商业规律。商场不是教堂，不是社会福利院，它凭么事给你恩惠，把利给你？作为商品流通环节，商场的唯一目的就是把流通领域中的利润扩大到极致并且赚尽，其他的只是手段而已。"钟开阳听得目瞪口呆，盯着波波说："我怎么像是在听你讲商业课？"波波冷笑一声，说："看来你也并不天天看报，你若看报，就会知道你现在正在和前任商校的大专班讲师对话。"钟开阳好半天说不出话来，突然就感觉到商场并不像对方说的那么简单，可以用一个规律来概括。商场是一个无形的沙盘，中间的堡垒暗礁却是由一个个活生生的人来组成的，商潮也好，商战也好，凡是商业行为，那真正活跃着、生死着、对抗着、主宰着的生命力量是人。自己懵懵懂懂地跌入沙盘，摸爬滚打，钻学奋发，粗走线算得上是顺的，自以为也是商场中人了。那些商场中真正能制约的大亨——那些一个商业发展计划的实施就会导致若干商业实体的倒闭或诞生的大亨。那些一批定单就能使一定领域里商品的价格狂升或暴跌的大亨，那些用一系列广告、营销活动制造和渲染出一个又一个商品潮流然后又把它们扼杀掉的大亨，那些洞晓和把握着今天和明天的商业现象，在潜移默化和强硬改造中创造人们新的生活观念生活追求甚至影响人类进化本身的大亨，他是一个也没见到，他见到的只是像傅崇明、波波、朱哥这样的小老板，他们只不过是那些大亨身上的虮子，可就是这样的虮子也个个不似凡人，像傅崇明，原本国家干部当得好好的，却不做了要当私营业主，又头一个在私营业中建立了党总支，服装厂经营得不错，又要设法去兼并一家小型国营模具厂，毫不犹豫拍出二百万偿还对方在银行的欠债。像朱哥，当年国家军队五项全能集训队射击教练，失手打死了翻进训练场来挖弹头的一个乡下孩子，被军事法庭判了两年徒刑，刑满回家，转业干部的资格没有了，工作没着落，干脆到邮局门口的地摊上卖了自己所有的勋章做起服装生意来。像波波，人前一个无忧无虑、敢爱敢恨、全无城府的女孩子，红道也走得，黑道也不怵，看着俗到了家，以为是那种小巷里长大、天生不愿读书只想玩世界的姑娘伢，偏偏她就是教大学生的老师。小老板即如此了得，大亨呢？人即如此了得，商场呢？钟开阳这么一想，顿时就有些说不清楚地灰心失望，觉得这以前自己得到的刺激和快乐，全是虚假的，根本就还没入流，而自己那么快建立起来的自信和雄图也十分的可怜兮兮，说出来都是一种笑话。心里这么想着，嘴上却还不屈服，说："就算你说的都是道理，做起来也不见得都行得通，比方说你帮我，难道那也是手段和技巧吗？"波波看了钟开阳一眼，说："你说对了，我帮你，当然是一种手段，至少在第二次帮你时，这帮助就丝毫没有助人为乐的意思了。"本来钟开阳是不该再问下去了，他也不是没有悟到这一点，但这就像做生意，赚了一就要想赚二，赚足了满了溢出来了还收不住手一样，要的不是结果，而是过程，他就是收不住。钟开阳说："不为助人为乐又为么事？"波波很平静地说："因为我喜欢你。"

晚上回家，吃饭的时候，钟开阳端着酒杯子发愣。赵怡奇怪地问："你怎么了？"钟开阳放下酒杯，摇了摇脑袋，像要拼命挥赶开什么东西似的，说："我觉得我有些发虚。"赵怡扑哧一笑，说："鬼要你白天黑夜的忙，革命重担一肩挑，三十岁的人了，应该晓得将息了。"钟开阳知道赵怡听误会了，说："我不是说身体虚，我是说心里虚。"赵怡不明白，问："有什么心虚的？是宰了人家羊子还是偷税漏税了？"钟开阳摇头，说："都不是，我是觉得生意场像个复杂的陷阱。"赵怡说："陷阱在哪里？"钟开阳说："问题就是你看不见，你走在一座山上，到处都是钱，你既然来了，就得捡钱对不对？但你不知道那些陷阱在哪些钱下面藏着。"赵怡说："这叫两难境地。这好办，山你也上过了，钱你也捡过了，你下山来就是。"钟开阳："下山来做么事？还回厂里去烤板鸭吗？"赵怡说："又有么样不行？"钟开阳："要么就一辈子不开斋，开了斋又要人转头吃素，那不杀我？！"赵怡叹口气说："能诱惑人一往无前地往陷阱里跳的，看来只有钱了！"

八

请刘明两口子吃饭，钟开阳是有意挑选在亚洲大酒店二十三层旋转餐厅吃西餐的。去之前，他要赵怡先去做了一个头，换上了他给她买的华伦天奴正式宴会装，他自己则穿的是杰尼亚衬衫，打了领带，两个人在街口拦出租车的时候，来往的邻居没有不看的。

刘明的太太一看就知道是个很俗的女人，服装是那种艳得伤人眼睛的色调，手指上套了三个蝴蝶状大金戒，脖上的金链子沉甸甸的，使人想到那种出生可疑主人却偏拿来当高贵宠物的小母狗。这个想法钟开阳没有对赵怡说，因为他从刘明一见面时眼珠子里一掠而过的羞愧和沮丧中已经得到了他最初的快乐。

刘明有些做作地说："这是何必？要你们破费？"

钟开阳大大咧咧说："只是随便坐坐。"

服务小姐送上矿泉水，又递上菜单，钟开阳先将菜单递给刘明的太太，刘明的太太拿着菜单愣了半天无从下手。钟开阳殷勤地从刘明太太手中取过菜单，这是预谋已久的了——很绅士地说："刘太太，它这里有几样菜是很不错的，我来帮你点。"连看也不看对面的刘明，为刘明太太点了马乃司、牡蛎沙拉子，热菜点了瓢馅墨斗鱼、烤蟹肉、啤酒焖鸡、胡椒汁煎猪排、布劳修道烤火腿，主食是米兰杂那和鸟根，汤是意式牛尾汤，还要了罗木可可球做甜品，酒则是金巴利开胃酒和君度橙力乔酒，而给赵怡，则随意地点了蔬菜丁沙拉子、软煎牡蛎、纸包烤鱼、菠菜泥子汤和什锦水果，酒是马天尼千酒和沙漠日出，点毕，才将菜单递给了坐在对面的刘明。

菜式很快就一道道上来了，赵怡和刘明的菜点得都很适中，可以从容不迫地吃，钟开阳则几乎没给自己点菜，只是要了一瓶红牌伏特加，一杯一杯地喝，然后不断地和刘明太太说话，根本就不理会刘明。刘明太太可就苦了，钟开阳一会为她点了那么多的菜，菜是一道接一道地往上上，刘明太太紧吃慢吃还是对付不了，服务小姐要撤走先上的冷盆，钟开阳示意说："请别忙撤走，这位太太还要用。"先上的撤不走，后来上的并不等候，刘明太太面前的桌上被众多的菜挤得水泄不通。刘明太太手忙脚乱，不是叉掉了就是刀滑了，弄得盘动碟响，附近几个台位的老外都转过脸来朝这边看，嘴角露出幽默的笑意。刘明有好几次暗地里示意自己的女人，但女人没空，既要对付面前眼花缭乱的美味佳肴，又得不断地迅速咽下整块的食物，空出嘴来和钟开阳说话。钟开阳殷勤到家了。钟开阳说："刘太太，你很漂亮，又年轻，你怕只有二十岁吧？"刘明太太吞下一块牡蛎肉说："钟老板说笑，我都三十了。"钟开阳吃惊道："三十了么？怎么保养的，一点也看不出来，简直是一个奇迹！"刘明太太一伸脖子又吞下一块猪排，说："钟老板真是会恭维人。"钟开阳说："你说错了，我会卖衣服，也会跳舞，就是不会恭维人。我要会恭维人，就不会说你只二十岁了，因为我这个人，最不喜欢和年纪太小的女性打交道，她们就晓得咋咋呼呼，一点成熟美也没有，像我们这种男人，只喜欢那种既有经历又充分保持住青春魅力的女性。"刘明太太一张脸笑得稀烂，厚嘴唇上粘着的一块蟹黄掉入面前的汤盆里。刘明太太说："钟老板一张嘴巴哄得死人！"钟开阳呷了一口酒说："这怎么是哄你呢？这你可以验证的，我刚才说了，我是舞场高手，我看刘太太的条子也蛮清爽，怕也是舞村强将，我就殷切地恭请刘太太陪我练一回，如何？"刘太太受宠若惊地道："那我巴心不得！"

这边两个旁若无人越说越热烈，一旁刘明的脸像是秋后的冬瓜，直往下掉霜沫子，想要发作，高雅安静旋转餐厅里又明知不是场合，整个人完全如同在受刑。赵怡早看出来了，桌子宽大，隔得太远，又不能用脚去踢钟开阳，用目光去阻止他，他的眼睛又一秒钟不空地全粘在刘太太身上，沟通无门，赵怡心里过意不去，只好找些话来和刘明说，可毕竟两个人都心不在焉，那种话反而生硬得很。

一顿饭吃了两个钟头，乐坏了两人，气坏了两人，直到走出亚洲大酒店，刘明太太还在霓虹和星空的交相辉映下充满依恋地对钟开阳挥手道："钟老板再见。"

赵怡不想和钟开阳在车上斗气，一回到家，赵怡甩下包包就说："你今天为么事？拿人家刘太太盘苔一样盘，你也太不讲修养了！"钟开阳说："你说对了，我是没有修养，我拿一千多块钱，我就是想盘一盘苔。"赵怡说："你凭么事这样？人家就算没有帮过你，人家总是客人，再怎么，起码的礼貌是要讲的！"钟开阳说："难道我今天还不礼貌？还不情操？我周到得只差一丁点就像她男人了。"赵怡说："你以为那就礼貌？那是下作！"钟开阳说："你说得好！我就是要让他晓得，被别人下作是么样滋味！"赵怡说："你才怪，人家哪点惹着你了？你不是有病吧？"钟开阳冷冷一笑，说："他能向我的老婆献殷勤，和我的老婆跳舞，我就要盘一盘他的老婆，难道我不该的？"赵怡恍然大悟，道："原来如此，你不认为你这是小肚鸡肠？"钟开阳说："是么？"赵怡说："我和刘明跳舞，只是跳舞。"钟开阳说："鬼才晓得。"赵怡气得浑身发抖，说："钟开阳，你，你太缺德了！"赵怡说完，冲进屋去把门关上了。

当天晚上钟开阳没有进卧室，这也是他和赵怡结婚五年来的第一回。他自己也觉得很奇怪，不清楚怎么搞成了这个样子，过去自己一向是没有太多棱角的，生活得平平和和，对赵怡，不说是言听计从，至少也是十分看重的，生活中有诸多的不顺，不愉快，都是忍住了，不想大波大澜，陡生宿荡，若不是生存已没了保障，一切都可以过下去的，自从辞了职，下了海，有了钱，自信大了，想法多了，浮躁也重了，受不得委屈，沉不住气，一切都想捞他一票，搏一个输赢，他不认为这有什么不对，毕竟他是积极了，向上了，不愿平庸了，毕竟他是在无声无息的慢性死亡中醒悟了，行动了，改变了生活的命运，这应该算是人生的一种进步，但他又迷惑，他的所作所为，他的成功，他的新近滋生的目标，甚至他赢得的那些结果，好像又都不是他的本意，是他得到后又不能安宁的，看不见的背后，仿佛有着一只无形的大手在主宰着这一切，而他，只不过是那只无形大手牵动着的一具木偶。

钟开阳合衣躺在沙发上，隔着卧室的门，他能感觉到赵怡辗转的委屈和失望，但他没有动，他被执拗完全俘虏了，他就那么瞪着眼睛看着黑暗中的天花板想了一夜。

九

汹涌的秋季服装让利展销活动的势头是钟开阳完全没有想到的，淡季刚刚过去，钟开阳将几个月赚得的利润加上银行贷款和从朱哥、波波那里借来的高利贷一古脑全压在傅崇明身上，计划在秋季服装销售旺季中全力一搏，从此改变靠人吃饭的命运，这种气魄，连波波都感到佩服。波波说："我做了两年服装，讲理论讲实践都足可以称你的师傅，这种孤注一掷的做法，连我都不敢。"钟开阳说："撑死胆大的，饿死胆小的。一万年太久，只争朝夕。"

先是福建浙江厂商花样翻新的让利展销活动。沿海的服装无论在款式和做工方面都模仿国际名牌，价格又活得惊人，经营方式又随着潮流，销不动的款式，几天后厂家就会毫不犹豫地从货架上取下来，大跌血本一脚踢给乡镇贩子；销得旺的款式，电传发回厂里，两天后就有货柜车风尘仆仆从几千里以外载来，把个市场闹得沸沸扬扬。一些内地名牌服装厂家先还沉住气，后来终于按捺不住了，轰轰烈烈铺天盖地闯入促销行列，那营销手段和气势也撼天动地，动辄奖名牌轿车，奖商住楼，奖出国旅游名额，几百万上千万的许诺见着风涨，有新闻媒体广而告之，公证处临场公证，真实得你要不相信发财的机会来了继而积极去参与你就是一个彻头彻尾的蠢货。有急不可耐的厂家，索性现卖现抽奖，当众开奖，有一家服装名厂在五百套西服中设一辆夏利小车，销到三百套时大奖仍未出现，一位服装个体户立刻拍出一张支票，买走余下的二百套，得了车，服装却转手贩给了县里的贩子，这是逸闻中随便拈出的一件。如此销售狂潮，不要说钟开阳之流的小摊主，就是一些实力不强的国营厂商，也叫苦不迭。

服装市场持续不停地狂跌，私营业主的精品摊档几乎无人问津，服装堆在那里销不动，波波和朱哥到底多一些经验，在价格咬不住的时候先就亏本跳楼跑掉了。波波说服钟开阳随行就市，在如此狂潮下，先逃的先安全，能捞回多少算多少。为此波波还专为钟开阳介绍了两个专做异地"跑档"生意的贩子。但钟开阳却很固执，仔细算过一笔账，若是一刀割下去，一分钱赚头没有不说，少说也得亏两成，便咬死不放血。波波急了，说："市场不是你的，你一杆破矛和没心没肺的风车斗个什么劲儿！"钟开阳说："战场中心最安全！"波波气得扭头就走。等过了两天，看看终归是抗衡不过了，再下决心跳楼时，不要说价钱蚀得不敢说，市场也全都消失了，就是想跳也无处可跳了。

钟开阳去找傅崇明。傅崇明正在那里对着电话骂人，骂得很粗野，眼珠子通红。等明白过来钟开阳是想退货时，傅崇明像要拼命似的说："这不可能！我的产品是按合同定额生产的，你是包销户，我只负责你的货，不负责你的销！"钟开阳说："现在一件都销不动，都压住了。"傅崇明说：“那你要我怎么办？你这只千把套，我十几万套代销的全都退回来了，那是大几百万！”钟开阳急了，吼道：“那你不是要我的命?!”傅崇明也吼：“我的命已经丢了一半了，还有一半，你要你拿去！”

波波和朱哥将自己的场子盘给了见风而上的投机者，自己改行去盘水果和挂历。这个世上总有一些勇敢的，不怕死的，在战争进行到白热化的时刻精神饱满信心充沛地撞进战场，战势已形成格局，至少在局部地区，一定的时空内，精疲力竭的战场力量诸方相持不下，形成空白区，把脑袋掖进裤带里，说不定就能捡到不少洋捞。都逃了，没逃的只有钟开阳，商场还是天天去，看着疯了的厂商，疯了的购物人群，商场从容不迫将商品和人和钞票吞进吐出，冷静地胸有成竹地按市场规律计算自己的利润，只把一个钟开阳和一堆无人问津的服装冷落在那里。场租天天在累计，贷款利息天天在递增，而货却压死在那里。服装生意中人都明白一个道理，服装卖的是一个风，风来时趾高气扬、点石成金；风去时你便是孙子，再高档的东西也只是一堆臭狗屎。钟开阳守着那堆臭狗屎（仓库里还有一大堆），叫天不应，叫地不灵，明知那些本来销得很好的服装，只因为一个竞争，眨眼一文不名，但场租是要付的，贷款是要还的，算来算去，自己几个月吃辛扒苦赚的几万块钱已悉尽赔光，还背上了一屁股债！

只上十天时间，钟开阳完全被压垮了。自从那天晚上和赵怡闹过一场之后，他们之间很少说话，差不多已陷入冷战状态，钟开阳不肯里外都输个干净，在家里强撑着不和赵怡和解，夜里就裹床毛毯睡在沙发上，每天天不亮就离开家，四处奔波，八方叩头，或者坐在摊档里发呆。他的胡子长长的，也懒得剃，眼圈因为缺少睡眠发黑，杰尼亚名牌衬衫皱巴巴的，肮脏不堪，鳄鱼牌皮鞋满是灰尘，完全看不出它的本来面目了。钟开阳几乎无法相信这个事实，但这是明摆着的——他破产了！他一文不名了！

那一天，波波来找他，告诉他，她已经帮他找到了一个福建人，让那个福建人转包下他的摊档。波波说：“这个势头，秋季是做不出来了，与其白交租子，不如先退一步再说。”钟开阳完全像个傻子，只知道点头，什么话也说不出来，波波怜悯地看着他，说：“我已经在王家巷弄到一个做水果的门面，这两天就去烟台进苹果，你要愿意，就跟我一起做。"钟开阳看了看波波，摇了摇头。波波叹了口气，说："你倒是一个勇敢的士兵，可你应该明白，士兵和尸首是同义词，战争结束之后，没有人对尸首感兴趣的。"看钟开阳不说话，又说："还有一件事，我借你那笔款子，下月十五号就到期了，你要早筹划。朱哥也要我给你带话。"钟开阳急了，说："我这个样子，一时哪能还得起?"波波说："所以才叫你早想办法。"钟开阳说："能不能拖两个月?"波波坚决回绝："那不行！现在风头不好，谁也不敢老把自家的伢关在门外。"钟开阳试探道："对我也不行吗?"波波看了他一眼，说："开阳，我很想说行，但是生意场中，一是一，二是二。你生意已经做塌了，不是不相信你能扳回来，但借给你那四万块，已经是明白地有危险了，性急的，只恨不得立时就找你讨回来。我能做的，只能是按照我们之间的契约，在下月十五号收回钱来。"钟开阳听了，哪里还说得出话来，点点头，站起身来默默地走开。

钟开阳是在商场拉下闸门时才离开的。整天只做成了一套衣服，买主在砍价时充满了阶级仇恨，钟开阳气短，也无心周旋，只求个保本就让出了手。钟开阳在走出商场的时候门前正在降旗，服装整齐的保安和礼仪小姐很庄严地站在旗杆下，目视旗子缓缓降下，乐队高奏着国歌。钟开阳站在礼仪队后面，心中默默地念着国歌中的最后那段歌词：

我们万众一心，冒着敌人的炮火，前进！前进！前进进！

钟开阳默默地看完降旗仪式后就走开了。钟开阳在走过那些巨大的纷杂的广告条幅和兴奋异常的霓虹灯时心里充满了欲灭意冷的情绪。一群群商场售货员从他身边拥过，去挤通勤车或者取自己的自行车，在空气中留下了浓烈的商品气息。最早的夜风开始出动了，将雪片似的各种奖券和商品广告单卷起来扬上天空，整个世界像个被废弃的战场。

钟开阳又累又饿，他沿着兴奋了一整天此刻正移交给另一种享乐高潮的都市街道慢慢走着。然后他停下来，站在一个炭火正旺的小摊子前。

　　小贩手脚忙乱又效率很高，看钟开阳站了很久，便问："来几串？"

　　钟开阳像是醒了，从兜里摸出一张五十元的票子，递过去，将炭炉上所有烤好的羊肉串收成一抱，也不说话，拿着就走。小贩目瞪口呆看着这个像是中了邪的汉子抱着那些冒着油的羊肉串摇摇晃晃穿过马路消失在人群之中。钟开阳就这么回到了家。钟开阳一路上都在想着一句至理名言，他想得很苦，当他推开家门时，他终于想起来了。

　　那句至理名言是：在哪儿跌倒了，就从哪儿爬起来。

体验死亡

　　体验死亡这个念头，是在高乔人目睹了那场车祸之后的一瞬间萌发出来的。

　　如果不是迫不得已，高乔人一般不愿利用公共汽车代步，这使他完全不像一个惜时如金的新闻记者。但高乔人就是这样的。在高乔人笔下，公共汽车是城市循环的动脉，但在他眼里，公共汽车更像一具具四处流动的棺材，这些棺材睡眼蒙眬思路不清地在街道上疯疯癫癫地横冲直撞，把城市弄得极其无序。一个个刚才还活蹦乱跳的人们被沿路塞进车厢，就像被集体塞进了棺材一样，立刻就僵硬了，在接下来的整个旅程中，大家都板着脸，盯着别人头上的头皮屑或者干脆做假寐状，谁也不说话，除了不能给人带来丝毫健康和愉快的体味交流和令人厌恶的身体接触，再没有生命本应该拥有的活跃和沟通。众多的生命在这里被一个个割裂了，孤立了，处于休眠状态，每一个旅客的目的只有一个，那就是等待这具棺材把他或她拖到他们的目的地，打开棺材门把他们倾倒下去，让他们从休眠中醒来。只有四类人不在此列：司乘人员、小偷、露阴癖者和患有漫游狂想症的精神病人。

　　所以，当站在马路边上的高乔人一眼看到那个少女的时候，他有些吃了一惊。他没有想到从棺材里倾倒下来的那些觉醒的尸体中，会有这么新鲜活泼的一个生命。那个美丽的少女大约十五六岁的年龄，像一朵顶着晨露的水淋淋的雏菊，眸亮如流星，颊红如霞云，长发自然地披在肩头，穿一条黑格红底的薄呢短裙，上身是同样款式的小背心，露出两条健康而又匀称的长腿。新鲜美丽的少女站在那里，抬起一只手做成凉棚遮住眩目的阳光，那一刻她显示出一种羞怯犹疑的样子，让站在近旁的高乔人在心灵深处由衷地叹了一口气。然后少女轻盈地迈下人行道，蹦跳着打算穿过马路。

车祸就是在这个时候发生的。那个美丽的少女没有看到一辆有着外地牌照的浑身泥泞的黑色奥迪牌小轿车疾速驶来。至少有十几个人同时叫了出来，好像被奥迪车撞上的不是那个美丽的少女，而是他们自己。高乔人也叫了。但他的叫是在心里。他是在心里绝望悲愤地叫了一声。一口浓烈的血一直从腹腔涌到他的嗓子眼，把那里堵上了。高乔人看见在一片粉红色的迷雾之中，那个新鲜美丽的少女高高地飞了起来，先是在车头上，继而飞到汽车的挡风玻璃上，然后又回到车头上，从那里慢慢滑落下来。少女在空中飞扬的姿势十分优雅动人。她的黑格红底小背心被风鼓了起来，像一袭孩子的披风。她的长发像一面黑色的旗帜，或者像一段让大风吹扬成千丝万缕的瀑布。她的脸上甚至还带着尚未被恐惧夺走的乖巧的微笑。她的小巧而又充满青春活力的身体在整个的飞翔过程中保持了一种轻盈自由的姿势，以至让站在近处的高乔人怀疑，那么小巧轻盈的身体在那么柔弱无骨的飞翔中，怎么可以将汽车的金属散热窗撞得凹陷下去并将挡风玻璃撞得粉碎？

那个新鲜美丽的少女在人们还没有围拢上前时就立刻死去了。没有叫一声，也没有血。

高乔人把少女的死亡说给在医学院读研究生的女朋友王品听。高乔人在叙述那场罪恶的车祸时哽噎不已，心里充满了悲怆。王品那间小小的寝室显然不是叙述一场罪恶车祸的好地方。仪态万方的王品让人在叙述这场罪恶的车祸时更加为牺牲者嗟叹不已。王品先是以一种十分优美的姿势坐在床上的，现在她放下手中正在读着的书，用她那双动人的黑眼睛看着高乔人，说，死亡是生命形式的一个组成部分，没有死亡，生命的过程就不完善，你能要它怎么样呢？高乔人眼里含着泪珠，高乔人说，我不要怎么样！我就要怎么样！王品认真地看了看高乔人，从床上下来，趿上拖鞋，走过去，走到高乔人面前，伸出双臂把高乔人的头揽进怀里，温存地抚摸着他，说，好了好了，事情已经过去了，不是还有更多的人活着吗？我们不是活得好好的吗？高乔人的脸贴在王品温暖平坦的小腹上，隔着苏湖绸料子的睡衣，他闻到了一股女性热烈的新鲜芬芳，这使他受到的刺激更加强烈。高乔人哽噎道，不！这不公平！王品将纤细的五指轻轻地插进高乔人的头发里。王品抚摸着高乔人说，你要什么公平呢？生命有它自己的公平原则，它不会向我们的愿望屈服，对此我们应该有耐心。高乔人倔犟地说，你撒谎！生命是排斥死亡的！生命就是活着！王品说，生命就像一座钟，随时都有可能停下来，事实上，就在我们说话的这工夫，就有若干的生命正在停止摆动或将要停止摆动，你不能阻止它们。高乔人粗鲁地推开王品，把他乱糟糟的头颅扬起来，恼怒地盯着王品，说，我就要阻止它们！我就要做到这一点！王品被推开，站在几步远，吃惊地看着高乔人，说，你受的刺激太重了，也许我有必要穿上衣服，带你去看医生。你需要做一次心理分析，这个我就能对付，只是我们之间太明白，你会由此对我产生排斥态度，影响疗效。我带你去见我的导师。高乔人恶毒地说，你那个导师是王八蛋！他自己就是一个需要找人看一看的精神病患者！王品宽容地笑了笑，妩媚地说，我们上床好不好？你需要松弛一下，你太紧张了。我们上床，这样就用不着我的导师了。高乔人心里的悲怆达到了顶点，他觉得王品的建议差不多算是另外一场罪恶的车祸。高乔人说。我不想上床！我不想用做爱来治疗伤痛！王品平静地说，我没有说你受了伤。高乔人说，你说了！你就是这个意思！你把我当成一个傻瓜！王品看着高乔人，说，你用不着朝我大喊大叫，你要不想做爱，那我们就换一种方式，我们可以去酒吧坐一坐，还有一周就是我24岁生日，还有两个月就是你33岁生日，既然你这样痛恨生命的易逝，我们不妨及时行乐，提前去为我们的生命干一杯。高乔人坐在那里，双目怔怔，不认识似的看着王品。高乔人的心里充满了绝望。他说，王品，你知不知道，你长得很漂亮。王品嫣然道，我何止是漂亮，我简直就是美，这是两个完全不相同的概念。高乔人狠狠地说，但是你会死去，你不会永远占有美丽和生命，总有一天你会失去它们！王品很高兴地说，看来你的情况没有我想象的那么严重，你明白死亡是不可逆转的，你还有救。高乔人说，有问题的不是我，而是你，你不珍惜你的生命，你根本就不珍惜它，你笑，你坦然，你在说到死亡这个字眼时就好像在说一块可有可无的巧克力，如果你真的珍惜生命，你就不会笑，不会坦然了。王品奇怪地说，那你要我怎么样？难道就因为我知道我总有一天会死去，就应该整日愁眉不展，哭哭啼啼吗？高乔人说，不，我不是要你整日愁眉不展，哭哭啼啼，我是要你真正明白生命的可贵，从而珍惜生命！王品说，我是这样做的，难道我不是这样的吗？高乔人说，这样做还不够，因为当你没有体验死亡的时候，你根本不可能知道生命有多么可贵，你所理解的生命，只是虚幻的机体存在形式，你只是在使用它，耗费它。只有真正体验过死亡的人，才会明白生命的脆弱和珍贵！王品说，话这么说，可是死亡对每个人来说都只会有一次，当这个人已经在体验死亡的时候，他离生命的终结已经很近了，他甚至已经来不及感悟生命的可贵，这种感受又有什么实际意义呢？高乔人说，我们可以把这种死亡感受提前告诉人们，让他们觉悟。王品笑了笑，说，一般来说，死亡可以分为预料之外的死亡和预料之中的死亡两类，前者包括俗称老死的自然死亡和天灾人祸的意外死亡，这两种死亡是无法预知的，既然无法预知，你怎么掌握提前的时间呢？而预料之中的死亡是指那些长期患有重病或者突然发现身患绝症的死亡，通常这些病人都很清楚，死亡的来临只不过是个时间问题，而恰恰正是在这或长或短的时间里，病人在心理上所经历的折磨要比生理上所经受的折磨大得多，他们已经体验到死亡的真实感受了，何需你再去雪上加霜呢？高乔人愣在那里，他没有想过死亡有多少种类，种类有什么关系呢？死亡就是死亡，当一个活生生的生命消失的时候，它曾经拥有的一切都随之消失了，好和坏，形式和内容又有什么关系呢？它们半点意义也没有了。王品看出了高乔人的疑惑，她走过来，在高乔人的面前蹲下，将一头青丝晃到脑后，伸出手来温柔地握住高乔人的手。王品晃动头发的姿势使高乔人想起了那个新鲜美丽的少女黑色旗帜似的头发，那头发在空中展开的时候是那么的生动，完全没有半点死亡的恐惧。高乔人的心再一次被刺痛了，淌出血来。王品小鸟依人地扬起满月似的脸，看着高乔人的眼睛，说，乔人，死亡是不可逆转的。从生物学的角度来说，没有死亡，就没有生命，前者是永远不变的，后者则是暂时的，相对的；前者永远是二者中最重要的一个。吉拉尔把死亡看成是"一切生命的长姊，甚至是生命之母"，奥伯里纳将生命看成是新生命产生的主要障碍，拉巴杜认为"化石是动物的胚胎，煤中可见的叶痕是森林的胚胎，是正在变成植物的矿物"，可见，否认生命中的死亡现象不但是反科学的，而且是可笑的。重要的是，我们活着，我们拥有暂时的生命，我们明白生命可贵这个道理，这就足够了。高乔人以一种完全不信任的目光打量着面前那张漂亮的脸蛋。高乔人走火入魔了，完全听不进任何话。他顽强地说，这不够，明白和知道是完全不同的两种形式，我要人们知道这一点，而不仅仅是明白！王品宽宏大量地说，好吧，那你想怎么办，你打算怎么来教育人们知道这一点呢？高乔人站起来，这是他打走进这间屋子后第一次站起来。他个子高高大大，觑眯着略为近视的眼睛，乱糟糟的头发如狮鬃一般飞扬在脑后。他在小小的房间里冲动地走来走去，好几次撞上了衣衫单薄的王品，对此他一点也没有觉察。高乔人大声地说，我已经想好了，我要办一个体验死亡俱乐部，我要让人们知道死亡是怎么一回事，知道死亡对生命来说意味着什么，我要让人们体验到死亡的恐惧，让人们从浑浑噩噩中觉醒过来，珍惜生命，抵制死亡！王品被在小屋里冲来冲去的高乔人一直逼到床上，她看着他，她看见他双目如炬，两颊赤潮，周身散发着一种神圣的光芒。王品在心里平静地想：这孩子，他真的病得不轻呢。

高乔人和王品是一年前认识的，那是在本市青年市民议事厅的一次公益大会上，王品在大会上宣读她的一篇论文，高乔人则作为记者来采访。王品论文的题目叫《城市文明综合征与当代青年变异人格》。大会结束之后高乔人把王品堵在走道里，用激烈的言辞猛烈抨击王品论文中的虚无和悲观。王品对高乔人这个名字一点也不陌生，她经常在报纸上读到他的一些像刚受过洗礼的婴儿似纯洁和充满激情的文章。她喜欢他的文字，喜欢他在物欲社会中奇迹般保留下来的理想化，那真的是这个文明社会最后的精品了。当她第一次看到他时，她对他那个精力充沛，目光炯炯的样子和他那一头乱糟糟倔犟的头发几乎一下子就着了迷，她差不多就忍不住走上前去摸他的脸了。但是她不愿意被他说得一塌糊涂，不愿意被他说成是一个悲观的世纪末情绪的散布者和一个城市文明痼疾的冷眼旁观者。这对于一个相貌和才情都绝对不俗的女孩子是无论如何不被允许的。王品当下满脸通红，甩手气鼓鼓地走掉了，一路上眼里噙着两汪泪水。但是第二天，她到街上去买了一份报纸，又到电话亭去拨了一个电话，她在电话里准备充分地把高乔人用严谨的观点和犀利的语言痛快淋漓地收拾了一顿。高乔人在接电话之前正在赶写一篇有关计划生育的稿子，满脑子天下第一难的责任感，一时没有反应过来，拿着电话听筒一句话也说不出来，结结实实挨了一顿训。放下电话后，高乔人越想越不是滋味，怒火万丈，丢开未完成的天下第一难。抓起桌上的摩托头盔就冲出报社。高乔人是个优秀的记者，要在医学院找一个已令他刻骨铭心的女研究生对他来说不是件难事。高乔人冲进王品的宿舍后便开始言辞激烈地攻击王品。王品也不是好惹的，伶牙俐齿地进行反击。两个人像一对互撞禁区的争强好斗的羚羊，你来我往，争得面红耳赤，吵得一塌糊涂。吵着吵着，他们停止了争吵。他们开始接吻。他们把对方死死捉住，用嘴唇焊紧对方，用另一种方式来互相猛烈攻击。他们吻得天翻地覆。

王品后来对她的朋友们说，她只花了3毛钱买了一份报纸寻找采编部的电话，再花8毛钱拨通这个电话，就给自己套来一头这个城市里的稀有动物，事情就这么简单。高乔人则对他的朋友们说，真是莫名其妙，不就是一篇破论文吗？我也不是一个没见过世面的雏子，什么大风大浪都闯过来了，偏偏就在一篇破论文面前失了足？朋友说，哪里是什么论文，你是项庄舞剑，意在沛公。高乔人不承认自己有这么卑鄙，他指天发誓说，就算王品是一个美丽的沛公，但他第一次吻她的时候，他真的不是在吻她，而是在吻她的那篇论文。

王品做了高乔人一年女朋友，不知道别的，却知道高乔人这人一旦拿定了主意，刀山火海也阻他不住。这也正是她喜欢他的一个原因。高乔人因为目睹了一场车祸，就生出憎恨一切浑浑噩噩生命的心思，要办什么体验死亡俱乐部，要用死亡教育人们重视生命，这念头简直就是疯了。王品知道这其实是一种不科学的联想导致的，是神经官能症的表现，究其宗是死亡焦虑。人的一生都在试图摆脱死亡焦虑以及由它衍生出来的其他焦虑，但是死亡焦虑却总是不依不饶。王品学的是医学，她明白阻止高乔人是不理智的，最好的疗救手段是精神分析，通过分析将高乔人的死亡焦虑暴露无遗，帮助他将死亡焦虑现实化并超越一般对死亡的反应。这一点，库伯勒·罗斯有过五百个成功的病例，即让患者从否认、狂怒、讨价还价、迷信，消沉过渡到接受，从而降低焦虑的原始强度，消除潜意识中对死亡的恐惧和意识中对死亡的惧怕。

王品采取的方法是积极地掺和，有目的地诱导。王品要让高乔人知道，他要办体验死亡俱乐部的想法没有什么不正常，只不过它不会产生什么真正的意义。王品这么做，首先阻止住了高乔人辞去报社职务的极端做法。王品告诉高乔人，不珍惜生命是一种病态表现，体验死亡则是一种全新的生命观指导下的疗救方法，在一开始，重要的是收集病例，摸索最佳疗救手段，以总结出一套完善的理论和方法，不适合一开始就大面积推广，利用业余时间足够了。王品见高乔人将信将疑地盯着她，又说，你做记者，有广泛的生活层面的一手资料，我读医学，有七年的专业理论知识，我俩一个社会学专家，一个医学硕士，还要怎样呢？高乔人听王品说得既在理又诚恳，这才信了，于是收回辞职报告。

接下来的事又费了不少周折。找门面、注册登记、筹措资金、添置设备、装饰办公室和诊所、策划俱乐部业务、登广告……把高乔人和王品两个人忙得手脚朝天。一直忙乎了一个多月。开张的前一天，一切收拾停当，高乔人在焕然一新的俱乐部办公室里走来走去，兴奋异常，像个快乐的孩子。他突然想起了什么，走到办公桌前坐下，在电脑上打出如下文字：

本俱乐部宗旨：与一切积极、消极的死亡作不调和的斗争，
与一切积极、消极的浪费生命能源、不重视生命质量的意识和行

为作坚决的斗争；抵制暴力、凶杀、自杀、吸毒、纵欲、吸烟、酗酒、卖淫、同性恋、高盐、高胆固醇、高糖、有色饮料、腐烂食物、心血管疾病、牙病、风疹、厌食症、日光浴、紫外线、噪音、废气、原子污染、放射物质、寻欢作乐、不洁习俗、熬夜、孤独、赌气、忧郁、敌视、嫉妒、恐怖、猜忌、战争、饥饿、缺水、长时间工作、沉默寡言、题海战术、不合理竞争等等。

本俱乐部口号：生命只有一次！

高乔人打完上面这一段文字，不由热泪盈眶。他把王品叫过去，把这些话念给她听。王品认真地听，听完之后严肃地点点头，说，太好了！

当天晚上，他们没有走，就歇在新鲜如处女的俱乐部办公室里。高乔人很激动，也很兴奋，和王品温存个没完没了。王品发现高乔人只有在两种心理状态下和她做爱才会出现高质量，一是在他最自信的时候，一是在他最不自信的时候，她想这可以作为一个典型的职业男性的病例把它记录下来，日后作为她另一篇论文的研究素材。后来王品在黑暗中哧哧地笑出声来。高乔人在她上面停了下来，说，你笑什么？王品不肯说，高乔人就胳肢她。王品耐不住痒，便告饶道，别胳肢我痒，我说，我说还不成吗？王品把嘴贴在高乔人耳边上，小声说，咱们这样，算不算本俱乐部宗旨中应该抵制的纵欲呢？高乔人听了，半天没做声，以后便爬了起来，很认真地看着王品，说，你说得对，这是纵欲，是寻求一时的感官快乐，是不珍视生命。我宣布，从现在开始，我们戒欲！高乔人说罢就爬起来穿衣报。王品在他身后说，要是我不想戒呢？高乔人说，除非你自娱。王品说，要是我引诱你呢？高乔人坚定地说，你就是使出浑身解数，我也坐怀不乱！而且，我会炒你的鱿鱼，把你从本俱乐部里赶出去！王品躺在那里，拉过毯子盖住白雪一样的身子，看着高乔人，冷笑道，好倒是好，但是你别忘了，要算起来，咱们俩夜不归宿，也该是遭抵制的一条呢！

体验死亡俱乐部开张的第一天，高乔人特意换了一身漂亮的西装，擦了皮鞋，精精神神地收拾了一番，早早来到办公室，坐在那里，等待顾客的到来。他不让王品闲着，老是支使王品把本来已经光可鉴人的办公桌再擦拭一遍，把密谈室里的灯光调节到最可心的程度，然后一遍又一遍地把王品赶到门口去迎接随时可能到来的顾客。上午倒真的来了不少人。他们都是高乔人和王品的朋友。这些人咋咋呼呼地拥进俱乐部里，嘻嘻哈哈地在每一个房间里浏览了一番，品头论足了一番，把茶水烟头弄了一地，还随地吐痰。对高乔人认真介绍的俱乐部的宗旨和业务范围，他们一点也不关心，只是打听有没有红包，有没有酒喝，听说什么也没有，他们就十分失望，说大忙的日子，谁不日理万机，大老远赶来捧场，就算没有红包，酒总该让喝的，活无酒，毋宁死。高乔人说，喝酒也行，等我先接待完顾客，再找地方打发你们。大家说免了免了，坐了一会儿，都走了，害得王品不得不重新把遭过一番洗劫似的俱乐部收拾了一番。这些朋友走了以后，俱乐部便安静下来，鸟去巢空似的。高乔人重新坐下来等顾客临门，但等了一上午，又等了一下午，顾客一个也没有出现。高乔人有些坐不住了，说，怎么回事？怎么一个顾客也没有？这个城市几百万人，广告的覆盖面至少是几十万人，难道人们都没看到我们的广告？他们看到了广告为什么没来？王品闲在一旁抱着一本书在看。王品不看高乔人，说，从前，有一个苦闷的男人，他说过一句名言，他说，这个世界上有这么多可爱的女人，她们怎么都不做娼妓，我要是个女人，我就做娼妓。高乔人没有心思和王品打嘴仗。他走到门口，透过落地玻璃门朝外面看。他看到一旁的美容健身俱乐部和另一旁的美食娱乐俱乐部全都彩灯耀眼、门庭若市，红衣门童恭恭敬敬地迎来送往，从一辆辆名牌车上下来的红男绿女一个个牵着狗抱着猫昂首挺胸走进去，然后又一个个红光满面焕然一新地走出来，上了车，开走了。高乔人愤愤地说，这些人，他们宁肯把生命耗费在寻欢作乐和毫无意义的肤发包装上，也不愿关心生命真实的意义！人类这样下去，无异于行尸走肉！王品放了手中的书走了过来，也站在那里朝玻璃门外面看。王品看到高乔人同样看到的东西。可是在王品眼里，那些灯红酒绿和红男绿女并没有什么不对劲处，相反地，她觉得他们全都显得那么生动。王品说，你在说什么呀？这些人在享受生活，爱惜生命，难道他们不是在珍惜生命吗？高乔人痛心疾首地说，你胡说！这是什么珍惜生命？这是堕落！是浅薄的物欲！是对生命的亵渎！王品靠过来，将下颏枕在高乔人肩上，说，乔人，你又苦恼了。高乔人说，我没有苦恼。我为什么要苦恼。我不值得为他们苦恼。他们不过是一些灰尘。王品说，我没有说苦恼不好，其实，没有一个伟大的思想家，不是一身的苦恼，为世界的黑暗苦恼，为人类庸贱苦恼，为万事万物的堕落和下流苦恼。钉在十字架上的耶稣，来往于地狱和天堂间的但丁，自沉汨罗的屈原，浊闷不堪的米开朗琪罗，他们都苦恼。苦恼是伟大的思想和伟大的艺术的源泉和发祥，没有苦恼就没有崇高，没有圣者的辉煌。高乔人听了王品附在耳边对他说的那些话，转过头来，目光炯炯地看着王品，好半天沉沉地点点头，叹道：举酒一觞今古，叹息英雄骨冷，清泪不能收。鹦鹉更谁赋，遗恨满苏州。王品将朦朦胧胧一双美丽的眼睛罩住高乔人，柔情万种地说，乔人你也不要太感伤，人家王以宁当年大别知己，人家还夸过知己依旧秀色照清眸呢，未必我的秀色清眸，就比不上他的强？高乔人万般消沉地说，心之所系，何在红颜知己，在乎天下混沌人。王品见高乔人没有心肝，怏怏地走到一边，伸手打了一个长长的哈欠，说，责任感重要，生存感也重要，我的肚子早饿了呢，我们是不是该去吃饭了？高乔人说，吃什么饭？什么吃饭？王品转过头来看他，说，什么吃什么饭？你这是什么意思？难道你是要我们绝食？绝食不是咱们要坚决抵制的吗？高乔人想了半天才想起是怎么一回事，说，我肚子不饿，我不想吃饭，要去你自己去。王品干巴巴地说，你肚子不饿也行，我自己去也行，问题是我兜里没钞票，谁替我买单？高乔人听王品这么说，就把钱夹掏出来，递给王品。王品拿着钱夹，准备出门吃饭，走到办公桌前，顺手翻了翻记事簿，突然大叫起来，把高乔人吓了一跳。高乔人说，你叫什么？看见老鼠了？王品说，不是老鼠，是陷阱！高乔人说，什么陷阱？王品说，今天是几号？高乔人说，今天是1月8号呀，怎么了？王品说，1月8号就对了，你听我念给你听。王品说着就拿起记事簿来念道：公元6年1月8日，王莽用毒酒药死年幼无知的汉平帝，夺取朝政大权。公元1150年1月8日，完颜亮弑金熙宗，自立为帝。公元1283年1月8日，文天祥在大都殉难，留下千古遗恨。公元1976年1月8日，周恩来总理与世长辞，举国长恸欲绝。王品大惊小怪地叫道，你瞧，咱们事先没翻翻历书，选了这么个日子来开张，死亡的意识用不着体验也够强烈了，谁还敢来呢？高乔人听了这话，从门口走过去，一把抓过王品手中的记事簿来看，看罢一屁股坐在椅子上，两眼盯着天花板发呆。高乔人就那么坐着，直到王品出去吃了饭回到俱乐部来，他还没有缓过神来。

城市有许多冥冥然说不清道理的奥秘，对此高乔人是一直深信不疑的。高乔人憎恨现代城市恶性膨胀的物欲势头，他对人类为贪图安乐享受所发明出来的一切利器都深恶痛绝。虽然高乔人同样也使用电脑写作，以摩托车或出租车代步，使用煤气管道、暖气、空调、冰箱、加湿器、听高保真影碟、看42寸大屏幕彩电、习惯在语音信箱里留言、选用脱脂蛋白品和无糖饮料、偶然还去照一次CT和心脑电图，但骨子里，他是抗拒这一切的。报社的同人都认为高乔人是新生事物的积极拥戴者，因为他是那么热情地歌颂光纤电缆和生物化学，他本人的一切行为包装也都顺应了时代的步调，没有半点落伍，他的抗拒只是在他的灵魂深处，离言行甚远，如果不是一场车祸，谁也不会想到对现代生活那么热情洋溢的高乔人会滑到那么远的地方去，几乎和那些思维古怪的洞穴学学者们没有什么两样了。高乔人一直有一个念头，他认为人类和人类寄寓的城市总有一天会觉醒过来，明白他们是在堕落中走向退化，是在寻欢作乐中自杀，人类这种觉悟的火星，是无时无刻潜藏在城市里的，它在不断警告着人类，用城市污染、水源匮乏、噪音、失业率、犯罪率、神经衰弱、神经官能症、癔病、冠心病、癌症、艾滋病、孤独感、忧郁症、褊狭的压迫心理，用这一切生命的障碍来警告人类，现在这一点愈发是被证实了。高乔人并不懊恼开张日期选择上的失误。他坐在那里发呆，以至在整座城市经历了一场颠鸾倒凤的纵情享乐之夜后又苏醒过来时，他仍然保持着原来不屈服的姿势顽强地坐在那里。他并不是后悔没有在一开始就翻一下历书，恰恰相反，他是为这个发现而暗自震惊。人类的生命分明是有着通感的，人类的本能分明是抵制死亡的，否则，为什么人们会在这个阴气太重的日子里不约而同地远远避开呢？这冥冥之中的奥秘，有谁能说得清楚？高乔人看到了这一点。他看到了人类的无知和脆弱。他看到了人类在津津乐道地夸耀着自己完美结构的生命形式的同时，根本就不曾对自己的生命及它与外界的关系有准确的认识。人类甚至不明白，面对外界世界，他们根本没有丝毫的抵抗力，就连他们自鸣神奇的总面积达数千平方米的漂亮的器官，因为具有多孔的瓣层，实际上也是一具渗透性良好的蛋白海绵体。为什么大肠杆菌不加选择地出现在肠道、尿道和鼻腔里？为什么金葡萄球菌能自由漫步在肠道、鼻腔、咽道和皮肤上？为什么流行性腮腺炎的黏液病毒同样会侵入卵巢、睾丸、腮腺、唾液腺的薄壁组织？为什么肝炎也可以通过性关系传染？为什么胰腺先天性黏液稠厚却能导致消化系统、呼吸系统和皮肤疾病？为什么Candida albicans可以出现在儿童的口腔里、经期妇女的阴道里、老人和癌症患者的肺部里？没有人看到了这一点，或者说没有人愿意认真地对待这一点，生命仅仅是人类释放心理虚空和多余能量的工具。现在这一点被高乔人认识到了，这种认识愈发使他激动万分，高乔人由此更加相信了自己的选择，那是拯救人类的选择，是绝对正确的选择！

高乔人的自信在第二天得到了证实。第二天刚开门不久，顾客就找上门来了。

顾客是一位衣冠楚楚的男子，40岁左右，头发乌黑发亮，梳得整整齐齐，戴着一副洁净的眼镜，面容清秀柔和，神情中夹带着一丝掩藏不住的羞涩，是那种学者不谙世故的羞涩。男子手里拿着一份报纸，在门口伸长了脖子找招牌，样子显得有些生疏和急切。高乔人在办公室内一眼就看出那男子手中的报纸正是他们刊登广告那一份，高乔人浑身一激灵，说，咱们的顾客来了！王品先前一直无聊地坐在电脑前玩游戏，听高乔人这么说，就抬起头朝玻璃门外看。王品说，他那个样子，倒不像是吃生猛海鲜的主儿，也不像让人蒸过以后再揉一通的肉模子，也许真是冲我们来的呢。说着，那个男子就推开玻璃门，怯怯生生地走了进来。他看了看高乔人，又看了看王品，一时没弄清楚他们两人中间谁做主，于是他就把目光看着他们中间问：这里是体验死亡俱乐部吗？高乔人说，是的，我们正是体验死亡俱乐部，请问怎么称呼您？男子说，我姓钱，金旁戈，百家姓中排列第二，万恶之首，经济学家称为货币，流通领域充当交换中介，就是那个钱。王品在办公桌后坐着，听了就忍不住哧哧地笑。高乔人皱了皱眉头。他不喜欢钱先生的自我介绍，但他也不喜欢王品的笑，他拿眼睛狠狠瞪了王品一眼。王品立刻止住了笑，躲到一边去整理桌上的材料。当钱先生看到用魏碑书写并贴在墙上的体验死亡俱乐部的口号，"生命只有一次！"时，他像被电击了一下，目光呆滞了，鼻翼翕动，唾流如线，眼泪刷刷地流了下来。高乔人没有料到会出现这么一个场面。有一瞬间，高乔人甚至为自己太低的期望值和最初的怀疑心理感到一丝羞愧。高乔人心里隐隐涌起一股激动。高乔人知道坐在他面前的那个人是一个知音，他对生命的感悟，他对死亡的痛恨，一定是深刻的，比大多数人悟性高，对这样高悟性的顾客，体验死亡俱乐部的工作就要容易做得多。（高乔人对体验死亡俱乐部的工作做了三个阶段的划分。第一个阶段为聊谈阶段。顾客进入体验死亡俱乐部，首先将自己的姓名、年龄、文化程度，宗教信仰、身体状况、婚姻状态、职业、生活习性、生命观、病史等原始资料分别填入预先备好的表格中，体验死亡俱乐部的工作人员再根据电脑整理出来的资料与顾客谈话，了解和掌握顾客生命状态和咨询要求,并依此作出下一阶段的工作计划。第二阶段为咨询阶段。体验死亡俱乐部备有大量文字、图片和图像资料，这些资料收集了人类毁灭和耗损自己生命的方式、内容、事件、数字并将其分门别类，根据电脑统计出的类型，体验死亡俱乐部将有选择地为顾客提取这些资料，进行有计划的疗诊，使其对生命的意义有深刻的理解，以达到翻然醒悟，改邪归正的疗效。一般来说，大多数顾客通过前两个阶段疗诊已经足以奏效了，但是不能不看到，人类是有孽根性的，对那些明白道理，却恶习不改，不到黄河心不死的顾客，体验死亡俱乐部将提供第三阶段的服务。第三阶段为特殊服务阶段。具体地说，就是为其提供一次死亡方式。当然，这种死亡方式不是真正意义上的死亡，而是一次模拟死亡，只不过这个模拟死亡是在绝对保密，不让顾客有任何觉察的情况下进行的。比如，对那些迷恋于点灯熬夜连轴工作的夜猫子，通过医生为其下心脑严重衰竭的病危通知单，对那些一心只知聚财的人，安排一场劫财索命的绑票行动；对那些性事不正常者，宣布他们患有艾滋病；对那些酗酒如命者，让他们在屏幕上亲眼看到他们已经完全坏死了的脑神经图像；等等，总之，要让冥顽不化者真正进入死亡氛围，亲眼看到自己的死亡方式，而不是别的不相干者的死亡方式。高乔人相信，对于这一类人，只有亲身经历了死亡的恐怖和绝望，并且是他自己的死亡恐怖和绝望，他才会从生命的麻木和堕落中觉醒过来，进入一种全新意义的生活）高乔人知道，坐在他面前的那个中年男子，那个为生命只有一次的口号激动得流着泪的钱先生，完全用不着经过全部三个阶段的诊疗，但高乔人还是详细地介绍完了体验死亡俱乐部提供的服务。钱先生听完了高乔人的介绍，迫不及待地一把捉住高乔人的手，摇晃着说，我可找到知音了！我可找到知音了！高乔人被摇得直晃悠，他的手被对方捏得生疼。高乔人说，钱先生，你别激动，你先喝口水，你喝完水再填份表格，咱们再慢慢谈。钱先生看着高乔人。钱先生说，我不喝水，我也不用填表格，水和表格我都不需要。高乔人说，你要不喝水也行，但是你得填表格，你不填表格，我们就没法掌握你的情况。钱先生果断地推开高乔人递过来的表格。钱先生说，我已经做了整整20年的研究了，20年，你明白吗？我对情况的了解就像我了解我的每一根汗毛一样，我用不着再填什么表格，它帮不了我什么。现在我们就开始，让我来告诉你我的研究结果是什么。钱先生急切地拨开茶几上的茶杯，将手中那张皱巴巴的报纸在茶几上展开。高乔人看见在体验死亡俱乐部的广告上，用红色的粗笔歪歪扭扭地写着一组数字。高乔人好半天才看清楚，那组数字是0.618。高乔人疑惑不解地抬起头来看着钱先生。高乔人说这是什么？钱先生颤抖地说，知道黄金分割吗？高乔人说，知道，也叫黄金律，中外比，把长为L的直线段分为两部分，使其中一部分对于全部的比等于其余一部分对于这部分的比，0.618是比值数。钱先生一拍大腿，说，你说得对！这证明我来找你，是找对人了！钱先生冲动地把身子移向高乔人，说，你是一个有文化的青年，这一点我一进门就看出来了。黄金分割是毕达格拉斯的美学发现，它被人类广泛地运用于美学和建筑应用学，这你肯定知道，但是，黄金分割与人类的关系你就未必知道了。比如，在人体生理结构上，人的眼睛、鼻子在脸部的位置，肚脐在全身的位置，上下身长的比例，全都符合黄金比例，在人体的各重要成分和器官功能中。比如水在人体中的重量比，静脉和毛细血管里的血液占全身血液的重量比，血液一次充盈心室占全心室的重量比，一次呼出气体占肺部气体的体积比，血压的收缩压和舒张压之比，全都趋于黄金分割。这还不是奇妙的，奇妙的是，人体有成千上万个穴位，那些最重要的穴位都在人体结构的黄金分割点上，比如身体上下长度比的黄金分割点为肚脐，那是四条经络的交汇之处，谓之神阙穴，肚脐至头顶的黄金分割点是咽喉，谓之天突穴，肚脐至膝盖间的黄金分割点是生殖器，谓之会阴穴，等等等等。这还不算。我们知道，低等动物的心脏全都处于胸腔的正中间，比如兔子，而灵长类的猴子的心脏略为偏左，和人类有点相似，只有人类的心脏与众不同，它生在胸腔的左方，位置恰好符合黄金分割的原理。你瞧，这是多么奇特的现象！高乔人听着，有些犯糊涂，说，对不起，钱先生，我不知道你为什么对我说这些，这和你到我们这里来有什么关系呢？钱先生愣了一下，激动地瞪大了眼睛，这样就差一点使他的眼镜掉落下来。他迅速地扶正眼镜，说，怎么没有关系？关系太大了！他朝高乔人移近了一些，那张怯生生的脸几乎快要挨上了高乔人的鼻子。高乔人闻到了一股近似于橘子和芝麻酱的混合味道，不由将身子往后缩了缩。钱先生说，黄金分割和人类究竟有什么关系，始终是生命奥秘的难解之谜，吸引着世界上最优秀的科学家去解剖它、发掘它。现在，这个谜底已经被我找到了，让我来告诉你这是怎么一回事吧。我们知道，人的脑电波的d——节律，是在人体安静闭目的时候出现的主要电波，它的最低和最高频率之比是8:13，正是黄金分割准确值，由于d——节律正好和黄金分割值相吻合，所以，人类才和黄金分割有着不解之缘，并且产生了那么多的奇迹！高乔人已经不再躲避橘子和芝麻酱的混合气味。他被弄得越来越糊涂。高乔人说，就算你发现了这一点，那又怎么样呢？钱先生愤怒地盯着高乔人，似乎受到了严重挫伤地嚷道：那又怎么样？那又怎么样？难道你真的不懂，我的这一发现对人类有着多么重要的意义？我的发现能建立人体机能的最优模型，能从理想模型推测出最完美的人的思维、智力、体力和寿命水平，能对优生学产生极其重大的促进作用，能定向控制今后人类的进化发展，能为仿生学开辟崭新的局面，能从新的角度促进系统工程、控制论、优选法学及其他学科和学科之间研究的发展，能重新改变人类和自然世界的关系……高乔人目瞪口呆，他看见羞涩飞快地从钱先生清秀柔和的脸上褪去，替而代之的是一种狂妄的红晕，同时，在钱先生梳理得整齐妥帖的头发间，开始有无数蓝色的火星冒了出来。王品这时从办公桌后走了出来。她装作给钱先生续茶，然后附在高乔人耳边小声说，这人精神不正常。高乔人何须王品来说，他早已明白了。高乔人断然阻住钱先生的滔滔不绝的演说。高乔人说，钱先生，我想你是走错了地方，我们这里是体验死亡俱乐部，不是生命奥秘研究所，你对我们说这些一点意义也没有，你还是去找生命奥秘研究所，去对他们说你的发现吧！钱先生正在兴头上，听高乔人这么一说，怆然愣在那里，好半天没能缓过神来，红晕凝结在他的脸上，羞涩慢慢又回到那里。他结结巴巴地说，怎么，我走错了地方？我怎么会走错了地方？你们不是生命奥秘研究所？你们是体验死亡俱乐部？怎么会是这样？怎么会发生这样的事？这完全不可能，一定是什么地方被弄错了。高乔人气愤地说，怎么不会是这样？怎么不会发生这样的事？这有什么不可能？确实有地方被弄错了，但弄错了的不是我们，而是你！钱先生可怜巴巴地看着高乔人，眼镜片后流露出一种孩子似的无辜神情。他在嘴里嘟嘟嚷嚷。他说，好吧，就算这样，就算你们是体验死亡俱乐部，你也用不着发火，你也不必赶我走，我对死亡同样也有研究，我研究了整整20年，我来告诉你，我们通常认为的高卡路里摄人导致癌症和其他慢性病的理论是错误的，实际上，生命的死亡和卡路里没有半点关系，人类正常的新陈代谢可以产生一种破坏细胞组织的毒素，这种毒素通过逐一地破坏细胞导致了整个机体的衰老和死亡。另外，有一种理论更为科学，这种理论认为，机体的衰老和死亡是神经系统分泌机能的变化影响了组织功能而导致的。不过，这一理论仍然不是最新的理论，最新的死亡理论是蛋白抗体理论，它是由一种新近被发现的蛋白所决定的，这种蛋白仅仅存在于已经停止分裂的结缔组织的细胞中，它被称为 statin，翻译成汉语，就是生命停止素。高乔人张口结舌地看着羞涩又飞快地从对方清秀柔和的脸上褪去。他被这个衣冠楚楚的钱先生，这个万恶之首彻底激怒了。高乔人忍无可忍地从沙发上站起来，拽起钱先生把他用力往门外推，一边推一边说，见你的生命停止素的鬼去吧！你给我赶快离开这里，到别处去宣扬你的发现去吧！钱先生虽然研究了20年的生命奥秘，但手无缚鸡之力，很快就被高乔人推出门外。他还不甘心，还在大声喊叫着，别赶我走！求你别赶我走！我等了整整20年！我对生命和死亡的研究还有不少课题！如果你需要，我可以全部告诉你！你听我说，我知道心脏为什么不长癌。我知道牛奶可以预防心脏病。我知道寿命与遗传有关。我知道脂肪加速青春期到来。我还知道高个子比矮个子活得久……

　　高乔人将那个衣冠楚楚的家伙推到了大街上，气喘吁吁地回到俱乐部里。高乔人有一种被人玷污和愚弄了的感觉，脸上红一阵白一阵。高乔人要用一种神圣的生命观来拯救堕落的人类，麻木的人类，他不顾一切地开了这家体验死亡俱乐部，希望以他的热情来唤醒人们的觉悟，可万万没有想到，一个精神病患者、一个疯子却怯生生地撞进来向他布道。高乔人站在那里。不知该气恼还是该羞辱。王品目睹了全部的过程，开始还忍着。这时再也忍不住了，在办公桌后面哈哈大笑起来，笑得仰天合地，眼泪都流了出来。高乔人生气地说，你笑什么？这有什么好笑的？难道这好笑么？王品捂着肚子往桌下跌，哎哟哟地说，没想到我们的第一位顾客，竟是一位专家呢。高乔人说，什么专家，不过是一个幻想狂罢了。王品撑直腰，止住笑，说，也不尽然，他对医学的见解，的确是个行家，说不定，他真是一位研究生命科学的专家呢。高乔人还在生气，说，不管他是不是行家，反正他和咱们体验死亡俱乐部，二四六不着边际。王品听高乔人这么说，王品本来想说，怎么不着边际，你们两个，简直就是异曲同工，伯仲不分呢。但是王品这么想，却没敢这么说，王品怕这么说高乔人受不了。王品说，不能说完全没有边际，他研究的是生命奥秘，你鼓吹的是生命观，都与生命有关，实际上是相关科学，我倒觉得，咱们体验死亡俱乐部刚开张，人手不够，不妨把这位钱先生请来入盟，让他做一名咨询员，你也多了一位帮手，他也有了英雄用武之地，岂不皆大欢喜？王品这话，暗示得聪明，稍许有点脑子的都听出来了，若按高乔人的智商，王品尚未说完就该堵了她回去，偏偏高乔人这个时候丝毫不为别的思维方式所打动，他的坚定是唯一的。高乔人说，我不管他研究的是什么科学，我不喜欢他的神经兮兮，若要他来做咨询员，还不把顾客都吓跑了？王品本来还想继续说服高乔人，主要是想给高乔人不温不火地添点别扭，但她的话还没有来得及说，就停住了，因为这个时候，体验死亡俱乐部的门被人推开了。

走进感受死亡俱乐部的是一位年轻女子。年轻女子穿着裘皮大衣，头上戴着银狐皮筒帽，脚穿一双高腰的鳄鱼皮软面靴，手上戴着薄薄的小羔皮手套，那副行头，让人立刻联想到动物王国灾难的根源。年轻女子长得小巧玲珑，眼睛大而冷艳，肤色很白，当她取下遮住整张脸的大口罩时，高乔人不由得为她幽丽绝伦的美貌吃了一惊。她是那种无论是相貌还是气质都堪称一流的可爱女子。她迈着修长的双腿朝高乔人无声地走来的样子也是如此。高乔人在一瞬间心尖颤动了一下，一时说不出话来，站在那里发呆。还是王品看出来了，拿笔杆子在他腰眼上悄悄捅了一下，才把他从发怔中捅醒。年轻女子走到高乔人面前站住，抬起头用目光打量他。年轻女子的目光中有一种深深幽怨的内容，那种伤感和哀丽，逼得人有一种说不出话来的感觉。然后年轻女子开口说话了。年轻女子的声音有些发涩，低低的，透着诱惑人流泪的魔力。年轻女子说，请问，谁是这里的老板？高乔人还在发愣，王品在一旁说，这位高先生是我们的老板。王品说着就暗下狠狠踩了一下高乔人的脚。年轻女人看在眼里，抿着嘴不易觉察地笑了一下。她那么一笑，高乔人立刻觉得办公室里幽香暗动，仙气涌浮。年轻女子看着高乔人，说，高老板，我想了解一下贵处的业务。高乔人鉴于前番万恶之首钱先生的那一幕，这时便多了一个心眼，对年轻女子说，我们这里是体验死亡俱乐部，不知道你是否找的是我们？年轻女子肯定地说，我知道你们是体验死亡俱乐部，我要找的正是你们。高乔人听她这么一说，这才放下心来，于是请年轻女子在沙发上坐下，示意王品沏上香茶，再将打印精美的体验死亡俱乐部宣传册送到年轻女子手上。让她热身。年轻女子姿势优雅地坐在沙发上，飞快地翻动那册资料，只在俱乐部提供的业务服务第三款上，仔细地浏览了一遍，看毕，将宣传册轻轻放回茶几上，扬起小巧秀美的下颏，冲着高乔人莞尔一笑，说，好了，高老板，我想我现在已经是您的一位顾客了。高乔人一听，大喜过望，说，很高兴您成为本俱乐部第一位顾客，本俱乐部一定竭诚为您服务。您现在先填写一份表格，这份表格将帮助我们为您作出服务计划，然后我们就可以继续往下进行了。年轻女子十分合作地点点头，从王品手中接过表格和笔，开始逐一填写。她填写得很快，填好后将表格交给高乔人。她的字一点也不像她的容貌，显得潦草而生硬，属于凑合能辨认清楚那一类，但这一点也没妨碍高乔人将它十分认真地看了一遍。

姓名：舒大大。（一眼就可以看出来，这个姓名是个化名，它只不过是年轻女子随便想起来的一个。不过，体验死亡俱乐部的顾客，理论上讲大多都会有一些顾忌，体验死亡俱乐部当然会考虑到他们的隐私权。姓名无非是代号，对于体验死亡俱乐部来说，顾客填写在表格上的序号甚至比顾客的姓名更为重要，比如这位舒大大小姐，序号为001，有了这个，姓名甚至都可以省略的）性别：女。（这当然不会有错）年龄：30岁。（这个数字让人怀疑。按照高乔人的经验判断，这位舒大大小姐充其量也就二十三四岁年纪，断断不会有她自己所填写的30岁，只不过按照女人年龄法则，这一栏的填法是可以被谅解的）学历：工艺美术学士。（这一点可以从她的穿着的品位和文化气质上分辨出来。并且十有八九不会有假，否则她干吗不填上法律硕士或者西方哲学博士？）宗教信仰：无。（没有宗教信仰倒是一件轻松的事，但究竟是一件好事还是一件悲哀的事呢？这一点当然不是高乔人研究的课题，但确实是个有趣的课题。）身体状况：健康。（无论如何，健康的身体是人类的最大庆幸，人类在几千年以来越来越热衷于用强硬手段征服一切，并且不顾一切地用自己的健康来做筹码，与这个世界豪赌。如今平凡的是各种各样的身心疾病，鲜贵的是健康，像舒小姐这种未雨绸缪的人，此情实在可嘉。）婚姻状况：未婚。（是从来没有过婚姻史？目前没有婚姻？还是独身主义者？）职业：自由职业。（什么是自由职业？医生？律师？记者？作家？艺术家？演艺员？经纪人？职业的划分越来越混乱，人们赖以生存的经济手段也开始日益与职业产生剥落，也许终有一天，职业对人类来说会失去它的本来意义，和人们的姓名一样，仅仅是一个可有可无的符号而已。）生活习惯：正常。（这样填太笼统。有着怎样的生活习惯？偏好什么？忌讳什么？有没有不良恶习？比如吸毒、抽烟、酗酒？饮食状况如何？睡眠状况如何？性习惯如何？等等，不能正常不正常一言而概之，否则电脑无法作出准确的判断和划类。）生命观：空缺。（怎么没填？人不可能没有生命观，人的生命观是生命的重要支撑，积极的、消极的、悲观的、激昂的、利己的、利它的、统而利之兼而利之的、理想的、现实的、虚无的，总而言之，生命是由思想支配的，否则人就退回到动物群中去了。）病史：小时候得过麻疹、肺炎。（长大了以后呢？长大了以后难道就一路平安？人从一出生到死去，这期间无时无刻不受到疾病的困扰，人不患病就像太阳不出现黑子一样是不可能的，既然小时候生过病，长大了当然不会改正得那么干净，为什么要回避呢？难道有什么难言之隐吗？）

高乔人认认真真看完表格里的每一栏内容。王品等在一旁准备将它们输进电脑，但是高乔人没有将表格递给王品。高乔人不想那么随随便便地对待他的每一位顾客。他所从事的工作是严肃而崇高的，他必须对这一切负责。高乔人转过脸来对舒小姐说，我已经看过您填写的表，您填得很好，不过有些栏目您填得比较粗略，而我们从事的服务使我们必须详尽地掌握顾客的情况，否则我们无法作出准确的判断，不能就顾客的具体情况采取有效的施教措施，从而使顾客造成损失甚至是伤害，所以，有几个栏目，还是请您重新填写一遍，比如这一栏……舒小姐从沙发那头伸出一只纤柔的手拦住高乔人的指点，说，用不着，填这样的表格其实是多余的，对我来说，它一点意义也没有。高乔人说，不，这可不是多余的，恰恰相反，它非常重要，我说过了，我们就是根据这份表格来初步掌握顾客的情况并作出服务计划的。舒小姐说，不错，你们是要掌握情况，但你们只需要掌握服务对象的情况就行了，别的事情你们用不着了解。高乔人听了舒小姐这话，有些犯糊涂。高乔人说，我们正是这么做的呀，怎么，难道您不是我们的服务对象吗？舒小姐点点头，说，是的，我不是。舒小姐说罢，从随身带着的一只小坤包里取出一张折叠起来的小纸条，两指拈着，递给高乔人。舒小姐说，我只是你们的委托人，你们要服务的对象是这个人。高乔人犹犹豫豫地接过纸条。看了一眼舒小姐，他在她那张幽丽绝伦的脸上什么也没看出来。他打开那张纸条，小声地读出来：周太和，男，45岁，太和物业公司董事长兼总经理，身高1.62米，体态肥胖、罗圈腿、秃顶戴假发、小眼睛、大鼻子、厚嘴唇、操闽南音、常住贵族大饭店1220套房，出门乘坐一辆黑色300型奔驰车，牌照为黑色 A—5786。司机兼保镖为前武警士兵，会武功、佩自卫型防暴武器。舒小姐从眼神中看出高乔人已读完了那张纸条，隔着茶几伸手过来将那张纸条从高乔人手中拈去。高乔人有些明白，又有些不明白。高乔人说，舒小姐，您的意思，需要服务的不是您，而是这位周先生？舒小姐点点头，说，是的。高乔人说，可是周先生他为什么不亲自来呢？舒小姐说，他不能来。高乔人说，周先生不来，我们就不好提供服务。舒小姐笑了笑，露出两排碎玉似洁白的牙。舒小姐说，我看了贵处所能提供的服务范围，别的服务都不需要，我只希望你们直截了当，提供第三类服务——死亡。高乔人吓了一跳。高乔人说，慢着慢着，你说什么？我怎么没弄明白？舒小姐盯着高乔人，说，难道我的话没说清楚吗？我要你们提供第三类服务，我要你们杀死纸条上这个人！高乔人觉得一汪汗顺着脊梁淌了下来，凉丝丝的。高乔人说，舒小姐，你大概搞错了，我们不提供死亡服务，我们提供的只是体验死亡服务，这不是一回事！舒小姐斩钉截铁地说，你们既然能够提供那么真实的死亡形式，你们当然就可以杀死他，我要你们做的，无非是把可能换成事实，从技术操作上说，这对你们是一回事。不管用什么方式，车祸、电击、溺水、投毒、暗杀、坠楼、撕票、医疗事故，任你们选择，我是要他死！高乔人坐在那里，觉得毛骨悚然，心搏过速。高乔人说，这不可能！这是犯法的事，是不人道的事，这与我们体验死亡俱乐部的宗旨背道而驰！舒小姐看了看高乔人，嘴角露出一丝意味深长的笑。我明白高先生的意思，她说，一边从小坤包里拿出一本支票簿，写了一张，撕下来，从茶几上推给高乔人，说，这是五万元，算是定金，事成之后，我再按贵处规定服务费用的百分之五百结账。怎么样，我不知法却懂得规矩，不人道却坦诚交易，我看我们的宗旨，也没有什么不一样的。高乔人像是被抽了一耳光，脸上火辣辣的红。高乔人说，你把我看成什么人了？你在污辱我！舒小姐瞪大了眼睛，那个样子使她像是一个初出茅庐的纯洁的少女。舒小姐说，是吗？您怎么会这么认为呢？如果是因为酬劳的事，我想我们还可以再商量。我说过我只要他死，如果你们是行家，活儿做得漂亮，那我也爽一回，事成之后，报酬由你们定。怎么样，这回高先生该满意了吧？高乔人哆嗦着，大声说，不！你以为钱和生命是对等的吗？不管你给多少钱，这种事，我们决不会做！舒小姐看看情绪激动的高乔人，说，这回倒是我给弄糊涂了，我有点弄不明白，高先生，你们是做不到，还是不想做？高乔人铁青着脸说，我们做不到！我们就是做得到也不想做！舒小姐盯着高乔人的脸，好半天，冷冷一笑，从桌上拿过支票，塞进坤包里，站起身来，说，既然如此，我就没必要在这里多费口舌了，还是另请高明。她从衣架上取下裘皮大衣穿好，迈着修长的腿款款朝门口走去，走到门口，又站住了，回过头来看着高乔人，说，高先生，你还是趁早把你这铺子关掉吧，你们连死亡都做不到，你们怎么能够阻止死亡呢？这不是天大的笑话吗？只可惜这么好的赚钱点子，让你们给糟蹋了。说罢，她推开落地玻璃门，翩然离去，屋里只留下一股凝固了的动物皮毛的油脂味。

　　高乔人看着那个美貌女子离去的背影，愣在那里，半天才回过神来，冲着玻璃门大声说，混蛋！把我当成什么了？来买杀手呀？王品这时从办公桌后走出来，走到茶几边，把刚刚倒给舒小姐的那一杯茶，又倒进电热壶里，打算留给下一个顾客。王品笑嘻嘻说，倒是蛮有点传奇性，比电视里演得精彩多了。乔人，你不觉得，这是一个非常好的社会新闻素材，要追踪采访一下，写一篇报道，弄个新闻奖也不是没有可能的。高乔人还在生气。高乔人愤愤地说，写什么？写一个女人悬赏五万元买一个男人的头？庸俗不庸俗！王品说，不是五万，你没听她说，五万只是定金，事成之后，酬劳由咱们定。高乔人说，一百万又怎么样呢？一百万我也不干！王品说，一百万不干，一千万呢？一个亿呢？看得出来，那个舒小姐索命心切，肯定会舍得花钱的。高乔人受了天大的侮辱似的瞪了王品一眼，说，你把我看成什么了？你以为金钱就是一切？你以为重赏之下全是勇夫？你错了！王品恍然大悟，说，我真的错了，我怎么就忘了，你是一名先进新闻工作者，你有职业道德，有职业道德的人是不会杀人的。高乔人说，那不见得。王品说，你这是什么意思？你说那不见得是什么意思？难道你的意思是你也会去杀人吗？高乔人说，我不是说我会杀人。我当然会杀人。那要看在什么时候，比如说在战争期间。我是说我不会随便杀人。王品说，怎么是随便杀人呢？人家说了，报酬由你定，这是随便吗？高乔人说，这怎么不是随便呢？这怎么不是随便呢？这不是随便又是什么？这当然是随便！王品说，好吧，就算这是随便，那什么才是不随便呢？高乔人说，不随便就是不能自甘堕落，不能为富不仁，就像那个舒小姐一样。王品说，舒小姐怎么啦？舒小姐这样拿钱索命，说不定也有隐衷。高乔人说，什么隐衷，不就是遭了色狼伏击，索命还她清白吗？王品说，你怎么就知道是遭了色狼伏击呢？说不定舒小姐就是给那个周什么的做外宅的，嫌待遇不公，或者是腻了，或者是又寻到了下家，又甩不掉，就走买杀手这条路。高乔人说，你怎么就知道是外宅而不是弑夫夺财呢？如今有不少老夫少妇的搭档，舒小姐先定下目标，舍身嫁了周先生，周先生没病没灾，活得旺旺实实，眼见还能无休止地活下去，舒小姐熬不过，急着要做未亡人，独占了周先生的身家财家，所以雇杀手。王品说，照你这么说，未必就不是一桩商业竞争案，周先生和对手摽上了，都想独吞巨额利润，舒小姐自己就是一个杀手，受了周先生对手的雇佣，接了单，要夺周先生的性命，她来找我们，不过是要找一个冤大头做替死鬼，到时闹好了她坐享其成分一杯羹，闹不好有人顶罪，你没见舒小姐那份冷静，全然是有过专业训练的老手样子。高乔人连续受到挫折，已经极端沮丧，心灰意冷，一屁股坐到沙发上，说，行了行了，别再分析了，再分析，不知还会分析出什么样的可能呢！王品不屈不挠道，怎么是我分析，这种事，你们做记者的天天在报纸电视上宣传，落英缤纷满目都是，清白庭院何处有，还用得着我来分析吗？高乔人说，打住，你再往下就可就超出原则了。王品说，不是我想说，人的生命本来就脆弱，从胚胎期到自然衰亡，这期间不知道要遭到多少委屈，多少暗算，多少强迫，人的生命，实际是在狂风暴雨中颤颤巍巍行走的，这还不说，人类还热衷于自相残杀和自虐，并且极端地夸张这些手段创造出的故事，让人类生命的生存环境乌烟瘴气到极度，干脆就把生命推进火坑之中。想一想这个，想一想你就会明白，乔人，我们分析不分析，那又能怎么样呢？高乔人语塞，心里充满着悲哀。他从衣兜里掏出手绢。他把手绢捏在手心中团成团，然后丢到字纸篓中。他重新伸手到衣兜中掏，掏出钱夹子，递给王品。王品说，这是什么？高乔人说，这是钱夹子，拿上它，出去找个地方填饱你的肚子。王品说，你呢？你还是不饿？高乔人说，我不饿。王品说，是不饿还是没有胃口？高乔人冲着王品大声叫道，你啰唆什么？你要饿了你就去吃！你手里拿着我的钱夹，想怎么吃就怎么吃！你少烦我！王品一缩脖子跑出门去，到门外回过头来把鼻子挤在玻璃上，冲屋里说，你不要这么大声叫喊，你这么大声叫喊会加速热耗，加快新陈代谢，缩短衰老期，这样可是对生命的耗损。她还想说什么，看见玻璃门后面高乔人站起身龇牙咧嘴朝她走过来，吓得她闭住嘴一溜烟小鸟似的飞走了。

王品去快餐店吃了一份快餐。吃过饭后，她觉得时间还早，这么快就回去实在没有必要，再说，一份荷兰蛋，一片面包外加一杯冰橘水只花去了高乔人十五元钱，实在是有些便宜了高乔人，于是王品又去买了两支冰激凌，几块金帝巧克力，一边吃着冰激凌，一边沿街逛服装店，大饱了两个小时的眼福，这才往回走。王品在往回走的路上想着编一个什么谎话来解释自己回去晚了的理由。一顿饭无论如何用不了那么长的时间。王品甚至可以想象气急败坏的高乔人是怎样在办公室里发怒地走来走去，把办公用具甩得一地都是。王品想可怜的乔人，他纯洁和脆弱得就跟一个婴儿一样。他是靠着什么在都市里活下来的，而且活到33岁的？这简直就是个奇迹。王品想，就说自己遇到了马路爱神，有一个衣冠不整的高中生对她穷追不舍？不，这不好，这会加重刺激高乔人。说自己犯了低血糖，被人送到医院里去抢救了？不，这也不行，这会暗示高乔人对脆弱生命的悲哀。说自己撞了红灯，被警察叔叔捉去擦了两个钟头护栏？这个倒没有什么禁忌，只是太平庸了，没有传奇性。王品就这么一路想着回到了体验死亡俱乐部。王品回到俱乐部之后才发现她根本没有必要编什么谎话来哄高乔人。实际上，她根本就没有这个机会。高乔人既没有气急败坏地在办公室里走来走去，也没有追问王品去了什么地方，高乔人正在那里接待一位顾客。顾客是一位中年妇女，眼皮浮肿、头发蓬乱、嘴皮干裂、衣服皱巴巴的像是有很长时间没有换洗过了。中年妇女一直在哭，看样子在王品来之前她已经哭过很长一段时间了。高乔人坐在中年妇女对面，不住地用纸巾擦着头上的汗，干巴巴地劝慰着中年妇女。高乔人一看见王品就如获大赦地冲王品喊，王品你快来，我们正需要你！王品在门口站着，小心地观察着高乔人的脸色，没敢立刻走进去。后来她发现高乔人的目光中除了急切地期待之外没有别的成分，这才走了进去，趁机将减轻了不少分量的钱夹子塞到高乔人手中。高乔人看也没看就把钱夹子揣回衣兜里，然后把她推到中年妇女身边坐下。高乔人说，王品，这位是李太太，她遇到了麻烦，她的麻烦和我们多少有点联系，就算没联系，咱们也应该帮帮她。我刚才已经和她谈了两个小时了，我只会说一些安慰的话，这对李太太一点作用也没有，现在你来和李太太谈，我相信你的专业对她会有帮助的。高乔人接着就把事情的原委从头向王品介绍了一遍。王品坐在那里听着，很快就明白了。原来这位李太太来找体验死亡俱乐部，并不是来体验死亡的，她已经用不着体验死亡了，她目前正在体验着死亡，当然死亡并不是她，死亡的是她的儿子。李太太是一位失业的工人，靠领取救济金过日子，丈夫早亡，给她留下一个17岁的儿子，家里的日子十分清贫，母子俩相依为命，苦度岁月，好在李太太的儿子十分争气，学习很用功，又聪明，念到高三时，已是全校的尖子生，考上大学是绝对没有问题的。李太太的儿子决定高中毕业之后放弃考大学，想去一家待遇好一点的公司做工，养活自己的母亲，可李太太不干，一定要儿子考大学，要儿子去挣一份更好的前程，并且拿出一个存折，告诉儿子，这是他父亲的抚恤金，她一直把它存着，留做他读大学的开支。母子俩日子过得不宽裕，却有一份希望在支撑着他们，谁知李太太的儿子不久前病了，先拖着，后来拖不过了，送到医院去检查，一检查就检查出了癌症，医生已经下了病危通知书，断定这病没法治了，病人最多只能活两个月。李太太的儿子并不知道自己患了绝症，只是有了怀疑，但是李太太知道死亡近在咫尺，她几乎已经触摸到死神的衣袍了。李太太自从知道了这个结果后就每时每刻体验着死亡，李太太只有这么一个儿子，还有一张属于儿子未来的存折，李太太愿意拿自己的生命来换儿子的死亡，但这不可能，上帝不允许，上帝没有发明这种交换方式，这样就苦了李太太，李太太不知道怎么对儿子说，不知道怎么面对儿子，这事终归是瞒不住的，儿子是个出色的学生，儿子聪明，一放疗化疗就什么都明白了，明白了会怎么样呢？李太太不知道，她手足无措，她能力太小，她不能救儿子的命，但她想救儿子的痛苦，她不想让儿子在生命的最后一刻生活在绝望和恐怖的日子里，她宁肯把自己身上的肉一块块割下来，也不能接受这个现实，李太太在绝望之中就买来大量的报纸看，李太太是想找一个知心热线来拨，看看有没有良策，也是病急了乱投医，李太太没有找到知心热线，却找到了体验死亡俱乐部，于是李太太就来了。王品坐在那里仔细地听，听完高乔人的介绍，明白她面临的，除了道义上的安慰，实际上是一个优死的课题。对于癌症，王品无计可施，整个人类也束手无策，它被国际卫生组织作为危害人类的三大疾病排列为第二，自然是有道理的。人类不能掌握自己生的希望，于是就在优死方面下工夫，想要自由地把握死，并且在走向死亡的时候尽可能减少痛苦和恐怖，纵使无痛苦地结束生命的积极安乐死尚处在道德和法律的囚禁之中，但减少痛苦，让生命自然消殒的消极安乐死却是被更多人渴望着。王品明白了她的工作，她坐直了身子，尽量让自己的脸上带着一种安详而平静的神色，握住那位绝望而又疲惫不堪的妇人的手，耐心地告诉她，病人生理上的痛苦，只有医生才能帮助他解脱，病人的家人却可以在精神上帮助病人战胜痛苦，要做到这一点不容易，但可以做到，这需要清楚地掌握病人临终前的心理状态及活动。大凡病人在知道自己临近死亡到真正死亡来临之前，在心理上要经历五个阶段，第一是离群索居阶段，第二是喜怒无常阶段，第三是讨价还价阶段，第四是消沉绝望阶段，第五是接受及幻想阶段，这些阶段病人的心理状态各有不同，且与病人以前的心理状态大相径庭。王品把各个阶段病人的心理状态和通常的表现详细地解释给李太太听，并且告诉她家属在这些阶段中应该怎样做，掌握了这些，便有助于帮助病人度过一生中最后的时刻，使他们在最后的时刻中带走更多的温馨。李太太脸上淌着泪，如饥似渴地听，不住地点头，像是讨到了起死回生术一般。她不停地要王品继续往下说，尽可能多的说，直到王品再也没有什么可告诉她的。那一刻，王品觉得她学了七年的专业在这个把钟头中已经全部地倒给了这个憔悴的妇人。李太太要告辞了。李太太站起身来，要给王品和高乔人下跪。高乔人上前一把拉住了李太太。李太太要付咨询费，高乔人涨红了脸，坚决不肯收。李太太说，好人，这钱你们千万得收下，这是我为我儿子讨方子的钱，你们不收，这方子就不灵。高乔人听罢，想了想，说，那你就给一块钱吧，我们就收一块钱，多一分钱我们也不收。

王品送走了千道谢万感恩的李太太，回到办公室，她看见高乔人呆呆地坐在那里，两行泪水顺着他的脸颊悄然淌下。王品吓了一跳。王品说，乔人，你怎么了？高乔人说，我怎么了？我怎么也没怎么。王品说，你怎么流泪了？高乔人说，你别管我！王品走过去，轻轻地把高乔人搂进怀里，安抚着他。王品说，乔人，你不该这么脆弱。高乔人把头埋在王品怀里。高乔人说，你不要管我，你走开！王品说，好的，我这就走开。王品这么说，但王品并没有走开，她仍然轻轻地抚摩着高乔人乱糟糟的头发。王品说，乔人，你现在该知道了，生命是由不得我们愿意不愿意的，你看到李太太的悲痛欲绝了，实际上死亡的是李太太的儿子，你办的是体验死亡俱乐部，若说要阻止死亡，该拯救的应是李太太的儿子，该同情的也应是他才对，但我们其实什么也做不到，我们真的不可能做到什么。高乔人说，李太太的儿子患的是癌症，癌症是不治之症。王品说，疾病不是人类生命根本的克星，克星是人类自身的惰性。理论上讲，人类每时每刻都被数以千万计的微生物围剿着，被过氧化物、过氧化氢物侵害着，人身上的每一个细胞每天要经受一万次以上的氧化杀伤，但人类有相当完善的免疫机制系统和惊人的修复免疫功能能力。关键的不是人类机体本身，因为即使根除了疾病，人类依然不能长寿长生，比如，消灭了癌症，人类只不过平均增加了三年寿命，即使根除了世界第一大疾病心血管病，人类的平均寿命也不过增加了14年。从理论上讲，人类的寿命至少在120年，限制进食量和热卡的吸收是延长健康寿命的一个途径，如果一个人在20岁时开始控制食物热卡的摄取量，那么他有可能多活50年，可是，谁又能做到这一点呢？事实上，包括你我在内，没有任何人愿意放弃一时的口福之乐以换取健康长寿。人们只追求无法满足的感官刺激和享受，根本不管几十年后的生命会怎么样，这就是人类自身的悲哀。高乔人说，你说的生命，只是生命的长短，生命的质量才是重要的。王品说，生命的质量其实是个极其含糊的问题，人类比其他动物多了思想，生命质量的标准也就各有其异。但是，这一切都建立在生命存在这一基础上，像李太太的儿子，生命的实体都不存在了，你拿什么去宣扬生命的意义呢？高乔人被问住了，明知王品说的和自己做的不是一回事，王品太专业，具体起来并不严谨，是有空子可钻的，但眼下他需要的并不是争论，而是支持。体验死亡俱乐部开张两天了，严格意义上的顾客一个也没出现，有一个李太太，倒是为了珍惜生命而来的，但死亡已近在咫尺，已完全用不着谁来帮助她们母子俩体验死亡了，这个现实，使高乔人感到极端地无奈和悲哀。高乔人怔在那里，半天说不出话来。

那个商人一坐下来就冲着高乔人喊：我不要死！我憎恨死亡！诅咒死亡！我要你们使我的生命得到延续！我要你们使我活下来！那个商人穿金

戴银、一身名牌、庸俗不堪，脸上的肉堆得除了一副肉感的厚嘴唇和一只土豆似的鼻子外什么也看不见，身材则是高乔人从没见过的肥胖的样子。高乔人在那个商人沉重地倒在沙发上时在想，他能从停在门口的那辆漂亮的平治车上下来，独自走进办公室，真是够难为的了。那个商人却不管高乔人想什么，他完全是以一种命令的方式对高乔人说，我不想死，你听清楚了，我不想死，我要活着，我必须活着，我要同命运抗争！高乔人坐在那里听他这么说，高乔人觉得，这话从他那肉感的厚嘴唇中吐出来，实在让人觉得有些不伦不类。高乔人说，对不起，你先填一份表，等你填过表，我们再来讨论你的要求。商人不高兴地说，填什么表？我从来不填什么表，我有钱，难道有钱还用得着填表吗？高乔人说，是的，有钱也得填，你不填，我们知道你是谁？你到底出了什么问题？我们不能把你当成钱。商人说，怎么不能当成钱？你们完全可以把我当成钱，实际上，我就是钱，我和钱之间没有什么区别。高乔人平静地看着那个商人。高乔人已经没有兴奋感了。甚至地，他已有了一丝厌倦。但是他的责任感驱使他不能把这种厌倦流露出来。反正都一样，他这么想。他与商人相对而坐，示意王品启动电脑，然后对商人说，那好，既然你不愿意填表，我们就换一种方式，请问，你需要我们做些什么？商人很生气地看着高乔人，他努力想睁大自己的眼睛，以表示出他的气愤，遗憾的是，他这样做并没有起到丝毫作用，他的眼珠子并没有在他堆满肥肉的脸上出现。商人说，难道我刚才没有说过吗？我不想死，我要你们让我活着！高乔人说，我也不想死，我也想活着。商人说，那可不一样。我们不一样。高乔人说，有什么不一样？商人说，看来你真的是不明白，好吧，那让我来告诉你，我们为什么不一样。商人说，你有病吗？我是说，是那种置人于死地的病？比如说，你有冠心病吗？你有高血压吗？你有动脉硬化吗？你有糖尿病吗？你有肝坏死吗？你有风湿性关节炎吗？你有……高乔人说，你用不着这么费劲地往下数，我不想扫你的兴，可事实是，除了偶尔地患点伤风，我什么病也没有。商人得意地说，可这些病我都有。高乔人说，恭喜你，但是，我看不出来，这有什么值得骄傲的？商人说，这说明我始终是在快乐地生活着，要生活就会有代价，这些病就是我的代价。而你没有病，你当然没有，你怎么可能有呢？我一走进这间屋子，我一看你的脸，就知道你根本就没有资格得这些病。你的脸上没有欲望，你的目光太纯粹，你属于清心寡欲一类的，你怎么可能有这些病呢？哦，你真是太可怜！高乔人说，你这么一说，我就清楚了。可是我弄不懂，你要我这个可怜的人帮你做些什么呢？商人说，活着，我要你帮我活着。我的医生告诉我，我已经没有几天好活了，我很快就会死掉，也许是某一种疾病，也许是综合并发症，总之它们会要我的命。我不怕死。死没有什么好怕的，我这一辈子已经活得够本了，而我有一身本事，我还可以到阴间去大把大把地赚钱。但是，我现在的钱，我的那些房宅、汽车、商号和工厂，它们却不能带到阴间去。它们是我的，我不能把它们留下来。高乔人说，难道你没有亲人？比如说，你的妻子，你的儿女？商人说，有，我有妻子儿女。我有五个妻子，我是说我有过五个妻子，这都是经过合法注册的，她们现在都还在，活得比我健康。我有七个儿女，不，是八个，也许是九个，我不知道，我说不准最后那一个是不是真的是我的，这些该死的！高乔人说，不必九个，有八个就足够了，八个继承人，想一想，这是多么令人自豪和放心的事，你可以把你的财产留给他们，然后你到阴间再去赚。商人像是被蛰了似的跳了起来。他当然不是真的跳。他那个样子，不可能真的跳起来。他只是浑身抖了一下。商人说，不！我一个子儿也不会给他们留下来！我为什么要给他们留下来？这些蛀虫，这些花花公子，这些犹大，他们从来就没有真正敬重过我。还有那几个女人，该死的女人，她们从来就没有真正爱过我，她们爱的只是我的钱、我的豪华别墅、我的汽车和珠宝。我知道她们心里想着什么，我知道她们早就在盼着我死去，她们贿赂我的医生，从他那里打探我的病情，她们已经等不及了，她们在盘算着每个人能从我这里瓜分去多少。多么美妙的算计呀！可是她们错了她们不明白我是谁，她们不明白我偏不让她们的美梦得逞，我偏不死，哪怕再痛苦，再残酷，我也要活着，和她们耗，和她们熬，我倒要看看，我们谁能熬得过谁！商人精明地笑了。他的笑容里丝毫没有死亡的影子，他很镇定，很兴奋，为自己的计谋踌躇满志。他从随身带着的一只精美的纯金烟盒里，取出一支名贵的古巴雪茄来点着，吸了一口。高乔人说，你不应该吸烟，尤其是在你不打算死去的情况下，你就更不应该吸烟，吸烟有损你的健康。商人奇怪地说，我要健康干什么？那些在太阳下操劳的人们，那些攀在脚手架上的人们，他们倒是有健康，可除了健康，他们还有什么？我不要健康，我只要活着，不管用什么方式，只要能活着就行，哪怕你们把我变成植物人，只要能活过我的那些妻子儿女，我要让他们知道，他们谁也别想得到我的一个子儿！高乔人说，问题是，植物人也会死去。商人果断地说，那就换一种方法，什么都行，我不关心方法，我只要结果！高乔人已经失去了耐心。他不再想和坐在他对面的这个富有的猪周旋下去了。他想站起来朝那张堆满肥肉的脸啐一口，然后对他说，快滚回去找你的律师写遗嘱去吧，没有什么能够阻止死亡！可是他没有说出这句话。王品在这个时候要他去办公桌边接电话。王品在把电话筒交给他时目光中闪过一丝狡黠的神色。高乔人握着响着忙音的话筒，好半天没能反应过来。而这个时候，王品已经走过来，代替高乔人坐到了那个位置上。王品对商人说，先生，我的老板有事，现在由我来为您服务。如果我没有理解错的话，您是想让您的生命延续下去，至少延续到等您的那些妻子和儿女都死去，对吗？商人看了看王品，高兴地说，对，我就是这个意思！王品说，很好，现在我来告诉您，迄今为止，科学家们已经发现了许多种阻止和降低生命进程的方式，它们都能帮助您达到延续生命的目的，比如渗透休眠、缺氧休眠、化学休眠、高温休眠、干燥休眠、激光休眠、冷冻休眠，等等。商人说，好，好，这样好，那就从中选一个吧。王品说，我们考虑，这些休眠方式虽然都能达到延续生命的目的，但可惜的是，其中大多数方式并不适合您。比如渗透休眠，它需要把您长时间地浸泡在盐水里，您要想熬过您的儿女，我想至少得要五十年吧，在盐水里浸泡五十年，您得泡成一段破抹布。再比如缺氧休眠，由于长时间缺氧，脑细胞组织会坏死，您将会变成一个白痴，这样您就无法享受到熬过您妻子儿女的快乐了。除此之外，化学休眠会使您丧失一切感官知觉，高温休眠会使您变成一段木炭，干燥休眠会使您变成一片鱼干，激光休眠有可能使您变成一张筛子，这些方式都不适合您。商人的脸上露出极度的失望。商人说，这么说，我完全没有希望了？王品说，我的话并没有说完，我刚才说了，还有一种冷冻休眠，它适合您。商人毋庸置疑地说，既然冷冻行，那你们就把我冻起来好了！王品点点头，王品说，我们当然可以把您冻起来，我们能保证用这种方法让您的生命得以延续，但需要证实的是，您愿意以这种方式来保存您的生命吗？商人说，我愿意，我都等不及了。王品站起来，在高乔人疑惑的目光追逐下走回办公桌，在电脑上飞快地打出一份申请表格，拿回沙发边，对商人说，这是一份具有合同效应的申请表格，如果正如您希望的那样，您想得到延续生命的结果，那么您可以在这上面签上您的大名。商人将那份表格接到手中，仔细地读了一遍，当他准备用他昂贵的派克金笔在上面签上自己名字的时候，他又犹豫了。他用狐疑的目光盯住王品，说，你真能把我像冻猪肉一样冻起来，而不伤害我的生命？王品不动声色地说，是的。商人狡猾地说，那你先告诉我，你打算怎么干？王品心领神会地轻轻一笑，从容自若地说，这是一项非常复杂的高科技生命保存手段，照说，我们没有权利向顾客提供其中的细节，它属于保密内容，不过对您，我们可以稍加介绍一些。首先，我们给您接上心肺机，这样做的目的，是为您补充足营养和氧气，以防止大脑细胞组织在休眠状态中坏死。然后，我们使您进入麻醉状态，在您的机体各部组织中注入肝磷脂，用来防止血液凝固，您的身体这个时候是在真空室中用干冰覆盖起来的。接下来，我们把您全身的血液从您的血管中抽出来，再迅速注入甘油和二甲基亚砜，这是防冻剂。这一切做完之后，我们就开始给您的身体降温，一直降到摄氏零下75度，再用特殊制作的铝箔对您做密封处理，装入一只低温密封储藏仓，密封舱门，做真空处理，最后，用摄氏零下196度的液氮急剧降温，这样，您的生命就处在一种休眠的状态中。需要指出的是，目前尚没有一块猪肉是以这样复杂的科学方式和昂贵的造价被冷冻起来的，而且，其冷冻效果也不一样，所有的冷冻猪肉敲起来都是唧唧响的，而您的身体在经过冷冻处理之后却像玻璃一样脆，我们是不会允许任何人敲您的身体的，否则我们就得考虑对您实施焊接和修补工作了。商人坐在那里，十分认真地听着王品的介绍，几乎被王品的介绍给迷住了。王品一说完。他叹了一口气，满意地点点头，二话没说，立刻在申请表上签上了自己的名字，然后把申请表交给王品，说，我们成交了！王品接过申请表，看了看，小心地用吸墨器吸干墨迹，夹进档案夹中，然后愉快地对商人说，我很高兴我们能共同进行如此伟大卓越的合作，可惜我们有规定，工作期间不允许喝酒，否则我愿意请您喝一杯香槟。商人也很愉快，大方地说，不必了，这事办成了，我请你和你的老板喝1897年产的王朝——你们打算什么时候把我冻起来？王品说，根据我们之间的契约，这个时间由您决定，什么时间都行，我们甚至能在明天进行。商人说，明天？明天是不是太急了点？王品宽宏大量地说，如果您觉得明天太快了，还想多享受几天美好的生活，我们可以根据您的意思往后拖延。不过，虽然直到目前为止我们之间的合作都是非常愉快的，但是有一句话我不得不事先告诉您，您得决定好您的解冻时间。根据我们之间的合同，这个时间也由您来决定，我们概不负责。商人不解地问，为什么不负责？王品说，由于在解冻速度、血液屏障保护等方面还存在一些尚未解决的难题，人类目前只能对生命进行冷冻保存，而不能对已经冷冻了的生命进行解冻。什么时候可以攻克这一难题，我们无法预测。所以，解冻的时间，必须由您决定，并进行公证，我们将完全按照协议对您进行冷冻和解冻，而不保证别的。商人愣住了，说，也就是说，我要决定了解冻时间，如果那个时候你说的那些问题还没解决，一旦出了问题，就算是我自杀，算我活该倒霉？王品笑容可掬地说，正像我刚才说清楚的那样，这完全是您的事。不过假如您想听我的建议的话，您为什么不可以把解冻的时间定得尽可能长一些呢？比如一千年？两千年？您应该对人类科学的发展抱以乐观态度呀。商人反应敏捷地说，两千年？就算我能在两千年之后从冻猪肉变成活人，可那时候我不成了一个白痴一样什么也不懂的猴子了？王品说，这倒有可能，人类不会因为您被冷藏起来就不发展了，这一点我们也爱莫能助，有些事情，您就算再有钱也没法办到。王品歪着头想了想，说，有了，您可以申请永不解冻，这样，您既可以保证您的钱一个子儿也不落到别人兜里，让他们干着急，又不用冒自杀的风险了，这岂不是两全其美？商人大叫道，让我永远变成一块冻猪肉？那对我还有什么意义？那我还不如早点去死，早点到阴间去赚钱去！王品平心静气地说，这当然也不失为一种选择。但选择的事是您的，与我们没有丝毫关系。商人气鼓鼓地说，如果这样，那我就不冻了！我才不想永远做一块冻猪肉呢？王品说，您这样决定，我很遗憾，可惜我无法阻止您的任何选择。不过，如果您真的打算放弃，根据我们之间的合同，您得向本俱乐部支付违约金，除此之外，您还得按规定付一笔咨询费。要是您决定了，我这就给您算一下您该支付的费用。商人这一回真的睁开了他的眼睛，就像奇迹发生了那样。商人气急败坏地冲着王品大叫道：你这个小偷！强盗！骗子！无赖！你这个无耻的诈骗犯！王品从沙发上站起来，冷冷地看着那个肥胖的家伙。王品说，我只想知道一点，对你这种要钱宁愿刻薄命的人，从你那里弄出两个子儿你会是什么感受。

这是一个越来越走向物质文明又越来越丧失个性的城市。这是一个被疯狂的人气越来越混淆了界限的季节，在这个城市的这个季节里，所有的人都处在一种找不到出处的兴奋和刺激中，庸俗而又实在的快乐和焦灼成了这个城市的这个季节的主题。只有一个人除外，这个人就是高乔人。

高乔人的伤感情绪在越来越强烈地笼罩着他自己。他的沉重和忧郁像印度香一样地久久不能弥散。实际上，高乔人完全不应该这样，从第三天开始，手中捏着广告走进体验死亡俱乐部的顾客越来越多。这个城市差不多有一半的人知道了这个新鲜的服务机构的诞生，他们中间的大多数人对此产生了强烈的兴趣，那些诉说自己对体重和腰围敏感到极致的营养过剩者，那些害怕遭人暗算被人绑票的暴发户，那些希望寻找到一条无痛苦结束生命的悲观厌世者，那些要求占卜鸿福和死亡日期的工薪族，他们像洪水消退之后的鱼群一样一拨一拨地涌进体验死亡俱乐部，把办公室挤得水泄不通，然后在那里喋喋不休，又哭又闹。应该说，城市在这个含混不清的季节里给了高乔人一次轰动的机会，就像它曾经给过许多投机者以机会一样。有这么多的人对体验死亡这个话题感兴趣，有这么多的人渴望明白和清晰自己的生命，这个结果，不但王品没有料到，连高乔人也没有料到。但是事情的发展却常常出乎人的意料，在体验死亡俱乐部门庭若市的过程中，高乔人却再也没有打起精神来。高乔人始终像个局外人，像个无所事事的旁观者一样地坐在一边，看着越来越多的顾客拥进办公室。到后来他甚至失去了他原来的位置，被人挤到墙角站着，找不到容身之地。高乔人始终没有说话。他一直沉默着。他的这种沉默是从那个曾经有过五任妻子和八个或九个儿女的商人离去之后便开始了。高乔人觉得这一切都荒唐得可笑，那些急切想要弄清自己命运和死亡方式的顾客，像外人一样的他和忙得不可开交的王品，一切都像是一场被夸张了的木偶戏。王品有好几次气喘吁吁地推开疯子似纠缠着她的顾客冲他大叫，要他过去帮她一把，要他帮她去维持一下秩序。王品冲出人群来拉他。王品大声地说，这些人他们需要我们的帮助！然后王品又凑到他的耳边小声对他说，我们也需要钱的帮助。王品痛心疾首地说，乔人，你不能这样无精打采，你要明白，我们什么也办不到，我们只能这样。你这个样子，既帮不了别人，也帮不了自己！可是高乔人却十分麻木，无动于衷地看着王品。有一会儿时间高乔人走出去买了一包香烟。高乔人本来不吸烟，但他现在开始吸了。奇怪的是，高乔人吸烟十分从容老道，似乎他天生就会吸烟，没有半点生疏，并且在他把香烟用力吸入肺部的时候，他一点也没有感觉到生命被侵害的痛苦和不适，相反，他甚至还有一些快乐的感受。高乔人站在那里吸烟的时候，王品朝他投来一瞥奇怪的目光。王品看见高乔人被熙熙攘攘吵吵闹闹的顾客推到办公室的一角，像一只壁虎一样贴在那里，一声不吭，眉宇间平展无云。那是一种兆示。王品在一刹那间突然有一种不祥之感。但是王品没有来得及抓住那个感觉。有一个纳税人搅乱了王品与高乔人之间的最后沟通。那个纳税人是一名人工心脏的使用者。他拒绝向国家税务部门纳税。他的理由是，根据有关法律和司法实践，一个人心脏若停止了跳动，即被认定为已经死亡，他的心脏在三年前就停止了跳动，目前被保存在一家医学院充满福尔马林和双氧水气味的标本室里，他目前的生命，是依赖于人工心脏而延续的，所以，他理所当然地不在纳税人之列。他要求体验死亡俱乐部作为他的代理人出庭，在税务部门对他的起诉案中为他辩护，帮他打赢这场官司。王品最先以为高乔人会走过来给那个厚颜无耻的纳税人一记耳光，然后把他像丢沙袋一样丢出门去，按照高乔人的性格他绝对会这么做的，但是事实上高乔人并没有这么做。高乔人站在人群之后，不断地往一旁移动，给走来走去的顾客挪地方。他的孩子般纯洁的脸上开始露出微笑。当他把一支香烟吸得差不多了的时候，他脸上的微笑已经可以清楚地分辨出来了。然后高乔人小心翼翼地挤过人群，将手中的烟蒂按熄在烟缸里，推开落地玻璃门，走出了体验死亡俱乐部。

没有人知道高乔人要到什么地方去。连王品也说不清楚。王品后来一直在回忆这件事情。她觉得这是整个事件中的关键部分。但是她把脑袋都想疼了也没能回忆起来。她对前来调查的警察说，我知道会出事，我有一种预感，我当时差不多已经忍不住要说出这种预感了，可是我却没有说出来，我感到他是想做什么，他心里已经有了打算，可是他究竟想要做什么呢？警察是个嘴上没毛却一脸疲惫的小伙子。警察接连不断地打着哈欠，说，是呀，他究竟想要干什么呢？这个世界已经够棘手的了，他还想怎么样呢？——他是不是已经失去了生活的信念？王品盯着警察。王品怒气冲冲地喊道，你在胡说什么?! 他是爱这个世界的！他是爱生活的！他只不过是太热爱了罢了！警察吃惊地看了看王品。警察不明白是什么激怒了她。然后警察就走到一边去了。其实他们都错了。事实上，高乔人什么也没有做。高乔人走出体验死亡俱乐部之后一直沿着大街往前走。大街上，人流如涌，一个个生命将都市的每一个角落都塞得满满的，在那些男女老少的脸上，无论漂亮也好，丑陋也好，健康也好，病态也好，诱惑和快乐像茄子花一样洋溢着，让人相信这个世界只有生命，没有死亡，稍微有点知识的人都绝对不会为这个充满了希望的世界担忧的。高乔人双手揣在裤兜里走在人流中。在十字路口处。他站下了，抬起头来朝天上看了看，脸上仍然带着那丝已经完成了的微笑，然后他离开人行道，沿着斑马线朝马路对面走去。他没有看到一辆有着外地牌照的浑身泥泞的黑色奥迪牌小轿车疾速朝他驶来。

我们走在一座桥上

一

来波收拾乱七八糟的行李包的时候，报社发行部主任推开办公室的门进来了。

"喂，二季度的零售发行数字你统计出来没有，赶快交给我。"主任冲来波说。

来波头也没抬，往行李包里塞进一条香烟，又塞进几根火腿肠。来波说："没有。"

发行部主任说："怎么搞的，不是上周三就交代你了吗？总编等着要，你都磨蹭些什么？"

来波抓起一听必是奶茶往包里塞，包已经鼓鼓囊囊了，怎么也塞不进，他气恼地挠了挠寸儿头，索性将包提起来，把里面的东西一股脑儿全倒在办公桌上，茶叶蛋面包滚了一桌子。

发行部主任喊："来波，我在和你讲话！我问你二季度的零售数字！"

来波说："二季度早过了，现在是三季度。"

发行部主任说："过了才问你要呢。"

来波说："没见我正忙着吗？"

来波说完就开始重新往包里装东西。这次他注意把东西装得实在一些。

发行部主任警觉了，说："你这是在干什么？"

来波气喘吁吁说："得想办法把这些东西全装进去。早知道我该换个大点的包。"来波说，"喂，劳驾把地上的蛋捡一下。"

发行部主任严肃起来："来波。现在是上班时间，不准干私活。"

来波将一只油鸡用报纸包好，塞进包里，说："也不绝对是私活。我这些东西是往牢里送的，关心失足青年是全社会共同的义务。咱们报上期不还登过一个拯救篇吗？"

发行部主任走过来，怒发冲冠地说："好哇来波，你本职工作不好好干，上班时间想溜号办私事，你还有点组织纪律性没有？"

来波说："我不正收拾吗？收拾好了我会向你请假的。"

发行部主任笑笑："谁准你的假？"

来波说："事假也不行？"

发行部主任说："你以为你是谁？你是合同工，不是报社在编人员，没有资格请事假。"

来波说："那就没有办法了。那我只好旷工。旷工可以吧？你扣我工资好了，合同你肯定滚瓜烂熟。"

发行部主任说："不行！扣工资也不行！今天你就不准离开办公室！"

来波推开包，盯着发行部主任，说："头儿，你别不讲理，今天是十五号，你知道每月十五号我都要去妇教所看我姐姐的，不是一天两天了。你该有点人情味。"

发行部主任大义凛然道："人情味我有，工作我也要抓，谁叫你不完成任务的。"

来波说："你就知道抓我。你干吗不自己干？出报，发报，送报，跑邮局，收款，哪一样你亲自干过？你一月拿五百，我一月才一百八，还得帮你灌煤气，给你丈母娘送饭，这也算工作？大小事儿我都干完了，要你这个主任干什么？"

主任慌忙走过去把办公室的门掩紧，压低嗓门说："来波，我告诉你，你用不着胡搅蛮缠。这里不是待业青年培训中心，这里是报社。报社你懂不懂？报社是个严肃神圣的地方，容不得你乱来！"

来波说："我没有乱来，我只是要去看我姐。"

主任说："我说过了，不行！"

来波说："这也由不得你。你的话不是法律。"

主任气急败坏，说："好好，不信邪你就试一试。你敢走出这个门一步，我就炒你鱿鱼！"

来波安静地看了看主任，从桌上拿过行李包，拉上拉链，背上肩，说："这算不算正式通知？要算，劳驾你通知财会室把我这半月的工资结一下，我明天来取。"

来波走到门口，回过头来说："对了，你记一下，二季度零售报款总额是八万四千二百七十五块，收回来三万零六百三十块，其余的，你自己去收好了。"

来波说完，头也不回地走了。

二

接见室是用油毛毡搭起来的，四周没有墙，一览无余。来波到得有些晚了。从报社到郊区的妇教所得转三道车，花去了两个钟头。来波到时接见室里十几条长板凳上差不多已经坐满了人。有一对老年夫妇给来波让了一个位置，让来波很感动。来波在长板凳上坐下来，听见操场那一头监号的喇叭在喊："303号，到接见室接见。"来波知道那是姐姐的囚号。他目光呆滞地看着对面 一个中年女犯在狼吞虎咽地撕啃着一只油汪汪的鸡腿，噎得直瞪眼珠子。旁边有个汉子一手搂着一个四五岁的小女孩，一手端着一听健力宝，不住地说："莫急，莫急，我烧了不少，够你吃的。"小女孩窝在汉子的怀里好奇地瞪大眼睛看着饕餮的女人，看着看着哧哧地笑了。接见室的正中央放着一张桌子，两个妇教所干部坐在桌后聊着天，桌上七零八落堆着犯人家属敬的香烟，那里面也有来波敬的。

干部们一支接一支抽烟。他们不抽桌上的，而是抽自己的金芙蓉。

来波看见姐姐来红心里就一阵酸楚。但来波很快忍住了。做出一副快乐的样子说："姐，你长胖了呢，还是那么漂亮！"

来红在来波对面的长凳上坐下，低头看了看自己身上的肥大囚服，平静地笑了笑，说："这身牢服，漂亮么？"

来波说："姐，你别灰心，不就三年吗？三年很快就过去了，就当在部队里当了三年兵。"

来红说："当兵，那倒好。"

来波说："姐，活累不累？"

来红说："还好，习惯了。我不在纸箱组了，调到印刷厂管捡字。他们说我是学图书管理的，专业对口。"

来波说："伙食呢？伙食怎样？"

来红说："饭管够。你知道我不大沾油水的，也无所谓。"

来波知道。他知道姐姐对吃是食不厌精，很挑剔的。即使是他们的母亲死了，父亲又去为别的女人带孩子以后，姐姐也总是把可能置办的几样小菜拾掇得如同工艺品才肯吃的。

来波把包拉开，说："姐，你吃点什么？烧鸡、卤蛋、香肠……"

来红说："有烟么？"

来波说："有，有。"

来波从包底翻出一条摩尔。

来红咧嘴一笑，露出一对美丽的虎牙。

来红说："这么好的烟。"

来波说："姐，我知道你挑牌子。"

来红点着一支烟，轻轻地吸了一口，说："小弟，以后别带吃的了，能带条烟就不错了，没有也不要紧。你挣钱不容易，把自己照顾好。别的小伙子像你这么大，都穿名牌呢。"

来波说："姐，我穿的也是名牌。"

来红伸出一只纤细苍白的手，摸着来波衬衣领上的牌子，说："水货吧？值五六块。"说着，手慢慢就移到来波脸上，在那里轻轻地摩挲着。

来波心里滚过一道激流。来波说："姐。"

来红说："小弟，替姐好好照顾你自己。"

一个干部走过来，说："303，怎么抽起烟来了？还有监规没有？"

来红说："你不也抽么？"

干部说："你是在监人员，不一样。"

来红说："隔壁男队也让抽呢。"

干部说："303，注意你的言行。把烟交给我。"

来红没有反抗，把烟交了出去。干部拿着烟走了。

来红看着干部的背影说："不要紧，他会把烟还给我的。他是中队指导员，是个好人。"过了一会儿又说："有没有带书？"

来波说："带了。《笑傲江湖》《长剑飘零客》《雪山复仇记》，好几本呢！"

对面那个女犯仍在啃着鸡腿，已经是第四只了。那汉子自来红走进接见室后就一直色色地盯着她看，来红回过头去，露出一对美丽的虎牙妩媚地一笑，那汉子遭针刺一般立刻转过视线去看自己的女人。

来波都看见了。来波心里发涩，说："姐，你在里面要保重，好歹只三年，我在外面等着你，你要什么我都给你带来，我能挣钱。"

来红拢了一下长发，说："小弟，你回去吧，天热了，还有那么远的路要赶。"

来红说着就站起来，提着包走到接见室中间那张桌子前，让干部检查有没有不让夹带的东西。

来波也站起来，目送着来红提着包缓缓地走进操场那一头的监号。

来红服刑前是大学图书管理专业三年级学生。来红的学习成绩非常好，是奖学金的获得者。来红出事的时候学校里从老师到同学都表示出了惊讶。

来红是在大三时和学校的外籍教师沃尔·马特好上了的。来波见过那位来自大西洋彼岸才华出众谈吐诙谐温文尔雅的金发青年。来波觉得在选择情侣的眼光方面姐姐没有错。

来红的错在于她频繁出入沃尔·马特的外教公寓前并不知道半年之后她的男朋友会被中国政府以不受欢迎的人宣布限时离境。来红甚至最后也没能看到沃尔·马特一眼。

来红是以出卖国家机密罪和卖淫罪被起诉的。法院经过复查为她取消了前一项罪名。她得为后一项罪蹲三年牢。

三

来波在一家广告公司找到了一份新的工作。

来波新的职务是广告公司客户部业务员。工资起点一百块，奖金采取效益制，按每项业务的百分之五提成。这对来波十分重要。

第一笔活做得很顺利，来波联系到一家油脂化学厂的报纸创意广告。制作费六千五百元，来波拿到了三百二十五元效益奖。交了两个月欠下的水电垃圾费后，来波用剩下的钱给姐姐来红买了一大堆女性用品。姐姐爱美，可以不享受但却很讲究，所以来波进的是名牌商场，买的是名牌货。来波还记得他在买文胸时年轻的女售货员不怀善意的目光。来波很客气地对女售货员说："请问哪种牌子的最好？"女售货员瞟了他一眼，不咸不淡地说："你习惯用哪种牌子的？"来波挠挠寸儿头，说："那就来件最贵的吧。"女售货员说："这儿没有便宜货。"来波忍住了，说："都什么号？"女售货员冷冷道："你要什么号？"来波盯着女售货员的前胸大大咧咧说："比你大两号吧。"女售货员气得翻白眼，说："缺德！"

接下来的事就不那么美妙了。来波连续跑了十几家企业，费尽口舌，赔尽笑脸，却一笔活儿也没揽上。有一家饮料厂本来已经答应让来波的广告公司代理一个季度的广告业务，并且要来波拿出方案和预算书。来波熬了两个通宵，将方案和预算书打字复印后送到厂里，人家又变了卦，转而投奔电视台了。来波在走出厂办时，听见电视台经济部那位记者在身后说：

"广告公司？什么广告公司？是不是专写海报和往电线杆子上糊传单的？"

来波听说一家大商场正逢十年场庆，要作系列广告宣传，还要搞一台大型演出。他立刻从江北赶到江南，找到那家商场的公共关系部经理。

经理说："别的都好说，演出嘛，要么是潘美辰，要么是刘德华，你们公司有把握请来吗？"

来波说："潘美辰正在大陆为希望工程义演，目前不会接其他的合同。刘德华的出台费太高，恐怕有困难。"

经理傲岸地说："我们的活动预算是八十五万。"

来波说："确实不是个小数目。不过，计划里有出纪念册，拍专题片，连续半个月的电视广告，报纸的庆贺和鸣谢广告，做起来很紧的。"

经理不耐烦地打断他说："我也不是头一回搞场庆，还不知道花多少钱干多少事？反正愿接这活的不是你们一家，我有钱还怕打点不到真菩萨？我看你们公司恐怕能力有限。"

来波疲惫不堪地走出商场大门。兴致冲冲地顾客挤得他差点摔倒。他不明白这个穷透了的国家怎么会突然变得有那么巨大的购买力？他没有钱，虽然他太需要钱。他要养活自己，还要给姐姐买大量的东西。他不愿姐姐在里面吃苦。他太爱他的姐姐了。六岁没有了母亲八岁没有了父亲的来波十几年来与姐姐相依为命，他一直把姐姐当成父母。姐姐疼他爱他从不让他受一丁点儿委屈。姐姐养活了自己也养活了他。姐姐让自己考上了大学又让他中专毕了业。

现在轮到他来报答姐姐了。

他需要挣钱，挣很多很多钱。

来波毫无目的地在大街上走着。他想他应该重新回到商场去，重新做一番努力。他至少应该说服那位趾高气扬的公关经理不用刘德华而改用草蜢或者东方快车，门票一样抢手，追星族一样疯狂，新闻界一样看好，出台费却可以省下二三十万……

有人在身后拍了拍来波。来波回过头。他吃了一惊。

晴朗朗的阳光下，一张雏菊般鲜艳明丽的笑脸冲着他粲然绽开，空气中袭来一股冰镇般清洌的芬芳。来波张大了嘴："车小丰？"

女孩子开怀地笑着，指着来波的鼻子说："来波，天上没有钱也没有漂亮女孩，你盯着天上干什么？"

来波也笑，说："怎么是你？"

车小丰顽皮地耸了耸小巧的鼻子，双手环在腰后，说："怎么不能是我？那该是谁？"

来波说："我不是这个意思。我是说，毕业后听说你去深圳了，两年没见，你怎么回来了？"

"去了深圳就不许回来呀？"车小丰打开拎包，抽出一张纸片递给来波，"这是我的名片，来先生要多多关照我的生意哟。"

来波看那名片，名片上印着：深圳三希联锁商业集团总经理助理车小丰。来波瞪大眼说："乖乖，够级别的。车小丰你怎么混出个人模狗样来的？我记得你在学校时就唱歌博过彩头，连学习小组长也没当过呀。"

车小丰得意地说："三十年河东，三十年河西。告诉你，我在别的公司还当过部门经理呢，认准了三希集团有发展才辞工过来的。怎么样，副班长同志，你在何处高就呀？"

来波说："没提头，广告公司业务员的干活。"

"我还干过收银员和导购小姐呢。不以成败论英雄。"车小丰满不在乎地说，"你不热？"

来波看了看头顶燃足了劲的太阳："怎么不热？"

"那陪我去喝早茶如何？"车小丰说，"昨晚应付一个宴会，刚起来，肚子还空着呐。"

来波说："乐意奉陪。"

两人就近找了一间干净的酒楼，寻一间雅室坐了。车小丰为自己要了一份荷包蛋和一杯冰镇薄荷汁，见来波很生硬的样子，就自作主张为他点了一客咖喱鸡炒饭和一大升啤酒。

东西很快上齐了，车小丰也不让，果然饿极了的样子只顾自己吃，吃得津津有味，蛋黄糊了一嘴，鼻尖上也沾了一星。来波看车小丰，黑亮柔顺的短发齐耳，白色短T恤，白色长套裙，飘飘逸逸，不施脂粉，天然模样，比起在学校时那个说哭就哭说笑就笑的快乐小丫头，又多了一份成熟的动人。心想，过去我怎么就没太注意她呢？一时没打住，竟有些出神了。

车小丰很快吃完了蛋，抬头看见来波那副呆样，扑哧一乐，说："吃饭呢？吃我呢？"

来波醒过神来，慌忙往咖喱饭上猛扒一大口，油汪汪的鸡丁烫得嘴皮子直哆嗦。

轮着车小丰来看来波了。她双肘撑在桌上托住腮帮子，怔怔地说："来波你知不知道，在学校的时候，我和几个女同学争过你呢。"

来波被咖喱饭噎了一下。

"有陈兰吧，柳惠敏、王书香、还有我，我们都特别喜欢你。人帅，成绩优秀，吉他弹得棒，还温柔柔的。你知不知道？"

来波不敢抬头，口里含着一大嘴饭含混不清地说："不……不知道。"

"你不会知道的。"车小丰笑嘻嘻地说，"我们有个君子协定，谁也不准向你提，得你先开口，挑谁是谁，那是魅力也是缘分，也算是公平竞争吧。"车小丰啜了一口薄荷汁，然后用纸巾揩了一下，立刻唇红齿皓，魅力无穷。"说来也太傻，几个好朋友，住一个寝室，刚进学校时饭票都一块儿共用，为你却做了情敌，天天做梦盼着别人得个癌呀什么的或者让车撞残废了，毕业那会儿连话都不讲了。柳惠敏和王书香我没放在心上，她们俩那形象连我看着都可怜，恨不得帮她们找红十字会要人道主义。我就惧陈兰，人长得秀气，书香门第，考试分数老和你傍着，不是你先就是她后，让人醋死了！"

来波觉得饭不怎么烫人了，抬头说："言情小说，完全是言情小说情节嘛，如今不流行了。"

"故事还没完呢。"车小丰挥了挥小手，继续沉浸在自己的情绪里，"后来我为打败陈兰，想了个毒招儿，让我的一个小姐妹给班主任朱老师写了封匿名信，信上说陈兰和一个外校的男生偷偷谈恋爱，而且已私订了终身。"

来波倒抽了一口冷气，说："好家伙，车小丰你也真够坏的！"

"可惜没成功。"车小丰沮丧地说，"我早该知道朱老师，她只重视高材生陈兰的学习成绩，才不在乎她有没有男朋友呢。后来，毕业考试全班你第二，陈兰第三，我第十五，我想，没戏了，金榜有名的来波怎么会看得上我这个丑小鸭。罢了罢了，抛却情孽，另找前途吧。没等毕业证到手，我就跑深圳去了。"

来波听得有劲，有些不甘心地问："完了？"

车小丰呷一口薄荷汁，说："不完了还能怎么的，你还想让我为你跳海呀？"

来波试探道："还可以继续向下续嘛。譬如像拍武打戏那样，拍不下去了，就开打，一阵好打，天翻地覆慨而慷，旧世界彻底破坏，于是就有了新的头绪，新的希望。"

车小丰盯着来波，红唇欲启，明亮的大眼睛里熠熠流波，直盯得来波有些慌乱。突然车小丰咯咯地笑了，说："还会有什么戏？来波你真逗，还能有什么戏？你以为我还会回过头来追你呀？没有那事儿了。我现在才明白，那时候我真是太傻，太纯情了。来波你想一想，你一没有遗产，二没有海外关系，出身红五类，家庭成员干干净净，一点发展也不会有。我和你，又不能天天读言情小说读普希金。你人帅成绩好会弹吉他这不假，可那都是些没有用处的东西，我拿它们能派什么用场？我才不会再干傻事了呢！"

车小丰说完哈哈大笑，笑得前仰后合。

来波被这个结果弄得有些惆怅，嚼米饭如同嚼着木渣子，便喝啤酒，喝得酣畅淋漓。

车小丰说："来波，陈兰后来有没有和你联络过？"

来波说："毕业时大家留过地址。后来听说她自费去日本留学，我给她写过信，她没回。"

车小丰由衷地说："我佩服陈兰，她是女强人，我们班的女生，谁也比不上她。"突然想起什么，放下杯子，说："对了，不谈那些事了。你刚才说你在什么广告公司跑业务，我看你这副行头，也不像混得顺的样子。毕竟同学一场，有什么事需要我帮忙的，你尽管说。"

来波也不想装结实，说："能有什么，本公司业务，承接一切广告业务代理、企业形象宣传、公共关系策划、商业情报交流。你能帮上什么忙？给一份零售商品业务给我做？"

车小丰莞尔一笑，笑出一对仪态万方的酒窝儿，说："你也别老拿我当十五名。就不兴我把握一回？"想一想，说："这样吧，我这次回来，是跟总经理在这个城市开办一家连锁分店。现在商场的事都妥了，下月初开张。你帮我在本市新闻界作一下形象宣传。我给你三万。当然是人民币。业务你看着做，尽你的力就行，如何？"

来波有些不信任的样子，好事来得太突兀，一时没准备，忍不住就问："三万？你说了算数？"

车小丰桃面一冷，说："公司公共关系业务是我职下的，要不要找我的老板咨询一下我的信誉？告诉你，我的签字数额是五万元。我只能给你三万。一来这笔业务只值这个数，二来我怎么能不试试就相信你的服务值更多呢？"

车小丰说完，抬手招呼服务员："埋单。"

服务员过来，笑容可掬道："加上冷气费和服务费，一共四十六块。请问二位谁付账？"

车小丰从钱夹里抽出一张五十元票子，搁在托盘里，说："不用找了。"

来波的手揣在兜里没有抽出来。他记得很清楚，兜里一共只有十几块钱的毛票子。

四

来波连着几天跑新闻圈。电视台、电台、报社，另外还加上经济专栏的专栏作家。晚上回到他那个低矮的小阁楼里，就一遍遍完善宣传计划，熟悉细节。他干得不熟练但却很卖力。他想把这笔活儿干得尽可能漂亮些，让车小丰感到满意。

三万元的业务，来波一下子就拿到了一千五百元提成。这是来波有生以来拿到的最大一笔钱。揣着那笔钱走出公司财会室时他心情格外激动。他在信用社为自己开了个户头。钱当然是要花掉的，需要给姐姐买东西，买大量的东西。他看到一则药品广告，那广告说长期服用该药能使人精力充沛思维积极。那药很贵，但姐姐需要。来波自己也得添置几件衣服，这回他可以财大气粗地买真正的名牌了。但不是现在。现在他不会花掉这笔钱的。他得等到干完活儿，等到车小丰惊喜地说："来波你还这么棒呀！"

来波一大早在公司和客户部主任商量计划细节时，车小丰把电话打到了传达室。

来波说："车小丰你真神了，我总不在公司坐班，你怎么打听到我的电话的？"

车小丰在电话那头咯咯地乐，说："获取商业情报嘛，这是我们生意人起码的素质啰。来波你也真头疼，接了我的业务，又不给我留电话，你想把我的钱卷款私逃害我呀。"

来波挠挠寸儿头，不好意思道："我是想等方案有了最满意的落实后再找你的。说真的，感激还来不赢呢。"

车小丰说："真感激假感激？"

来波说："真的！"

车小丰说："那好，今晚请我吃饭，怎么样？"

来波毫不犹豫地说："绝对应该。我今晚七点到饭店找你。"

车小丰说："又错了。邀请小姐，你应该说，你什么时间合适，我来饭店接你好吗？"

来波不好意思道："你什么时间合适，我……我来接你。"

车小丰咯咯地笑，说："来先生邀请，非常乐意。那就七点整好了。"

回到主任室，主任奇怪地盯着来波的脸，说："小来，什么事这么高兴？"

来波说："也没什么，晚上约一个客户吃饭。"

主任赞赏道："你这半个月开始上路子了。要继续努力，做得活一点。要学会利用各种社交场合谈业务。如果业务笃定，交际的费用公司可以酌情报销，这一点公司的规定里有。"

来波说："是，主任。"

主任说："你的方案我看过了，基本没有什么大问题。新闻口方面，你可以找老姚请教一下。他做了七八年了，路子野。广告设计方面你要盯着制作部，一定要按合同……"

传达室有人喊："来波，来波电话！"

主任宽宏大量地挥挥手，说："去吧。干我们这一行，电话多是好事。记住，客户是上帝！"

来波去传达室接电话时心想，自己怎么就这么粗心，没告诉车小丰是在大厅等还是上房间去找她，害她打电话再来落实。

"对不起车小丰。"来波拿起电话抱歉地说，"刚才忘说了，七点整我在楼下大厅等你。"他觉得这样更合适一些。车小丰毕竟是独身女性，总有不方便之处。

电话那头没有声音。

来波说："喂，车小丰，是你吗？"

电话里一片沉寂，还是没有声音。

来波有些迷惑，迷迷瞪瞪意识到什么。有人走进传达室来取报纸信函，走时看了来波一眼。来波突然感到一阵心跳，握着电话听筒的手心开始渗出汗来。

"是……是你，小波吗？"

电话那头传来一个男人的声音，苍老而生涩。来波全身僵直。他闭上了眼睛。他觉得是在一种遥远的梦境里。

"你是谁？"他听出来了，抑或说他猜出来了，但他还是这么问。

"我……我是顾大同。"电话那头说。隔着不知方位和远近的黑皮线，来波感觉得出对方的强撑和决心。他一下子感到平静了。

"说吧，有什么事？"

"小波，我是顾……我是你爸爸。"

"我没有爸爸。"

"小波，别这样，我找到你不容易……"

"十二年前你抛弃我和姐姐时却很容易！"

"我知道我有罪孽。我也是出于无奈。现在事情已经过去了，你也成人了，我们都要往前看……"

"你说得倒简单！"来波勃然大怒，"不错，我现在是成年了，可你知道我是怎么长大的？我是姐姐每天夜里糊一千个鞋盒子养大的！那时她还是个初中一年级的学生。她糊了八年鞋盒子，整整八年！她把我养大，供我读书。她直到上大学时还穿着用我的旧衣服改成的内衣！你现在知道向前看了，可那个时候你在哪儿？……行了，我在上班，没闲心和你说这些，你有事快说，我还要干活呢！"

"小波，我知道我罪孽深重。我知道你不会轻易原谅我。我不是为了这个。我是为小红……"

来波心里"咯噔"一下。但他很快镇定下来，说："我姐姐很好，她正等着分配。她的事，用不着你关心。"

"小波，你姐的事，我都知道了。我看到了去年的那张报纸，也到法院打听过了。"电话那头沉重地叹了一口气，"是我造的孽呀！"

来波没好气地说："知道了又怎样，这和你没关系！"

"小波，让我把话说完好不好？小红出了事，我心里很难过。我可以做点事的。"

来波冷笑道："给钱还是找后门？"

"都行。"那头急急忙忙说，"这几年我承包了一个仓库，有了点积蓄。不敢多说，一两万还是凑得起的。我还有个老同学是法院的，我可以求求他，起码在减刑方面做做努力。"

"你以为我姐会接受？"

"所以我先找你。小波，给我一次机会！"

"你听好了，"来波咬牙切齿地说，"我和我姐会活得很好的。就算没有这个命，活进十八层地狱，也和你没有一丝一毫关系！"

来波说完，重重地挂了电话。

来波在电话机前呆呆地站了很长时间。

五

车小丰顺着大厅光滑明净的黑色磨石地向来波坐的地方款款走来时，来波瞪大了眼。

车小丰简直太漂亮了。

车小丰穿一袭宽襟黑色长裙，裙裾曳地，外套一件红花黑底的扎染小坎，修长的双臂裸露着，显得仪态万方，楚楚动人。

整个大厅里的人都把目光投向这边。

车小丰接过来波递给她的鲜花，把脸儿贴近一朵盛开的康乃馨，说："真香，谢谢！"

来波说："要说谢的应该是我，是你给了我生意做。车小丰，谢谢你！"

车小丰笑了，朱唇贝齿，十分动人。

"好酸，不像来波。"车小丰走过来大方地伸出手挽住来波，顽皮地说，"来先生，还想不想请我吃饭？我都饿坏了！"

整个下午来波的心都堵得慌。他不愿去想那个电话却又怎么也摆不脱。他的脑子里总在响着那个苍老而生涩的声音。

即便这样，来波还是事先打听到一家很有名气的小红帽酒吧。他把车小丰带到那里。

招待走过来，点着了桌子中央一对长长的蜡烛。两朵美丽的烛焰儿轻轻地跳动了一下，立刻加入到四周的烛光中去。

"哇，好浪漫，烛光晚宴呢！"车小丰狡黠地眨了眨眼，"来波，你请我吃饭，是不是还有别的动机？"

来波懵然无知道："什么动机？"

车小丰抿嘴笑道："烛光晚宴是专为情人设计的呢。"

来波朝四下看，幽暗的大厅里，情调钢琴曲若有若无。烛光下，果然都鸳鸯似的卧着亲昵的一对对。来波慌了，红着脸站起来说："弄错了，我只知道这里格调雅，不知道蜡烛只让情人点着吃饭。我们换个有电灯的地方吧。"

车小丰伸手拉住来波，说："换什么，情人不情人的，咱们只管吃饭，别的不承认就是了。"

来波想想，反正只要车小丰不忌讳就行。自己心里有事，这顿饭全为酬谢车小丰，既是陪她，胃口呀心境呀，都该顺着她。这么一想，就又坐下了，等招待递上菜单，心不在焉地点了菜和酒水。

菜很快就上来了。来波打起精神，端起酒杯，隔着两朵烛焰对车小丰说："来吧，车小丰，这杯酒，是我感谢你的。"

车小丰说："先别忙，我有一样东西要给你。"

说着，车小丰将随身带着的拎包打开，从里面拿出一只精巧的黑色匣子。

"这是什么？"

"BP机。"

"给我？"

"还有谁？这一片烛光中我就认识你。"

"为什么？"

"这很重要么？"

"可这太贵重了。你已经帮过我了，我再没有理由接受这么贵重的礼物。"

"帮过一次就不能帮第二次？来波你原来这么庸俗。我告诉你，我没有收买你的意思，我要收买你不会这么没技巧。这只不过是一只BP机，它什么意思也没有。"

"可我不能接受。我没有理由接受。"

"来波，你太浅薄了。"车小丰冷笑了一下，"这只BP机不是我买的，是个客户送我的。你算什么，也用不着我来殷勤。只是本市的户头，我也用不上，留着不如一件摆设。想着你要到处跑业务，没有联络会做塌很多生意的，这才好心送你。既然你来波这么清廉自爱，我也不能醒龊了自己。好吧，这是你的花，我也没有理由接受。还有这顿饭，我也不能吃。"

车小丰说罢，将花往来波怀里一塞，收好BP机，挂上拎包。起身便走了。

来波急了，说："车小丰，你站住！"

车小丰头也不回，裙角带动一串烛焰，推开门昂头走了出去。

来波也顾不得许多，推开怀里的花束，丢下餐巾，起身追了出去，在街上拉住车小丰。

来波说："小丰，你听我说！"

车小丰挣脱着说："喂，你松手！"

来波喊："小丰，你别使性子好不好？"

车小丰说："你弄疼我了！"

来波这才发现，自己死捏着车小丰的臂膀。他松开手，那臂膀链似的印着几只手指印。

来波说："小丰，你听我说，我确实没有轻慢你的意思，我只觉得，这东西太贵重。"

车小丰揉着胳膊，白了来波一眼，说："太贵重？给你一块糖你吃不吃？"

来波说："吃！"

"那BP机你要不要？"

来波迟疑了一下，说："我……要。"

"这不得了？"车小丰扑哧一笑，"来波，你潇洒一点好不好？你原来没有这么拘谨的。"

车小丰从包里拿出那只精巧的黑匣子，拍在来波手心里："实话说吧，这户主已登记了你，你不想要也晚了。我也真没价，送你东西还得陪你小心，何苦来着。"她睁圆了眼，竖起手指说米波，"喂，拜托，别说谢谢的话，我不爱听。"

来波苦笑一下："天地良心，不知谁赔小心。"

"好了好了，兵书说点到为止，咱们都见好就收。我可是饿坏了呢！"车小丰挽着来波的一只胳膊说，"来先生，你是请我来吃饭呢，还是请我来受气呢？你这人怎么说话不算话？"

"倒是我的不是了。"来波哭笑不得，"菜都齐了，你要走的。"

车小丰咬牙切齿道："谁叫你气我，活该！你留个记性，我这人报复心特强。"

来波说："还很霸道。"

车小丰夸奖道："你进步真快。"又说："那桌菜就让它搁那儿吧，咱们也别回去了，咱们好马不吃回头草。"

来波有些发痴，说："你说马的事，该没有别的意思吧，比如说春风又度玉门关。"

车小丰愣了一下，醒过神来说："喂，来波你不但俗气，还有点过敏吧。"

来波挠了挠寸儿头，说："没有就没有。我这也是实事求是精神。那，现在怎么办？"

"怎么办？除了大嚼一顿你以为今晚还能有什么选择？"车小丰拉住来波就走，"我还没有告诉你吧，我知道江边的夜市有一个摊子卖鸭血汤，特别好吃。你总得让我好好宰你一顿吧。"

鸭血汤果然味道别致，车小丰也确实饿了的样子，一气吃了两碗，还嚷着来第三碗。她发现来波连一份也没吃完，只是低着头一杯接一杯灌啤酒。

车小丰放下勺，说："来波，你有心事？"

来波掩饰地灌了一大口啤酒，说："没事。"

车小丰说："不，你有心事，我早就看出来了。来波，能不能告诉我，你在想什么？"

来波不想告诉。

"来波，我们是老同学是不是？！"车小丰将胳膊支在桌上，眼睛看着来波，"即便我帮不了你，你也可以信任我吧？"

来波强打精神道："我真的没事。也许我有点累。你知道，我是新手，还不适应。"

"真的?"

"真的。"

"那好吧，我不逼你了。"车小丰眨了眨眼，嘴角露出一丝笑意，"不过你得告诉我，你刚才叫我什么来着?"

"刚才? 什么刚才?"来波一时摸不着头脑。

"在小红帽酒吧门口，你叫我什么?"

"我叫你什么?"

"你叫我小丰。"

"是吗?"来波有些窘，"我是这么叫的吗?"

"没错，叫了三次。"车小丰扬扬得意。

"我……我大概没留神。"

"哇! 你这人怎么这么多毛病。俗气、敏感、固执，现在又来个虚伪。叫也叫了，又没人找你打侵权官司。"

车小丰说着，眼光却瞟向邻桌。邻桌有两个中年食客，刚吃完，招呼摊主付过账，正准备离开。车小丰有意无意伸出腿去。一个男子不留神，绊了一跤，仰天摔下去，带倒了桌子，残汤剩水泼了一身。

"干什么干什么? 你吃多了脚没地方放呀!"摔倒的男子爬起来冲车小丰嚷道。

车小丰站起来，双手叉腰，秀目圆瞪，说："我的脚没地方放还是你的眼珠子没带出来? 你踩坏了我的鞋，我还没找你赔呢，你找什么歪理?"

男人气得鼻子都歪了，骂道："臭女人，找不着人整治怎么的，跑这儿撒野来了!"

车小丰冷笑一下，也不说什么，扬手"啪"地狠狠扇了那男人一个耳光。

那男人愣了一下，冲上来揪住车小丰。

仿佛是早已期待着的，来波积压了一天，不，积压了十二年的怨恨和郁闷一下子爆发出来，他甚至感到一种颤抖着的痛快和冲动。他推开面前的啤酒瓶，从桌子后面跳起来，狼一样地扑过去，照样扭住车小丰的男人的下颌狠狠地击了一拳。

那男人痛苦地哼了一下，颓然跌倒下去。

那男人的同伴见状，抓起一只方凳冲过来。

杯碗横飞。一场恶战。

……

第二天早上，来波和车小丰被放出派出所。一个警察追着疲惫不堪的两人身后喊："以后注意点。这回不是老汪打招呼，非关你们一疗程！"

来波额角青肿着，腮帮子上被酒瓶磕划破的地方结着血痂。他转身看了看车小丰。车小丰头发散乱，黑长裙被撕了一条大口子，整个一个丐帮的样子。来波想笑，不料腮帮上的伤口疼得他倒抽了一口冷气。

走出派出所，车小丰冲来波意味深长地眨了眨眼睛，说："怎么样，痛快了吧？"

"痛快！"来波说。突然他意识到什么，"别忙，"他盯着车小丰，"你是说，昨晚你是故意找碴儿打架的？"

车小丰脱掉崴断了跟的皮鞋，毫不在乎地拎着鞋赤脚往前走，头也不回地说："你以为我是疯了呀？"

来波心里陡然滚过一道热流，他站在那里，一动不动。

车小丰走出一段路，没见人跟上来，回头冲呆呆的来波喊："喂，你还惦记着派出所的蚊子呀。你不走，我可得回去洗澡换衣服了。"

来波追上去。两个人无言地走了一段路。

来波先打破沉默说："干吗找那两个人？"

车小丰说："我怎么知道他俩是联防的。"

"我不是说这个。"来波说，"我是说，干吗找两个男人打架。"说着，心有余悸地摸摸腮帮。

"我根本没有想过找谁打架。我从来没打过架。还不就是给你找个碴儿吗？谁知道你就这么笨，连两个也对付不了。"车小丰笑了，说，"不过，有一件事我得告诉你，我昨晚骗了你。"

来波吓了一跳："什么事？你又玩什么花招？"

"烛光晚宴并不是情人的专利。比如咱俩，其实也是可以吃的。"车小丰说罢大笑不已。

来波想了想，不禁也哈哈大笑起来。

车小丰突然站住了，转过身，盯着来波。

来波一惊："又怎么了？"

"架也打了，气也出了，现在，我想知道，你心里有什么事儿。"车小丰眼睛一眨不眨地看着来波，"告诉我，好么？"

六

三希连锁商业集团的宣传活动进行得非常顺利。市里最有影响的两家报纸在指定的日子做了套红开张广告。电视台的新闻也拍得不错，差不多就是一个A类广告。新闻发布会那天，几乎所有的政府职能部门和市里大大小小的新闻单位都来了人。车小丰神通广大，竟请动了主管商业的副市长。既然副市长出面了，又是特区来的商业实体，新闻就有了由头。记者们在本市最豪华的公主沙龙歌舞厅美美地品尝过了泰国厨子惊心动魄的生猛菜肴，兜里又揣进了二百元红包，绝对没有不投桃报李、一展身手的理由。那几天，三希连锁商业集团的名字充斥本市各大小报纸、电台、电视台，好生热闹。

作为三希集团的全权代表，新闻发布会那天，车小丰是主要的新闻发布者。车小丰穿着一套蓝色套裙，显得职业化而又不乏文静。她沉着冷静地坐在台上，介绍三希集团状况时语言精练，思路流畅，回答记者提问时雍容大度，机敏诙谐。三希集团的总经理，一位四十出头的矮个子男人坐在一旁，脸上没有丝毫表情，自始至终没说一句话。

来波站在会场一角看着车小丰。他有些发呆。他觉得怎么也不能认识他的这位老同学，这位读书时成绩远远不如自己的老同学。

一位记者走过来，对正发愣的来波说："喂，你是工作人员吧？劳驾给出去买个胶卷来。"来波接过钱，默默地走出会场。

事后车小丰对来波说："你们这里的经济记者素质太差，只会问'贵公司资产多少有何发展设想'，别的什么也不懂。"

来波冷冷道："你们那里的记者素质高，干吗不带几个过来，都包揽了，免得倒你胃口。"

车小丰说："至少深圳的记者不会摆谱。在深圳，最没能力的人才干记者和公务员。"

来波没好气地说："当初要分你到机关当个收发员，恐怕如今深圳的门朝哪边开你也不知道。才两年，不就一个助理的干活吗？"

"所以说机遇呢！"车小丰宽容地一笑，"不和你扯这些没滋味的话，反正这事办得我很满意，三万算没白给你。要知道，当初我心里还真捏着一把汗呢。"

来波嘴角露出一丝怪怪的笑，说："承蒙厚待，敢不竭力？要早知道，我也不接这活了。"

车小丰早听出味儿来了，只是不点破，一笑了之。

倒是公司同事老姚那里惹出点是非。因为两家报纸的庆贺广告是通过老姚的关系发出去的，报社按长期客户八五折优惠。广告发出后，来波按照主任的意思，每个当事人封了二百元钱的红包送去。事后人家托老姚传过话来，说也太没格了，以后再有事直接走报社大门，别再找他们。老姚骂骂咧咧至少半个月，以后碰着来波，也眼珠子朝上，全当没有来波这人。

十五号，来波照例起个大早，赶到郊区妇教所探望姐姐。

这一次，他没有见到来红。

中队指导员把来波叫到办公室，对他说："今天你不能探视来红，她现在正在禁闭室。"

"为什么？我姐姐她怎么了?!"来波着急地问。

"她和同监室的女犯打架，违犯了监规，按规定处罚三天禁闭。在此期间不能接见亲属。"指导员平静地说，"今天是第三天。"

不，这不可能！绝对不可能！来波在心里喊。姐姐不会打架，她长这么大，就连和人红脸的时候都没有过。小时候，妈妈死了，爸爸走了，留下他们姐弟俩，街坊的孩子们欺侮他们，朝他们吐唾沫，拿石子丢他们，骂他们是野孩子，来波在一个夜晚想偷偷去用砖头砸人家的窗玻璃，被姐姐发现了，姐姐抱住他，抱得紧紧的，姐姐说："别去小弟，不管谁受了欺侮，心里都会淌血的……"来波是躲藏在姐姐单薄的脊梁后面长大的。他说不清那张只比他大四岁的单薄的脊梁上承受过多少不公平的明伤暗算。然而在他委屈地抬起泪眼时，他总能在头上看到一张美丽而宽容的笑脸。不！姐姐不会和人打架，这绝对不是真的！

来波提着包晃晃悠悠走出妇教所大门。

在回市里的途中，来波感到被人注视着。他下了汽车，在人行道上走出几十公尺，站住了，转过身。来波看见那是一个个子高高的、瘦弱而苍老的男人。

"小波！"那男人惊惶失措地说。

"是你？"

十二年了，来波早已从忆念深处抹去了这个男人的形象。这很难很痛苦。八岁的来波已经有着让他的家人和老师感到骄傲的智商了。他能整段整段地背诵课文，连标点符号也不会错。他的记忆力很好。一刹那间，他甚至回忆起自己是怎样快乐地骑在那个曾经是健康慈祥的男人的脖子上在公园里哈哈大笑着奔跑的……

"你来干什么？"

"我一直跟着你。我想看看你，有可能，也看看小红。"

"没有这个必要。十二年都过去了，我和我姐现在用不着任何人操心，特别是你！"

"孩子，别这样……"

"谁是你的孩子？你孩子和他妈妈在一起！"

"小波，你听我说，不管我做了多少对不住你们的事，不管你承不承认我，我们之间的血缘关系解脱不了。当年我出走，也是迫于无奈，我无法向你解释。"

"用不着解释。我们之间没有任何关系。"

"小波，你不要这样。我知道你姐姐出了事。我很难过。我只想看看她，帮帮她。好歹你们总是我的亲骨肉！"

"亲骨肉？"来波冷笑了一下，"不错，是有人生了我们，给了我们血肉之躯，让我们知道饥渴冷热和疼痛。可他们生下我们就不管了。死了。走了。在我们最需要的时候，我们什么也看不见，摸不着。哈！现在你出现了。你说你是我们的爸爸。你说我们是你的亲骨肉。可那个时候你在哪里？在哪里？不错，现在我和我姐确实遇到一点麻烦，但我们自己会解决的，用不着别人插手。你，还是去当你的继父去吧！"

来波说完，头也不回地走了。

在他身后，那个瘦弱苍老的男人像孩子一般无援地站在那里，几乎融化在八月的烈日下。

七

来波知道公司被查封账目那天，他刚和一家钢制家具厂签订了一部电视创意广告片的意向合同。他怀里揣着一万元定金支票兴冲冲赶回公司，却看见公司门口围着一大堆人。

来波脸色变了，他来不及听完细节的议论，一头冲进客户部主任办公室，冲主任喊：

"老板，这是怎么回事？"

主任正在办公桌前收拾什么，看看是来波，怒气冲天地说："日他妈，怎么回事？我们在这里拼命为公司扒分，上面的人黑了心肝，动用公款套汇截汇，让人给查出来了！"

"会怎么样？"来波提着心问。

"怎么样？还能怎么样，关门呗！没事的卷被子走路，有事的等着进号子！"

"会……这么严重？"来波绝望地说。

"没见我干什么？这事我经历多了。"

来波果然见主任在清理家私。办公室里一片狼藉。来波的心抽紧了。

"小来，你放心，按合同，公司会发给你们两个月的基本工资，可以凑合几天的。另择高枝吧。"

来波事后才知道，公司出事，是内部自己人捅出去的，这人不是别人，正是他的主任。主任是公司的创建人之一，干到如今仍是公司的中层干部，昔日打天下的伙伴天长日久忘了"苟富贵，勿相忘"的道理，疏淡了主任，一气之下，他向有关部门密报了公司财务制度不严格以及为证件不齐全的客户策划广告的问题。有关部门派了工作组，谁知却一下查出了套汇截汇大案来。

公司垮了！

来波在家里的小阁楼上关了几天，闭门不出，整天躺在床上盯着天花板出神。饿了爬起来吃几块饼干，灌一气凉水，然后再爬上床。

他感到从来未曾有过的倦怠和心灰意冷。

直到第四天傍晚，他才从床上爬起来，到街上找了个公用电话亭拨了个电话。

"你是怎么回事儿？我call了你三天，你为什么不复call？"车小丰在电话里焦灼气恼地喊。

来波懒洋洋地说："我想睡觉，关机了。"

"不想上吊？"车小丰没好气地说，"上吊比睡觉来得更彻底。"

"家里穷，没结实点的绳子。再说，上吊品位不高，形象又不好，不合算。"

"别贫嘴了，来波，公司的事我都听说了，我给你公司打过电话。说正事儿，来波你打算怎么办？"

来波的目光滞留在街对面。树荫下，一个卖旅行包的小贩在那里迷迷糊糊打盹。一个三四岁的小男孩在阳光下跌跌撞撞行走。

"喂，来波？你在吗？"

"干吗？"

"你耳聋啦？我问你打算怎么办？"

"知道你call我，打个电话告诉你我还健康地活着，然后再回去睡觉。"

"别玩深沉。你总得想办法再找份工作。"

"我还想当百万富翁。"

"来波，我不想听你谈这些，你现在过来，到饭店来，我等你。"

来波嘲讽地笑了笑："怎么，再给我三万的活干？公司垮了，我拿哪家的合同来同你做？"

"来波你听着，我没时间和你贫嘴，我们总不能靠耍贫嘴生存下去。我要你现在就来！"

马路对面，唯有那个小男孩在阳光下走得兴高采烈，全世界的阳光差不多全聚集在他身上。小男孩撒欢着两只小胳膊，且歌且行。

"好吧，"他说，"我来。"

天空中，一群鸽子撞破金色的阳光四散着飞过。来波听到一阵遥远的鸽哨。

八

来波拒绝了车小丰为他联系的一家深圳驻本市办事处业务员的差事。他固执甚至有点烦躁，连车小丰的介绍也没听完。他自己也说不清楚，这究竟是为了证明自己的自尊还是为了逃离车小丰明确的关照。

车小丰是不会明白来波的。

来波自己也说不清这是第几次失业了。中专毕业后，他被分配到一家蛋品厂当工艺员。可还没等他新发的工装穿到二水，工厂倒闭了，他第一次失业了。他很快在一家建筑工程队里找到了一份工作，做泥水小工。他干得很卖力。他甚至还帮着施工工艺员画图纸。建筑队上上下下对这个泥水小工都刮目相看。承包头十分欣赏他。然而工程结束后，那个建筑队也宣布解散了。工程队的承包头对他说："跟我回乡下去吧。我瞧你是块料，跟我干，我包你发！"他没有。他不想放弃。那一段时间待业的人太多，那差不多都是他的同龄人，哭的闹的破罐子破摔的走邪道的什么样的都有。他不。他来波决不！他去工商局申请了个体经营执照，为服装厂加工铜制服装饰牌和纽扣。他拼命干，起早贪黑没日没夜。他保证质量从不拖延交货时间。他的产品越做越出色，已经有好几家服装厂希望长期用他的产品了。可等他刚刚还清了买冲床的贷款，穿制服的找来了，说他家的小阁楼没有从事加工产业的基本条件，说他没有从事加工产业的技术职称证明书。接下来的是罚款，是吊销执照。

那支歌是怎么唱的？那支小时候妈妈教的、姐姐常常唱的歌：

我们走在一座桥上
在我们前方
桥儿长长

我们走在一座桥上
桥下是水
水儿深深

我们走在一座桥上
通向远方
远方有极乐鸟
……

来波深深地困惑。他看不见那座桥在哪里。他渴望看到那座桥。

来波开始了新的一轮寻找工作。

他买了许多报纸，根据分类广告栏中的招聘启事，一家家地打电话，一家家地跑。

"对不起，你的外语和粤语能力都不理想，而这正是本公司特别要求的……"

"对不起，对于没有本科以上文凭者，我们爱莫能助……"

"对不起……"

对不起，这个世界越来越学会了礼貌用语。

来波没有放弃，他仍然四处奔走。他年轻。他有生的渴望。他每月十五日都得去妇教所探望姐姐。他愿意吃苦，只要小阁楼那张床不是他唯一的归宿！他不相信中国一夜之间只流行外国语和广东话，不相信每一个雇人的地方都只需要科学家。

来波吃得很简单。早上一碗素粉。中午随便买一个快餐盒就凑合了。晚上疲惫不堪地回到家，要么在小摊上吃二两凉面，要么不吃。三希连锁商业集团那笔业务提成费还有大半躺在信用社里，除了每月必交的水电垃圾费，他不打算自己用去那笔钱。

他不能每个月十五日空着手去探望姐姐。

七天之后，来波终于找到了一份职业，在一家街办织带厂当锅炉工，月薪九十块。如果工厂的产品销得出去，每月还可以拿到十五块钱奖金。

厂长是个五十来岁的老太太，她用一只巨大的公章在聘用合同上仔细地戳过之后对来波说："年轻人，要好好干，要对得起厂子对你的信任。告诉你，应聘的有几十个人，我们独独用了你，你不要让我们失望。"

来波曾经沧海地点点头，说："我懂。"

"那就好。"老太太满意地说。

九

一直干到晚上八点多，来波才下班，连澡也来不及洗，就匆匆找了个电话给车小丰复call。

"对不起，我刚把活干完，让你久等了。"来波抹着汗说。脸上立刻有了几道煤黑印。

"你能来一下吗？到饭店我的房间来。"车小丰的声音格外温柔。停了一会儿说，"我明早八点十分的飞机。我想在走之前再见见你。"

来波的心"咯噔"一下："明天就走？怎么这么急？"

"已经耽搁了。"

"什么时候再来？"

"也许来，也许不来。你知道，我的职责是服从老板。再说公司在全国还有十几家店。"

来波抬头看了看夜空中那颗明亮却遥远的星星。

"我这就来。"他说。

一个小时后，来波敲开了车小丰房间的门。车小丰已经收拾好了衣箱，正在整理公文匣。车小丰的样子是刚洗过淋浴的，穿一件宽松的月白色休闲裙，湿漉漉的头上裹着一条干毛巾，脸儿润扑扑的透着红晕。在此之前，来波差不多有十天没和她见过面了。车小丰call过他，他没有复call。他甚至有一个星期根本就没有带BP机。一个烧煤工，不需要那个玩意儿。

而现在，车小丰要走了，要离开这个城市了。他们今后会再见面么？

"你坐吧。"车小丰说，一边从客厅的冰箱里取出饮料，"椰奶，行吗？"

"行。"来波很饿也很渴。他有两顿饭没吃了。

车小丰将饮料启开，斟入杯子里，递给来波，自己在来波对面的沙发上坐下。

"怎么这么急，事都办完了？"来波说。

车小丰松开绾在头上的毛巾，拢了拢湿发，说："公差早办妥了。要说上周就该走的。"

"是吗？"来波心不在焉地说。

房间很宽大，有冷气。灯光柔和而亲切。客厅里，音响隐隐约约在放着一支江南丝竹。来波从来没有过住大饭店的经历。他觉得有点累。

电话嘟嘟地响了。车小丰拿过电话，听了一会儿，然后说："好的。今天我已经叮嘱过，货单他们已经电传回本部了。明早他们送机，我会把剩下的事办妥的。您放心。"

搁下电话，车小丰说："是我的老板，在桑拿浴室里也记着他的生意。"

来波怔怔地说："你……你今天很漂亮。"

"是么？"车小丰轻轻地笑了笑，"我知道。其实我每天都很漂亮。很奇怪你今天才发现。"

来波说："车小丰，不管怎么样我都得谢谢你。我希望咱们还能见面。"

车小丰温柔地一笑，说："要你来，不仅仅是为了告别。"

来波的心峦掠过一阵风："还有什么？"

"我为你安排了一个工作。"

"工作？"来波有些意外，"我现在已经有了工作，这你知道。我不需要什么工作了。"

"烧煤工？你说的是这？来波，你是高才生。你在学校一直是出类拔萃的。天明白，来波你为什么会容忍机会毁了自己！"

来波看着显得激动的车小丰，冷冷地说："好吧，说说你那有理想有抱负的工作是什么？"

"我想让你明白，我这样做，完全是为了你的前途考虑。"车小丰看着来波，"我在公司本部为你谋了个文秘的差事，具体说是总经理办公室秘书。当然，这得见工后才能最后决定行不行。我知道你并不看中特区的高收入，但这个位置离公司决策层最近，是可以有作为的。"

来波唇角露出一丝不易觉察的笑纹："我懂了，你是要我去深圳，要我去为你和你的老板打工。"

车小丰的目光没有回避："可以这么说。"

来波说："你错了。我在乎高收入，非常在乎。如果现在我手中有一大笔钱，给个总经理我也不要。但我不会跟你去深圳的。"

"为什么？"

"不为什么，就是不愿意。"

"来波，我知道这是为什么。可这丝毫不起作用。你需要落实，需要发展，你没有必要把自己算计死！"

"你很鄙视烧煤工。"

"你说对了，我很鄙视烧煤工，特别是这是个受过良好教育的青年。你得面对现实，还得把握未来！"

"面对现实？把握未来？你怎么知道我没有？"

"你不用把自己藏起来。那没有用。这个社会欣赏的是拼搏者，它并不怜悯个人的隐痛！"

"车小丰，我记得过去你的哲学学得一向平平。"来波有些恶意地说，"我没有想到深圳不但出高薪阶层，还造就哲学家。"

"你……"车小丰气结语塞。

"你听好。我不去，哪儿也不去。我认定自己是块烧煤工的料子！"来波放下杯子，站起来，"对不起，我得回去了，明天还要出早工。"

"等等！"

车小丰站起来，冲到门口拦住来波。她的胸膛急促地起伏着。

"你……真的要走？"

"要走！"

车小丰美丽的大眼睛里噙着泪水，她喊道："来波，你是个懦夫！一个什么也经不起的懦夫！我过去崇拜过你，可是我错了，我太傻！"她透过模糊的泪水一眨不眨地盯着来波，"告诉你来波，我爱过你，独自苦苦地爱过你。没有什么几个傻女孩的约定。没有陈兰柳惠敏王书香。那都是我编的。只有我。只有我在心里爱着你。只有我你懂么？我太要强，不肯在你之前说出来。我以为那是没有希望的。你太高不可及太圣洁太伟岸。我绝望了才出走特区的。还有，那个BP机也是个谎话。没有人送我，是我自己买的。我只是想和你有联络。我喜欢call你时的把握和等待你复call时的焦灼。我要你我之间有一条明白的热线。我早该走了。公事早已办妥

了。可我不想走，不能走。我还渴望办成一件事。这些事，你懂么？懂
么？!"

来波呆呆地站在那里，他像是在梦里。

"我以为这次我不会再是一个人飞回深圳了。我甚至已经替你买好了
机票。我错了。"

来波看见车小丰伸出一只手，摊开手掌。那是一张质地精美的蓝色机
票。一架白色的飞机昂首欲飞。他看见车小丰抬起另一只手，捏住那张精
美的纸片，慢慢将它撕成碎片儿。

"现在，一切你都知道了。"车小丰安静地说，"你可以走了，别忘了
明天还要出早工。去拖你的煤。"

车小丰说完，背过身去，走到落地窗前。

她的肩在轻轻抽搐着。

来波愣了。音响还在继续。是另外一支曲子。来波没有分辨出来。他
有好长一段时间没有机会欣赏音乐了。他不能告诉车小丰那是为了什么。
是为了逃避来自车小丰的重新设计和塑造？还是为了每月的十五日，为了
等待姐姐三年的许诺？抑或还有别的？或者都是，或者都不是。但有一点
是明白的。那就是来波无法选择，或者说他已经选择了。他不可能也不会
从命运的别扭中倒退着走出来。

来波粗鲁地拉开门，冲了出去。他甚至等不及电梯，顺着安全门一气
冲下十几层楼，跑上大街。

大街上空无一人。洒水车刚刚过去，路灯下街道和花坛都是湿漉漉的
纤尘不染。来波沿着大街快步疾行。他说不清自己要到哪儿去。他不知道
这是怎么了，他为什么要把一切都弄得那么别扭。星星已经疏淡了，很难
把它们都分辨清楚。他看不清过去也看不清未来。有什么落到他的手臂
上，凉丝丝的。他大步走出了很远才意识到，那不是星星而是露珠。

"站住!"

来波怔了一下，站住了。慢慢转过身来。是车小丰!

"你？"

"你放心，我还没有高尚到用绑架来拯救一个没有希望的灵魂的程度。"车小丰冷冷地看着来波，"我只是来告诉你，你应该去看看你父亲。"

"那是我自己的事，请你别管。"

"不错，那确实是你自己的事。但你并不是一贯正确的。告诉你，你父亲当年离开你和你姐姐是有原因的。那时，他因为一件政治案子牵连，被判了七年徒刑。他不想你们知道，尤其不想你们受他的连累。服刑前，他恳求政法部门和单位隐瞒了他的去向。他在江汉平原的一个劳改农场服满了七年刑。整整七年，他与外界没有任何联系。没有人去探望他，也没有人知道他在哪儿。他每时每刻都在思念着他的两个孩子和他亡妻的孤坟。他终于熬满了刑期。他匆匆赶回这个城市，想要和他的两个孩子团聚，想要弥补他做父亲的责任。可当他知道七年前他自己设计的一切是那么天衣无缝，两个孩子生活和学习得很安宁，单位、学校和邻居都不知道七年前发生的那件事，尤其是当他知道他已经参加工作的女儿正在复习考大学，他的儿子刚考入中专时，他犹豫了。他怕他的重新出现会使他的两个孩子受牵累。他已经失去了前途和健康的身体，他不愿自己的孩子也失去这一切。他悄悄地离开了。他结了婚。对方是一个档案中也有污点的女人。她男人是他一个案子的，死在牢里了。他和她结婚，只是为了帮朋友带大那两个尚未成年的孩子。直到现在，他们只不过是一种形式上的婚姻，并未同居。"

来波感到一种强烈的震惊。他仿佛是被随意丢进了冰窟窿里，旋而又被抛入了火山口中。他双脚僵硬，手心冰凉，汗水顺着指缝滴落到地上。好半天他才软弱地说："你……你怎么知道这些？"

"我去找过你父亲了。"车小丰平静地说，"你用不着这么盯着我。我去了，和他谈了整整一夜。我甚至还见到了那个女人。这就是我为什么拖延回深圳的原因。"

"这，这不可能！不！"来波恍恍惚惚，他觉得整个世界都变了，变得怪诞可笑，变得他毫不认识。他用一种奇怪的眼光看着车小丰。

"来波，我的话说完了，该怎么办，是你自己的事。我如果有机会再回到这个城市，我会再去看望那个无依无靠的老人。我佩服他。"车小丰盯着来波的眼睛，眸子里熠熠闪光。来波在那一刹那间认定，那目光会追逐他终身了。"我觉得，他比你勇敢多了。"车小丰平静地说。

十

早上八点整，来波第一个走进妇教所接待室的大门。

来波的请求得到了指导员的许可，他被告知可以单独利用指导员的办公室，但他得保证遵守监规条例，并且不能扰乱入监者的情绪。

来红走进指导员办公室时惊讶得差点说不出话来。她先是以为喇叭里的通知弄错了。她差点退了出去。但她看见了站在屋子中央的来波。

办公桌腾得很干净。办公桌中间有一束花，一束真正的鲜花。花儿用美丽的花袋纸裹着，开得正盛。旁边，一只做工精美的蛋糕静静地躺在那里。

"小弟，这是干什么？"来红迷惑道。

来波走过来，双手轻轻拢住姐姐的肩，轻轻说："姐，今天是你二十四岁的生日，你忘了？"

他从桌上拿起鲜花，轻轻送入姐姐怀里，微笑着说："姐，我祝你生日快乐！"

来红呆呆地，如在梦中。她看了看面前微笑着的来波，看了看怀里洋溢着芬芳的鲜花，看了看桌上色彩缤纷的生日蛋糕。来红的身子轻轻颤抖着。突然，她将怀里的鲜花掩在脸上，无声地抽泣起来。大颗大颗的泪珠从她手指间、花瓣间滚落下来。

来波将姐姐搀扶在凳子上坐下。她走到桌前，划燃火柴，开始点燃插在蛋糕上的美丽的生日蜡烛。一支，两支，三支……当他点燃最后一支蜡烛时，有什么东西轰轰隆隆从屋子上空疾速飞过。

那是一架飞机。

来波看了看办公室墙上的挂钟，时钟正指向八点十分。

那支歌，那支歌是怎么唱的？

我们走在一座桥上
在我们前方
桥儿长长

我们走在一座桥上
桥下是水
水儿深深

我们走在一座桥上
通向远方
远方有极乐鸟
……

来波泪眼迷离。

猜猜我的手指

一

刘有灯发誓说，他第一次到刘大伟家的时间不是刘大伟说的那一次，他第一次到刘大伟家的时间要比刘大伟说的要早得多。那一次，他坐在刘大伟家的客厅里，被电视画面上正播着的打仗场面吓坏了，他先是忐忑不安地绷着腿坐在那里，紧盯着一个劲乱扭的屏幕，然后他看见一群当兵的端着长枪气势汹汹地朝他扑过来，他吓得叫了一声，扭头朝外面跑，跑又没能跑好，在台阶上摔了一跤，差点儿没把一口牙齿摔出来。

刘有灯和所有生长在山里的农村人一样，对已经发生过的每一件事情永远记忆犹新，对已经发生过的每一件事情的日期永远记忆犹新，并且在需要的时候，固执地用阴历计时的方式把它们说出来。刘有灯穿一套笔挺的美尔雅西服，头发剃成一把抓的锉子，皮鞋擦得锃亮，手里捧着眼下最时髦的那种健身口杯，坐在刘大伟家客厅的沙发上，是一副好架子。刘有灯旋开杯盖，响亮而心满意足地喝了一大口茶，说："我第一次到家里来，是庚辰年正月十八日，整整十九年了。十九年哪，时间过得也太快了。"刘有灯一边说一边感慨地摇摇头，然后又旋开口杯的盖子，响亮而心满意足地喝了一大口茶。

刘大伟有些怀疑地问："有十九年了吗？不会吧？"

刘有灯笃定地说："怎么不会？就是十九年嘛。那一年我十一岁，有点发育不良，个头还没有桌子高，跟着德庆二叔，来给三爹送肉糕。你怎么就忘了？"

刘有灯那么说着，口气里有一些埋怨，好像这么重大的一件事，刘大伟是不该忘记的。

刘有灯这么一埋怨，刘大伟就隐隐约约地回忆起来了，好像是有那么一回事，是在很久以前，快过年了，有一个什么亲戚，带了另一个亲戚家的孩子，背了一尿素袋子年货，来给父亲拜年。刘大伟不敢肯定是不是那一次，那个亲戚家的孩子是不是刘有灯，因为他们家在乡下的亲戚太多了，并且老是不断地到家里来，老是在逢年过节的时候来，送肉糕、新米、花生、粉条或者是别的什么。刘大伟从小到大见过很多这样的亲戚和这样亲戚家的孩子，他们和肉糕、新米、花生、粉条以及别的什么混在一起，被长途汽车拖进城里，乱七八糟地堆放在客厅里，让他说不清那里面谁是刘有灯。刘大伟只是回忆起自己小时候的那种感觉，他觉得那些乡下亲戚的孩子，他们全都长得一个样，全都灰头土脑的，剃着瓦片头，穿了浆洗得干干净净的衣服，牙齿黄黄的，积着牙垢，指甲缝里黑黑的，藏满了泥污，身上满是青草和太阳的味道，一看见新奇的东西就赶紧往大人身边躲藏，大人就把他们往外推，笑骂道，没见过世面的东西，只知道玩泥巴，一辈子都没有出息。

只有一次是例外。有一个亲戚家的女孩，那个女孩小名叫柳芽儿，她长得很清秀，目光有如两潭泉水，脸蛋儿嫣红得像是一朵火鹤花，人收拾得干干净净，坐在那里既大方又安静，那种清秀干净和安静大方是刘大伟从来没见过的，刘大伟一下子有了一种自惭形秽的感觉，他在富裕的生活中长期养成的良好状态消失得无影无踪。柳芽儿和带她来的亲戚大人在家里住了两天，刘大伟忐忑不安了两天，表现不正常了两天，到走的时候，一家人送亲戚出院子，柳芽儿在院子门口转过身来，眼睛和来的时候一样明亮，小辫和来的时候梳得一样整齐，怀里抱着刘大伟的姐姐刘萌送的一个布娃娃，绽开一口桃瓣似的牙，莺啾燕啭地大声说："三爹再见，三奶再见，萌萌阿姨再见，大伟哥再见。"一家人站在院子里笑，说："这丫头，萌萌是阿姨，大伟怎么就成了哥了？是不是大伟亲近一些，该叫哥？"说得刘大伟脸红得要命，想装恼，却怎么也装不出来。

那以后，刘大伟再也没见到过柳芽儿，他总是想起柳芽儿来，他用柳芽儿为主人翁写过一篇作文，那篇作文在年级里示范过，老师给批了大大的红字"优"。他还在梦里梦到过柳芽儿，都是一些美好的梦。刘大伟的个人问题处理得不太顺利。他其实很早就被班上的女同学追过，他也懵里懵懂地和两个女同学约过会，干巴巴地摸过一个女同学的手，后来他就觉得没劲了。等到他该恋爱的时候，人老是走神，注意力集中不了，一直东挑西拣，到二十八岁才结婚，婚姻淡泊如水，没有什么新奇的地方，别人不知道，他自己认定和那一声脆生生的"再见"有关。刘大伟一想到二十多年前的这一幕，由不得心里"酸酸的，甜甜的"，他能记得柳芽儿，却怎么也记不住刘有灯和别的亲戚家的孩子。

刘大伟说："你说的那一次我记不起来了，但我说的那一次我记得很清楚。"

刘大伟说到这里就忍不住笑。他是笑他想起了刘有灯来时的那种样子。

刘有灯也笑，说："你说的那一次我也记得，那是丙申年冬月间的事。管理区毛主任喝了酒，对我说，你这个样子，书没念两天，地没种两年，也就是敢想，还想当干部，还想当管理区的干部，简直没有名堂，你还是老老实实回家种地去吧。我一气之下，对他说，你不让我当干部，我去城里找我三爹去，我不但要当干部，我还要去城里当干部，我不当上干部我就不回家来。我说了这番话，回家背了一床被子就来了。"

刘大伟就笑，说："你这也不算幼稚，当年不少人都是这么出来的，受了有钱人的气，气没处消，认准了当兵的路，想着熬上几年，当上了班长，就能带上两条枪回家去报仇了。"

刘有灯说："我现在的样子不比班长强？我也没回去报什么仇。"

刘大伟想了想，还真是，刘有灯现在生意做得这么大，资产上千万，各种各样的头衔也不少，他现在的样子，比几百个班长也强，他还真没回到老家去报什么仇。

刘有灯不像别的乡下人，进城用不上两年就脱胎换骨，没有一点乡下人的样子了。刘有灯如果从正式进城那一年算起，到今天已经有了上十个年头，他如今有了一家有模有样的农贸公司，公司做得不错，下属好几处门面和仓库，业务网遍及全国，甚至做到了韩国，公司在武汉市解放大道最好的地段上有自己的写字楼，楼下的停车场里有专门的泊车位，写字间里挂了不少金晃晃的牌子。刘有灯的脑袋上也顶着一些说起来很牛气的头衔，比如区个协委员市优秀青年企业家之类，甚至他和别的成功商人一样，也给自己配了漂亮的女秘书，每周去专门的理发店剃半寸长的板寸头，并且习惯了再热的季节也穿西装、打领带、定期换衬衫、不随地吐痰这些德行，但他却坚持乡音不改，肚子不往外挺，说话不嗯嗯啊啊，吃饭不说埋单而说算账，洗澡不说桑拿而说泡一泡，就连在对人的称呼上，他也顽固地沿用了乡下人的习惯，比如说，他从不管自己的女秘书叫咪死陈或者达令，而是叫丫头。他说："丫头，记着给我的提兜里装上两包手纸。"女秘书忍不住捂了嘴笑，说："刘总，提醒您多少遍了，不能叫丫头，得叫小姐，提兜不叫提兜，叫手机包，手纸也不兴叫手纸，叫面巾，您就是改不了。"刘有灯就认真地说："我干吗要改？我改了是不是第二天就能做比尔·盖茨？我不改是不是明天就叫我卷起铺盖滚蛋？"他从来不忌讳自己乡下人的来历，对公司的任何重要客户，他都直言不讳地告诉对方，他是从鄂东农村的大山里来的，他是一个乡下人，他祖宗十八代都是乡下人。刘大伟见过不少和刘有灯不同的乡下人，他们进城后，有本事在下一个周末就从里到外焕然一新，并且操持着速成的普通话，用不屑一顾的口气轻慢地说起乡下的事，让人完全弄不清他们的来历。刘大伟有好几个同事就是这样的人，以至于同事小蔓有一次对他说，你要是想知道一个人是不是乡下人，只要看他是不是最不像乡下人，最不像乡下人的，十有八九是地道的乡下人，这种方式适用于百分之九十二以上的乡下人。刘大伟听了这话一下子就乐了。

刘大伟说："你今天怎么有空来？"

刘有灯说："刚往广东发了一批货，随货车到门口下了，来看看三爹三奶。"

刘大伟说："你不是有本田吗？怎么不开你的本田来？"

刘有灯说："货车是不是车？货车我也得付车钱，驾驶棚里空着位子，我再坐本田在后面跟着，那叫三头骡子拉辕，辕后带着三匹马，合共拉上一个六斤半的孩儿，去茅坑拉屎——烧的。要讲排场，货车还是奔驰呢，货箱里装实在了，能装下四辆本田，不比本田排场？"

刘大伟笑，说："你那都是什么理论。"

刘有灯说："屁理论，理论是你们这些城里酸人说的，我一个乡下人，我没有理论，我就讲办事，怎么能把事办了就怎么办，事要办不了，你理论再多也白搭。"

刘有灯将茶杯放在茶几上，再将先放在脚边的一提兜亮晶晶的富士苹果放到茶几上，说："三爹呢？三奶呢？怎么没见他们人？"

刘大伟说："我妈去老干局了，我爸刚才还在这儿，你进门之前他还给我说清理暂住人口的报纸新闻呢，是不是听你进门了，回他房里待着了，还是老规矩，你得先进去请个安？"

刘有灯笑道："这个三爹，当了三年半厅长，前三年还是个副的，正规了叫，得叫人民的副公仆，其实并没舒舒服服坐上几回红顶轿子，老了老了，干不动了，退下来都快二十年了，还讲三叩九拜那一套呀？好好，我还是依了规矩，去给他老人家请安。我去了啊？"

刘有灯说着，就起身风似的往里屋走，一边走一边大声喊："三爹，三爹，有灯看您来了！"

刘治国的房里立刻就有了响动，是藤椅划动木地板的声音，好像早已准备好了似的。然后是刘治国的声音："谁呀？是有灯吗？"然后是纱门拉开的吱呀声，然后是纱门关上的轰隆声，有点强盗进屋的动静。很快的，刘治国和刘有灯说起话来，两个人的声音都很大，间或有刘有灯哈哈的大笑，笑得惊天动地，不明白的，以为是两个人在吵架，其中一个人吵高兴了，笑。

刘大伟一个人坐在客厅的沙发上，想了一会儿二十年前那个清秀的干净的安静的大方的脆生生的女孩柳芽儿，想不明白，又听屋里父亲和刘有灯说得兴高采烈，大约是在说今年乡下的麦子收成情况，两个人都用的是家乡方言，刘大伟不大能够听懂，觉得没意思，突然想到，刘有灯乡音不改，其实是和父亲一样的，是一种顽固，这么一想，更加觉得没意思，就起身回自己的屋里去了。

二

刘有灯比刘大伟大三岁，但辈分却比刘大伟小一辈，是刘大伟的堂侄，按照排行，管刘大伟的父亲刘治国叫三爹，也就是三爷。刘有灯和刘大伟家其实并不太亲，同一个祖宗，同一个祠堂，同一个家谱，要算起来，得往上面数七八代，才能勉强现出祖宗来。刘有灯这样的亲戚，如果耐心了算，差不多老家刘家院所有的人都能算上。

刘有灯读过中学，因为家里穷，没毕业就辍学外出打工了，先到河南新乡养鸭子，再到平顶山挖煤，在刘家院里，算得上个走南闯北的人。

刘有灯的父亲刘大毛病重那年，刘有灯回家来，把养鸭子挖煤积蓄的两个钱都掏出来买了药。大概因为有了那些药，刘大毛又挺了半年，最后才心满意足地闭了眼，让家人把他埋到祖坟里去了。

这期间，村里出了点事，把刘有灯牵进去了。京九铁路要修建，勘测时，划去刘家院的一大片好地，本来国家给赔了一笔钱，管理区把划地的钱贪了一大半，村里人知道了，推举刘有灯带人去管理区闹。刘有灯真的去了，而且他在煤矿上就有闹工资的经验，比如说怠工呀，破坏设施呀，守在主子的锅灶边吃大户呀。他把那些经验运用运用，真的把管理区闹得收不了摊子。管理区毛主任看刘有灯是领头的，想收买刘有灯，把刘有灯拉到一边，说只要刘有灯不闹，管理区就让他到水库当做饭的厨子，管吃管喝管住，每月净拿二十块钱的工资。刘有灯不干。刘有灯不想做一个烧饭的。刘有灯提出，如果让他当干部，他倒是可以考虑。管理区毛主任说："烧饭的有什么不好？烧饭的可是一个肥差，自己吃饱了，泔水还归你，能养一头肥猪。"刘有灯说："我养猪干吗？我要养猪我就不当干部了，你当管理区主任，你家里从不养猪，你什么时候少了猪肉吃？你家猫都吃剩猪肉呢。我要当就当你这样的干部。"毛主任气坏了，指着刘有灯的鼻子说："刘有灯，你也不撒泡尿照一照你那张脸，你照一照你那张脸正不正，是不是当干部的料，就你那个样子，当个卵子干部也没人要，你还是回家种地去吧！"刘有灯也气坏了，他是个走过很多地方、见过大世面的人，他不是什么卵子，他的脸也不比管理区毛主任歪，管理区毛主任这么说他，是对他的侮辱。他对管理区毛主任说："好，这话可是你说的，那就别怪我不客气了，你等着瞧吧，我非混出个样子来给你看看，我不但要当干部，我还要当城里的干部。"等他把父亲刘大毛埋了后，就扛着被子进了城。

刘家大院地处鄂东大别山的深山老林，每到春天的时候，院前院后开满了紫红色的酸枣花，酸枣花好看，也能掺和在麦面里摊饼吃，但不管饱。几十年前这一带曾经是鄂豫皖苏区根据地，当年有不少人因为日子苦，生活过不下去，外出参加了土地革命战争。在后来的几十年里，有的人死了，有的人没死，刘治国就属于没死的人之一。刘治国解放后转业到了地方，战争时期他在军队里搞后勤，转业到地方以后也干本行，在商业部门工作，70年代当上了省商业厅厅长，然后就到了年纪，退下来休息了。

刘治国本名叫刘土地，刘治国是后来改的名字。刘治国虽然把名字改了，但他的本色一辈子都没有改。比如说，他有两个儿子，三个女儿，在1968年到1976年这八年的时间里，他先后把三个儿女送到了农村，让他们在那里安家落户，当上了社会主义新式农民。差不多每隔三年，只要某一个儿女年满16岁，他就把他们送走，送到最根本的土地上去。那三个儿女，后来都没有回来，他们中间有两个在县里参加了工作，有一个嫁给了大队民兵连长，并且生了三个女儿，真正做了土地的女儿。幸亏刘大伟和姐姐刘萌年满16岁的时候，政策上已经不主张城市里的人再跑到农村去了，刘大伟和刘萌这才留在了家里，没有做成土地的儿女。

再比如，刘治国对儿女的事一向不大关心，但对老家刘家大院却情有独钟，村里的收成哪，灾情哪，点没点上电灯哪，谁家的孩子出息了，考取了农机技校哪，谁家的儿子不出息，有两个钱就去赌博哪，总之凡是老家的事，他都很上心。他还很欢迎老家的亲戚来城里住上一段时间。他在搬进干休所的时候，亲自指挥着在六间正房里辟出三间客房，安置了十二张客床，并且盖了一个很大的伙房，把家里弄得像个招待所，以便老家的人进城来的时候有地方吃住。老伴何素芝对此很有意见。何素芝有意见不是别的，不是老家的人能吃，家里每月都得叫公勤员大袋大袋地往厨房里背米背肉。何素芝的意见主要是洗被子的事。老家的人来，有时候来一个两个，有时候来一大群，十二张客床上，每张睡两个人，好像半个生产队来刘家出工似的；来了吃了喝了不说，又不爱干净，随地吐痰，乱扯牙刷，大白天站在院子里往月季花上撒尿，一边撒尿一边大声喧哗；这还不说，连脚都不洗，住上两天，被子黑得什么似的，何素芝等人走了，就得又拆又洗，泡上一大堆。家里虽说有洗衣机，十二张床二十四床被子絮子，何素芝一个人，怎么干也得干上两三天，光洗出来的被单晾晒，就得在院子里扯十二条绳子。何素芝洗被子絮子洗烦了，对刘治国说："我给你们父子当保姆当了一辈子，我总不能到老了，再给你们全村的人当保姆吧？"刘治国对何素芝的觉悟很不满意，批评何素芝说："何素芝，你自己是什么出身你忘了？你们家当年就没人穿过露腚的裤子？你才吃了多少年城里饭？你是不是觉得自己有点贵族的感觉了？我看你是忘了本！"何素芝就没话可说了。

刘大伟从小就习惯了家里是个招待所的样子。刘大伟不光习惯了家里是个招待所，还习惯了在这个招待所里，所长是父亲刘治国，采购员兼炊事员兼服务员是母亲何素芝，自己则是身份复杂的办事员。每当家里来了乡下的亲戚，刘大伟就要身兼数职，接站送站、带人逛商店逛公园、介绍城里新鲜的事情、替人送信、带人上医院、陪人看电视，等等。到了晚

上，他还要给来人一一介绍家里的洗漱用具、卫生间的位置、怎么用抽水
马桶、怎么开热水器，以及冷了或者热了怎么摆弄空调，等等。这样的等
等一多，刘大伟就觉得非常委屈。有时候他觉得父亲的做法有点奇怪，有
点让人想不通，有点弄颠倒了，好像村里的那些人才是父亲的儿女，而他
和哥哥姐姐不是，是身份暧昧可疑的人；村里的人被父亲寄养在外面了，
想回家的时候就可以随时随地回家，随地吐痰或者冲着月季花撒尿，而他
和哥哥姐姐却是被人寄养在了刘家，他们就是待在刘家也是暂时的，总有
一天，这个招待所散了伙，大家都得走。刘大伟每当这么想的时候，就忍
不住心里酸酸的，想哭。但是刘大伟很快地就不想哭了，他被一个问题纠
缠着，很困惑，还很紧张。他想，如果这样，如果事情真的被弄颠倒了，
谁又是自己的亲生父亲呢？

刘大伟还清楚地记得刘有灯到家里来那一次的情景。那是十二年前，
刘大伟十八岁，正面临高中毕业考大学的紧张时刻。刘有灯蓬头垢面，提
了一只印有飞机图案的脏兮兮的旅行包走进院子，怯怯地问："这是刘厅
长刘治国的家吗？"刘大伟说："是，这是刘治国家，请问你是谁？"刘有
灯露出一口黄黄的牙激动得笑着说："我是有灯！我是有灯啊！"刘大伟
弄不清楚有灯是谁，反正他知道，来人肯定是乡下的亲戚，或者是亲戚的
亲戚，这种事情他经历过很多次了，已经习惯了。他把纱门拉开说："进
来吧。"

当天晚上，母亲按照习惯加了两个菜。刘治国坐上座，自己倒了一杯
酒，让刘有灯也喝一杯。

刘有灯很礼貌地欠了欠身子，说："三爹，你家喝，你家慢慢喝，我
不喝。"

刘治国说："怎么，你不会喝酒？"

刘有灯老实承认："喝是会喝，但是平常不喝，下井伤了腰腿，淋雨
落了寒，过年时有下酒菜，就喝两口，平时喝糟蹋不起钱。"

刘治国很赞赏地点点头，对刘大伟说："你看你有灯侄儿，都是同样
的年轻人，人家多有觉悟，你呢？看电视里踢皮球还抱一瓶啤酒喝，把自

己弄得没章没法，你以后多向有灯侄儿学习学习。"

刘治国说了就自己喝酒，一边喝一边问一些村里的事，刘有灯一一地回答他。刘有灯很拘谨，低了头往嘴里扒饭，很少拈菜，刘治国叫他吃红烧肘子，他说唔唔，却不拈肘子。刘治国又说了一次，他伸出筷子去，绕过了肘子，拈一小片黄瓜放进嘴里，埋了头又扒饭，饭也不多吃，只吃了两碗，刘治国要刘大伟给他添饭，他死也不肯，把碗紧紧抱在怀里，说："我够了。我真的够了。"等刘大伟坐下后，他觉得没有危险了，才松开怀，把筷子头在半空中划拉了一圈，说："三爹你家慢用。三奶你家慢用。大伟叔你家慢用。"说完，把干净得不沾一粒饭的碗筷放下，用巴掌抹一下嘴，把凳子挪开半步，人并不离开，两只手搁在磕膝头上，挺了腰板坐在那里，脸上露出谨慎的笑容，陪大家吃饭。

刘治国夸奖道："这孩子，到底是念过两年书，外出闯过社会，懂礼貌。"

刘大伟一直没有弄清楚刘有灯是他家里的什么亲戚。刘治国给他解释，说："怎么不清楚嘛，他的祖爷爷，管我的爸爸叫堂兄，也不是五服内的堂兄，他的祖爷爷的祖爷爷，管我爸爸的祖爷爷叫堂兄，这个堂兄就很亲了，是五服内的堂兄弟了，总之也就是说，他们共一个祖宗。这个你就不用记了，你就记住，他是我们刘家的人，他管你叫堂叔，你把这个记住就不会搞错了。"

刘大伟还是会搞错。刘大伟搞错，主要是他不像父亲刘治国想得那么简单，只记总之也就是说这个逻辑，只记共一个祖宗这个事实。刘大伟当时正复习考大学，考大学的思路是所有的事情都必须弄清楚，要不弄清楚，到时候卷子上给你变点花样，或者要你放开思路来个阐述什么的，那不就傻了眼了？刘大伟这一代已经和刘治国这一代的思维方式不一样了，他们在记住什么事情，不记住什么事情，对什么事情在意，对什么事情不在意这些问题上完全不一样，甚至是相反的。刘大伟和他的四个哥哥姐姐是清清楚楚一个妈养出来的，刘大伟自哥哥姐姐离开家之后很少和他们有什么联系，有时候哥哥姐姐写信回家，刘治国要刘大伟替他回封信，刘大伟都不太情愿。除了三姐萌萌在报社当记者，已经成家单过了，只是三天两头回家来看一看，其他的三个哥哥姐姐偶尔回家过个年，刘大伟和他们也没有太多的话说。有时候何素芝要刘大伟陪哥哥姐姐去变化万千的城市里走走，刘大伟也老大不高兴，能找个理由不去就千方百计地找理由，刘大伟对自己的亲哥哥亲姐姐都这样，何况一个隔了那么多代血缘的亲戚？刘大伟心里想，他和我就算共一个祖宗，那个祖宗共着有多遥远呀？要按这个道理，人类的祖宗本来就是一个，都是猴子，理论上还没有听说有哪一个人能跑掉这一规律的。如果按照生命起源的理论来说，不光人类了，连生命都起源于藻类细胞呢，是不是说，我们也该管螳螂叫祖宗，管水蛭叫祖宗呢？

刘大伟虽然这么想，但他想是想，并不把这种想法说出来。他还是给刘有灯添饭，给刘有灯倒茶，在刘治国说"你看一看，人家书没有你读得多，人家道理却比你懂得多"时，他也不撇嘴，表示父亲的话他是在听着。刘大伟在一边观察刘有灯，他看洗刷了一遍、换上了他的一套李宁牌运动装的刘有灯，其实是眉清目秀的，人坐在那里或站起来走动很自如，没有一般乡下人的手足无措和小气；在和父亲讲起乡下的事情时，他的口才也很好，思维很敏捷，经常有一些极妙的点评，并且对父亲礼貌却不毫无原则地附庸，有时候他也会客气但很坚定地表示他的不同意见。刘大伟就想，要是把自己和刘有灯换一下呢？比如说，不考虑祖宗的事，也不考虑辈分上的事，让刘有灯成为这个家庭里的一员，说不定像刘有灯这样的农村青年，真要比自己有出息得多呢。刘大伟还想，也许刘有灯的出生和自己的出生真的搞错了呢？

当天晚上，刘治国和刘有灯聊天聊到很晚。刘治国要刘大伟在一边坐着听一听，听一听乡下的事，了解国情，了解民情，受一受教育。

刘大伟对粮改款哪、白条哪、种猪哪、超生哪这些事不感兴趣，再说这些事他也听得太多了，有些犯困，坐在那里老是打哈欠。

何素芝进来了几趟，拿眼睛示意儿子。后来何素芝实在忍不住了，就说："大伟你要实在不行就先去睡。"

刘治国兴致不减地说："让他听听，听听对他有好处。"

何素芝说："大伟明天还得复习，人家功课很紧张。"

刘治国不高兴了，说："国计民生不了解，你复习得再好又有什么用？你就是考上了清华大学又有什么用？都培养成书呆子了，都离老百姓十万八千里了，我们这个国家还有个屁呀？"

何素芝看刘治国有些生气，不说话了。倒是刘有灯，这时出来解围，说："三爹，你让大伟叔去睡，大伟叔考大学，也是很重要的事，乡下穷和没有文化有很大的关系，大伟叔要学好了文化，就可以为乡下的脱贫致富作出贡献，远的不说，院里最有钱的福学家，他们是靠种板栗致的富，原来刨去化肥人工，一年能收七八百块钱就算不错了，前年请了农技站的王农艺师，去年一下子就收了毛利两万多，你看这是不是赚的文化钱？"

刘治国很欣赏地对何素芝说："你瞧瞧人家有灯，看问题就是能看到关键的点子上去。"

刘治国对刘大伟挥了挥手，说："行吧，你去睡吧。"刘大伟就得了大赦似的，打着哈欠去洗了睡了。

何素芝对刘有灯感激地点了点头，说："有灯，你陪你三爹聊，我也先去睡了，到时候你们别忘记洗脚啊？"

刘有灯起身说："三奶，你家先去睡，我陪三爹聊，我会记得洗脚，我在煤矿上还洗澡呢。"

刘大伟洗了脸脚去自己房间，路过父亲的房间，听见父亲在里面说："有灯，这回来是怎么打算的呀？"

刘有灯说："目前还没有明确的打算。"

父亲说："没有明确的打算，先在家里住一段时间再说吧。"

刘有灯有一阵没说话，停了一会儿他说："好吧，那我就住两天吧，但我只能住两天，陪三爹聊聊天，我不能住太长了，我得尽快找事情做。三爹你家知道，我们做活的人，闲不住。"

刘大伟忍不住又打了一个哈欠，进了自己的房间，倒在床上，很快就睡着了。

三

刘有灯在家里住了两天，这两天他一直陪刘治国聊天，从一大早起床开始，一直聊到半夜三更。刘有灯先睡客房，后来刘治国图夜里说话方便，干脆让刘有灯搬进他的房间，两个人关了灯在被窝里聊，有时候聊着聊着睡着了，刘治国有打鼾的毛病，他打着鼾，突然鼾声止住了，问："和圆家的老二，那年在水库炸鱼，把水库炸崩一块，判了三年刑，该出来了吧？"或者问："院子里的完小，胡老师嫁走以后，再请了老师来没有？"问完后也不等刘有灯回答，立刻又开始打鼾。

家乡有一段时间没来人了，刘有灯在家里住着陪刘治国说话，刘治国算是过了一次瘾，解了一次馋，刘治国那两天精神都比平时好不少。

刘有灯在家里住了两天，但两天以后刘有灯并没有走，不但两天以后他没走，两个月以后他也没走。

刘有灯没有走的原因，主要是刘治国留他。刘治国说："有灯，你再住两天，你也难得来一次，你还是第一次来三爹这里吧？"

刘有灯说："不是，三爹，我是第二次了，庚辰年正月十八我还来过一次，是跟着根堂五爸来的，你家忘了？"

刘治国说："你不管来了多少次，你把三爹这里，就当成自己的家。"

刘有灯说："我还要创业。"

刘治国就夸奖说："好，有志气，年轻人就是要有志气，就是要创业。"

刘有灯在家里住的时间长了，和刘治国聊的时间长了，能聊的话题聊得差不多了，就不大愿意聊了。刘治国饱餐了一顿乡情后，也没有先前的兴奋了，开始把刘有灯丢在一边，回过头来把先前刘有灯来时忽略了的报纸找出来看。刘治国有看报纸的习惯，他订了好多份报纸，在没有家乡人带来的活生生的国计民生可了解的情况下，他就把目光转向那些让人有点犯疑的报纸写的国计民生上。刘治国自己看报纸，也不忘了安顿刘有灯，叫刘大伟陪刘有灯去城里转一转，看看城市建设新气象什么的，感受一下时代发展的脉搏。

刘有灯对转一转很感兴趣，对时代的脉搏很感兴趣，对有刘大伟陪着也很高兴。他用力系紧球鞋鞋带，一副万里长征前的准备。刘有灯对刘大伟说："我觉得还是年轻人在一起有共同语言。"他还感慨地说："我发现城市能给人带来很多启发作用。"

刘有灯在刘大伟房间里等着，等刘大伟收拾好了带他去街上逛。刘有灯对刘大伟房间里的布置和摆设很新奇，那些地球仪、AC米兰队的队旗、四管球迷喇叭、旱冰鞋、滑板、影碟机、满墙贴着的NBA球星巨幅照片，一样样都五彩缤纷着，弄得刘有灯东看西看的头转不过来，眼睛累得慌。刘有灯不敢到处乱走动，怕有什么东西会在他的走动中突然一下飞起来或者砸下来，他在门口站了一会儿，然后坐在床上，等刘大伟。他把两只手放在膝盖头上，拘束地摩擦着。摩擦了一会儿，他突然用一只手握住另一只手，站起来，走到刘大伟身旁，把握在一起的手伸出去，对刘大伟说："大伟叔，你猜猜我的手指头。你猜猜哪一根是我的中指。"

刘大伟换着鞋。刘大伟把皮鞋换成旅游鞋。刘大伟抬头看一眼刘有灯伸到他面前的手，觉得有些好笑。刘大伟说："这是孩子的游戏，你都多大了，还玩这种游戏。"

刘有灯认真地说："谁说这是孩子的游戏？这是一种智力游戏，孩子可以玩，科学家也可以玩，科学家还未必能猜中呢。"

刘大伟说："我既不是孩子，也不是科学家，我不玩。"

刘大伟不理会刘有灯，刘有灯反而来兴趣了，把握着的手伸得长长的，恳求刘大伟说："猜猜吧，猜猜吧。"

刘大伟心不在焉地瞟了一眼刘有灯伸在他面前的手，一看就乐了。刘有灯的手指头和别人的手指头不一样，刘有灯的手指头几个一般粗，圆圆滚滚的，像一个模子里铸出来的肉桩子，根本分不出哪根手指头是哪根手指头。刘大伟说："你这哪是手指头，你这根本就是一把肉蒲扇嘛。"

刘有灯有些得意地说："怎么样，我这样的手指头，你猜不出来吧？"

刘大伟说："怎么猜不出来？一猜就中。"

刘有灯说："那你猜。"

刘大伟说："你把手松开。"

刘有灯说："我把手松开还要你猜，都在光天化日之下了。"

刘大伟说："你把中指头藏在下面，你要我猜你的中指头，你要我怎么猜？"

刘有灯脸红了，松开鼓鼓囊囊的手，果然露出藏在下面的中指。

刘有灯不明白地说："大伟叔你就看了一眼，怎么知道我把中指头藏在下面了？"

刘大伟说："很简单，外面只有四个指头。"

刘有灯恍然大悟地说："哦，原来是我自己暴露了。"

刘有灯转过身去，在背后鼓捣了半天，很费劲地捏住手，转过身来，说："大伟叔你再猜一猜，这回我五个手指都全了，这回保证你猜不中了。"

刘大伟系紧了鞋带，立直了身子顿了顿脚，试了试鞋带松紧，说："算了，咱们该走了。"

刘有灯缠着刘大伟说："再猜一次，猜最后一次。"

刘大伟瞟一眼刘有灯伸到他面前的手，说："还猜什么，最下面那个就是呗。"

刘有灯沮丧地松开手，露出怯怯地躲在最下面的那个中指，万般不明白地打量着自己的手指头说："怎么回事？怎么又被你猜中了？你刚才是不是看见我了？我这种手指头，还从来没有人猜中过呀？"

刘大伟陪刘有灯逛了几天，渐渐有些不愿意了。刘大伟不愿意，是因为刘有灯总是当着别人的面叫他叔，也不管场合，扯起喉咙就叫，经常叫得旁边的人笑。

刘大伟背后对刘有灯说："你能不能不叫我叔？"

刘有灯不明白，问："为什么？"

刘大伟说："就算不问岁数，你脸上风吹雨打的，别人一看你就比我大，你这么叫让别人笑话。"

刘有灯不以为然地说："这有什么好笑话的？我比你大，那是年龄，辈分上你就是我叔嘛，好比我们国家历史悠久，美国历史并不悠久，美国要讲有钱比谁都有钱，要讲有势力比谁都有势力，要讲个头比谁都高，但要从人类历史发展来说，还不是得叫我们祖宗？他不叫祖宗没道理。你是我叔这是事实，是事实有什么不敢叫的？别人笑就让他们笑，他们想我叫叔还不配呢！"他那么说过以后仍然那么叫，一点也不在乎刘大伟怎么不愿意别人怎么笑话。

刘大伟的不愿意，还有一点，是刘有灯走到哪里都爱提问题，而且不管人家耐烦不耐烦，一定要问个明白。刘有灯有的问题问得实在让一旁的刘大伟脸红。比如他问："造长江大桥得花多少钱？能不能不花那么多钱？要是不用那些钢铁，换上木头，是不是能省下不少钱？要是把桥换了船，是不是能省下更多的钱，而且能让更多的人有活干？"比如他问："你这茅厕收钱才让解手，我的屎尿你拿去又卖一道钱，你不是赚了我两次钱？你说这是一种服务，那我给你两毛钱，占你一次地方，我已经让你服务过了，我的屎尿我自己可不可以带走？我要不能带走，你是不应该退我的钱？"比如他问："公园里空这么大块地，都荒了种草，这有多可惜呀。能不能种上蔬菜，也是绿油油的，比光草好看多了，还隔一季换一种样子，还开花，还气派，还能供城里人吃，还能卖钱，你们说的空气，菜比草更空气，如果我来承包，你们给不给承包？"他这么问别人的时候，人家脸上全都带着一种明显的嘲笑，耐心地说他两句，不耐心的理都不理他，弄得刘大伟很尴尬。

刘大伟背后埋怨刘有灯，说："你看你都问的一些什么问题？你连三岁的小孩子都不如。"

刘有灯一点都不认为他不如三岁的小孩子。刘有灯说："你们城里人哪，总是自以为是，太要面子。一个人，发达最重要，致富最重要，发达致富了，什么面子没有？再说，这些问题看似简单，其实包含了很多道理，你看那些科学家，哪一个不是从最简单的事情出发的，牛顿发现万有引力，还是从果子砸了头开始的，卡特发明蒸汽机，还是从开水冒气得的启发呢。只有简单的人，没有简单的事情。"

刘大伟不喜欢这样，不管怎么说，他是一个城市青年，就算他不在乎别人怎么看他，他也不会这么大惊小怪，像个神经病似的到处去向人打听公共厕所收费合不合理的问题。

刘大伟不愿意再陪刘有灯了。他不敢给刘治国说，就给母亲何素芝说了。

何素芝回头就对刘治国说："要不我陪有灯去街上逛？"

刘治国愣了一下，说："大伟病了？"

何素芝说："没病。"

刘治国说："没病你去干什么？你一个老太婆，腿脚不方便，你陪算什么事？"

何素芝说："大伟要复习考试，人家应届高中生，人家都是爹妈陪着复习，一边站着个打扇子的，一边站着个端绿豆汤的，站还不能随便站，不能让孩子看见分了心，不能咳嗽惊动了孩子，生怕孩子没复习好，考糟了那是一辈子的事情，我们也没人打扇，没人端汤，至少不能整天让孩子到大街上去逛吧？"

刘治国显得有些不高兴，但想了想，何素芝的话是对的，他不高兴，也没有发作的理由，这才对刘有灯说："行了，有灯，你叔也不陪你了，你三奶也不陪你了，你就自己上街逛去吧。"

刘有灯自己上街逛了两天，每天早上起床，吃了早餐上街，中午赶回来吃午饭，睡个中午觉，下午再上街，到晚上才兴味盎然地回来。

刘有灯一回来就感慨万分地说："城市啊，真是给人太多的启发了！"

刘治国接过话去，说："城市给人启发，农村就不给人启发了？城市是从哪儿来的？还不是从农村，就是现在，城市也一天离不开农村，你看看报纸上是怎么说的，在城市打工的农村人，比城市自己的人要多出几倍，现在的城市，其实是农村人在养活的，我看农村给人的启发比城市要多得多。"

刘有灯不同意刘治国的看法，说："城市是文明的象征，它给人的启发是积极因素的，不像农村，农村的启发是贫穷和落后，还有愚昧，比如我们乡下，还比如管理区的那个毛主任，这和城市完全不一样。"

刘治国警告说："有灯，你不要被霓虹灯照昏了眼哟，不要把你农民的本色丢掉了哟。"

刘有灯说："三爹你家放心，城市的启发不在霓虹灯上面，而在别的上面，城市是想要花哨，又没有星星，才弄了霓虹灯出来，它再花哨也不如星星自然，所以城市人才到处说要回归自然，这点我还是很清醒的。"

刘治国就说："有灯，就是要像这样，看任何问题都要辩证地看，这样才不会走极端，才不会出问题。"

刘有灯很认真地点头，说："三爹，你家的话我记住了，你放心，我不会出问题的。"

四

刘有灯逛了一些日子，不想逛了，他是一个劳动惯了的人，劳动是他的生命方式，他像所有的乡下人一样，想干活，愿意干活，能干活，一天不干活就浑身不舒服，时间再一长，就有些犯病的感觉。他停止逛街后，开始把精力转移到收拾院子上来。

刘有灯对何素芝说："三奶，你不知道，干活干惯了的人，一旦停下来不干，就好比吸毒的人来了瘾，浑身像是有千万只蚂蚁爬，死的心都有。我是说真话，你家要是想我死，你家就不要我干活。"

刘有灯最开始不敢放开手脚来干，他对刘家的情况还不了解，住上一段时间后，对刘家的情况了解了，他就开始放开手脚来干了。

最先刘有灯是帮着何素芝做一些细碎的家务事，比如洗碗。刘有灯洗碗有些笨手笨脚的，他不大明白为什么三爹家三口人，吃饭都是猫食一口，却要弄那么老大一堆细皮嫩肉的碟呀碗呀的，要在乡下，十几口人的一个大家庭，也就十几只大海碗，没有什么油水，锅里一荡就行了，简单得很，也没见谁饿着。刘有灯尤其不习惯用洗洁精，洗洁精滑溜溜的，老是让他抓不住碗，一连砸了好几个，砸得他蹲在地上捧着碎碟子碎碗差点儿没落下泪珠子来。何素芝看他难受的那个样子，不忍心，把他从水淋淋的厨房里推开，让他去扫地。刘有灯就建议说："三奶，地不用扫，咱们喂上两只鸡，人在桌上吃，鸡在桌下吃，又干净，又不浪费，还省事。"

刘有灯还主动要求做饭。何素芝吃惊地说："有灯你还会做饭哪？"刘有灯说："做饭有什么难的？我们在外面打工，都是自己做饭，每人定量打出米来，轮流着做，谁也别想占谁的便宜。"

刘有灯做饭很节省，米抓过来量过去，多了不行，少了也不行，如是三番，记住了该下多少米，下一次就按照这个数量下米，很准确。他炒菜只放一点点油，把锅润一润，见一点油星子就行，主要是靠火大。有的菜他一点油都不放，比如炒花生、炖豆子，他说花生和豆子里本来就有油，放了反倒白瞎了油。

刘大伟吃这样的菜不习惯，提意见说："这几天的菜都是什么味呀，糊里巴几的，我们家是不是买不起油哇？"

刘有灯不服气，说："这和油没关系，你就说有盐味没有？盐味够了就行。"

刘治国却对刘有灯的做法很欣赏，说刘大伟："你不要讲怪话，这一点，你就是要向人家有灯学习，你要改一改你的少爷公子习性。"

但是没过多久，刘治国也不习惯了。刘治国不习惯是因为刘有灯太节俭了，他择菜的时候，连叶子带梗子，只要是没烂的，牲口能吃的，他都不丢，这样的菜，又没有油水，又有很多埋伏，虽然刘治国眼色不好，看不出什么问题来，但吃进嘴里却能感觉出来。刘治国毕竟是七十岁的人了，哪里又能吃动这样的菜？最重要的是，刘有灯洗菜不讲究，一般只洗一道，菜叶子上不见泥就算行了，卫生呀什么的完全不管，这样的菜，刘治国吃了也觉得不舒服。

何素芝说过刘有灯，说过菜上可能沾染上农药和化肥的事。刘有灯不以为然。刘有灯说："三奶你家不要草木皆兵，不要把它们估计得过高，现在的农药也好化肥也好，早已不是当年的农药和化肥了，人家不是讲笑话，女人和男人怄气，买了一瓶农药喝了，女人没死，男人给农药厂写感谢信。人家还讲笑话，说现在的化肥只剩下一件好事了，化肥是白色的，地里撒上厚厚一层，庄稼和菜长得再小也能发现。你家不用担心，没关系的。"

刘有灯说没关系，何素芝不能没关系。刘治国身体不算好，自己身体也不算好，大伟正是长身体的年龄，就算现在的农药和化肥都没有效果了，能当汽水喝当白糖吃了，毕竟不是真正的食品，他们过去没吃过，现在也不想吃。何素芝不忍心打击刘有灯的积极性，就用一种商量的口气对刘有灯说："有灯，三奶在家里闲着没事，三奶年纪也大了，闲久了会生毛病，三爹吃三奶做的饭，吃了几十年，吃惯了，换一个人他不习惯，以后饭还是三奶来做，你呢，没事可以看看电视，要不想看电视，想干活，家里什么事可以干，你自己找着干吧。"

何素芝对刘有灯说家里什么事可以干你自己找着干吧，意思是把刘有灯支开，把厨房里的大权夺回来，有点哄着他的意思，就像对缠得自己受不了的孩子说，大人正忙，你到一边去，自己想玩什么就玩什么吧。刘有灯却不这么认为，他把何素芝的话当成了对他的嘱托，很慎重，一副重任在肩的样子，从此以后，整天在家里鼓捣鼓捣这个，鼓捣鼓捣那个，木匠活，泥水活，十八般手艺活全拿出来了，要大干一场。

刘有灯做饭不行，洗碗不行，但他的手其实很巧，做别的活一下子就显出来了，有些活他是驾轻就熟，有些活他过去没干过，自己琢磨着，也干成了，水管子滴漏他给修好了，马桶不好用他给修好了，洗澡间里差个平台他给漂漂亮亮砌了一个，门页吱吱呀呀响他给上了油，院子里的铁门斑驳陆离他给涂了一层油漆，何素芝有什么不好使唤的家具，让他给看看，他这么弄一下，那么弄一下，都弄好了，连家里有一台废弃的红灯牌收音机，丢在那里有好多年了，他给找出来，修巴修巴，居然也给鼓捣响了。

刘有灯整天在那里叮叮当当地敲着打着，挥汗如雨，地动山摇，弄得家里像个作坊。刘大伟没法安静地复习功课，跑出来提意见。刘有灯擦一把汗，很抱歉地对刘大伟摆摆手，把声音放小了，走路都蹑手蹑脚的，有鸟儿飞进院子里来，他就拿一条树枝招摇着赶鸟，让鸟儿去别处叫，不要影响了大伟复习功课。但是用不了一会儿，他又忘了这一茬，热情洋溢地大声敲打起来，把刘大伟气得要命，又没办法老是出来提意见，只好把自己关到卫生间里去温课。

刘有灯把家里的事收拾完了以后，就开始收拾院子里。这一回他的热情更高了。

刘有灯来刘家之前，刘家的院子里是种着花草的，也有几棵树，比如广玉兰、桂花、雪松什么的，这些花草树木后来全做了刘有灯品种改良的牺牲品。

刘有灯去自由市场里逛，和人讨价还价，争得脸红脖子粗，最后买了一些菜种子回来。刘有灯买人家的菜种子很会算计，十二块钱一两的萝卜种子，他硬给还价到十一块八，买八钱菜种，该付九块四毛四，他愣给人家九块四，说余下的四分钱正好四舍五入，就这样，打包时还顺手从人家种子袋里拈了一撮，快速地装进自己口袋里，回来后一算账，说是便宜了两毛钱，节约成本百分之若干。刘治国就表扬刘有灯，说刘有灯精打细算，还知道成本上的事，有经营头脑，钱不钱的倒没什么，有这种思想，比什么都强。

刘有灯买了种子回来，把院子里的花草全部连根拔了，堆在太阳下面晒，准备晒干了当柴烧，然后挥起大板锄，三两下把土翻了出来，分了畦，点上菜种，将院子变成了一个菜园子。

何素芝去女儿刘萌那里住了两天，帮刘萌带孩子，回家后进门一看，院子里变了样，泥香四溢，蜂蝶乱逐，一些蚯蚓细鳞闪烁地在花坛上爬来爬去，完全变成一个新型的农场了。

何素芝大吃一惊，而且她十分心疼自己辛辛苦苦经营了多少年的花，那些花现在蔫蔫地躺在那里成了柴火，等着进灶膛。何素芝脸色都变了，对刘有灯说："有灯，这是怎么回事？怎么弄成这样？"

刘有灯赤了上身，大汗淋漓地拄了锄头，冲手心里吐了一口唾沫，笑嘻嘻地说："三奶，别担心，季节还能赶上，你家看着吧，雨一下，苗儿就滋溜滋溜往外钻，我算了算，前院加后院，得有七分地，如果连围墙外面的墙角地也开出来，得有九分不止，咱家人口少，以后不用上街里买菜了，菜富余时，还能卖一些出去，再计划一下，养一口猪都够了。"

何素芝知道花已经刨了，再种上也活不过来，只能认命，可她实在心疼那几棵树，说："你把花刨了，怎么连树也挖了？那几棵树可是我种了十几年的呀。"

刘有灯胸有成竹地说："树刨了，咱们再种，这回种就种经济树，我已经计划好了，咱们种还按原来的坑，种一棵梨树、一棵苹果树、一棵枣树、一棵樱桃树，剩余的坑全种上柑橘树，这些果树好侍弄，也不用等很长时间，小几年以后，咱家就不用上街里买水果了，连萌萌姨家里，都一起管了，要是遇到大年挂果，你就等着满村子送果子吧。"

何素芝说："我们不是村子。"

刘有灯说："我知道，你们管它叫干休所，其实是一回事，都是围了堆住家，不影响送果子。"

何素芝一点也不喜欢家里被弄成一个农场的样子，也不喜欢满村子送蔬菜和水果这种事，何素芝主要是对家里长期以来被弄成一个亲戚们的招待所心有暗怨，如果家里再被弄成一个农场，现在种上了萝卜白菜、苹果桃梨，日后是不是会更进一步，再种上高粱大麦，再盖上养鸡场养猪场，再开辟出茶场鱼塘，那她今后除了侍候人，不还得侍候牲口？这日子还怎么过？

何素芝不喜欢，刘治国却很喜欢。刘治国很欣赏刘有灯的做法，刘有灯在院子里翻地的时候他就在一旁看，有时候也帮刘有灯搭搭手，弄得一身的泥，像小孩子过年似的快乐。刘有灯说："三爹你家不用忙，你家看你的报纸，你家要是想吸点泥土气，我去给你搬个凳子来，你家坐在这里看我翻地。"刘治国就真的拿了报纸出来，坐在院子里，嗅着满院子的泥土味，一边打着喷嚏，一边看一会儿刘有灯，再看一会儿报纸，刘有灯和报纸，都看得一样起劲。

何素芝进屋去，埋怨刘大伟，说："大伟，妈不在家，你在家，看家里都翻了天，就差没上房揭瓦了，你怎么也不说一说？"

　　刘大伟把耳机从头上拿下来，一副心满意足的样子，说："我觉得这样很好，这样已经有解放区的天的感觉了，他们挖地，至少不用敲敲打打，除了刘有灯偶尔唱两句山歌之外，基本上不再打扰我，我也用不着关在卫生间里背书了，我也可以乘刘有灯在地里忙着的时候偷偷溜到卫生间去撒泡尿了，对这种来之不易的好时光，我只会百倍珍惜，哪里还敢得寸进尺，再去说他们？我巴心不得他们这样继续大生产下去，一直生产到我高考结束为止。"

　　何素芝知道刘有灯因为刘治国的支持，因为自己的放任，在家里已经是一支新近突起的势力了，说也是白说，说不定还会产生负面影响，对家里的团结局面不利，就忍住了。何素芝原以为家中从里到外都变换了模样，无非是招待所之外，又多了一个农场的角色，也就这样了，自己忍一忍算了，谁知刘有灯把菜种上了，把树种上了，并不算完，他还要给菜施肥，给树施肥，让菜和树苗壮成长。刘有灯又是那种做什么事都得认认真真做、都得做好、做得有模有样的人，他要种菜种树，就不轻易地种，而是要把菜和树种得漂漂亮亮的，种出水平来。可是菜和树要种得漂漂亮亮的，缺了肥不行，缺了肥的菜和树那和野草没有区别。武汉不像鄂东山村，不能家家户户门前门后挖一个大大的粪池，蓄上人废弃的汤汤水水，用那来做肥料。肥料没有来源，刘有灯就想了个办法，在卫生间里放了一只马桶，白天夜里接尿，用人尿来当肥料。何素芝本能地反对这个做法，家里有一大一小两个卫生间，要蹲要坐都凭着自己的喜欢，现在无端地摆上一个马桶，就算卫生的情况可以睁一只眼闭一只眼，人走来走去地也碍事。但何素芝又怕刘有灯找不到肥料来源，将革命引入到体制的深度上去，真的提出挖粪池的建议，他要提出来了，刘治国肯定是会同意的，刘治国现在是心有余而力不足，革命的新生力量涌现出来，他要不举双手赞成那才是怪事。何况刘有灯用马桶来接尿，已经是退一步的做法了，他先提出的设想是用马桶来接人的一切排泄物，经过何素芝的坚决反对才打了折扣，这种折扣显然不可能进一步地打下去。何素芝想来想去，不得不采取丢卒保车的策略，默认了刘有灯用马桶接尿的做法。

这样，刘有灯每天早上挑着尿桶吱悠吱悠地从屋里出来，穿过整整齐齐的菜畦，去菜地里给菜浇肥，就成了刘家每天必不会少的一道风景。刘有灯找了一个用过的易拉罐，用铁丝绑在竹竿上，做了一个漂亮的粪勺，用它来浇菜。刘有灯一边把稀释了的尿水扇面似优美地泼洒出去，一边快乐地唱着歌：

油菜开花黄又黄
爹爹接我回娘家
只因社里忙生产
我哪有闲空走人家

秧苗发芽青又青
妹妹接我去送亲
栽秧割麦两头忙
我哪有闲空去送亲

满田的棉花白又白
哥哥接我去做客
白天黑夜忙摘棉
我哪有闲空去做客

告诉我的爹
告诉我的妈
不是姑娘我不想家
等到今年丰收了
我带上喜讯去看爹和妈

刘有灯快乐得像一只鸟儿，刘大伟却痛苦得要命。刘大伟先忍着，后来忍不住了，就冲何素芝发脾气。

刘大伟发脾气，也不是为了刘有灯干活时唱歌，也不是为了整天屋里屋外一片尿臊臭，而是刘有灯夜里对他的监视。刘大伟不习惯在马桶里撒尿，仍然使用便池。刘有灯发现了，不让刘大伟用便池，一定要他把尿尿在桶里，只要刘大伟一走进卫生间，刘有灯就跟在他后面，看他是把尿尿在便池里，还是尿在马桶里。刘大伟说："我得方便。"刘有灯说："你方便你的，我不碍事。"刘大伟说："你不出去我怎么方便？那不是碍事是什么？"刘有灯笑嘻嘻地说："你就当是在公共茅所里好了，公共茅所里撒尿还不是大家都看着？"刘大伟没有办法，只好当着刘有灯的面尿。刘大伟要把尿尿在便池里，刘有灯就会很心疼地说："我给你说过多少遍，尿在桶里，你看看，又浪费一泡。"刘有灯不光白天监视刘大伟，夜里他也不放松监视，刘大伟一起来，他就连忙爬起来了，跟在刘大伟身后，好像他是刘大伟的尿的合法监视人，他有权监视刘大伟有关尿的一切动向，而他一点也不信任他的被监视对象似的，弄得刘大伟很烦。这还不算完，刘有灯最后甚至发展到夜里去叫刘大伟起来撒尿。刘大伟被他叫起来，揉着眼睛问他干什么？刘有灯说："大伟叔，起来尿泡尿，起来尿泡尿。"刘大伟迷迷糊糊地说："尿什么尿？"刘有灯说："就是你憋着的那一泡。"刘大伟说："我憋什么了？我现在没尿。"刘有灯说："没尿你也尿一下，我不能老提心吊胆地等着你，我要老等你，我这一夜就没法睡了，明天我还怎么干活？"刘大伟简直快要被他气昏过去了，连上吊的心都有，说："你这样我就能睡呀？你烦不烦人哪？！"

五

不管怎么说，刘有灯的到来，给刘家带来了全新的变化，刘家的那种沉闷的生活气氛，因为刘有灯的到来而为之一振，这是谁都承认的事实。所以刘有灯在某一天晚饭的饭桌上提出回到乡下去的决定时，不光刘治国没有想到，连何素芝都觉得有些不能理解。何素芝担心是不是自己有什么表情让刘有灯看出来了，刘有灯伤了自尊心，要走。何素芝虽然不喜欢家里在招待所的基础上再变成了农场，但何素芝和刘治国一起生活了几十年，不但早已习惯了刘治国的土地情结，自己血液里的悯怜心也一直保留着，没有丢掉，何素芝这时就自我批评说："有灯，三奶上了年纪，有什么没做到的，你不要往心里去。"

刘有灯先没明白，后来明白了。刘有灯笑嘻嘻地说："三奶你家误会了，我不是要往心里去，我是不能老这么晃荡着，我得干一番事业，我要不干一番事业出来，这一生不是白活了？"

刘治国很赞赏地点了点头，把手中的酒杯子放了下来，对刘有灯说："有灯，这就对了，一个年轻人，不能光有开辟一个院子九分地的决心和能力，还要培养自己创大业的雄心壮志，要有这种远大的抱负，才是时代的好青年。"

刘治国又转过头来对刘大伟说："这方面，你得向你有灯侄儿好好学习学习，你把他这种决心学到一半，不要说考大学了，将来不论干什么都不愁没出息。"

刘治国又对何素芝说："有灯要回去，你就让他回去，回去创业，我看是件好事。你回头给有灯一点钱，我老了，干不了什么事了，但我就是喜欢有抱负的年轻人，我就是喜欢看到他们超过我们。"

刘有灯走的那天，刘治国特地送出了门。刘治国说："有灯哪，好好干，干出点名堂，让你三爹在你们年轻人身上看到希望。"

刘有灯一脸严肃，左胳膊上挂一个旅行包，右胳膊上挂一个旅行包，很慎重地对刘治国点了点头，说："三爹你家就放心吧，我来城市一趟没有白来，城市给我的启发使我受益无穷，我相信，这就是我新事业的起点！是我大展宏图的起点！你就等着看好吧！"

何素芝陪着刘治国送刘有灯回来，先在院子里巡视了一遍，看了看那些长得梗粗叶壮的菜和树，再进了屋，把厕所里的马桶提到后院去，拿一只旧脸盆盖上，回到屋里时，路过刘大伟的房间，见刘大伟房间里一点动静也没有，推门走了进去，却见刘大伟耳朵上套了大耳机，闭了眼，坐在那里一动不动。

何素芝说："大伟，你这是干什么？"

何素芝叫了几声，刘大伟都没动静。何素芝过去把刘大伟耳朵上的耳机拿了下来，说："都什么时候了，眼看快高考了，你不抓紧时间复习，你还想不想上大学呀？"

刘大伟睁开眼睛，像是从梦中醒过来似的，看一眼母亲，说："把耳机还给我，我得先庆祝庆祝。"

何素芝不理儿子，拿了耳机往外走。走到门口，听见刘大伟在她身后问："妈，刘有灯走了，院子里的地谁种？"

六

一个星期后的一个夜晚，何素芝刚睡下，就听见院子里的栅栏门被人拍响了，有人在外面扯了喉咙叫门。何素芝穿衣起来，开了门，走到院子里去。院子里黑黢黢的，看不清，只模模糊糊觉得栅栏门外有一个人站在那里，身边簇围了十几个小家伙，像是孩子。何素芝吓了一跳，不知道出了什么事，心想学校里的教师带了学生来宣传交通法规知识，也不该往干休所里来，干休所的老头老太太上了年纪，不会满大街去乱窜，用不着说交通安全的事，就算一定要宣传，也不该在夜里来呀？老头老太太们夜里服了两片安定，好不容易睡下，被这么闹起来，迷迷糊糊地，能听进什么去？宣传还不是白宣传？正纳闷着，栅栏外的人叫她："三奶，三奶，是我，我是有灯！"何素芝这才听出来，那个领着一大群孩子的人不是学校里的老师，是刘有灯。

刘治国和刘大伟这时都被闹起来了，穿了衣服出来。刘治国一听是刘有灯，连忙对何素芝说："是有灯来了，快开门！"

何素芝就去开门。人走近栅栏门，先闻到一股臊臭味，再听见一片哼哼唧唧的声音，门打开，刘有灯手臂上挂着一只沉甸甸的麻袋，背上背着一个行李卷，胳膊肘下还挟着一捆竹篾，人挤进来，身后抢道似的，竟然拥进来一群脏兮兮的小猪娃!

何素芝被小猪挤得直撞脚，人往旁边躲闪着，说："怎么回事？怎么回事？"

那些小猪大约是走了很长时间的夜路，乍一见到灯光，一个个欢天喜地,往屋里亮灯处冲。刘治国在台阶上看见了,大声说："有灯，搞什么名堂？你把谁的猪崽弄来了？"

刘有灯放下行李卷和麻袋竹篓，赶紧去吆猪，大声地呵斥猪说："都老实点，看把三爹三奶吓住了！"猪不听他呵斥，他就操了一旁的扫帚，一头头都扫到后院去，有两头小猪不愿去，被他捉了，老实不客气地拎着后腿，直接丢进后院，这样都圈好了，又数了一遍，数字不差了，才放下心来，去院子里的水龙头下洗了手，洗了脸，过来甩着水珠儿说："三爹，三奶，我又来了。"

刘治国说："你又来了我知道，不用你说我也看见了，我问的不是这个，我问的是，你从哪儿弄了这些猪娃子来？"

刘有灯说："从家里弄来的，有十六只是你和三奶给的那笔钱买的，另外我又赁了几只，我觉得你们虽然比一般人生活宽裕一点，但你们的钱也来之不易，按家乡人话说，是用命换来的，你们把钱给我，我要好好用才对得起你们，我买猪娃，我琢磨了很长时间，我觉得这才是把钱用在正当的地方了。我把猪娃用竹篓装了，要铁娃和丁贵两个帮我抬上汽车货架，到省城后，我一个人抬不动竹篓，就把竹篓拆了，我在后面赶，让它们在前面走，几里路，硬走了我四五个钟头，到底让我给走到了。"

刘治国不明白地说："你买猪娃是把钱用在正当的地方，这个我同意，但是你把猪娃子赶到武汉来干什么？你要是拖一车猪肉来倒是可以卖出去，武汉只要猪肉，谁要你的猪秧子？"

刘大伟在身后插话说："爸，你这就不懂了，刘有灯是对的，武汉猪肉也卖，但不如猪秧子，现在时兴吃烤乳猪，猪秧子比猪肉好卖。"

刘有灯纠正刘大伟说："大伟叔你错了，烤乳猪不是这种猪，这种猪叫德洛克，猪没喂出来的时候一包水，不经烤，烤是另外的猪，倒是三爹对了，但是三爹也没有全对，三爹你家不懂，我这赶的正是猪肉呢，我在城里侦察了一圈，我早计划好了，城里泔水多，泔水又肥，海鲜鱼肉的，都往下水道里倒，太可惜了，我赶一群猪娃子来养，猪食相当于不要钱，养肥了，就地杀了卖，我在这里杀猪，免了税，还免了运费，我这样，等于是拖了一车猪肉来。"

刘治国一听，来了情绪，说："有灯，你这个想法好，你这个想法有头脑，而且很科学，看来你真是没来错城市，你对城市真的是做了一番细致的工作，让城市启发了你。不过有灯我可告诉你，养猪可以，就地杀了卖也可以，节约猪食运费这些事情都可以，就是不能偷税漏税，那是违法乱纪的事，违法乱纪的事我们无论如何都不能干。"

刘有灯就有些得意，说："我是怎么说的？我说过我要干一番事业，我不是说过这样的话吗？城市的确给了我很大的启发。"

刘治国说："你吃饭没有？"

刘有灯说："昨天晚上的饭吃了，今天在路上吃了一个馍。"

"赶这么大一群猪，一个馍怎么行？"刘治国连忙对何素芝说，"赶快给有灯弄饭。"

何素芝去厨房里，很快把剩饭用鸡蛋炒了半锅，又做了一个鲜菇肉片汤，有现成淋了麻油的咸菜丝，一起给刘有灯端上来。刘有灯去卫生间找了一只洗脚用的盆子，给后院里的猪拌了一大盆带来的猪食，让猪娃们先吃了，自己回到屋里来，洗了手，坐到饭桌前狼吞虎咽地吃，刘治国在一旁陪着他，一边问一些村里的事情。

何素芝在旁边转了两圈，没忍住，打断两个人的说话，问刘有灯："有灯，你在城里喂猪，喂猪需要地方，你打算在什么地方喂呢？"

刘有灯端了汤碗大口喝了一气，放下空汤碗，抹一下嘴，说："三奶，猪圈是现成的，用不着盖，我早看好了，咱家后院不是有两间空房子吗？我把它们收拾收拾，再做两只食槽，再架一只大锅，猪圈就成了，我每天去收泔水，猪粪还可以养菜，什么都误不下来。"

何素芝的头一下子就大了，看一眼刘治国。刘治国也有些意外。两个人都不说话。刘有灯一点也没有感觉到，很快把饭吃完，汤也喝尽，熟门熟路的，自己去厨房里把碗筷洗了，这回没砸碗，一起放进碗橱里，进屋来说："三爹，三奶，今天晚了，我也有些乏了，我先去睡，明天一早起来我就动手收拾猪圈。对了，我还带了一些新收的花生来，今年花生好，油大，抽空我把它们剥出来，三爹你家可以下酒。"

刘治国和何素芝回到自己的卧室，何素芝把门一关，就对刘治国说："我就有一种预感，我就想到迟早家里会被弄成养殖场，这回真的来了一群猪，养殖场有了第一批成员，你看这事怎么办？"

刘治国也是没有准备，不管他多么支持家乡人，不管他多么希望家乡人能够走上致富的道路，不管他把自己的家弄成怎样的一座招待所，刘有灯半夜三更赶着一群吱哇乱叫的小猪娃撞进家门来，并且打算把他的家弄成一个猪圈，这种事他到底没有事先想过，缺乏必要的思想准备。

刘治国毕竟是生活阅历丰富的老同志，同样的一件事没遇见过，同样的一类事不知遇见过多少，不说全都迎刃而解，起码不会让它难住。刘治国沉吟了片刻，说："能怎么样呢？有灯他已经把猪赶来了，猪还小，又不是吃烤乳猪的那一种，不能立刻杀了吃，这种情况下，只能让他喂一段时间了。"

何素芝说："他喂可以，他喂到别处喂去，不能在我家喂。"

刘治国说："你说这话就不实事求是了，他在武汉人生地不熟的，一个人都不认识，你让他到哪儿去找地方？"

何素芝说："那我不管，反正不能把我家弄成养猪场。"

刘治国有些生气了，瞪一眼何素芝说："你这是什么态度？难道你准备把有灯和猪一块儿赶到大街上去？赶到大街上去，警察不管，卫生部门不管，汽车也得把猪碾死。有灯是个有志气的好青年，他要干一番大事业，在如今这个年代里，这样有雄心壮志的青年已经不多了，我们应该支持他才对，怎么可以把他和猪一块儿赶到大街上去呢？这种事情要传出去，别人还不指着鼻子骂我们？你是受党教育多年的干部，你的觉悟都到哪儿去了？"

何素芝不说话，是在那儿赌气。何素芝把刘有灯和那群吱哇乱叫的小猪没办法，何素芝主要是把刘治国没办法，她和他一起生活了几十年，太知道他这个人，他要认定了的事，别说她这个做妻子的，就是毛主席来了也没用，毛主席来了他最多也就是不顶嘴，遇到他这样的人，她除了赌气，除了不说话，无计可施。

第二天，刘有灯一大早就起来了，把后院里的两间堆旧物的房子收拾出来，找了一些材料，叮叮当当地钉猪槽。刘治国有了昨晚的决定，也睡不踏实，很早就起来了，到了后院，在一旁指挥着，递递工具，后来见刘有灯干得欢天喜地，也来了情绪，脱了外套，挽了袖子，从外面搬了砖头来，和了泥砌锅台，干得热火朝天。何素芝干这种事不行，又不能总赌着气，在一边站了一会儿，看小猪在菜地里喜气洋洋地跑来跑去，把绿油油的菜全糟蹋了，就去赶猪。那些小猪本来在菜地里玩着，见有人来赶，以为城里人和乡下人不一样，城里人喜欢和它们做游戏，这一下高兴了，窜得更欢，和何素芝躲开了迷藏。何素芝撵着那些小猪娃，东跑一气，西跑一气，撵谁也撵不上，人毕竟上了年纪，腿脚不灵了，不一会儿就跑得气喘吁吁，撑了腰，站在那里看着四下欢蹦乱跳的小猪崽直喘气。

何素芝觉得头晕，去屋里泡绞骨兰喝，路过刘大伟房间，见刘大伟躺在床上，枕着手，两眼望着天花板发呆。何素芝走进去，说："大伟，两天以后就考试了，你不抓紧时间复习，发什么呆？"

刘大伟半天才懒洋洋地说："我在想，高考要是出了这方面的作文题，我是不是可以拿刘有灯做人物写一篇？我要是很真实地把刘有灯这个人物写出来，我也不做什么发挥，不引申什么意义，只是就我看见的事情如实记下，改卷子的老师看了，会不会认为我的作文写得太假？是编出来的？不可信？"

何素芝走近了，低了头仔细地看儿子，看得刘大伟奇怪了。刘大伟说："妈，你这么看我干什么？我还没有想好该怎么写呢。"

何素芝忧心忡忡地警告说："大伟呀，高考决定着你的未来，你可千万别走火入魔啊？你可千万得把持住，别受外界影响啊？"

刘大伟看一眼母亲，把被子拉过来，蒙了头。何素芝看他万念俱灰的样子,知道那消磨是大了，是鸟啄熊舔，抽丝剥茧，乱了方阵了，也不知道该怎么劝，硬把他拽起来也未必能够拽出什么效果，拽急了，说不定适得其反，何素芝在那里站了一会儿，叹了一口气，轻轻地掩了门，走开了。

两天之后一大早，刘大伟去考场赴试。何素芝很早就起来了，又是溏心鸡蛋又是雪菜肉丝面，精精心心地给大伟做了丰盛的早点，看大伟吃完，送他出门。

刘有灯比谁都起得早，在后院煮了猪食，喂了吱哇乱叫的小猪娃，正挑了一副桶要出去收泔水。一见刘大伟出门，就说："大伟叔，去赶考场呀？"

刘大伟默着数学公式，有些心不在焉，说："嗯哪，你也去考场？"

刘有灯笑，说："你看你，念书都念得五迷三道了，我去考场干什么？我考猪倌还差不多，我考猪倌说不定还真能考个状元。但是我也明白，现在是科技时代，养猪也要靠高科技，我这样挨家挨户去收泔水，就算是个状元，也是个收泔水的状元，没有什么出息。大伟叔，我真是羡慕你，有这么好的学习条件，你可要努力啊。"

刘大伟说："哦。"

刘有灯兴致很高，站在那里等刘大伟开自行车锁，说："大伟叔，这几天我一直想跟你说一句话，我觉得现在是一个尊重知识的时代，我们两个人要是不论辈分，都是年轻人，都活在一个时代里，其实不然，我在这个时代里，没有自己的地位，只能看着别人甩开膀子大干一场，当然我也不服气，我也不会只看着别人干，我也会努力，但不管怎么说，你比我有条件，你才是赶上了好时代。"

刘大伟急着往考场赶，没有心思和刘有灯说话，推了自行车出了院子，把文具往自行车前面的篓子里一放，一偏腿，上了车。

刘有灯挑着泔水桶，本来是想和刘大伟一块儿走，继续说话，可他两条腿，撵不上两个轱辘的刘大伟，一下子就被刘大伟丢下了。刘有灯看赶不上了，在后面紧走了两步，把泔水桶换了一个肩，高声喊："大伟叔，好好考啊，振兴祖国的未来，全靠你了!"

七

日子过得很快，转眼之间，日子就到了冬天。这个冬天，刘家人的生活都发生了一些变化。

首先是刘大伟。刘大伟考上了本地的一所三类综合大学，读文秘专业。刘大伟本来不喜欢这个专业，他觉得这个专业不怎么正经，有些怪怪的暧昧，尤其是一个男性读这个专业，总显得有点那个。但是刘大伟也没有办法，他的考分只够读这所三类学校，只够读这个专业，他不能拿自己的考分来改变什么现实，去学核潜艇设计或者遗传学专业。

高考发榜的时候刘大伟的心情很不好，没有去参加同学们组织的各种狂欢活动。大家都知道刘大伟没有考好，考的不是他自己喜欢的学校和专业，有些同情刘大伟，所以只是给他打打电话聊聊天，并不硬拉他去受刺激。刘大伟的班主任不是同学，不给刘大伟面子，说刘大伟，你是怎么回事？我对你寄托了那么大的希望，我就差点没和教导主任赌上一注了，平时你的表现也不错，怎么关键时刻露怯了？说得刘大伟闭了眼睛半天没开口。班上一个名叫王笛的女孩，一直喜欢刘大伟，是刘大伟曾经拉过手的女孩子当中的一个。王笛考上了上海交大，是好学校，但她一点遗弃刘大伟的念头也没有。王笛鼓励刘大伟说，大伟你不能就这样破罐子破摔，你得复读，你要忍辱负重忍气吞声你这辈子可就完了。王笛坐在床边说刘大伟，王笛说了好一阵刘大伟都没有说话，刘大伟躺在床上，头枕着手，眼睛盯着天花板，像抽了脑积水的傻子似的。后来王笛去推刘大伟，说你这是干吗呀？你是不是觉得我真该安慰你，我该脱了衣服上床来，把我献给你，让你发泄一气，让你死而复生？刘大伟烦了，摸不着头脑地丢了一句话出来。刘大伟说："屁!"王笛从嘴里吐一颗梅子核出来，盯着刘大伟说："你怎么回事？怎么变得这么粗鲁？"刘大伟瞟一眼王笛，说："你闻到我身上的泔水味了？"王笛莫名其妙地看刘大伟，刘大伟却再也不理会王笛了。

刘治国和儿子不同，刘治国的变化是身体上的。刘治国在干休所老同志的例行检查中，检查出了心脏上的毛病。刘治国身体本来就不好，毛病很多，口眼鼻耳，肝肠肚肺，外加前列腺，都有一些问题，但几十年来，心脏一直很忠实，运行正常，拿刘治国自己的话说，就是各部门都出了一些问题，党委是团结的。刘治国和何素芝开过玩笑，说只要党委没事，各部门出点问题不要紧，能够控制住，变不了天。这一回发现心脏出了毛病，等于是党委也有问题了，天要变了，刘治国就有些不耐烦了。刘治国有些悲伤地对何素芝说："看来真的是大势已去了，我真的要去见马克思了。"

刘治国心脏有了问题，何素芝心里也不安，但何素芝跟了刘治国几十年，从一个黄毛丫头跟成一个步履蹒跚的老妇人，大半生磕磕碰碰，历经风雨，不说别的，心理准备是早就百炼成钢了，那心理准备当中，有一项就是当事情一旦发生时，不能任刘治国心灰意懒。何素芝不是科技时代出生的人，她习惯于靠着信念和毅力来把握并且平衡意外的生活。她还知道大树不能倒这个道理。

何素芝一脸平静地对刘治国说："人都到这把年纪了，说心脏一点问题也没有，那是呵人的事，不是唯物主义的。党委出了问题，咱们就整顿党委，该解决问题解决问题，该加强建设加强建设，咱们把党委整顿好，整顿成一个更加坚定团结的党委，才能继续带领各部门前进，这才是一种积极的态度，唯物主义的态度。要是放弃整顿，破罐子破摔，你就是去见了马克思，马克思也会罚你写检查，不会给你好脸子的。"

何素芝一下子对刘治国说了那么多。这是她这一辈子头一回对刘治国说那么多。平时总是刘治国说，她听着，她是刘治国忠实的听众。现在她一说，头头是道，把刘治国说得一愣一愣的，愣过以后，不得不对她刮目相看。但是何素芝不知道，她这么说刘治国，她说刘治国破罐子破摔，一个名叫王笛的女孩子也这么说了她的儿子。

　　刘家的人变化最大的，要属刘有灯。刘有灯初春开始在刘大伟家里养猪，他把刘大伟家后院里的两间房子改造成了猪圈，每天挑着桶外出收泔水，回家来煮猪食，这样天复一天，做着他勤劳快乐的猪倌。刘有灯做他的猪倌，天复一天，却并非总是日出而作，日落而归，干着同样一件单调的事，他其实做着一些变化很大的事情。首先，猪是要往大里长的，猪一旦长大了，长成了成年的猪，在体积、食量、食谱等诸多方面就得随之应变。刘有灯初春的时候赶了二十多头小猪娃来，他在一个寒冷的夜里赶着那二十多头猪，走了一天一夜，来到刘大伟家。那些猪经过他半年时间的精心喂养，很快就长得膘肥体壮了。猪长成了大猪，原来的那两间由仓库改造而成的猪圈就不够用了。刘有灯首先得解决这个问题。刘有灯夜里出去，到外面的建筑工地上捡来一些钢筋和铁丝，一些零碎砖头，一些散装的水泥，一些河沙，一些木头和油毛毡，总之是一些建筑材料，他把捡来的建筑材料堆放在后院里，自己动手，裁桩搭架，和泥砌墙，在两间猪圈旁边，又盖起了三大间简易的新猪圈，让日渐庞大的猪家庭，有了适应生存的居住环境。猪大了，食量也随之增大，光靠每天外出收泔水已经无法供应猪们的需要了。武汉是一座七百万人口的大城市，武汉的泔水肥得流油，肥油成河，但刘有灯没法把它们弄到他的猪圈里来。刘有灯收泔水收得很辛苦，那些大酒店他进不去，小餐馆又不愿意把泔水给他，他要用钱买，人家不屑地说，你知道两块钱是多少？是我半碟开味咸菜的价，我山珍海味都丢了，要你半碟咸菜干什么？刘有灯苦苦求人家，要人家别把那么好的泔水倒进下水道里去，他愿意给他们打工，做做粗活，换得那些对武汉人已经没用了的泔水。刘有灯把人家求烦了，人家就把刘有灯往餐馆外面推，你打工？我还怕你把我的客人吓跑了呢？刘有灯摔过人，砸过桶，被人泼过一头一脸泔水，挨过店主和客人的训斥和打骂，整天求爹爹告奶奶，远远供应不上那一大群饕餮之徒的需要。刘有灯对这个早已胸有成竹，他早就做好了准备，事先留下了一笔钱，当泔水供不上的时候，他就找到饲料公司，用刘大伟的那辆自行车，一趟一趟地往家里拖猪饲料。他那么一趟趟地往家里运猪饲料，还买了一口大锅，正式地砌了灶台，拖了煤炭来，整天炉子通红地煮猪食；他在那里忙碌着，一担一担地往前院里挑猪粪，东风一刮，前院的猪粪臭，西风一刮，后院的猪泔酸，把个家里，弄得整天空气不好，完全成了一个真正的养猪场；他还打算在后院的墙上开一个门，修一条简易路，方便运送猪饲料，也方便将来猪养肥了，好往外运送，他那么一板一眼地把刘大伟的家，弄成了个真正的养猪场，最终把何素芝逼上梁山，不得不反了。

何素芝整天跟在刘有灯的屁股后面，打扫这个打扫那个，刘有灯在后院煮猪食时，她就把后面的窗户全关严了，刘有灯把猪粪挑到前院时，她就想方设法弄土来把猪粪便埋了。刘大伟考上大学后，吃住都在学校里，每星期就回来一次，照说一副担子卸去了一头，何素芝应该松一口气，可以一门心思侍候刘治国，再空闲下来画老年大学布置的国画作业了。谁知走了刘大伟一个人，来了刘有灯以及二十几口猪，那猪和大伟不同，一是数量在那里放着，是个不小的建制单位，二是大伟怎么说，从小就是一个讲卫生的孩子，到大了，袜子天天换，头天天梳，裤脚上有一星泥就脱了丢进洗衣机里，衬衣决不会穿到第二天去。猪和大伟比起来，可就太不一样了，要猪讲卫生，那是留待21世纪畜牧业解决的问题，现在只限于在科普和科幻杂志上写一些文章吹吹风，不能真实现。何况大伟养了十几年，天天看着长，也就长了一米七的个头，猪不用操心，只要槽里的食够了，吃饱了，个头见天地疯长，一天一个样，又不像大伟那么听话，戴上耳机可以一声不吭，猪整天吱哩哇啦乱叫嚷，一口食没到嘴里，抗议就来了，恨不得把屋顶都给掀翻了，到夜里还不肯休息，你挤我拱你，闹得人无法入睡。何素芝在这样的环境里，先捏着鼻子捂着眼忍着，只盼着猪早点肥，早点送进屠宰场，落得家里安静，哪知有一天做饭的时候，在煮好的饭里发现了一根长长的猪鬃，又在炒好的菜里发现了几片刘有灯去菜场里捡来给猪吃的菜帮子，何素芝一下子就爆发了，她就觉得这日子没法过下去了。

何素芝冲进刘治国的房间。刘治国正在看报纸。刘治国抬头看何素芝，他看何素芝眼里冒着火，一副痛不欲生的样子。刘治国不知道发生了什么事，就放下报纸问："怎么了?"

何素芝走过去，把在饭里发现的那根猪鬃和在菜里发现的那两片菜帮子，一起放在桌子上，一字一句地说："你看一看，这是在饭里和菜里发现的。"

刘治国取下老花镜，凑近了看，看明白了。抬头问："怎么，你没淘米洗菜?"

何素芝说："我淘了五遍米，洗了八遍菜。"

刘治国说："那怎么会有这些东西?"

何素芝说："你得去问有灯。"

刘治国更不明白了："有灯往饭菜里放的? 他往饭菜里放这玩意儿干什么? 要咱们吃? 他要咱们吃这些东西有什么作用?"

何素芝："要是他放的倒好，这次逮住了，下次不放就是了，问题是这些东西有灯不会放，有灯整天忙碌他的猪，根本没有心思照顾我们，它们是自己到饭菜里去的，也就是说，它们已经无处不在了，已经很容易地跑到饭菜里去了。老实说，这些东西除了不干净不卫生，什么作用也没有。再老实说，这是看见了的，没看见的，我们不知已经吃进去多少了。"

何素芝这么一说，自己先有了一种呕吐的感觉。

刘治国一脸天真地说："不至于，不至于嘛。"

何素芝有些气急地说："至不至于，这猪鬃和菜帮子总不是我放进饭菜里去的吧? 它们在饭菜里总是事实吧?"

刘治国承认说："这倒是，你不会往饭菜里放这些东西的。"

何素芝占了理，就和刘治国摊牌："那你说说，这事怎么办吧?"

刘治国被何素芝堵上了，渐渐地也有了生气。刘治国不反对一个人有上进心，不反对一个人干事业，不反对刘有灯这样的有志青年在他的家里养猪，但他不喜欢吃夹杂着猪鬃和菜帮子的饭菜，不喜欢别人把他也当成猪来养，尤其不喜欢干事毛毛糙糙的那种人。刘治国这段时间检查出了心脏的毛病，这对他打击很大，使他显得有些沮丧，有些烦躁，他觉得自己的心脏发现了毛病，和他过去对任何事情太不当一回事有很大的关系，在这种时候，何素芝拿了一根油汪汪的猪鬃来，拿了两片给猪吃的烂菜帮子来，就容易煽动起他内心的火，触动他历史的经验教训，使他沉不住气。刘治国把手中的报纸往边上一摔，说："这个有灯，怎么把我也当作他的猪了？我就是猪我也有国家养着，用不着他来养，他到底想要干什么，太不像话！"刘治国就走出屋去，找刘有灯谈话。

刘有灯在后院猪圈里煮猪食。刘有灯手里拿着一本书，身边放着五六个大大小小的口袋，他一边嘴里念念有声地翻着手中的书，一边把口袋里的各种食料往锅里放。刘有灯一看见刘治国就兴奋地喊："三爹，你快来看，我又学了一种配料方法，按照这种方法，猪每天能长一斤七八两，还能节约百分之二十的饲料！"

刘治国吓了一跳，说："胡说什么，一天一斤七八两，那喂上两年，你这一群猪还不喂成一群大象了？"

刘有灯说："不是胡说，是科学，书上写得明明白白的，只要严格按照科学的方法饲养，一斤七八两是保守数字。再说三爹你家不懂，现在的猪都不兴喂两年的，喂上两年的猪是老猪，肉不好吃，卫生部门还不叫杀呢。"

刘治国走过去，将信将疑地伸出手去，说："把书拿过来我看看。"

刘有灯把手里的书递给刘治国。刘治国接过书来，举到阳光下觑了眼看。刘有灯放下锅铲，跑回屋里去，一会儿就熟门熟路地给刘治国取来了老花镜。刘治国把老花镜戴上，这一回就看清楚了，书上真是这么写的。

刘治国说："还真是明明白白的呀。"

刘有灯认真地说："我一直在钻研这方面的科学知识，三爹你要知道，现在是一个科学知识日新月异的年代，科学知识能让一个人聪明起来，能让一个国家强大起来，能让一个民族兴盛起来，科学知识的力量大得很呢。"

刘治国点头说："科学知识真是了不得。"

刘有灯说："所以我很注意利用科学知识，我现在都是按照科学知识的方法来喂猪的。"

刘治国兴致盎然地说："那你这样喂下去，不真把猪喂成大象了？"

刘有灯很有把握地说："大象有什么稀奇，美国肯塔西州有一个农场主，他喂的猪八个月出栏，小的就有八百公斤，三爹你家想一想，八百公斤呀，还是小的，不是大象是什么？"

刘治国说："嗬！"

刘有灯向刘治国普及完科普知识，锅里开了，刘有灯连忙操了锅铲去搅拌锅里的猪食。刘治国在一旁饶有兴趣地边看边问。刘有灯既要问答刘治国的提问，又要忙着往锅里添加各种各样的饲料配方，还不能让锅底粘了煳，忙碌不过来，就让刘治国在一旁搭个手，帮着往锅里添饲料，他动嘴，刘治国动手，这样有问有答，两个人配合得十分默契。不到半个时辰，一锅猪潲煮出来，刘治国转来转去的，出了一身汗，通体舒畅，又明白了许多过去不懂的东西，脑袋里也明晃了，过去闻着酸兮兮臭烘烘的猪食，现在闻着反倒有了一种甜丝丝的酒糟香，闻多了，就有了微醺的感觉。

刘治国丢了饲料铲，拍拍手上的灰，趿拉着拖鞋往家里走。回到家，何素芝在那里等着，拿眼睛看刘治国。刘治国取了一条干毛巾递给何素芝，往后背指了指，人站到何素芝面前，把背弓起来，示意何素芝给他擦汗。何素芝一边给他往背里塞着毛巾，他一边摇了摇头，感慨地说："不行了，长期不动，人也松了劲，脑袋也空了，赶不上形势了。"

何素芝一时没明白，问刘治国："赶上什么形势？"

刘治国捧起茶杯喝了一口热茶，说："美国肯什么州，有一个农场主，养的猪有八百公斤，还是小的，还不用一年时间，你说说，这猪是怎么养的？"

何素芝塞好了毛巾，替刘治国整理衣服，说："美国的事情你管他干什么，你只把我们自己的事情管好就行了。"

刘治国看着何素芝说："我们什么自己的事情？"

何素芝停下手说："怎么，你没去和有灯谈呀？"

刘治国说："怎么没谈，我和有灯一直在谈，我们谈了不少问题，我们不是连美国都谈到了吗？所以我才说，我现在已经跟不上形势了，真的是被淘汰了。"刘治国有些痛心疾首地摇晃着脑袋，"看来不加强学习实在是不行哪！"

何素芝明白刘治国已经把该说的事情忘到脑后去了。何素芝并不失望，这种事情她要失望实在是失望不过来。何素芝也不说什么，起身自己去了后院，把在饭菜里发现猪鬃猪菜的事情对刘有灯说了，而且说得有些严重，潜台词里是和刘治国的病连在一起，暗示那是刘治国心脏病的一个激发因素。

刘有灯听了，一下子就显出不安的神色来，脸也涨红了，说话也结巴了，还有些着急，一双茧皮皲裂的手下死力搓着，是痛恨自己的样子，一只架子猪过来很亲热地拱他的腿，拱得他一歪一歪的，他也浑然不觉。

刘有灯说："怎么会是这样？怎么会是这样？这事简直太糟糕了！"

何素芝一看刘有灯那样，知道自己的话有些重了，是硬要拿什么责任，往不知情者身上贴，有些显得狭促，事情说穿了，反倒感到有些不自在，马上又撤了围说："有灯我不是说你，我是说这种现象，就算是你造成的，你也不是故意的，以后注意一些就是了。"

刘有灯拼命地点头，说："我注意，我一定注意！"

何素芝就回屋里去重新做饭。何素芝一边择着豆芽菜一边想，其实有灯也是个老实孩子，懂事的孩子，什么事情一说就通；其实做什么都很难，不易做，更不易做好，尤其不易做好到大家都满意；其实她发现了饭菜里的猪鬃猪菜，她把这个发现告诉了刘治国，要刘治国去找刘有灯说说这件事，然后她自己去把这件事说了，说得刘有灯面红耳赤，愧疚有加，恨不得找个地缝来钻进去，但那都解决不了问题。凭何素芝的经验，她知道，这事并没有到此结束，饭菜里日后仍然会发现不该发现的东西，甚至发现更加不该发现的东西，这是肯定的。在择菜的过程中，逐渐平静下来的何素芝已经想出了一个更好的办法，当然那个办法很消极，是一个没有办法的办法，那个办法是，今后吃饭的时候，不戴花镜，多说说家常话，少看看碗里的内容，只把吃饭这件事限制在嘴上，这个问题，也就算解决了。

八

刘大伟读了三年大学，三年后他顺利毕业了。

刘大伟不喜欢文秘这个专业，也不喜欢三类学校，但他改变不了这个现实，在这个现实面前，刘大伟既没有反抗的行为，也没有反抗的念头，是服服帖帖地把三年的大学生活度过来的。当然，刘大伟也并不是一个脱离了时代的人，也不能说他有多么地消极，三年的大学生活，他该下苦功的下了苦功，该逃课的逃了课，该和女孩子睡觉的睡了觉，该上街游行的游了行，总之，凡是当代大学生应该干的事他都干了，应该经历的事他都经历了，按照校园里的说法，他也算是个满目疮痍的人物了。

刘大伟大学毕业后，为分配的问题费了一些周折。主要是文秘这个专业的暧昧性，加上他自己对这个专业有着抵触，他的档案一直在学校滞留着。分配见面会上，班上漂亮女同学的档案第一批被用人单位提走，清秀的女同学的档案第二批被用人单位提走，不漂亮不清秀但有能力或者有背景的女同学的档案第三批被用人单位提走，剩下了不漂亮不清秀没能力没背景的女同学和大部分刘大伟这样的男同学，用人单位就不再上门来看档案了。刘大伟不像班上别的剩余对象，刘大伟并不着急，也不感到绝望，就像他在大学三年时间里谈过的两次恋爱，一次要死要活了半年，一次属于环境惯性，女孩子找上门来，他说不上喜欢，也说不上讨厌，被动地交往了几个月，然后就散了，两次恋爱结束之后，刘大伟都没有觉得世界的末日到来了，日子该怎么过还怎么过，无非自己感觉着成熟了一些，是生活中的人了。刘大伟看着班上同学的档案一批批被提走，同学们一批批欢天喜地地跟着自己的档案走了，一点也不悲观，自己揣着推荐档案去用人单位跑了一圈。刘大伟那么一跑就发现，其实社会上用人单位不少，文秘这个专业也不像人们想象的那样人满为患，好几个单位都表示出对刘大伟感兴趣。但用人单位感兴趣，多少带有一些希望上的折扣，同时也都表示出对刘治国这个前省商业厅厅长身份的兴趣，这就让刘大伟失去了兴趣。刘大伟虽说高考时失利，读了一个三类学校，读了一个自己不喜欢的专业，但他并不打算把自己降格以待，他才不会到汽车运输公司或者三建集团这样的单位去帮大字不识几个的老总们写材料呢，他还是希望能靠自己的能力，找到一个满意的单位。不管怎么说，他希望自己的未来在一开始就有一个好一些的基础。

刘大伟在社会上跑了一圈，没跑出什么名堂来，索性不跑了，回到家里待着，等待机会。

那一段时间，刘有灯已经不喂猪了，改为贩山货了。刘有灯在农贸批发市场里租下了一个门面，从老家收购了一些红枣、板栗、木耳、莲米来，货收来囤放在刘家，将先前的猪圈改为仓库，每天蹬着板车往农贸批发市场里拖货去卖。刘有灯要跑到乡下去收货，又要在农贸批发市场里做生意，虽说他请了一个乡里来的亲戚帮忙，但仍觉得人手不够，看到刘大伟一时没找到合适的单位，就鼓动刘大伟和他一起倒腾山货。刘有灯很高兴地说，大伟叔，正好，你反正没事，不如和我一起干，你在市场里当掌柜，我专门跑山里收货，你有文化，知道什么是信息，我有的是力气，山里的事情又熟，我们叔侄俩配合，准能把事业干起来。

刘大伟躺在床上看书，听刘有灯那么说，把书一丢，说："你那种事，也敢叫事业，叫待业青年干干还行，要不就是刚从牢里放出来，找不着工作的人做，你叫我去给你二两蘑菇半斤黄花菜地做买卖，亏得你敢想。"

刘有灯不明白，说："有什么不敢想？你不是一时没找着工作吗？你总不能老躺在家里看书吧？再说，我也不算城市里的待业青年，我也没坐过牢，我不也干着吗？我从乡下出来的时候，就是不想在水库当煮饭的师傅，我还和管理区主任发誓说，这一辈子决不养猪，我不也养过猪吗？我不也干得挺好吗？我觉得它就是事业。"

刘大伟嗤地笑了一声，嗤地又笑了一声，说："有灯，你要真缺帮手，我建议你回老家去招一批人来，老家那种不产粮食只出人的地方，你要多少人都行，你甚至可以像北京的福建村一样，在武汉建立一个鄂东村，说不定电视台知道了，还会拿你来做一条新闻呢。"

刘大伟说了，懒得理刘有灯，躺在床上继续看他的书。刘大伟看了一会儿书，渐渐地有些看不进去了，有些觉得什么地方不对，他把书放下，才发现刘有灯并没有离开，仍然坐在他对面，眼睛盯着他，好像是在琢磨着什么事情。刘大伟以为自己有什么地方被刘有灯看出了毛病，正打算问刘有灯，刘有灯一拍大腿，嘿地大叫一声，把他吓了一大跳。

刘有灯兴奋地说："大伟叔你提醒了我，你让我有办法了！"

刘大伟莫名其妙地说："我提醒你什么了？我让你什么有办法了？"

刘有灯说："我一直不知道该用什么办法把事情做大，我只是知道用傻力气，你一说，我就知道该怎么干了。第一，我回老家去招一批亲戚来，亲戚靠得住，在乡下反正没什么事情做，只要有饭吃，工钱什么的不会计较；第二，我就依你的说法，招聘一个从牢里刚放出来的人，我那摊子老是被人吃黑，东西卖出去，账收不回来，从牢里放出来的人什么也不怕，我开一份工资给他，什么事也不要他做，就要他专门守摊收账，看谁还敢欺负我！大伟叔，我早就知道，像你这样的大学生，就是比我有出息！这个文化呀，实在是了不起！"

刘大伟摇了摇头，觉得刘有灯听风就是雨，太幼稚了，让人没法把问题引向比较深一些的领域中去谈。刘大伟重新躺回床上，想继续看书。刘有灯得了多么好的宝贝似的，脸儿红红的，很兴奋，人凑过来，孩子似的，用右手捉了左手说："大伟叔你猜猜我的中指头吧。"

刘大伟说："猜什么中指头，我要看书。"

刘有灯伸了手，拿肘子拐刘大伟，说："你猜完再看，猜完再看。"

刘大伟说："你烦不烦呀。"

刘有灯笃定地说："你猜猜吧，这一回保证跟上一回不一样，这一回你保证猜不中了。"

刘大伟缠不过刘有灯，人躺在床上，侧过身子来，瞟了刘有灯伸到他面前的手一眼，二拇指把刘有灯冒得最高的那根手指一拎，说："松手。"

刘有灯脸色变了，他想把手抽回去，刘大伟捉得紧，跑不掉，他没办法，无可奈何地松开手，可怜巴巴地做了俘虏。刘大伟把他刘有灯的中指头一丢，哼一声。刘有灯把左手的五根手指头举到眼前翻过来翻过去地看，一副不明白地口气说："怎么回事？到底是怎么回事？我琢磨了半天，我还研究了策略，训练过，怎么又被你猜中了？"

刘大伟任刘有灯在那里研究他的手指头，不再理会他，自己转过身去，面向墙壁，拿起书来，翻到刚才看到的那一页，继续看他的书。这回他没有受到什么干扰，看进去了。

刘大伟终究没有和刘有灯一起扛着麻袋一身一脸尘土地去大山里收蘑菇，这种事，不光刘大伟觉得太离谱，连刘治国何素芝也觉得不现实。何素芝对刘治国说，有灯的想法是不是有些不正常？一个大学生，怎么能去做小贩呢？刘治国同意何素芝这个观点。刘治国并不认为刘有灯的脑袋瓜子有问题，但他认为刘大伟应该比刘有灯的起点高，不能用一般求生存的标准来要求大伟，那样要求就太低了。最后还是刘治国亲自出面，找了一个老关系，把刘大伟安排在省里的一个机关单位工作，刘大伟的毕业分配问题才最终得以解决。

九

刘有灯按照科学的方法养了十个月的猪，他每天起早贪黑地去收潲水、拖精养饲料、按配方煮饲料，他甚至还利用那台修好的红灯牌收音机，给猪放黄梅戏音乐，他自己在一旁捉了猪篦猪蚤子，把一群猫崽一样大的猪秧子，养得个个膘肥体壮。到入冬的时候，那些猪一个个肥得连路都走不动了，即便不是大象，和象崽也相差无几了。本来刘有灯在养猪这个事业上是肯定能大展宏图的，他已经积累了大量的经验，而且在刘家建立了一个条件不错的养猪场，他还托进城来的乡下亲戚捎话回去，说等一开年，手头的这一拨完事了，他会回去收猪秧子，这一回他不是要二十头，而是要一百头，他要规模性地发展他的养猪事业，把他的养猪事业轰轰烈烈地发展壮大起来。

可是刘有灯的养猪事业却半途夭折了。

刘有灯辛辛苦苦地把猪养大，自然不肯把猪送到肉联厂去，让肉联厂白赚了他的钱，他要自己杀猪。刘有灯置办了杀猪的家什，雄心勃勃地从猪倌改行做了杀猪佬。何素芝只知道猪是要喂才能长大的，没想到猪长大了是要杀的，猪只有杀了才能变成肉，才能成为餐桌上的美味佳肴，等她明白过来这个道理时，她本能地提出反对意见，不同意刘有灯在家里杀猪。刘有灯解释说并不是在家里杀猪，家里地方小，施展不开，要是猪一时没杀死，挣脱了跑起来，容易把家具什么的弄坏，他是在院子里杀猪，院子里宽敞，猪就是杀不死，有围墙挡着，猪就算练成了马拉松冠军也是虎落平原，没处可跑。何素芝仍然摇头，说我指的家，也包括院子，你一杀猪，肠子肚子满树挂，血呀粪便呀弄得满地都是，猪再嗷嗷地一叫，家里本来已经被弄得不像样子了，再这样一来就没法过日子了。刘有灯表示他可以小心一些，肠子肚子不往树上挂，用大盆装，血呀粪便呀不弄到地上，也用盆装上，再把猪的嘴用绳子捆起来，让它没法叫出声，这样就没问题了。何素芝哪里相信没问题的话，倒不是不相信刘有灯，是不相信杀猪这种事会有那么井井有条，别的不说，刀一捅进去，血还不往外乱溅？你说不让它溅它就不溅了？你把它的嘴捆起来，它不用嘴叫，它用鼻子眼和肺叫，谁都知道猪的肺活量是很大的，它要闭着嘴叫出惊天动地效果来，你能把它怎么样？你能把它杀上两次不成？刘有灯很为难地说，那三奶你家看我在哪里杀猪呢？我总不能到操场上去杀猪吧？我也不能到大马路上去杀猪吧？刘有灯说得很有道理，他肯定是不能到操场上去杀猪的，他也不能到大马路上去杀猪，他要去操场上或者大马路上杀猪，影响会更加糟糕。刘有灯把客观事实一说，何素芝没话了。一旁刘治国就说，行了，就在后院杀吧，不过有灯你要注意一些，你不能风风火火的，你在这里养猪，干休所里已经有意见了，支部会上提到了两次，你再杀得叽里呱啦乱叫，所里非把咱们告到派出所里去不可。刘有灯就拼命点头。何素芝不会点头，但刘治国同意了的事，尤其是一件最终结局的事，她是不可能再说什么了。

刘家人谁也没有想到，刘有灯杀猪果然杀出了问题。刘有灯去市场上联系到肉贩子，说好了价钱，肉贩子来家里验肉交钱。刘有灯头一天杀了三头猪，肉贩子一看肉不错，都争了去，并且要刘有灯第二天多杀两头。第二天锅还没烧热，人就早早地来了，不是肉贩子，是工商局的人，说接到举报，刘有灯无证杀猪，属于私宰，违反国家生猪屠宰的有关规定，现场的所有生猪和工具一律予以没收，还要追加罚款。刘有灯一下子就急了，手里举着亮锃锃的杀猪刀，说我杀猪交钱，我该交多少交多少，一分钱也不白赖你的，怎么就违反规定呢？工商局的人往后退了两步说，你说的交钱是指交税钱，那是税务局的事，与我们不相干，我们只管你有没有执照，没有执照你就是私宰。工商局的人还说，你把手里的刀放下，先放下了再说话，你举着刀在那儿说话，情绪又激动，弄不好，切了谁的脸，私宰之外，再加上一个过失伤人，你的案子就麻烦了。刘有灯把手里的杀猪刀放了，说，你们事先也没有叫我办执照呀？你们要叫我办执照我不早就办了？工商局的人说，你这样的人在武汉市有几十万，我们又不认识你，我们又不知道你要杀猪，我们到哪儿去告诉你？你不是说废话吗？刘有灯舍不得辛辛苦苦养大的猪，拦住了不让工商局的人往车上拖。工商局的人瞪了眼，把一份用塑料薄膜热封了的油乎乎的文件往刘有灯怀里一丢，说，你先好好把有关规定学习学习，我只告诉你，这是国家法律，不是儿戏，我们现在是在执法，你要捣乱，我们就以抗法予以论处，通知公安部门来处理，到时候，不光猪，连你都一块儿办了。

刘有灯眼睁睁地看着工商部门的人把他的二十几头肥猪拖上了车，人站在院子里，瞪着眼，耷拉着胳膊，连哭的力气都没有了。肥猪们并不知道自己要去哪里，在圈里关久了，一时被放出来，一个个欢天喜地，吱哇乱叫，像是一支外出春游的队伍。干休所的领导闻讯赶来，询问了情况，虽然对刘家在老干部们安度晚年的干休所里养猪这件事不满意，但毕竟事情有个内外之分，同时也留了个心眼，不想等事情结束之后，刘治国跑到所里去扯皮，就帮着说了一些话。工商局的人考虑到干休所这一层关系，考虑到刘治国这个老干部这一层关系，决定对刘有灯宽大处理，不再追加罚款，但猪和杀猪工具，一样也不能留下来。

　　工商局的人来时，刘治国一直关在屋里没出来，何素芝跑出跑进，也帮不上什么忙，只是一辈子革命，家里头一回来了政府执法部门的人，心里有些慌乱，也有些羞愧，又不知该怎么应对。等人走后，何素芝进了刘治国的房间，见刘治国坐在那里，手里捏了一张报纸，也没看，脸上红红的，在那里发愣。何素芝本来是一肚子怨言的，一见刘治国这样，反倒不好再说什么埋怨的话了。

　　何素芝把茶杯递给刘治国，安慰他说："人已经走了，也没罚有灯的款，也没带走有灯人，还算好。"

　　刘治国看一眼何素芝。何素芝连忙解释说："我这话没有别的意思，我是说事情还不算太坏，要是再罚有灯一笔钱，再把有灯人带走，不是更麻烦吗？"

　　刘治国叹息一声，说："事情怎么会弄成这样？只说靠力气吃饭，不偷税漏税就行了，怎么又弄出个私宰的问题出来了？"

　　何素芝说："也怪我们自己事先没弄清政策，不知道养了猪不能随便杀，人家也是依法办事，连文件都拿出来了，不会有错的。"

　　刘治国把茶杯放回桌上，说："素芝，你看这事已经出了，咱们是不是也有责任？咱们是不是也该检讨检讨？咱们是不是也该拿一笔钱出来，补贴一下有灯的损失？"

　　何素芝吓一跳，说："二十几头肥猪，一两万块钱，咱们怎么拿得出来？"

　　刘治国说："有灯从家乡来，喂几头猪不容易，我们不能眼睁睁看着他受这个打击，那我们算什么人了？"

　　何素芝想了想，说："要不，我们给有灯两千块钱，不是我不愿意给，我们就那几个积蓄，还得留着养老，还得留着给大伟办大事，不能一下子都拿光了。"

　　刘治国坚持说："这样吧，拿三千，三千不能再少了。"

　　何素芝就去银行里取了三千块钱，交给刘有灯。

　　刘有灯已经从早上的打击中缓过来了，坐在客房里愣愣地想事情。刘有灯坚决不收何素芝的钱。

刘有灯说："三奶你家这是干什么?"

何素芝说："这是你三爹的意思，你三爹怕你受不了，一定要我给你的。"

刘有灯说："三奶这钱我不能收，我在家里喂猪，我又住你家，又吃你家，已经够麻烦了，我是知道这些麻烦的，我不能再要你家的钱。"

何素芝说："有灯你就不用客气了，你就拿着吧。"

刘有灯说："三奶你不要怕我受不了，我是受得了的，猪虽然被没收了，但昨天杀了三头猪，那三头猪的钱他们没有收走，本钱还是回来了的，无非是白养了一场，白费了些力气，白攒了一年高兴，别的也没有失去什么。我过去在煤矿上干活，也有拿不到工钱的事，我也没有受不了，我还遇到过鸭瘟的事。再说，我现在更明白道理了，我原来对城市幻想过多，现在我明白过来，城市就是城市，城市和乡下就是不同，它教育了我，使我苗壮成长了，这叫吃一堑长一智，也叫失败是成功之母，三奶你家放心，我会从头干起的。"

刘有灯坚持不要那笔钱，何素芝没办法，只好将事情如实汇报给刘治国听。何素芝告诉刘治国，刘有灯不是赌气，也没有灰心失望，他在和她说话的时候，显然人坐在那里，但头是昂起来的，目光很坚定，是真的苗壮成长的样子了。

刘治国对刘有灯说出来的那一番话很满意，尤其满意刘有灯说吃一堑长一智和失败是成功之母这样的话。刘治国对何素芝说，如果有灯真的没有被失败吓倒，而是从失败中吸取了教训，那这一次失败，对他来说倒是有意义的事情了。刘治国和何素芝说完这番话，自己趿着棉拖鞋，去找了刘有灯，问刘有灯接下来有什么想法。刘有灯说他还想喂猪，他喂猪已经喂出经验来了，他不会被一时的困难吓倒，但是他会先去办一个杀猪证，还要问清别的手续，这样他辛辛苦苦喂肥的猪儿，就不会被人赶走了。刘有灯最后说："三爹，城市是很教育人的，它能让人变得聪明起来，这不光是致不致富的问题，这是一个比致富更为深刻的问题，这才是城市真正的好处。"刘治国欣赏地点头，说："有灯哪，你开始思考问题了，你能这么思考问题，你就没有白到城市里来。"

刘有灯想要继续养猪，可他最终没有养成猪。

工商部门以刘有灯没有武汉市户口和不具备规模性投资为由，拒绝给他办理屠宰手续，没有屠宰手续就不能杀猪，刘有灯算了一笔账，如果他自己不能杀猪，在城市里喂猪的成本大，虽说卖给肉联厂也能赚一笔钱，但大头是被肉联厂赚走了，划不来。

刘有灯决定放弃养猪的计划，改为做别的。

那以后，刘有灯离开了刘家，外出打工挣钱。他做过五建集团建筑队里的小工和大工，做过白沙洲木材码头上扛包的扁担，承包过汉南郊区农民的大棚菜，在长江和汉江里打捞过尸体，做过杨汉湖小区安居工程建筑工地的看场人，做过疏通城市下水管道的工人，还从几百米高的龟山电视塔上用绳子捆着吊下来，在风中荡来荡去地涂过广告油漆，总之凡是能挣钱的、别人不愿意干的事，他都争着抢着求着去干。刘有灯省吃俭用干了两年，有了一笔积蓄，就开始做生意。他首先从老家贩山货来卖，整天起早贪黑，进货出货，每天只吃两餐饭，上午水泡白饭，下午白饭泡水，夜里腆着脸挨门挨户往餐馆里送黄花木耳红枣莲子，生意做晚了，饿得厉害了，也炒一碗剩饭出来，让给自己打下手的帮工吃，自己硬挺着，说吃撑着了腰睡不着觉。后来生意做顺了，做大了，就开了批发店，从乡下带了一批亲戚出来，批量地往外批发货，不光倒来倒去，还根据市场信息，在老家买了林子，开发一些绿色食品，供给大商场和大饭店，生意渐渐红火起来。

刘大伟大学毕业的时候，正是刘有灯贩山货贩得有了些起色的时候，刘有灯想拉刘大伟一起干，被刘大伟拒绝了。刘大伟不明白刘有灯怎么会有这样的好兴致，他干什么事情都拉起架势来干，而且干什么事都那么卖力气，风吹不倒的样子。他有时候干成了，有时候没干成，但不管干成了还是没干成，他都兴致勃勃的，咬着牙，攥紧了拳头，吆喝着，自己给自己鼓劲，自己给自己喝彩，一点也不让自己接受打击，就连在长江和汉水里往岸上背尸体的时候，他也乐呵呵地唱着歌。刘大伟就是弄不明白这一点。刘大伟自己三年大学读出来，已经是少年老成了，人还没有走上社会，好像已经是身心疲惫，该做个退休金领取者了。刘大伟把这种未老先衰的现象，归结于对社会秩序的恐惧和排斥，归结于社会老年化趋势的提前。刘大伟弄不明白，不是城市人的刘有灯，怎么会对密不透风的城市生活那么有抗御性，那么有热情。有一次两个人聊天，刘大伟就把这个问题提给刘有灯。

刘有灯想了一会儿说："这种事我从来没想过，我最先到城市里来，实在只是赌了一口气，是想挣一张脸面回去让别人看看，把赌的那口气赢回来，我也不知道城市是个什么样子的，不知道城市会不会接受我。后来我才发现，城市其实很简单，一张面子下，遍地都是发展的机会，城市也不管你是不是城市人。如果要说城市有什么法则，最不适应那法则的反而是城市人自己，为什么呢？城市对农村人的白眼不过在先有的地位上，你有没有城市户口、穿什么、操什么口音、会不会随地吐痰，这样的白眼并不能把人真的怎么样。城市人自己有一种心态，总觉得城市是城市人的，做什么不做什么都应该，就像孩子对娘，说穿了，要的只不过是吃穿用住，只不过是习惯，真正的疼又有几分？真正的爱又有几分？城市人这么一认为，人就麻木了，人就懒了，觉得自己应该呀，就什么也不想干了，得了好也没个感激了。"刘有灯停了一会儿，很有把握地说："我要说干事业的话，你肯定会笑我，但我要不说干事业，我说干事情，你就不会笑我了。其实不管干事业还是干事情，终归一点都是做事，都是活一生，要从人活一生这一点说，我们这些人，谁又没有后辈人看着？谁又不是后辈人的祖先？祖先不分大小，只分样子。"

十

刘有灯真正把生意做大，是国家取消粮食统购统销政策以后的事。刘有灯先是把一车车的粮食从乡下拖到城市来，然后他把更多的粮食拖到更远的城市去，在那里把粮食换成大把大把的钞票，很快就做了第一批粮食自由贸易暴发户。

刘有灯那天提着两只鸡来看望刘治国，刘有灯还从乡下给何素芝带来两双家做的厚底布鞋。刘有灯问过刘治国的身体情况，又问过何素芝的身体情况，然后撸了裤脚，半跪在地上为何素芝试鞋。刘有灯对何素芝说："三奶，还是自家手缝的布鞋好，又软和又保暖，你家有高血压，穿布鞋最合适。"

刘治国那天留刘有灯吃饭，在饭桌上，刘治国提到从报纸上看到的国家放开粮食统购统销政策的新闻，刘治国感慨地说，国家现在是粮多了，这是国家有能力养活老百姓的一个表现，这是了不起的一件大事呀，你们想一想，十二亿人口，占世界人口的五分之一强，那需要多大的魄力呀！刘大伟接过话说，爸，你也相信这个说法，报纸上的事情，听十分之一你兴许还能走路，听五分之一你就开始弱智，听三分之一你就变成傻子了，我们要有那么多粮食，干吗还要从澳大利亚和美国进口小麦？我们拿自己的粮食喂鸟去呀？刘治国说，你懂什么，那叫贸易配额逆差，世行叫你买，你不能不买，我们不是也有粮食出口吗？我们还喂着那么多牲口呢。刘大伟说，我们的粮食出口叫什么粮食出口，出口粗粮，进口细粮，白让人家赚高额加工费，那是傻瓜做的事，国家放开粮食统购统销政策，是国家在市场经济体制下，既不能垄断粮食市场的自由贸易，又负担不起巨额粮食政策性补差，没办法，不如干脆放开了事。

刘治国刘大伟父子俩在那里争论的时候，刘有灯正喝着汤。刘有灯现在已经不像刚从乡下来的时候那样，喝汤抱着汤碗喝，让一旁的人看了目瞪口呆，他喝过汤别人再不好往汤碗里伸勺子了，他现在已经学会用汤勺一勺一勺地舀汤喝了。刘有灯打了个激灵，汤勺里的汤水滴答下来。刘有灯抬起头来盯着刘治国问，三爹你刚才说什么？刘治国说，我说国家放开粮食统购统销政策。刘有灯追问道，那就是说，任何人都可以买卖粮食，国家再也不管了？刘治国把酒杯放下，说，有灯呀，我先前就对你说过，要你养成看报纸的习惯，看报纸是什么？看报纸是掌握党的大政方针，是了解国家都发生了一些什么情况，你要发家致富，不看报纸，你就好比是个聋子瞎子，寸步难行。刘有灯用力点头，表示同意刘治国的看法，然后说，三爹你好好给我说一说粮食的事。

那天晚上刘有灯没有走，留在刘家，和刘治国睡一个房间，爷孙俩几乎聊了一个通宵，聊的全是有关粮食方面的事。

第二天一大早，刘有灯和去单位上班的刘大伟一起出门。刘有灯对刘大伟说："大伟叔，我有一个想法，如果国家放开粮食统购统销政策的事是真的，那我想试试做粮食生意。"

刘大伟给自己的自行车打着气，说："你想得太容易了，粮食生意需要很多钱来做，你拿不出钱来怎么做？粮食做起来利薄，要大批量做才有赚头，你既没有粮食生产基地，又没有粮食需求网络，你去哪里收购粮食，再去哪里把粮食卖出去？再说，国家就算放开了政策，那些国营粮食部门比你有条件，他们要做起来会铺天盖地，哪里还会有你的机会？你还是老老实实地卖你的蘑菇吧，卖好了也能当个小财主，趁早别打这个主意。"

刘有灯站在一旁点头说："大伟叔你到底有文化，说得有道理，但我揣摩，事情并不完全像你说的那样，现在需要粮食的人很多，你像我们这种从农村到城里来找生活的人，我们一直就是吃市场粮，我们在城市里该有多少人呀？粮食基地的事也好办，我们邻县就是产粮区，粮食一直不好卖，每年愁得要命，能帮着把粮卖出去，他们还不高兴得什么似的？国营粮食部门我知道，他们当惯了主子，一时半会儿放不下架子来。一边需要粮食，一边有富余的粮食，这不是机会是什么？"

刘大伟不以为然地笑了笑，说："你呀，也就是敢想。"

刘有灯天真地问："敢想有什么不好呢？"

刘大伟说："好到是好，可惜不是你。"

刘有灯问："那是谁呢？"

刘大伟打完气，放好气筒，推了车子出门，偏腿上车，蹬出老远，风中甩一句回来："那是幼儿园的孩子！"

　　刘有灯居然就做了刘大伟说的那种幼儿园的孩子。刘有灯当天就跑回乡下去了，一个星期时间，刘有灯沿着鄂东跑了一圈，果然联系到大量的粮食专业户，都是愁卖粮愁得头都白了，连国库粮单位都央求他把新粮入库后换下来的陈年粮找地方卖掉，而且说好，先卖后结账，不用付定金。刘有灯从乡下回来时试着带了两车粮食，在市场上没用十天就卖光了，这使刘有灯很兴奋。

　　刘有灯往家里给刘大伟打电话，说大伟叔你出来，我请你喝茶。刘大伟笑，说你原先不是喝自来水吗？怎么学上喝茶了？刘有灯说，我还喝自来水，但我请你，总不能让你喝自来水呀。刘大伟说，我正看书呢，我看书考研，茶就不喝了。刘有灯说，看书不在乎一会儿的事，考研也不在乎一会儿的事，出来吧出来吧。刘大伟缠不过刘有灯，就按着刘有灯说的地方去了。

　　两个人在茶馆里一坐下，刘大伟点了一壶毛尖，刘有灯嫌那个淡，又不能真喝自来水，自己要了一壶大叶。茶上来，刘有灯问刘大伟还要点什么点心之类。刘大伟说免了吧，我倒是想消闲，没有消闲的心情，你有两个钱，却不是消闲的人，还是说话，你有什么事就说事。

　　刘有灯见刘大伟真不是客气，就给刘大伟沏上茶水，把茶壶放下，然后说："大伟叔，上次我找你说话，你把我挡回来了，你说我是幼儿园的孩子，结果我有一句话没有说。这一回我回乡下去，情况也摸清楚了，货源我也联系上了，我这次带了两车粮食回来，几天工夫就卖光了，这说明粮食是可以做的，而且可以做大。我要和你说的话是，你现在单位里不是不景气吗？你不如办了停薪留职，和我一起做，你有文化，又聪明，你来做老板，你只替咱们出谋划策，动动脑子动动嘴，我给你打下手，我来出力气，我们一起发展，我们干一番事业出来。"

　　刘大伟听罢呵呵地笑。刘大伟还把手中拿着的一本人大复习资料卷起来，做了个望远镜，罩在眼睛上，隔了茶桌看刘有灯。刘大伟笑过了刘有灯，看过了刘有灯，把杂志做成的望远镜放下，正色说："有灯，不是我驳你的面子，你做粮食生意，要说赚钱，肯定能够赚一些，但那毕竟不是正道，不是长远之计，或者说，不是我想要干的事，我单位里现在的确不景气，我在单位也没有什么事情可干，但那说明不了什么问题，我对自己也有一些设计，要么考研究生，回到学校里去，要么换一份有前景的工作，但肯定不是卖大米，我可不想把自己的未来埋没进大米里去。"

刘有灯说："这怎么是把未来埋没进大米里去呢？你这样说，难道说大米就没有前景呀？难道说大米就不是事业呀？老辈儿都说了，民以食为天，中国几亿农民，世世代代不就是种大米？他们的生命就是大米的生命。还有，国家早些年改正错误，这也放宽，那也放宽，就是不放宽大米，还不是把大米看得重要，害怕我们这些人担负不起大米的重担来，现在国家把大米放宽了，这个事业，我们不干，让谁来干？"

刘大伟摇头说："有灯，你呀，实在是太幼稚，太幼稚了。"

刘有灯瞪大眼说："你老是说我幼稚，我哪里幼稚？"

刘大伟说："你过去叫我叔，我不爱听，现在你叫我叔，我还是不爱听，但不是我说你，我觉得你生来就是做小辈的，怎么呢？想问题老是那么天真，干事情老也成熟不了，比如养猪的事，再比如异想天开做粮食生意的事，那不跟做小辈的差不多？"

刘有灯仍然瞪大了眼，问："那你说说，要怎样做才不算天真呢？要怎样干事情才算成熟呢？"

刘大伟本来对刘有灯是有了认定，话都在嘴边了，刘有灯那么一问，他就打算把他的认定告诉刘有灯，可张了嘴，却不知说什么，是不知道他原先的认定是什么，嘴张在那里愣了半天，想了半天，终究没能把他原先的认定想出来。刘大伟摆了摆手，说："算了，这种事，说不说都没意思。"

刘有灯说服不了刘大伟，他感到很遗憾，但他一点也不觉得卖大米有什么不好，他也不觉得他不成熟有什么不好。刘有灯这一回咬了牙，刘大伟不愿和他一起干，他就自己干。他一边回乡下去联系人往城里拖粮，一边央求刘治国利用老关系帮他联系业务。刘治国先前不肯答应，说那是开后门。刘治国说："我关系有，但那些关系全是组织关系，不属于我私人，我一个共产党员，我怎么能把组织上的关系拿出来帮你做生意呢？"
这回轮到刘有灯启发刘治国了。刘有灯说："三爹不是我说你，你这就是
老脑筋了，你这就是跟不上形势了，我做生意是为什么？还不是响应党和
国家的号召，发家致富，奔小康，走社会主义市场经济道路，这是当前最
大的组织要求呢，相反该得到组织大力支持，组织不支持才不对，组织不
支持就不是社会主义市场经济的组织，就应该被淘汰掉，换一个新鲜的组
织。三爹你在我们刘家就是组织，你退了休还是组织，你不能让我们这些
做老百姓的失望呀。"

刘治国毕竟是受党培养教育多年的老干部，退下来以后又长期坚持看
报纸，脑袋瓜子一点就通，何况他什么事都可以做，就是不能做让老百姓
失望的事。刘治国当下就翻出当年使用的工作笔记来，按着地址一个一个
地给老关系打电话。刘治国给老关系们打完电话，刘有灯记下地址来，一
个一个地挨家挨户去跑，有的有结果，有的没结果。不管有结果还是没结
果，那些刘治国的老关系，经刘有灯那么一跑，都一一成了刘有灯的关系
户。后来刘有灯干脆直接给关系户们打电话。刘有灯每次打电话都是在刘
治国房间里打的，先说工作上的事，生意上的事，说完工作和生意的事，
就说，我三爹再和你说几句，然后把话筒递给刘治国，刘治国就接了话
筒，和对方说几句叙旧的话，再说几句身体上的话，说完，意犹未尽地放
了电话，免不了要坐在那里发上一阵愣。刘治国坐在那里发愣，是觉得自
打退休以来，自己和外界联系少了，耳目闭塞了，精神和身体都显出迟钝
和僵化的趋势，现在有了刘有灯做中介，和外界恢复了联系，虽说那种联
系只不过是电话联系，毕竟是一种渠道，使他重新有了一种耳聪目明的爽
朗感，很好。

刘有灯真的就做大了。他做粮食生意发了一笔大财。等到大家都发现
粮食生意能赚钱的时候，刘有灯已经开始做粮食深加工的买卖了。刘有灯
登报招聘大学生，在闹市区置办了写字楼，在郊区办了他的粮食加工厂，
提着鼓鼓囊囊的公文包回到乡下去，买了地，雇了人，让人给他种芦荟和
黑李子，正式挂牌成立了他的农贸公司。

刘有灯做生意也不是一帆风顺，辛苦之外，还有不少风云不测和担惊受怕，那和养猪又不是一样的。

有一次刘有灯做生意吃了大亏，他从天门收了两车皮货，发往贵州，结果天门方面偷梁换柱，以次充好，等货发到贵州后，贵州方面拒绝付款，货也不给退回来，刘有灯跑到贵州去讨债，正好让人家逮住，结结实实地揍了一顿，连人带财大大地蚀了一笔，气得他差点儿没吐出血来。

还有一次刘有灯得罪了黑道。黑道找刘有灯收保护费，刘有灯不交。刘有灯不明白，他租房交房租，乘车买车票，吃饭给饭钱，上街吐痰让卫生纠察抓住了也不睾，老老实实地掏罚款，他辛辛苦苦挣来的血汗钱，又没有到处张扬过，又没让谁保护过他，凭什么交保护费？刘有灯不交。黑道再次上门收钱的时候，刘有灯报告了派出所。黑道觉得刘有灯不懂事，拎着板刀大棒砸了他的门面。刘有灯想要拦，黑道顺手把他连同五六个乡下来给他打工的亲戚一块儿给修理了。黑道出手狠，门面砸得稀烂，人修理得伤筋动骨，在医院里躺了半个多月，光医药费床位费就付出一大笔去。等人出来以后，黑道又找上门来，问刘有灯是继续去派出所报案呢还是乖乖地交保护费，刘有灯只好交了。

刘有灯最倒霉的一次是有一年过年前的事，武汉市清理流窜人口，查户口查到刘有灯租住的地方，刘有灯刚从乡下拖了一批货来，卸了货，蓬头垢面没来得及洗，他屋里横七竖八睡了二十多个累瘫了的乡下打工仔。警察敲开门，要刘有灯出示暂住证。刘有灯没有暂住证，他听说过那玩意儿但没往心里去。警察就把刘有灯和那二十多个乡下来的打工仔一起带到收容所里关着。刘有灯解释说自己来武汉已经好些年了，是合法在武汉生活的，从来没有干过违法乱纪的勾当。警察说，你来了好多年都没办暂住证，可见你是老油条，而且你还带了那么多没证明的人来武汉，十分可疑，我们还要查一查你有没有案底呢。刘有灯申辩自己是个老老实实的生意人，从来没有做过损人利己的事。警察阴笑着说，哦，还有这样的事？那我们知道了，你是第一个没有做过损人利己的事的生意人。刘有灯抗议说，那是你们有偏见。警察一拍桌子吼道，给我退到后面去！蹲在那里不许说话！你们这种人，好事也做了，坏事也做了，属于又可怜又可嫌的那一类，把你们赶走吧，马路没人扫，市政府不答应，不把你们赶走吧，全市人民过不好年，老百姓不答应，谁不答应都拿我们当警察的出气，我找谁出气？老实告诉你，我现在光和你们这种人打交道了，我参警五年，一口乱真的黄陂话、孝感话、黄冈话、荆州话、沔阳话，都能上台演小品了，我手上现在十七个案子，十二个是你们这种人乡下人干的，你还在这里给我说偏见不偏见！你要我怎么才能不偏见？

那一次刘有灯和他的工人被关了五天，又冷又饿，年三十让一辆车给拉出武汉，丢回乡下，丢还不给丢到正经地方，丢在回县里的半路上。驾驶员振振有词地说，我要把你们丢在正经地方，你们下车以后找亲戚借点钱，今天就能返回城市，大年三十的，谁耐烦去捉你们？丢你们在这里，前不着村后不着店，你们往回走吧，三百来公里，得三天才能走到，那时我们也过完年了，该上班了，有心情对付你们，你们现在只能往县里走，走回县里，找地方对付一夜，明天各自回家，守着炉子烤你们的火去，到野外放你们的炮竹去，你们该怎么过年怎么过年。

刘有灯发达后，花三万块钱，买了一个城市户口，正正经经做了城市人。刘有灯咬牙切齿地说，这回看谁再赶我走。

刘有灯的这个做法让刘大伟很瞧不起。刘大伟说刘有灯，你这是一种暴发户心态，你就是买十个户口，又能改变你什么呢？刘有灯说，它能改变我的身份，它能表示我是武汉人了，我还要它改变什么呢？刘大伟说，警察当年清理盲流人员，警察那是公职，警察说的也是实话，现在城市里犯案率高，和乡下人大量进城有着直接关系，你现在买了一个户口，好像是城市人了，你那其实是金钱和身份之间的交易，你能拿金钱买身份，就能拿金钱买别的东西，也就潜伏了犯罪的动因，发展下去，迟早会进监狱的。刘有灯呵呵地笑，说，按你们城市人的说法，我们乡下人，穷也要犯罪，富也要犯罪，反正只要到了你们城市，我们的下场只能是进监狱，对啵？刘大伟经刘有灯这么一说，也觉得自己刚才的话说得过激了，忍不住自己发笑。笑过以后又想了想，不得不承认刘有灯的话是对的，他的确不需要改变什么，他有什么需要改变的呢？

<h1 style="text-align:center">十一</h1>

吃晚饭的时候，刘有灯才从刘治国的房间里出来。晚饭时一家人围着饭桌边吃边聊天。何素芝见刘有灯来了，特意做了几样好菜。刘治国见有好菜，要何素芝拿酒，自己酌上一杯，要刘有灯也来上一杯。刘有灯说，三爹你家喝，你家慢慢喝，我不喝。刘治国说，怎么，都当上企业家了，还不喝酒？刘有灯老实说，喝是喝的，一般是陪客户，要不然就是工商税务的人来了，大家闹一闹，弄点气氛，平时不喝，平时喝那叫糟蹋，再好的酒喝了也肚子疼。刘治国就对刘大伟说，你有灯侄这一点你得学一学，你看你当个穷教师，钱没挣几个，整天和朋友去泡什么吧，还花二百块钱买一张票去听什么音乐会，你那叫穷烧。何素芝就在一旁替刘大伟解围说，大伟怎么是穷教师呢，大伟的课题在国家教委都挂了号的，现在有钱的人多如牛毛，有几个能比得上大伟，大伟才叫国家栋梁呢。刘有灯也在一旁附和，说，三奶说得对，大伟叔这样的人，全中国也没有几个，大伟叔的确是国家的栋梁。

刘有灯肚子里的信息很多，他现在学会看报纸了，他订的报纸比刘治国订的报纸还要多，他还招了一个电脑工程师，把自己弄到网上去了，再加上他整天在社会上跑，隔三差五的还要往外地跑，不久前还去了一趟韩国和越南，去那里联系做买卖的事，跑的地方多了，哪儿的消息他都知道一些。刘有灯和刘治国说一些报纸上的事，刘有灯再说一些社会上的事，刘大伟在一边有时候插嘴进来，说几句高屋建瓴的话。刘治国什么样的经验，听了不以为然，刘有灯却听得津津有味，刘大伟说完，他就学着说，还问刘大伟是不是这个意思，刘大伟若说是，刘有灯就十分满意，一副慨叹的口气对刘治国说，三爹，我大伟叔到底是读过十几年书，读出了研究生，他懂得的事情，比我们不知道要多几多倍，不知道要深几多倍，我要是有大伟叔这样的水平，那就好了。这样一顿饭吃着谈着，一家人其乐融融。

吃完饭，刘大伟去自己房间收拾东西准备回学校。刘有灯跟着刘大伟进了刘大伟的房间，在床边坐下，敞了美尔雅牌西服，嗫着牙花，说："大伟叔，有一件事情，我想和你商量商量。"

刘大伟说："还有什么事，饭桌上咱们不是说过那么多了吗？"

刘有灯说："饭桌上的事，那都是国家大事，国家大事当然也很重要，但国家大事只能佐饭，不能真当饭吃，我要对你说的事那是我自己的实事。"

刘大伟说："怎么，你是不是要在武汉置地呀？"

刘有灯咧了嘴笑，说："我说过文化了不得吧？我说过这样的话吧？我早就知道，文化这种东西，它看问题厉害得很，不能轻视。还真让你给说中了，地我已经置了，在青山区置下的，准备做一单房地产生意，也给自己正正经经弄一个窝，当然不是我一个人做，几个朋友合着一块儿做，大家做股东，银行给贷款。我说的不是这个事，我说的是我那公司里的事。"

刘大伟说："你说吧，快说，说了我好回学校。"

刘有灯说："别忙，回学校我打的送你，误不了，我们先来玩一把游戏。"

刘大伟说："玩什么游戏？"

刘有灯笑吟吟地说："怎么，你忘了？猜中指头呀？"

刘大伟说："还猜呀？"

刘有灯说："猜猜吧，就猜一次。"

刘有灯也不转过身去，也不躲躲藏藏，当着刘大伟的面，右手把左手握了，伸到刘大伟面前。

刘大伟瞟了一眼刘有灯伸出来的手，又瞟了一眼，然后他的目光就定在那里不动了。

刘有灯伸出来的手不摇不晃，五根手指头全在，一样大小，一样高低，簇成一朵饱满的花。

刘大伟迷惑了，过了好一会儿，他抬起头来，看着刘有灯说："不好猜。"

刘有灯说："不好猜是什么意思?"

刘大伟说："猜不中。"

刘有灯淡淡地笑了笑,松开手,结束了游戏,然后说:"前些日子,有一家广告公司来揽活,要给我做CI,我让他们给做了,可他们做的活我不满意,他们做的活不像我,像那些报纸上的事。我想这事也很重要,这事能让我往下改变改变。我早想过了,我也不能老是以一个农民企业家自居,我可以乡音不改,可以卷着裤脚和人砍价,可以管秘书叫丫头,但生意上要发展,还得正正规规地做,认认真真地做。我就想,我这个人是什么样的人,你最了解我,我怎么发起来的,你比谁都知道,你又有文化,水平又高,不如这个事就由你来帮我做,我呢,我也不亏待你,我按市场规矩,付给你费用和酬金,你看这个事怎么样?"

刘大伟先没说话。刘大伟已经收拾好了自己的东西,可以走了,回学校去了。刘大伟在学校里还有一些事,他这段时间比较忙。刘大伟研究生毕业后留在学校里教书,要说报酬,每月工资奖金外加课时费,吃穿够用了,要说事业,他现在是副教授,除了教大本另外再带几个研究生,学校里还有几个省部级的学科课题,他都是骨干,也算是年轻有为的青年知识分子。刘大伟两年前结了婚,妻子最近刚怀上孩子,本来学校在他毕业留校时给他分了一居室,两个人住,要不想跳舞翻跟头,勉强也够住了,这个学期,学校里为了奖励有贡献的中青年知识分子,又分给他一套两室半的新房指标,房子属于奖励性质的,只要他掏五万块钱,房产就归他,可他这些年光读书了,没顾上挣钱,别说五万块钱的存款,就是五千块钱他也掏不出来。房子是个机会,不要可惜,妻子一直要他找父母开口借钱,说是不为自己,也得为孩子着想,他们俩可以不翻跟头,孩子你不能不让他翻跟头吧?他下了几次决心,打算找父母借钱,就是开不了这个口。刘大伟并不心甘情愿,但想了想,如果给刘有灯做了这套方案,五万块钱也就差不太多了,他带着学生,学生可以帮他干一些零碎活,不管怎么说,事情是摆在那里的,这是一个机会。

刘大伟想过了，就对刘有灯说："行，你先把你公司里的材料给我看一看，连广告公司替你做的CI资料一块儿给我，我看过了再说。"

两个人出门的时候，刘大伟突然站下了，转过头来问刘有灯："对了，那个柳芽儿，她现在怎么样了？"

刘有灯一时没反应过来，问："你说哪个柳芽儿？"

刘大伟说："就是老家那个，有一年，她来过家里。"

刘有灯盯着刘大伟看，看一会儿，想起来了，说："哦，你说她呀，不就是有富家的二丫头吗，她怎么了？"

刘大伟说："没怎么，我只是一时想起来，随便问问。"

刘有灯说："她早出嫁了，嫁给有财家老四，生了两个孩子，都是女儿，有一个有点毛病，有点痴，是文痴，不闹事，大概是你们城里人说的，近亲结婚的原因吧，谁知道呢。"

刘大伟若有所思地说："哦。"

刘大伟说过那个哦字以后，就骑上自己那辆破自行车，也不要刘有灯打的送，丢下刘有灯，自己先走了。

2000年2月2日于汉口花桥

怀念一个没有去过的地方

一

远子问推子："你拿定主意了？"

推子说："嗯。"

远子问："真不去？"

推子说："不去。"

远子说："真不去啊？"

推子摇头，脸上的神色很坚定。

远子就很失望，但很快地，他又恢复了兴奋，扬了长长的胳膊说："昨晚我把柄子爷灌醉了。我把柄子爷灌醉了，柄子爷就胡说。柄子爷说他已经看见七爷启子的魂了，柄子爷还说，七爷启子回来了，东冲镇当年出去的三十八个人，就全回来了。柄子爷喜欢胡说，他一喝醉酒就胡说，你叫我怎么不把他往死里灌。"

推子不言语，埋了头，用一根细细的漆包线，呶了嘴下力扎他的鹿刀刀鞘。

远子站在屋子中央，捋了一下柔软的边分头。远子的边分头是他无比的骄傲。远子因为有这样的边分头，镇上的女孩子们对他刮目相看，有好几个女孩子一看见远子柔软的边分头就眼睛发直，身子发软，这使远子十分得意。远子曾经对他的跟屁虫大尘说，你知不知道，我为什么会那么聪明绝顶？我主要是把力气全都用在脑袋瓜子里面了，我一点也没有浪费下什么，这在科学上叫做优质集中，不像你，长一头刺猪似的毛，再加上一身横肉，唯一一点脑水全用到不该用的地方去了。

远子捋过了他的边分头，兴奋地抒情说："啊，我要去武汉了！我要去征服武汉！谁也不能阻止我！"

小米推门走了进来。小米进来的时候，兄弟俩都打了个寒噤。不是夜风冷，是小米。也不全是小米，小米是个一时半会儿猜测不透的谜语，但是谜语是由人来猜的，要是谜语猜测不透，小米这个谜底有一半的原因，猜谜的人老是停在谜面上也是一个重要原因。何况小米就是有那样的本事，你热乎的时候，她让你死冷，等你冷了，她又把你煽动起来，让你坐也不是，站也不是。最关键的问题是小米不能看，小米你只能去想象，尤其在人想念着一些事情的时候，越发是不能看，这就有点像是真正的猜谜。小米狐媚狐媚的，让人想入非非。

小米往床沿上一坐，大大咧咧地说："嗨，你们俩，到底定下来没有？你们谁去？还是你们都去？"

远子说："谁去又怎么样？都去又怎么样？"

小米嘻嘻地笑。小米一笑，屋里的灯一下子亮了一百倍，像是接了高压。小米也不能笑，小米一笑百媚生。

远子有些坐不住了。远子说："小米你笑什么？"

小米说："我笑怎么了？"

远子说："你笑我难受。"

小米说："你凭什么难受？"

远子说："你的样子让我难受。"

小米用嘴做了个漏斗，龇远子说："你难受管我什么事？"

远子老实交代说："我难受我就要干坏事。"

小米一点也不担这个心，她知道远子只是说说而已，至少推子在场的时候，他只能是说说而已。小米喜欢远子说说而已，也喜欢推子在场，这两样她都喜欢。她坐在床沿上，晃动着两条长腿，有些得意地说："推子在，你什么也干不成。"

远子看推子一眼。推子硕大的脑袋在强烈的灯光下晃来晃去，让人难以捕捉。远子不明白推子怎么会生成这种样子，推子尧眉八彩，舜目重瞳，筋骨健美，英姿勃发，让人看着眼累。远子不看推子了，转了头再看小米，小米千变万化，已经是让人冷却的样子了。

远子松了一口气说："这样就好了。"

小米把她稀疏的黄毛往一边扒拉了一下，就像狐子甩毛，把推子和远子甩得心里一跳。

小米说："我可是当真的啊，我不想和你们两个人玩捉迷藏，我把话先说在这儿，你们两个谁去我就跟谁，我上天下地也跟着。"

远子问："跟去又怎么样？"

小米说："还能怎么着？一个女人跟着一个男人，你想还能怎么样？"

远子说："睡觉不睡觉？"

小米说："睡觉算什么，你哪天不睡？"

远子说："我说的不是这个意思。"

小米说："我说的就是这个意思。"

远子说："那就没有意思了。"

小米说："意思再说。"

远子说："那，要是我们两个都去呢？"

小米又嘻嘻笑了，说："那我就跟你们两个。"

远子说："美的你抽筋，你还跟我们两个，你练出了多大的本事？你就是本事上了天，我们哥俩还不一定要干呢。"

小米抬了手，再去扒拉她稀疏的黄毛，一扬下颏，说："你试试？"

远子一时没弄懂，不知道小米说你试试，是指她真的跟着他们哥俩去了，他哥俩不要她的话靠不住，还是指她拥有绝对能够应付他哥俩的本事。远子想了想，说："操，小米我告诉你，你这个人从来不来真的。"

小米被说中了，把头低下去，半天才抬起头说："你们两个要都去，我就动真的。这次我说什么也动真的了，我豁出去了。我跟推子。"

远子疼得一抽搐，哼哼着说："我早晓得。"

小米冷笑了一下，把狐子似妖媚的脸抬了起来，拿目光罩住推子那一头说："还是那句话，他要不去，我跟你。"

说话工夫，推子已经把他的鹿刀刀鞘扎好了。推子龇了雪白的牙，把余出来的铜丝铮地一声咬断，举了刀鞘在灯下眯了眼看。推子眯眼看刀鞘的时候，远子感到一股凛凛的杀气飞快地向他逼过来，他感到他脖子上的汗毛一片片无声地飘落下去。他下意识地缩了缩头。

远子转了头看小米。小米停下荡漾着的腿，盯着推子，狐子似的媚眼泪光闪烁。

二

远子和推子是哥俩。

远子比推子小一岁。

镇上的人都说远子和推子不像哥俩。远子瘦瘦条条，推子壮壮实实；远子好动，推子好静；远子太狡猾，推子心眼实。远子要是土狼变的，推子一准该属马。

说远子和推子不像哥俩，还有一个原因，就是他们俩若是哥俩，就是弄颠倒了的哥俩，远子虽说比推子矮一个头，又是弟弟，却老爱指使当哥哥的推子。远子眼睛一眨就是一个主意，眼睛一眨就是一个主意。远子想出主意来，守不住，再坏出水的主意，他钻天打洞瞒天过海也去做，做成了，他得意得不行，做不成，做砸了，他就找推子，要推子给收拾残局，他自己躲到一边玩。推子听远子的。推子总是护着远子。远子说推子把你的李宁牌运动服借给我，推子就把衣服丢给远子。远子说推子你帮我把蒜头叔结果了，我没钱给他，推子就去银行里取了钱，替远子还上赌账。远子说推子你把火山口堵上，我看着眼累，推子就扛一柄铲去堵火山口，一句多余的话也不会有。

大尘有一次说远子，说远子我原来一直很佩服你，你在咱们东冲镇上，做什么事都能做成，你天生是个青年领袖人物，现在我终于想明白了，那些事，没一件是你做成的，全是推子做成的。

远子白一眼大尘，说："你明白什么？你屁也不明白，古人都说了，兄弟既翕，花萼相辉，兄弟联芳，棠棣竞秀，我和推子是一个娘胎里钻出来的，我用脑袋，推子用力气，我们这叫珠联璧合，我们这才叫哥俩呢。"

大尘弄不懂花萼相辉和棠棣竞秀是什么意思，大尘只知道那是两个好词，远子从古人那里借了来歌颂自己的。大尘对远子老是在各种场合歌颂自己的做法已经熟视无睹了，见怪不怪，只是有些替推子不服气，就说："我又不明白了，上学的时候，推子的成绩比你好，推子是地理课的科代表，推子基本上已经考上大学了，要是他再努一把力，现在就是大学生了。你呢，语文基本上不及格，数理化也不怎么样，高考时你都没敢去考场，推子一空下来就看书，推子整天看书，看了书就坐在门前看天上的云彩，一看一半天，谁都知道，看书是学习文化，看云彩是琢磨问题，两样都和脑子有密切的关系，你呢，一睁眼就东奔西跑，整天车轱辘似的转，没见你闲下半分钟来，怎么就是你用脑袋，推子用力气？"

远子朝地上吐一口口水，双手操在兜里，说："大尘你就只能跟着我干了，你这种猪脑袋，无论如何是想不明白这个道理的。我和推子，我们都是琢磨的人，只不过我们琢磨的方法不同，我是鬼谷子，精通卜筮兵法，是领导者，推子是董狐，只能做记怪史官，是实干家，我们这样的分工，正好是兄弟的最佳分工，情况就是这样。"

远子六岁推子七岁那年，哥俩被人贩子给拐骗了。一个河南女人用一包劣质巧克力做诱饵，把小哥俩骗上了一辆开往广西的长途车。哥俩先是被分别卖给大山里的两家人。推子红着眼睛护着自己的弟弟，谁要来牵远子他就扑上去抱了人家的脚死劲地咬，咬得人家嘶嘶地用大耳光抽他。远子会来巧的，小眼珠子一转，对人说，你们不能把我们俩分开，家里请高人给我们算过命，我俩谁离了谁都养不活。人家一听，不敢分别收养两个孩子了，要一起收养两个孩子呢，又拿不出钱来，就让人贩子退定金，气得人贩子直拿脚踹远子。后来小哥俩乘人贩子去找买主的时候偷偷地从旅社里溜出来。两个人辗转数千里，走了好几个省份，最终被人发现，送回了鄂东老家。送两个孩子回家的人一个劲地夸孩子，说他们那么小，又身无分文，却知道往家乡的方向走，特别是那个小的，知道沿着铁路走，又迷不了路，又能弄到吃的，瞅准了还能爬上一辆货车，让车带上一段路。家里人就问远子，问他怎么就知道沿着铁路走。远子想了想，说，是推子，推子说，他能闻到家乡的味道。家里人就笑骂道，胡说什么呀，家乡是什么味道？牛屎味道？苦艾味道？梨花味道？就算家乡有味道，隔着几千公里，拿什么去闻？骂过以后又抱着小哥俩，哭一阵，笑一阵，亲得不行。

远子和推子哥俩关系好得要命，好得谁也离不了谁，长到二十岁的人了，还在一张床上睡觉，不肯分了床睡，连小米都妒忌。小米说："生你们哥俩时，你妈肯定没留心，时辰给弄错了，远子该早生一年，要不推子就晚生一年，你们俩该是两胞胎。"

远子嘻嘻笑，说："事情到了这个分上，就别再折腾了，推子就该早我一年，推子不早我一年，我们在一个胎里待着，我要一不小心，早推子几分钟钻出来，推子做了弟弟，我做了哥，上学我得替推子背书包，洗澡我得替推子擦背，吃梨我得当孔融，降妖我得做悟空，哪有如今这个弟弟当得舒服？"

小米就骂远子，说远子难怪你个子长成了这样，要想看清楚，得买个放大镜来，你都长心眼去了。

远子说："用什么放大镜，你站近了看就行。"远子说了就伸手去搂小米。远子把小米拽一段云似的往怀里拽。小米推远子一把，差点儿没把远子推到地上。小米就咯咯地捂了嘴笑。

远子说："不行，小米你必须让我亲一口。"

小米说："凭什么必须让你亲一口？"

远子说："你又不是没让我亲过。"

小米说："那是小时候，你骗我，你说亲嘴就像喝蜂蜜，你把我骗过去的。"

远子说："是不是像喝蜂蜜？"

小米老实说："是。"

远子总结说："那就不叫骗。"

小米说："现在不是小时候。"

远子说："有什么不同？你嘴长大了，丰满了，我衔不住？"

小米啐远子，说："谁不知道你，你还不是想干坏事。"

远子说："我要暂时不干坏事呢？我要只亲亲呢？"

小米说："那你就等着，等我心情好的时候。"

远子说："小米你说老实话，你到底是跟我还是跟推子，你不能老是让我和推子在半空中悬着。"

小米说："我还没想好，我还在想。"

远子说："你不要老是想，这种事，想是想不出结果来的，你要行动，先试一试，你先试试我，再试试推子，看我们中间，谁最适合你的口味，然后你再决定取舍。"

小米说："呸，远子你越说越没有谱了，你当我是那种城里的女人呀，你当我跟谁都可以上床睡觉呀，你错了。"

远子说："小米你不要把自己说得那么严重，你也不要把自己说得春风无事，那次你不是往推子怀里钻过吗？你扣子都解开了，就差一阵风，你就光光地蚕儿褪茧了，你那不是上床睡觉是什么？按照法律上的话说，至少你是有上床睡觉的动机吧？"

小米一听这个，眼圈就红了，掩了长睫毛，半天不说话，是在想自己的耻辱。

远子看小米一眼，在一旁撅了嘴吹口哨。远子吹的是《冬天里的一把火》。远子吹了一会儿，看不得小米那个真难过的样子，就把《冬天里的一把火》熄灭了，说："算了算了，用不着那样悲伤，其实推子也不是不近女色，那次你走以后，推子跳进府河里游了半天，怎么叫都叫不上来，活像北极熊。大冬天的，一个男人，水结着冰，你想想问题的实质性吧。"

<h1 style="text-align:center">三</h1>

正月二十八一过，远子就带了几个伙伴走了，像他说的那样，去武汉了，去征服城市了。

远子走之前，特意到镇上的发廊里吹了个头。远子把他那一绺柔软的头发吹得像刚出胎的羊羔毛，风一吹，撩得人看了心里痒痒的。远子在吹头的时候不老实，捉了发廊女孩子拿吹风机的手，一边嘴里吹着口哨，一边对着镜子里的自己在头上画圈儿。发廊的女孩子喜欢远子，自觉自愿让远子捉了手，哧哧笑，说，你这是干什么呀。远子说，这叫牵手，歌里和电视里都专门解释过。女孩子说，你真要想牵手，等晚上打烊了，你到店里来，我让你慢慢牵。远子严肃地说，对不起，我不能牵你的手，我就是想牵也来不及了，我要去征服武汉了，路漫漫其修远兮，吾将上下而求索。

镇上去武汉的人不少，也有去麻城的，也有去更远地方的，都是过了春节返回城里的打工仔，或者新加入打工仔队伍的人。每年春节一过，通往市的班车就超载，让市客运站高兴得要命，客运站现在承包了，这样大家都有好处。

远子带了他的人，大尘、多多、飞娃、菜包子和共生，这些人都是他的喽啰，只是大尘和多多先前已经跟他去过武汉。大尘是小头目，领着人把行李卷往长途车顶上捆。行李捆完了，又在那里和司机吵架，不准司机放《我今天有点烦》，要司机放《对面的女孩看过来》，还要司机把音乐放响点。

小米很早就上车去坐下了，人靠在车窗边，一句话不说。雪还没化，厚厚地堆在那里，太阳一出来，阳光照耀在雪地上，把雪映成了粉红色。小米也穿了一身红，但小米盖过了阳光，是人眼里最耀眼的那一点，这就是小米的特点。

远子要走了还闲不住，一个人跑到路边上，拿一根火腿肠逗推子的狗。大尘从车上下来，走到远子身边，小声对远子说，远子，葫芦他们在车上，他们有五个人，都带了家伙。远子朝车上看了一眼，继续逗狗，逗一会儿，把手里剩余的香肠头丢给狗，从地上抓一把雪洗了手，拍拍雪粉，上了车。

葫芦在车上已经观察远子很长时间了，远子一上车，葫芦就站起来，丢给远子一支烟。葫芦说，远子，出去呀？远子看了看烟牌子，把烟点上，用力抽一口，说，葫芦，你还是和你的人一起下车。葫芦说，为什么要下车？远子说，因为我在车上。我在车上，你下不了手。你下不了手留在车上干什么？你总不能陪我到武汉去吧？葫芦笑着说，我看过了，你的位置是十六排以后的，我只动十六排以前的，十六排之后我不动。远子说，你不动也不行，你不动我相反觉得别扭。葫芦说，你可以装睡。远子说，我不是装睡，我是真想睡，我想一路安静地睡到武汉，我到武汉以后还要干大事业，你不能打扰我睡觉。葫芦摇摇头，说，远子你成心坏我的事。远子说，怎么办呢？今天你只能这样，你回去打条狗煮来吃，明天你再出来。葫芦就悻悻地带着人下车了。

推子来送远子。推子一直站在车下，也不说话。车开的时候，远子坐到了小米身边，拉开车窗，把脑袋探出来。远子对推子说，推子，我走了。推子点头，说，不要瞎胡来。远子说，你放心，我不会瞎胡来的。推子就带了狗，退到一边。车摇摇晃晃地转了一个弯，车轮甩起一片雪泥，那条吃过了香肠的狗不喜欢这样，冲着车叫，车有点害怕的样子，往前一冲，加快了速度。推子和狗渐渐地远了。远子把车窗关上。小米谁也不看，恨恨地咬着牙，半天说了一句，有什么了不起！远子关了窗户，回过头来问小米：你嘀咕什么？小米脾气很坏，冲远子嚷道，我又没跟你说话，你长了狗耳朵呀？一旁的大尘等人就背过身去哧哧地笑。

四

推子从鹿场回来，母亲说，推子，屋里有你的信。推子说，远子来信了？母亲说，远子有汇款单来，信不是，远子写字一啄一啄的，写不好那样的字。

推子把鹿刀放下，去院子里洗了手，冲了头，掸了身上的土，一路滴答着水进到屋里，看见桌子上自己正读的《世界地图》旁边，放着母亲说的那封信。推子甩了甩手上的水，把那封信拿起来，歪了头看。信封的落款上写着"内详"，字迹飘飘扬扬，果然不是远子的那一手鸡扒拉字。推子把信封拆开，里面薄薄的只有一页纸，孤零零的两行字。推子好一阵没有看明白那两行字的意思。他看了一遍，又看了一遍，直到看过三遍才明白。推子把那页纸折起来，放回信封里，再把信折起来，揣进口袋里面。

母亲和父亲进屋来了。母亲说，推子，早上市里来人了，问我们今年能不能多割些鹿茸，他们今年想多收一些。父亲接话说，割多少也不买给市里了，今年我们自己卖，我们去武汉卖。母亲说，你知道推子不肯去武汉，你脚又不好，哪个去？父亲说，哪个去武汉也不卖给市里，总不能老让市里欺负我们吧？母亲说，市里是国家，国家需要，我们没有道理讲。父亲说，什么国家？国家已经不是原来的国家了，国家已经分家了，单过了，要认国家，只能认北京，不能认上海和深圳，别的地方也不能认，认就要出问题。母亲说，葛振青你还是少说一些，你说话吓人。父亲说，我吓哪个？我谁也不吓。

推子说，妈，吃饭吧。母亲说，好好，我去端饭来。母亲就进厨房去端了饭出来，三个人坐下来吃饭。

吃着饭，父亲母亲在那里说着鹿茸的事，推子大口往嘴里填着饼，大口喝着汤，一会儿就吃得满头大汗。推子喝完一碗汤，再添一碗，突然抬了头说，爸，妈，我明天去武汉。父亲和母亲一下子就住了声，停下来，看推子。推子又在那里咬饼了。父亲和母亲交换了一下眼色。母亲说，推子，你不是说过你这辈子决不去武汉吗？你不是说武汉不能看，只能想念吗？推子不说话，继续咬他的饼，喝他的汤。母亲又和父亲交换了一下目光。父亲咳一声，说，去就去吧，去顺便看看远子，这个东西，走了快两年了，电话不打一个，上个春节也不肯回，养他十九年，只两年就成了别人的人，推子你去了武汉，你就对远子说，他要不回来，干脆永远不回来，就做他狗日的武汉人。母亲拿眼横父亲，说，远子不回来，远子总在寄钱。父亲说，我要钱干什么？我又不卖儿子。母亲说，你不要说得那么难听，哪个我也不卖。然后母亲转了头对推子说，推子你不要听你爸的，你见了远子，你把事情办完了，就带远子回来，他要喜欢做武汉人，过了年再走。

推子点点头，往嘴里塞进最后一口饼，放下空碗，进屋去收拾东西。推子把两件换洗衣服装进旅行包里，又在包里放进那本《世界地图》，再从口袋里掏出那封信，小心翼翼地放进包里，然后在床边坐了下来，想着心思。

推子高中毕业后从市里回到镇上，养鹿。推子读麻城市一中，那是全省有名的中学，升学率非常高。推子的同班同学中有三个考进了省城武汉的大学，两个考到更远的地方。推子学习成绩是全班最好的，期考从来没有落下过前三名，还在中南地区数学奥林匹克竞赛中拿过名次，可他却在高考时落榜了。有一个女孩子叫顺藤，是班上长得最甜的女孩子，她被推子迷得神魂颠倒，她亲过推子，她还让推子摸过她的小胸脯，她说推子我爱你。顺藤考进了武汉大学。顺藤考进武汉大学以后再也不理推子了。顺藤对推子说，你知道，爱情不是想象里的事，我不能总是坐在美丽的樱花树下给你写信并且想念你。顺藤还说，你总不可能跑到武汉来找我扯皮吧？

所有的人都替推子遗憾，只有班主任李老师明白推子。李老师对推子说，推子，你不该害怕，世界地图你都滚瓜烂熟，你有什么可怕的？

那封信其实不是一封信，是一张纸，纸条上是这样写的：

推子快来！推子远子出事了！快来救他！小米 ××年×月×日

又及：你来武汉后，到武昌紫阳路上的红楼宾馆找我。

五

推子瞪着眼，一眨不眨地看着窗外。那是他想念中的城市。城市上空飞扬着一些漂亮的充气气球，还有一架红蜻蜓似的直升机，直升机从花蕊般的高楼大厦间穿过，好像是它顶起了那些花粉似的气球。推子坐在落满尘土的长途汽车上，有一些眩晕，有一种激动得想呕吐的感觉。车子从长江二桥上开过的时候，推子朝桥下看，他看见很多轮船划开江水从桥下驶过，让他有一种想从桥上跳下去的欲望。车子从连绵不断的立交桥上飞驰而过的时候，推子觉得自己好像是飞起来了似的。路上的行人很多，他们全都穿得漂亮而干净，脸上是一种自信的神色，还有一种满不在乎的神色。推子一下子就觉得他们和自己不一样，他们好像是历经沧桑的样子，好像是古人类的样子。推子有时候觉得人们说的现代人和古人类差不多是一种样子，没有太大的区别。推子知道自己已经到武汉了，但他有些怆怆的，觉得那不是他心目中的武汉。

推子拎着旅行包，在武昌紫阳路上找到红楼宾馆。那是一个很漂亮的大宾馆，幕墙玻璃上蝴蝶结似的飘挂着彩色旗帜，宾馆前停着几辆甲壳虫一样漂亮的汽车，有个子高高的红衣门童在旋转大门外替人开车门。推子不用谁来替他开车门，他是自己搭了车去的，还走了两站路。

推子问一个大堂服务员小姐，杜小米在不在。服务员小姐看推子，眸子闪烁着，她看了推子好一会儿，脸蛋儿渐红了。推子又问过一遍，服务员小姐才省过神来，说你等等，我替你去叫。服务员小姐去了好一会儿，小米没来，来的是另外几个服务员小姐，她们在大堂员工通道口探着头，指指点点地看推子。过了一会儿小米跑来了。小米和那些服务员小姐一样，穿着海蓝色的套装，稀疏的黄毛辫子剪掉了，留了短发，有点像男孩儿。但小米不是男孩儿，而且小米比两年前出落得更漂亮了，简直让推子吃了一惊。

小米把推子带到自己的宿舍里。小米的宿舍不是她一个人的宿舍，是12个像小米一样打工小姐的宿舍。推子一进门就打了个喷嚏。小米问，你感冒了？推子说没有。小米问，没感冒你打什么喷嚏？推子说屋子里香水味太熏人。小米拿笑眼瞟推子一下，说你怎么是这样的人。

宿舍里有两个女孩，是上夜班的，刚睡起来，躺在床上一人抱了一本《幸福》杂志看，一边看一边欷歔着抹眼泪。小米冲她们喊：喂，都什么时候了，快接班了，还赖在床上呀？我有客人，你们快起来。一个女孩说，客人我们又不妨碍你，你最多把帐子放下来，声音放轻点。小米叉了腰骂道：我不撕烂你的嘴！两个女孩嘻嘻笑着，丢开杂志，爬起来，先要套外套，看一眼推子，再看一眼推子，不套了，露两条光光的长腿，抱着衣服，拿了洗漱用具，扭着腰跑出去。小米在后面骂，狐狸精呀！小米那么骂一点也不公平，小米自己的样子才像狐狸精。

小米让推子在她床上坐了，说别到处乱坐，脏。又问："吃饭了没有？"

推子说："路上吃过了。"

小米问："吃什么了？"

推子说："面条。"

小米再问："什么面条？"

推子看一眼小米，小米的眼睛正在那里等着他。推子有些不知所措。推子心想，小米她问面条是什么意思？小米她怎么有些通了电的样子？

小米看出推子的冷漠，也不管，说："我这里有饼干，你再垫一垫。"

推子拦住小米说："远子到底出了什么事？你快说事情，饼干等着。"

小米白推子一眼，恨恨地说："人家关心你，不知好歹！饿死你算了！"

推子就知道自己太急了，笑了笑，说："算我得罪你了，行不行？"

小米眼圈一下子就红了："你还得罪少了呀？"

小米说完那话，知道再说下去就是任性了，就不应该了，小米就丢开饼干，过来坐在推子身边，把事情的原委从头到尾说给推子听。

原来，远子带着小米大尘等人来到武汉，先在一个建筑队里打工，后来建筑队散了，他们又换了一个建筑队，再后来又凑了工钱的份子，在汉正街租了一个摊位，卖福建石狮产的鞋子，远子带大尘和多多专门管跑货，飞娃、菜包子和共生管照摊子，小米在租下的民房里守家，洗衣做饭，管大家的生活。汉正街百川纳江，生意红火，虽然竞争激烈，机会却多得很，只要肯做，远子脑瓜子灵，又有几个贴了命跟着他干的伙伴，鞋摊的生意不错，日子也还过得下去。远子带人干了一段时间，嫌人手多了，一个巴掌大的小店，用了八个菜园子张青来开，小米不是孙二娘，却比孙二娘干练，不划算，又张罗着在长青乡包了两个鱼塘，让大尘牵头，分出菜包子和飞娃去，养鱼。远子特别叮嘱大尘，鱼塘里专养鲫鱼，不打了鱼卖，作钓场用，收公款请客的钱。大尘按照远子的话去做，果然收入颇丰。

本来这样很好，大家都有活干，大家都有钱分，两摊子生意，其实是一家。大尘等人拼命干了一段时间，全都置上了羊皮夹克，远子还添置了一辆木兰轻骑，戴上墨镜，风擎电驰去长青乡看鱼塘里的情况，威风得很；晚上收了工，大尘带菜包子和飞娃从江岸回来，大家聚了堆，喝酒打牌、逛江汉路、听何祚欢的评书，快活得像神仙。远子放了话说，你们是我带出来的，你们要是翅膀硬了，除了小米不许离开我，别的人都可以走，挑单另干，你们自己选择。大尘等人一听就急了，说远子你是不是嫌弃我们？是不是觉得我们还不够卖力气？你要嫌弃我们，要觉得我们不卖力气，就直截了当地说，不要拿选择这种话来杀我们。远子呵呵地笑，说，古人说，二人同心，其利断金；同心之言，其臭如兰。大尘问什么意思。远子说，意思是说，兄弟要同心，同心了就没有什么可以把他们分开了，同心了就可以说不好听的话，再不好听的话，听起来都是香的。大尘等人把远子佩服得不得了，说，远子你简直了不起，就凭你其臭如兰的话，打死我们也不会离开你单挑。

事情先出在鞋摊上。到武汉的第二年，远子要把摊子往汉正街鞋城里挪，鞋城里生意好，一双石狮产的胶鞋能卖出一双泉州产的皮鞋的价。远子在汉正街干了一年，他讲义气，脑子活泛，会来事，人缘不错，汉口话说得越来越炉火纯青，也算是汉正街里一个不大不小的人物了，最主要的是他不想蹉跎年华，他想加快他征服城市的步伐，他要加快步伐就必须进鞋城。远子花了几万块钱在鞋城里租了一个摊位。生意真的很好，日进斗金不敢说，总之远子每天都要共生往信用社里跑一次，去存钱。但是好日子不长，很快麻烦就来了。远子在鞋城的摊位旁是一帮潮州人租下的摊位，潮州人觉得远子的摊位占了好地方，挡了他们的财路，要把远子撵走。远子当然不肯走。远子不但不肯走，远子还想把潮州人撵走，这样两下就闹起来了。远子到打了包裹滚出鞋城时才明白过来，这个世界上不是靠着脑瓜子灵光就能干出一番大事业来的，不是靠着肯吃苦能算计就能过上好日子的，是有强势弱势主宰被主宰之分的；这个世界上也不光是由着一些戴了大盖帽的人说了算，还有一种人，他们在这个世界上建立了另外的一个社会，他们在某种程度上比戴了大盖帽的人还要厉害，如果说大盖帽是社会上的血管，他们就是血管里活跃着的红细胞，是说了算的人物。远子正是被这样的人物撵出鞋城的。

紧接着出事的是鱼塘。大尘把鱼塘经营得很好。大尘有力气、肯吃苦、不在客人来之前往塘子里倒粪，让鱼吃饱了不咬钩、价格公道，别人塘里的鱼，要是专钓鲫鱼（武汉人叫喜头），茶水不管，饵子不管，十八块钱一斤，大尘只收十五块，还饶上茶水饵子，还饶上乡下笑话。大尘塘里一天能出百十斤鱼去，出得隔壁鱼塘的塘主看了恨不得眼睛里生出一双爪子来抢钱。

有一天，一个巴拉眼领着一伙人来了，找大尘。巴拉眼对大尘说，他要接管塘子。大尘说塘子是自己承包的，租子是按时交的，一分没拖欠过，合同没到期，凭什么要接管？巴拉眼说，凭他刚从号子里出来，他从号子里出来，要吃饭，要穿衣，要养伢，还要打个一块两块钱的小牌，他已经是悔过自新的人了，他不能去偷去抢，那样影响武汉市的大都市形象，他只能养鱼。大尘说，你要养鱼到处都是塘子，你可以到别的塘里养。巴拉眼说，别的塘子都是生塘子，不如你这里的塘子好，我调查过，你这里的塘子出鱼。大尘气坏了，说，你这不是强打恶要吗？巴拉眼笑了，回头看看他带来的那帮人，那帮人也笑，巴拉眼笑过，转过头来，撩开怀，露出胸前一条尺半长的刀疤，冷脸说，伙计，老子真的不是非要你的塘子，老子们正愁没处混环境，你递条子是抽合老子，老子们晓得不能让鱼吃肉吃顺了嘴，你要再犯犟，老子们也管不得那多，一刀捅你下塘去，充其量换一道汤重蓄一盘水！

远子骑了他的轻骑赶到鱼塘，发包的塘主愁眉苦脸对远子说，兄弟，不是我跟你扯野棉花，老巴这个人惹不起，他进号子是因为杀了他嫂子，他嫂子只顺口说了一句老巴你领带没打正，他就一刀捅过去，把他嫂子捅得肠子直流，他连嫂子都杀，还有么道理可讲？我有老婆伢，我是不讲这个道理的。

鱼塘的事没落定，又出了菜包子和飞娃的事。菜包子和飞娃鬼迷心窍，跑去钓人家的鱼。这里说的钓鱼不是真钓鱼，是三伏天，人家没有空调的里巷人家开了窗户睡觉，他们跑去用刀子划开人家的纱窗，用带钩的竹竿往外钩衣服，被发现了，捉住痛打一顿，然后送到派出所。远子闻讯后赶到派出所，交了五千块钱罚款，两个人在收容所里关满三天，留下案底，按了手印，交远子带走。

远子回到家，关上门，一脚踢飞一只板凳，劈头盖脸把菜包子和飞娃一顿臭骂，说，一件休闲西服就把你们的心钩走了呀？就把你们的眼睛打瞎了呀？商场里就没有卖的了呀？菜包子吸一下鼻子，说，商场里当然有卖的，商场里要钱。远子从兜里掏出钱夹来，往地上一甩，说，这不是钱？你们拿钱去卖，加上那五千罚金，看能买出什么样子的西服来！菜包子蹲在地上抱了头说，我们晓得现在生活不好，鞋摊子被人挤掉了，鱼塘又被人吃了黑，钱没有出处，我们才出此下策的。远子冷笑道，你们什么时候出过上策？你们也争口气，出个上策来给我看看！菜包子说，上策也不是没有，上策你只是不干。远子乜一眼菜包子，鼻子里哼了一声，说，给我收起你的上策，你的上策只配做猪食料！

接着就是共生得阑尾炎。共生憋了两天。共生跑到药店去买止痛药来吃。共生后来实在憋不住了，叫出声来。小米说，大尘你们还打牌，你们眼睛瞎了呀，没看到共生人都变形了？医生说共生的阑尾已经穿孔了，要是再送晚一点，共生就成尸体了。共生手术后被推出来，麻药还没有过，人迷迷糊糊地，认不出人来，抓住大尘的手说，远子，我晓得我们钱不多了，我想忍一忍就过去了，我不争气，没忍住，我下一回一定忍住。小米当时眼泪就下来了，扑在共生身上喊：共生你傻，你说什么忍？钱重要还是命重要？你还说下一回，你能经得起几个下一回？远子咬着牙铁青了脸吼：都把嘴给我封上！这是医院晓不晓得！

远子终于吃上了黑道的饭。

远子先帮人干收租子的活。

黑道上有一种营生是收自家地盘上门面的保护费，有哪家新店开张了，黑道就去打招呼，说恭喜发财，说有饭大家吃，谈好一个价，店家按时交租子，有什么食客耍蛮青痞扯歪的麻烦事，黑道揭了单子出面解决，相当于小区管委会的角色。有的老板会来事，说个价，只要合理就给了；有的老板装傻，要不就扯理由，拖泥带水；有的老板不吃那一套，场面上的话说到天上去了也不肯谈钱的事。对会来事的，人家乖乖地交租子，没有什么活可干；对不吃那一套的，那要动家伙，轻则砸了店铺，重则剁指挑筋，黑道叫买走；而那些扯理由拖泥带水一类的老板，就是远子要负责的活路了。

远子组织大尘一应人，装扮成乞丐，或者手腕上缠了脏纱布，泼上猪血，去人家门面上讨饭。讨不是真讨，有技术，一要胡搅蛮缠，别人若给了饭要嫌没有肉，饭太寒酸，别人给了钱要嫌钱给得太少，没有整票子，二要掌握时间，是饭馆的，要在开席的时候上门，是卖货的，要等有顾客的时候上门，总之一句话，要人做不成生意，要把老板惹毛，老板惹毛了，定会出手，只要一出手，远子等人就躺在地上骗赖，说心脏病打出来了，腰子打掉了，打出癌症来了，只管往死亡的边缘上说，黑道上的人这时就远远地过来，手掌心里滴溜转着两粒霰弹枪子弹，找老板谈判，说你们打的是我的亲戚，你们把我的亲戚打残疾了，你们出个价吧。活就算干完了，剩下的事就与远子等人没关系了。

远子带着大尘等人干了一段时间，看出门道来，积累了经验，就开始自己挑了门户干。远子看中了江岸货场，那里盲流多，棚户多，各种帮派也多，远子带着大尘等人在那里干了一阵，虽然是外来的强龙，难得缠赢地头蛇，毕竟几兄弟没有出路，也没有武汉人那种懒惰，要混出前途来，只能提着脑袋拼命，远子又有头脑，会算计，尤其远子重信誉，一言九鼎，几个月下来，居然让远子干出名声来，在江湖上有了牌子。

有一次，一家企业在江岸货场丢了十几桶氰化物。氰化物是剧毒工业用品，这家企业正在搞企业年终考评，害怕事情被捅出来，媒介一宣传，满世界沸沸扬扬，企业先进的牌子弄丢了不说，说不定牵出其他的事情来，事情反而多出来，就托人找到远子，说好事情若有个圆满结果，企业出五万元做酬劳。远子放出耳目，三天以后，在仙桃把做那件活的主子找到了。远子带了大尘几兄弟去，行李包里装着上了膛的五连发霰弹枪和猎刀。远子要做那件活的主子把货交出来。做活的主子不肯交。远子很耐心地解释，说要是别的货，我要你交，你不交，我也不勉强你，只听你一个不字，就手抽刀，当场砍翻，下你一只耳朵，回去交差。问题是氰化物，氰化物不是一般的货，这就不好办了，现在货家没报案，货家一报案，事情就成了死案，你手头的东西就算出了手，人家死追下去，迟早会牵出你来，你钱没拿到，人进去了，杀头不杀头，你先去翻翻刑法书，何苦来？不如你把货交给我，我送回货家，与你再无干系，当然你干了活，也不能白干，我这里给你一万块钱，你就算撞了一次霉运，下次先学学英文，看清楚说明书，莫再把这种啃不下去的东西背回来做了宝贝。

做那件活的人听远子说得有道理，不是哄他的，答应了远子的条件。远子把事情交代好，回到武汉，通知那家企业，于某日某时到某地取货。那家企业照时间地点去了，果然货都好好地在那儿，一件没少，还给盖了一层石棉瓦，防日晒雨淋。企业本来取回了货去，事情算是完结了，不知是怎么想的，又报了案，要把盗物的人抓住。派出所的人找远子，远子说不认识干活的人。派出所举出例子来，都是企业提供的，一样样有人证物证，都证明远子不但认识人，还和那个见过面。派出所申明事情和远子没关系，只要远子交出盗窃嫌疑人就行。远子咬定了不认识盗窃嫌疑人，也不认识什么企业。远子眼睛盯着派出所的人，一眨都不眨，一脸天真无邪地说，你把企业的老板找来，我可以对质，他要说是我舅舅，明天我就结婚，要他送一份厚礼，还要他给我安排工作，最起码安排我做材料科副科长，股长我都不干。后来案子不了了之，事情传出去，江湖上都夸远子做事干净，信得住。

小米在远子换了汤头帮人收租子时就拼命反对远子这么干。小米说远子你又不是没有一双手，你又不是不可以从头做起，你把猪血往手上泼，你那是作践自己。小米和远子吵过许多架，小米还找黑道上的人吵架。黑道上的人很喜欢小米的性格，说远子，你妹妹是个角色，这样的角色整个武汉难找出十个来，你妹妹要肯干，我们出资开家餐馆，要她当老板娘。远子硬把小米拽回家。小米踢蹬着腿喊，远子你是找死！远子阴着脸说，我不能在武汉一辈子挂眼科！我也不会在武汉一辈子做马仔！小米没法说服远子，一赌气，要离开远子。小米把身上的钱全掏出来，连零币一起甩在地上，把远子给她买的衣服，还有远子给她买的一条金项链，全翻了出来，也丢在地上，拎了自己的包往屋外走。远子在身后吼：你给我站住！小米瞪了远子一眼，人没停下来。远子冲到门口，一下子揪住小米，把小米揪得龇牙咧嘴，眼泪都快疼出来了。远子咬牙切齿地说，你走你就是背叛我！小米疼是疼，人却不怵，扬了头说，我又不是你的女人！我又没有卖给你！背叛了又怎么样？远子黑了脸，拳头捏得咯咯响，慢慢移向腰间的刀柄边，一字一句说，那就别怪我不客气了！小米吓坏了，但她还是强作镇定，说，远子，你要杀要剐你动手，但你要记住，你要是坏了我，推子不会答应你！远子盯着小米，他盯了她老半天，然后他松开手，吼道：你给老子滚！你滚去做鸡吧！

小米离开远子后，到了红楼宾馆。小米没有做鸡，她先在一家洗头屋找工时洗头屋的老板说你晓得行情啵，我这里的小姐是要从事全套优质服务的，像你这样的条件，怕是闲不下来，要承担满负荷工作。小米狐眼圆瞪说，放你妈的屁！洗头屋的老板一耳光把小米打出来，小米从地上爬起来，拾了自己装换洗衣服的包转身就走，最后到了紫阳路上的红楼宾馆，在宾馆餐厅里做服务员。

不久前，小米从一个老乡那里听说，远子和另一路黑道火拼，伤了人，把对方一个老大的膝盖打碎了。小米一下子就急了，她下班以后从武昌赶到汉口，去江岸货场打听情况，等她找到远子住的地方时，人家告诉她，远子已经搬走了，走了好长时间了，还说有公安局的人来过，也是问远子的事。小米不知道远子去了什么地方，老话说，紧走慢走，三天走不出汉口，武汉太大，大成了中国的肚子，她在武汉没亲没故，是个没人理睬的外乡人，能去哪里打听？她只好给推子发了一封信，要推子赶快来武汉救远子。

六

小米给推子讲远子的事，一直讲到天黑，这中间不断有同屋的女孩回宿舍来，取东西什么的。有人进来时小米就不说话，拿了饼干出来让推子吃，问推子一些镇上的事情，等人走了以后她再接着说。推子不吃饼干，身子也不动，坐在那里，眼睛盯着小米，听她从头讲到尾。

小米讲完远子的事后，端起茶缸来一气喝了半杯水，然后要推子在宿舍里等她，她出去了一会儿，很快回来了，对推子说："我找餐厅经理请了假，我说我哥来了，餐厅经理对我很好，他说我今晚可以不上班，陪陪你。我们先出去吃饭。"

小米出门前要换衣服。小米大方地对推子说，你不用出去，你给我把门守住了就行，莫让那些疯姑娘进来，那些疯姑娘非要缠着看我的胸，她们说小米你看你挺拔的样子，你都可以去做广告了。小米换了一套休闲装，不施粉黛，人鲜鲜亮亮的，出门时她要挽推子的胳膊，推子不让，小米嘟了嘴说，你是我哥，出门人家一看，是哥连胳膊都不让挽，那叫什么哥？推子就没有办法了，只好让小米挽上。小米得意忘形，把胸脯挺得老高。小米也不老是得意忘形，真出了门，她就把推子的手松开了。推子知道小米还是懂事的，但他不会掩饰，松弛下来，出了一口长气。小米看他的样子，又恨起来，说，我怎么脏了你了？我就那么脏吗？

小米把推子领到一家名叫"好再来"的洪湖人开的餐馆，叫了菜，还要了啤酒。推子说，菜别叫太多了，多了吃不完。小米还记着刚才的事，白推子一眼，赌气说，我愿意，我把全世界的菜都叫满了也是我自己，要你担什么冤枉心。

等菜上来，两个人吃饭的时候，小米突然笑起来，扑哧一声，嘴里的米饭喷了一桌。

推子停下来，不明白地看小米，问："你笑什么？"

小米说："我想起刚才的事情。你记不记得，刚才你来时，我们宾馆的小姐们围在员工通道口，巴心巴肝地看，后来我们在宿舍里说话，不断有人进进出出？你知不知道她们那是在干什么？告诉你，她们全都是在看你。"

推子脸红了，有些不适应。他把啤酒瓶子拿起来，给自己斟酒，酒斟得太快，啤酒泡溢了一桌。小米看推子那个样子，越发地乐，乐得前仰后合。

小米乐过以后又说："你今天把我们宾馆震了。你主要是把我们的小姐们震了。我去请假的时候，好几个小姐问我，你是我什么人。我晓得她们是什么意思。我告诉她们你是我哥。我只能告诉她们你是我哥。我要告诉她们你是我别的什么，她们就算忍气吞声，不在半夜里爬起来撕了我，也会把我孤立起来，那我就是孤家寡人了。推子你不知道，你让人不放心。"

推子用啤酒顺过嗓子，镇定下来了，说："你不要说得那么过分，你也不要说得那么夸张。"

小米说："我怎么过分了？怎么夸张了？我杜小米长到十七岁，眼睛从来不往上下望的，就算黎明哥哥来了，刘德华叔叔来了，还要看我高不高兴见他们呢！"

推子平时不大喝酒，喝了大半瓶啤酒，有些晕晕乎乎的，话也多了些，说："你刚才说你告诉别人我是你哥，你没告诉别人我是你别的什么，是什么意思？"

小米拿眼睛瞟了推子一眼。小米的眼睛媚媚的，关键是小米的眼睛带着电，火花四射，而且小米已经出落得水色无限了，很难让人不动心了，幸亏推子那时盯着自己面前的啤酒杯子，担心杯子里的啤酒泡泡会不会继续长高，没看小米，否则推子就会有麻烦。

推子接着问："你还说我让人不放心，我让人不放什么心？我让谁不放心？"

小米冷冷地盯着推子，不说话。推子伸出筷子去拈一块牛脯，牛脯拈起来又落下去。推子抬了头朝小米傻笑，没笑出来。

推子说："怎么了？我说了不该说的话么？"

小米伸出胳膊去，把推子面前的啤酒瓶子拎开，把饭端到推子面前，再把桌上的菜一盘盘都推过去，把推子围个水泄不通，自己低下头去扒了一口饭在嘴里，嚼了几下，平静地说："推子，我知道你，要不是远子有事，我给你写了信，你是不会到武汉来的，你会永远待在东冲镇，怀念武汉。我还知道你是喝了啤酒，有些把握不住了，要不也不会拿这样的话来问我。我都知道，推子。"

推子直起身子来，看小米。小米已经低下头去，吃她的饭，再不理他。推子再看看面前的那些饭和菜，它们人多势众，把他包围了，让他一时不知该往哪里突围才好，推子就在那里发愣。

推子后来愣头愣脑地说："我一定要找到远子。"

小米抬起头来看了他一眼，淡淡地点了点头。

七

推子去了江岸货场，在那里打听远子的去向，一连几天，一点结果也没有。远子好像从来没有在江岸货场出现过。推子知道远子他当然出现过，他不但出现过，他还在这里做下过很多事，多得推子找人打听远子，人家都用一种奇怪的眼光来看他，人家是把他和那个冉冉上升的远子联系上了。有一次，推子还差点儿惹上了事。推子找几个收荒货的河南人打听远子，等推子离开河南人的棚子时，他发现那几个河南人小声地议论着什么，然后一个河南人匆忙地走了。推子想，也许他打听远子打听到远子的冤家头上了，他们派人去通知他们的老板去了。

远子失踪了。远子无踪无影。

推子找远子，小米要陪推子，推子不让。推子说小米你上你的班，我不用你陪。小米说我可以请假。推子说你的老板会不高兴。小米说我管他高不高兴，我又没有卖给他。推子说你吃人家的饭，你等于是卖给人家了。小米眼睛亮亮地，盯着推子看，推子就知道自己说错了话。

推子知道自己说错了话，但他坚决不要小米陪，他只是答应小米，他去汉口江岸找远子，每天晚上仍然回到武昌紫阳路来，告诉小米他找远子的情况。推子在紫阳路上找到一家私人旅社，房租不贵，床单也干净，四人间，包一餐饭，一天十五块。小米本来已经把推子安排在宾馆男服务员宿舍里住了，小米在宾馆里已经有了很多好朋友，那些好朋友情愿自己睡到大马路上，也不肯让小米的哥哥没有地方睡，但是小米看推子很坚决地拎了他的旅行包，知道他是那种不肯商量的人，就不再提别的话。

推子每天早上起来，洗了漱了，拎着旅行包，先去红楼宾馆，把旅行包存在小米那里。小米在餐厅工作，中午和晚上上班，早上一般都起得晚。小米知道推子不肯进宾馆，每天很早就等在宾馆门口，推子来了，小米从推子手里接过旅行包，换了用食品袋装好的面窝小笼包和袋装奶给推子，叮嘱推子几句，无非是小心一点之类的话，然后站在那里，看着推子结结实实不慌不忙地朝车站走去，直到看不见人影，小米才回宾馆。

很快一个月时间过去了，推子不但跑遍了江岸货场，他差不多跑遍了整个江岸区，有关远子的事打听到不少，大多以讹传讹，让推子听了觉得那不像是远子，而是别的什么人。远子本人的影子始终没露面，他好像是真的消失了。

推子在这期间见到了好些麻城人，他甚至还见到了东冲镇的两个熟人。他们也是来武汉挣生活的，因为来了好几年，已经扎下营盘，带了老婆孩子来。两个熟人都认识葛副镇长的大儿子，热情地邀推子去他们家里坐坐。他们的家是租来的民房，属于待拆建建筑。两个熟人一个做水果生意，一个做装饰材料生意，租来的房子，前店后库，逼仄得像个鸡笼子，连下脚都得小心翼翼，人和水果水泥混住在一起，分不出谁是主人。推子侧了身子坐在那里，看熟人的孩子脏兮兮地从他腿弯下爬过去，再爬过来，他手里捧着软绵绵的一次性茶杯，心里想着东冲镇开满白花的桃林和挂了几条溪涧的乌子山，推子就不想说话。

那一天，推子像往常一样，早早地起床，从武昌到了汉口，找远子。推子路过工农兵路时，从路边上一个白墙粉瓦的幼儿园里窜出一个邋遢不堪的汉子，汉子一脸胡须，高大魁梧，眼睛瞪得像牛铃铛，怀里抱婴儿似的抱着一台小王子洗衣机，一个年轻女孩子在他后面追赶，一边追赶一边喊：抓强盗呀！抓强盗呀！路边的行人都站下来，朝这边看，马路边小食摊上过早的人纷纷端了碗，朝这边拥来，人们的脸上露出看热闹的兴奋，还有人呵呵笑着，但没有人上前去拦那个汉子，眼看那个汉子就窜过马路，奔进一条巷子了。

推子在那个汉子奔到他身边的时候往前跨了两步，堵住了他。汉子喘着气，瞪着牛铃铛眼睛，吼道：走开！不然我捅死你！推子不走开。推子说，我不是警察，我不捉你人，东西不是你的，你把东西放下，还给别人，我就放你走。汉子气急了，他要不是气急了，有可能就会为推子刚才那番郑重其事的话笑出声来的。汉子朝后面看了一眼，把怀里的洗衣机往胳膊肘下一夹，空出一只手，从怀里掏出一支磨出了尖头的红把大起子，指着推子的脸，咬牙切齿地说，是你自己找的，莫怪我！说了就朝推子刺过来。推子躲开刺来的起子。汉子再刺来，推子又躲开了，一边就有人兴高采烈地喊：搞！搞！往死里搞！搞出一个新世界！汉子见刺不中推子，而且他看推子毫无惧色，是即使刺中了也不会让开的样子，后面那个女孩子又追近了，就把胳膊肘下的洗衣机抡起来，砸向推子，然后掉头窜进巷子里。推子被洗衣机砸了个结结实实，他去抱洗衣机的时候又被洗衣机挂了一下，人被砸得坐在地上，洗衣机却好好地抱住了。一边两个小年轻说，伙计，你可以去把区楚良替下来，你保证不会让国人失望，我们也不会被气死了。

那个女孩子气喘吁吁地跑到了，帮助推子把他怀里的洗衣机挪到地上放好，再拉起推子。推子很沉，不好拉，女孩子差点儿没把自己拉跌进推子怀里。推子不要别人拉，自己从地上爬起来。女孩子说，谢谢，谢谢你！推子说，没关系。推子说了拍了拍身上的泥土，就要走。女孩子掩了嘴说，呀，你的手流血了！推子低头看，真的流血了，是刚才被洗衣机挂的，破了很大一块皮。女孩子苍白了脸说，你快跟我来，我有消毒药水和纱布，我给你包一包。推子摔摔手上的血珠子，说，不要紧，一下子就干了。女孩子拉住不让推子走，说，这怎么行呢？你帮我追回了洗衣机，负了伤，我不能看着你就这么走。推子说，真的没关系。女孩子说，那，洗衣机我抱不动，你帮我抱回幼儿园好不好？

推子就帮女孩子把洗衣机抱回幼儿园。女孩子已经拿了药箱子过来，把推子按在椅子上。几个苹果似饱满的孩子跑过来。女孩子说，你们的画画完没有？孩子们又嘻嘻笑着跑走了。女孩子先用酒精给推子洗伤口。推子的手颤抖了一下。女孩子也颤抖了一下。女孩子的眉毛很好看，绒绒的，像两抹细细的黛色淡云，她颤抖的时候，好看的眉毛抖动了一下，好像要掉下来。推子有些担心，但是推子的担心没有过多久，女孩子手脚很轻，如柳枝儿拂动，又很利索，是干惯了这类活的，一会儿工夫，就替推子处理完伤口，漂漂亮亮包扎好了。

推子谢过女孩子。女孩子说，怎么是你谢我，该我谢你才对。推子看清了女孩子，是纤纤细细秀气十足的样子，推子站在那里，不知再该说什么，站一会儿，往外走，手上缠了绷带，多出了什么，有些不自然。女孩子送出来，送到门口，推子转身，说我走了。推子看见停在院子里的一辆万山面包车，朝他们滑过来。推子抢上一步，把女孩子往边上一推，回了头，就手撑住车头。推子像熊一样，两吨半重的面包车，乖乖地停下来了。女孩子大惊，说，朱大屏你干什么?! 说了跑过去，拉开车门，从车里抱出一个小男孩，再上车，手忙脚乱地熄了火，摘了钥匙。小男孩嘻嘻地笑，说我开车。女孩子脸都白了，闭了眼捂胸口，捂半天，睁开眼时差点儿没流出眼泪来，说，谁叫你去碰车子的？你差点儿没把自己撞死，你差点儿没把我们撞死！

女孩子后来给推子解释，说车子是幼儿园接送孩子的，平时看得紧，今天刚接了孩子回来，不知怎么就忘了收钥匙，差点儿惹出大祸来，亏了推子。女孩子说那话时还余悸未消，脸蛋儿红红的，把胸口按着。

推子走出几步，女孩子站在幼儿园门口看他，女孩子突然追了过来，喊住他，说，我听你是黄冈口音，冒昧地问一句，你是不是来武汉找工作的？推子说，我不找工作，我找弟弟。女孩子有些失望，说，哦，是这样，我这幼儿园是自己办的，我和姑妈两个人，请了两个朋友当老师，有五十多个孩子，忙不过来，我一直想请一个帮手，打打粗，原想你要是找工作，不知会不会瞧得起我们这样的地方，你不找工作，打搅你了。

推子往黄浦路车站走，一边走一边想，我怎么会告诉一个陌生人，说我找弟弟呢？

八

推子在武汉找远子，一连找了一个月，连远子的影子也没见着。推子找不到远子，但他不放弃。推子一定要找到远子，一定要把远子带回家去。

推子给父母打电话，告诉父母他已经找到远子了，远子在一所职业学校里读书，远子想在武汉找一份好工作，武汉是个重视知识的大城市，远子必须经过职业学校的学习才能找到好工作，他决定先在武汉等远子，顺便考察一下武汉的鹿茸销售情况，等远子读完职业学校里的课程，他就带远子回家。

爸爸在电话里说，武汉是什么好地方？我六几年参加工作的时候，到武汉学习，住在招待所里，招待所里还用马桶，自己提下楼来倒，每天早晨倒马桶的排成长队，一街臭，不就是个大？要比繁华，比不上当年的东冲镇，远子要爱，干脆让他不回来。

妈妈抢过电话去，对推子说，推子你莫听他的，他是说气话，远子你还是让他回来，他要喜欢武汉，你让他过了春节再回去。

推子决心找到远子，但推子带的钱已经用完了，武汉再不好，武汉是要花钱的，一碗热干面一块五，一张车票一块，就算不睡觉，一天怎么也得十块钱开销，没有钱，吃住成了问题。

小米要给推子钱，推子不要小米的钱。小米恨得咬牙，说，就算你借我的行不行？推子很平静地说，不行。

推子决定找一份工作，一边给人打工，一边找远子。小米说通了红楼宾馆，让推子做行李员，吃住包干，月薪二百八，小费归自己。推子英俊，推子结实，推子本本分分的，没有什么言语，这样的推子很适应做行李员。可是推子不肯。不是推子不肯做行李员，是推子不肯在红楼宾馆做行李员。这回小米什么话都没有。小米后来搂了自己的两只胳膊，看了推子一眼，再低了头看自己的脚。小米脚上穿了一双布鞋。小米的布鞋是自家做的，很结实，绣了花，看着让人喜欢。

推子出去找工作。武汉果然是大商埠，商贾云集，客流成河，打工者多的是机会。可是推子去过好几个地方，都没谈成。没谈成不是人家的事，是推子的事。推子自己给自己设置了障碍。推子不在乎工钱，不在乎吃住条件，不在乎工作脏不脏，累不累，他只要半天工作制，而且说好，一旦找到弟弟，工就辞掉。人家花钱请工，买你的劳力，先是把你的时间买下来的，你先连时间都不能保证，说来就来，说走就走，这样的工，倒不是工了，是老板，连老板都做不到这个，谁还请你？

推子一连碰了几次壁，眼见身上只有两块钱了，推子已经从紫阳路上那家旅社里搬了出来，因为没有钱坐车，索性待在汉口，夜里就在汉口火车站候车室里抱着旅行包打个盹，有两次推子被车站的工作人员查出不是等车的，赶了出来。

推子那天半夜在建设大道上拎了旅行包没有着落地走，突然想起工农兵路上那家白墙粉瓦的幼儿园，想起那个纤纤细细眉毛如黛色淡云的女孩子，推子的心一下子平静下来。他走向一个卖水饺臭干子的夜食摊，掏出身上仅有的两块钱，对摊主说，水饺。摊主找给他五角钱。他不接，说，来两块钱的。

女孩子很吃惊地看着一头一身雾水的推子，说，你怎么不敲门呢？你就这么在外面站了一夜？

女孩子很快和推子谈好，推子负责锅炉和厨房里的杂活，每天两次去定点的食品厂拖食品，同时夜里在幼儿园里守夜，事情干完了，时间由自己掌握，不用在幼儿园里守点。当然，如果推子愿意，幼儿园里的桌椅板凳坏了，他要能修，也帮忙修修，那就谢谢了。报酬上，统一发工装，也就是白大褂，管吃管住，每月工资三百元。

女孩子对推子说，如果你觉得这样的条件不满意，你可说出来，我们再商量。

推子站在那里，说，没有不满意。

女孩子问，那你看你还有什么事？

推子说，我能不能先洗个澡？

女孩子笑了。她那么一笑，推子就看见她两颊上深深的泅出两个酒窝，不光秀气，而且秀丽了。

女孩子跑到后院去，一会儿回来，把推子领到后院卫生间。

澡盆很小，淋浴头很矮，分明是给孩子们预备的，但收拾得很干净，屋子里亮晃晃的，一尘不染，特别是澡盆子里，已经放满了热水，旁边放了沐浴液、洗发液和一方新浴巾。女孩子对推子说，衣服换下来丢进洗衣机里。女孩子说到洗衣机时笑了，这回她的笑有点顽皮。推子后来才看见，女孩子说的洗衣机，就是他前几天从大个子汉子手上夺回来的那个洗衣机。推子关上了卫生间的门，一个人在那里，也不由自主地咧开嘴笑了一下。

推子痛痛快快地洗了一个澡，把一个时间里的疲惫和麻木洗得一干二净。等他容光焕发地回到前院的时候，女孩子已经为他准备好了四个煮鸡蛋、一碟咸菜和一大碗黑米粥。

女孩子站在那里，背手撑了腰后的桌角，笑眯眯地看推子，把推子看得有些不好意思。

女孩子说，现在，我们可以正式认识一下了。我叫桑红，是武汉市江岸区红娃幼儿园园长。

推子说，我叫推子，姓葛，我是麻城市东冲镇人，我也是园长，不过我不带孩子，我养鹿，是鹿园园长。

桑红大大方方地伸了手出来，说，那好，鹿园园长同志，我们现在算是正式认识了，今后我们在一起工作，还希望得到你的帮助。

推子就伸了自己的手，和桑红握了。

桑红说，一会儿孩子们就要入园了，有十几个孩子是园里要负责接的，上午没有什么事，你先去后面教职工休息室睡一会儿，中午我叫你起来吃饭，下午我带你去食品厂。

桑红说了就出门去。一会儿就听她在院子里发动了面包车，听她细声细气地叫，姑妈，姑妈，我们走。

推子坐下来，咬了一口嫩生生的鸡蛋，心里想，她也没有问过我，她什么也不说，怎么会心细成这样呢？

推子往红楼宾馆打了电话，对小米说，我已经找到工作了。小米问什么工作。推子说，在工农兵路，叫红娃幼儿园，做杂工。小米问，也就是说你不打算回武昌这边来了？推子说，远子在江岸，我在这边容易打听到他的消息。小米冷冷地说，那好吧。小米说了就先挂了电话。

九

推子很快熟悉了幼儿园的情况，熟悉了自己该干的活。推子是那种很能干的人，会干的事情，他干得很出色，不会干的事情，他只要留心了学，也能很快上路。在东冲镇时他没有接触过锅炉，特别是用油的锅炉，他连听都没听说过，但他只让桑红教着用了一次，又摸索着干了两次，就很快学会了，而且很快摸索出一套省油的方法。过去红娃幼儿园去食品厂拖食品，因为要的是新鲜，每天两趟，都是桑红开了小货车去拖。推子来了以后，先认了食品厂的路，和发货的人接上了头，他看院子里有一辆三轮车，板子掉了两块，车轴坏了，他抽空修出来，不要桑红再开车去食品厂，自己骑了三轮车去厂里拖食品。头两天推子的车骑得歪歪扭扭的，人多的地方，路窄的地方，过马路时，得下来推着走，但很快的，他就学会了骑车，能把三轮车骑得玩杂技那么好了。这样推子不光省了锅炉和面包车的油，还省出了桑红每天跑食品厂的那两趟时间。

厨房里的杂活对推子来说比较困难一些。过去在家，他是从来不进厨房的，不光他不进，东冲镇的男人都不进，东冲镇的男人从小到大没有进厨房的习惯，一般情况下，只有两种男人才进厨房，一个是鳏夫，一个是孤儿。有一个故事是这样说的，一个女人生了孩子，她男人把她从医院接回家来，因为生的是个大胖儿子，男人高兴坏了，他先抱着儿子亲了一口，再抱着老婆亲了一口，说，老婆，你立了一大功，我今天要好好地犒赏犒赏你。男人去院子里捉了鸡，杀了，再去街上割了肉，打了酒，提回家里来，然后大声喊，老婆，东西都齐了，你快起来烧饭吧！

推子在家时没有进过厨房，红娃幼儿园不是他的家，他知道这个。推子进厨房，先用眼，再用心，然后一件事一件事，从容不迫地下手，生涩很快就不在了。桑红的姑妈负责厨房里的事，桑红的姑妈很挑剔，哪儿不干净不整洁了她都有意见，她开始也说过推子，说他这儿也不行那儿也不规矩，她后来仍然说推子，但背后里姑妈悄悄对桑红说，这个乡下伢灵醒，比前两次请的强多了，这伢眼里有活，手又巧，莫看不爱说话，心里头有数，这伢莫辞了，留到。

推子把自己该干的活都干了，又帮忙做一些分外的事情。他用两个晚上，把两间休息室、三间教室兼游戏室从上到下打扫了一遍，要桑红买了石灰和颜料，先粉了墙，等墙干了，再在墙上五颜六色地画了憨憨的熊猫、胖胖的大象、机灵的猴子、可爱的长颈鹿，剩下的材料，他用在院子里，在院子里的粉墙上画了孙悟空、哪吒、金刚葫芦娃、神笔马良、渔童。幼儿园里里外外一下子就变了样，变得生动活泼、情趣盎然、是真正孩子的乐园了。

桑红对推子的这一手显得很吃惊，她扬了她好看的眉毛，说："推子，我不晓得，你还会这样的本事呀？"

推子拿笔描着渔童脚下翡翠色的浪花，不好意思地说："我也是凑合，上小学时学过画，那时很喜欢，画了好几年，以后学习紧张，又丢了。"

桑红由衷地说："你这哪里是凑合，你这样的水平，要是会电脑设计，可以去做卡通，最起码能去广告公司吃白领饭。"过一会儿又说，"当然，我不希望你去那些地方，我还是希望你留在我们红娃幼儿园，你留在红娃幼儿园，我心里踏实一些。"过一会儿又说，"我这样想也许很自私，推子，我是不是很自私？"

桑红在那里和推子说话，推子有时候会回答她，有时候不，他画着他的渔童，他该干什么还干什么，桑红经历过几次后就习惯了。

推子来幼儿园这几天时间，已经和桑红熟悉了，也和幼儿园教音乐的张项老师，教英语的王樱老师以及姑妈熟悉了，大家都很喜欢推子，都觉得推子很懂事，有礼貌，肯干活，不像别的乡下人。武汉人对乡下人一贯没有好感，老是乡下人乡下人的挂在嘴上。张项王樱姑妈都是武汉人，不同的是她们一个是老武汉人，两个是小武汉人，她们是武汉人，当然也这么说。张项王樱和姑妈私下也议论过对推子别的方面的印象。张项说，你们发没发现，推子长得蛮有味，又酷又有型。王樱说，不光有味，他还结实，你没看他的小腿肚子，像是练过健美的。张项说，他这种人不像广告，你一眼看不出来，需要仔细看。王樱说，你说得那么经验丰富，是不是仔细看过？张项站起来要去掐王樱，王樱嘻嘻笑着往姑妈后面躲。姑妈一边护着王樱一边说，可惜得是个乡下伢。张项放了王樱，转过身来说姑妈，姑妈又是你的故事，你老是讲这种故事，其实你的故事我后来都验证了，你说的那些人，都是黄陂汉川孝感仙桃人，并不是土生土长的武汉人，再说现在不是以前了，现在这个时代，最没有参考价值的就是出生这一条，或者说，最没有参考价值的就是传统上的出生观，相反，真正有钱有权有学识的人，十个里头有八个是乡下出来的。王樱在这个问题上和张项站在同一战线上，说，最关键的问题是，正宗武汉早就稀烂了，你看武汉的儿子伢们，豆芽大一点，复杂得超过奔腾98，心深得一块石头丢下去三年后才听得到响声，玩起来倒蛮能混点，遇到事情哪个又是可靠的？不像推子这样的乡下伢，一双泉水眼睛，一身青草气，一副太阳肠子，我说不虚伪的话，真的是让人想入非非。姑妈说，你们一个个说得天花乱坠，那好，你们就把推子带回去做你们屋里的女婿伢。张项一点不惧，摇一下辫子，说，我要是没有刘东缠得紧，一时三刻不松手，我就把推子带回去。王樱从姑妈身后探出脑壳来说，也不一定非要做女婿伢，做别的也行，做别的并不影响刘东的最后归属权，张项你要怯了我上，我没有刘东怕。姑妈拿眼睛狠狠地白王樱，说，樱子你越说越没得名堂了，你不要拿人家推子混点，人家伢老实，不该落得你混。王樱就做鬼脸，说，姑妈你这就是偏心了，说乡下伢的也是你，说老实伢的也是你，话都让你说完了，我们活该做哑巴。姑妈说，你能做哑巴？你要做了哑巴，天上就没得鸟儿飞了，总之你不要说人家推子的坏话。王樱笑，说，姑妈，你这么护着推子，干脆，我和张项就不打推子的主意了，我们向外发展，把推子让给桑红。

桑红不和其他几个人一起开这种玩笑。桑红知道推子话不多，他不说话，不等于他没有听见别人说话，也不等于他就对别人的话没有自己的意见，这样的人叫惜言如金，反倒是该赢得尊重。

幼儿园是租用的居委会的房子，推子没有来的时候，几个人轮流着留宿，姑妈还好，三个女孩子轮上守夜，嫌六七间屋子，一个院子，太大了，一个人不敢住，要拖另外两个人一起住，其实人都在了，不是轮班，倒是集体守夜。推子来了以后，大家再不用守夜，特别是张项和王樱，她们两个人一个有了恋人，一个虽然还没有，但一大堆男朋友放在那里，连她自己都分不清楚，反正都是要应酬的；她们这种青春得一塌糊涂的女孩子，城市得一塌糊涂的女孩子，不能白天做了一天的孩子王，到晚上还得守着空空的屋子闻奶味，那等于是杀她们。现在推子来了，相当于把她们从牢房里放出来了，她们哪里有不高兴之理。

解放了的张项说，推子我一定要请你吃梅子，我还要请你吃冰激凌，吃正宗和路雪的。解放了的王樱说，梅子就不吃了，冰激凌吃了发胖，两样都不符合健康生活标准，推子我请你去打保龄球，要不我干脆请你去JJ迪厅，那里有联邦止咳露卖，我们一个喝两瓶再去疯，我争取把你发展成我的男朋友之一，我觉得你这样的男孩子很适合做我的男朋友。姑妈就骂，说你们两个死丫头，你们积点德，莫盘人家伢好不好？推子并不恼，露出一排雪白的牙齿，笑一笑说，你们好好去玩，你们吃梅子，打保龄球，玩得高高兴兴的，我做你们大家的男朋友。王樱瞟一眼站在一旁一言不发的桑红，说，推子就是这点好，知道疼人，还知道平均，是新好男人的标准，但是推子我告诉你，你做我们大家的男朋友可以，不包括不表态的，不能叫不表态的人不劳而获啊。

那天下午，孩子们离园后，桑红领着张项王樱和姑妈帮推子一起做完卫生，然后收拾一番各自回家。桑红出门走到街上后，突然想起什么，说，呀，我忘了东西，我回去拿。姑妈站下来说，你快去，我等你。桑红说，不用等，你们先走。王樱说，姑妈你想当灯泡呀？人家回去不光取东西，人家说不定还要布置工作，你等到天黑呀。姑妈笑，说，樱子我看你油得不成样子了。王樱就冤屈地喊，怎么是我油，你没看你屋里桑红，我们这些憨子是螳螂捕蝉，她是黄雀在后，她老奸巨猾得都可以进经典排行榜了，你还嫌我们这些人梯做得不好呀？张项也笑，说，王樱你只是一颗红心，嘴还是讨人嫌。

桑红不理会几个人说什么，转头回了幼儿园。推子正在院子里收拾花坛边的砖头，见桑红回来，没起来。桑红走到花坛边，在推子身边站着，站一会儿，推子立起身来，抚着手上的泥土，说，你怎么没走？桑红说，先走了，又回来了。推子说，你有事？桑红说，没什么事。推子说，哦。说过以后又蹲下去，继续收拾他的花坛。桑红又站了一会儿，天渐渐黑了，桑红就走了。

推子去找远子，一般是利用白天时间。推子在幼儿园的工作是定时的，虽然一抹带什杂，事情不少，相比养鹿场里的活却并不重，推子应付自如，这样就能有不少时间去找远子。

推子找远子找得很苦，也很茫然。武汉三镇，七百万人口，要找一个在这座城市里没有任何名分上记录的人，无异于大海捞针。推子经常被人呵斥，遭人白眼，还被人当做做笼子的，或者是为夜晚的行动探路的，遭到不断盘问。推子一般不在乎这些，他理解他们，理解这些武汉人，他知道他们那样做有他们的道理，武汉是他们的，他们有权利怀疑任何不是武汉人的人，他们也有权利盘问任何他们认为对武汉可能会造成破坏的人。这是一种热爱。一热爱就会产生保护的欲望。推子尊重这样的欲望。推子一般会很冷静地回答人们的盘问，别人白他的眼，他当别人眼睛不舒服，换个眼睛姿势，别人呵斥他，他也不还嘴，让呵斥他的人占尽武汉人的面子。只有一次例外。那一次，推子从黄浦路立交桥下过，立交桥下有两个年轻人在那里卖墨镜，两个年轻人缠着一个乡下人，要乡下人买他们的墨镜。乡下人说自己是种田的，用不着墨镜，两个年轻人硬把墨镜往乡下人手里塞。乡下人没来得及接，年轻人突然一松手，墨镜掉在地上摔坏了。年轻人变了脸，说乡下人摔坏了墨镜，要乡下人按出厂价赔五十块钱。乡下人吓坏了，说自己身上没有那么多钱，两个年轻人就拉住乡下人，又推又搡，不让他走。本来没有推子的事，但是推子没忍住，打抱不平地在旁边说了一句，人家说了不要，你们硬要塞给人家，你们故意往地上摔，这样做买卖毫无道理。两个年轻人说，嚯，出来个年轻的吴天祥来，你是不是看见是个机会，想要拿见义勇为奖？推子说，什么奖我也不拿，我只觉得你们这样对待人不对。两个年轻人放开乡下人，走过来，说，你个把妈养的活得不耐烦了。说着就给了推子两拳。推子在挨到第四拳的时候出了手，他像一头生气的熊，三拳两脚打倒其中一个，然后把另一个逼得直往后闪。被打倒的年轻人爬起来，从摊子下抽出一把铁尺。推子弯下腰，从地上拾起一块砖头。两个年轻人见推子端了拼命的架势出来，知道真要抡开了家什，武汉人未必是对手。两个年轻人收拾了摊子撤退，临走时，指了推子说，你给老子等到，正式通知你，你今天死定了。推子不能等，他要找远子，他还要回红娃幼儿园去干活。推子丢开砖头，抹一把鼻血，也走了。

晚上推子不出门，守在幼儿园。推子知道桑红相信自己，让自己住在幼儿园里，是把幼儿园交给他来照看，他要对得起这个相信。每天晚上，推子很早就洗了漱了，关了幼儿园的大门，检查一遍水电煤气，回到休息室，铺好床，然后在灯下翻开他带来的那册《世界地图》看。

推子很喜欢这册地图。他喜欢一页一页地翻动那些微黄的厚纸，沿着淡蓝色的海洋、褐色的高原、绿色的平原和灰色的盆地穿行，他的目光在这些地方穿行的时候，额角会有微微的汗毛毛渗出来，好像他是真的在行走着，行走得毛孔舒张。有时候推子会在一个地方盘桓，他会在一个地方流连下去，有时候他很急，会走得很远，他甚至会穿越整个科迪勒拉山系，或者从马里亚托角出发，过土阿莫土群岛、社会群岛、萨摩亚群岛、埃利斯群岛、新赫布里斯底群岛、所罗门群岛，穿过托雷斯海峡，再过努沙登加拉群岛、爪哇岛、克罗泽群岛、好望角，穿过大西洋，驶过巴拿马运河，回到最先的出发地。推子不知道自己为什么会这样，为什么会喜欢看地图，并且在地图上行走。他自己也说不清楚。

推子耳朵尖，听见外面有人叫门，他披上衣服，去院子里，把门开了，桑红站在门口。

桑红人洗漱了一番，换了一身宽松的休闲服，干净得有些过分，人本来削瘦，眉毛细细的，风揉碎的云丝一样，干干净净，又是这身打扮，就有点禁风不住的样子，让人有些担心。推子在黑暗中默默地看桑红。桑红问他弄过饭吃没有。推子说吃过了。桑红问推子在干什么。推子说没干什么，看地图。桑红问，是《世界地图》吗？推子说你怎么知道。桑红说我见过那本书，你来的时候就带着它。又问，你怎么会喜欢地图？现在没人看地图，现在大家都看电视，电视里装着世界。推子不说话。

两个人站在门口，一辆垃圾车从他们面前驰过去，然后又是一辆，这回不是垃圾车，是洒水车。不远处是空军161医院，医院大门两旁开了不少鲜花店，天黑着，花店里灯亮着，那些花小心翼翼地簇在灯光下，变了原先的样子，有点像云彩。桑红突然扑哧一声笑了，腰弯下去。推子不明白桑红笑什么。桑红说，我来这里，只我问你问题，你也不问我来干什么，你把我堵在门口，让我站在这儿，也不请我进去，倒好像这幼儿园不是我的了。推子一下子觉得很窘，把门扇开大了，侧过身子，让桑红进了幼儿园。

　　两个人到了教室里，推子开了灯，桑红先在板凳上坐下，推子也拉过一只板凳来坐下，板凳是孩子的，两个大人坐在上面，蜷着身子，有些怪怪的，尤其是推子，坐得很狼狈。桑红说你别坐板凳，你坐桌子。推子说，我太重，再说那些孩子看见，他们会不喜欢。桑红说孩子不在，他们看不见。推子说我自己能看见。桑红看他一眼，目光里有一种别样的成分，说，你这个人真怪。

　　两个人坐了一会儿，日光灯发出嘤嘤的振流声，像有无影的蜂儿在那里飞舞着。

　　桑红抬起头来看着推子，打破沉寂说："看来我要不说，你一晚上都不会问的，那我就告诉你，我来是专门看你的。"

　　推子也抬了头看桑红，仍是不说话。

　　桑红看推子没有说话的意思，就继续说："白天忙孩子，顾不上，我想下班了，不忙了，我就来看看。我还想你要是没吃饭就好了，你没吃饭我就请你出去吃饭。"

　　推子说："我吃了。"

　　桑红说："我知道你吃了，你已经说过了。"

　　推子就又不说话。

　　桑红待了一会儿又说："推子你好像不太喜欢武汉，你在武汉整天没有一句话，我在想，你要不是来武汉找你弟弟，恐怕你永远都不会到武汉来。推子你给我说说，你们家乡是不是很好？"

　　推子低了头，他看见一粒红色的扣子躺在地上，不知是哪个孩子衣服上弄丢的。推子弯了腰，伸手把扣子拾起来，捏在手里。推子说："是。"

　　桑红没听懂。桑红想，是她没问清楚，她把两个不该一起问的问题一起问了。桑红还想说什么，外面院子里的大门敲响了，敲得像爵士鼓。

　　推子起身去了外面，把门打开。推子先没看清楚，后来他看清楚了。

　　推子说："小米？"

　　小米脸上汗漉漉的，头发沾了一绺在眉间，这就让她像一头刚从湖水里跃出来的梅花鹿，推子有一阵下意识地要往一边躲，是怕她一抖身上的水珠子，湿他一脸。

小米抱怨地说："鬼武汉，巷子又多，人又拐，问个路，好像问他家的钱柜，又好像问他家的祖坟，恨不得把你支到太平洋去转一圈。"

推子问："小米你怎么来了？"

小米说："你怕我来呀？问这话。"

推子就不说话。

小米看推子的样子，又好气又好笑，正打算说什么，桑红从教室里走出来，走到院子里站着。小米挑了一下狐眼，不说话了，看推子。

推子站在那里不说话。小米站在门口，桑红站在院子里，推子不说话，两个女孩子也不说话。站一会儿，桑红走过来，对推子说，推子我先回去，有话我们明天再说。桑红说过，从小米身旁走过。桑红像一棵藿香草，小米像一株芙蓉树，两个人风格迥异。

小米等桑红走了后，转过头来，那时她脸上的汗珠儿已经干了，留下一片凉凉的夜光。

小米说："远子找了我。"

推子看着小米，过了好一会儿他说："他在哪儿？"

十

远子派了大尘到红楼宾馆来接小米。

大尘戴一副水晶墨镜，穿一套美尔雅西服，头发和皮鞋一样锃亮，手里捏了一部西门子手机，小米见到他的头一眼，差点儿认不出他来。小米说，大尘你怎么这一身打扮？活像个旧社会的打手。大尘端了架子笑，说，说打手对了，说旧社会，起码时间概念不对。大尘潇洒地招手叫小姐，要小姐上茶。

小米人没落座就着急地问远子。大尘说，你这么着急问远子，看来远子没说错，他知道你想他，他要我来接你。小米说，他接我干什么？大尘翘了二郎腿说，小米，现在我们算是混出来了，现在我们真正有了地盘，而且正在做大。小米说，到底怎么回事，远子现在在哪里，你快告诉我。大尘说，你先等我喝一口茶，我大老远地从唐家墩赶来，过了两座桥，打得头都打晕了，你不说问问我累不累，你只问远子，我真是伤心得很。

大尘喝过几口茶，然后告诉小米，江岸货场那件事出了以后，远子担心对方报复，带他们几个去南方躲了一段时间，再回到武汉，重新混环境，打地盘，经过一番努力拼搏，终于在杨汊湖吃掉了河南人方脑壳，做了一方老大，现在他们主要吃杨汊湖一带的安居工程建筑工地，在杨汊湖一带势力最大，不但有一支以麻城人为主的建筑队，还开了两家建筑材料加工厂，自己买了房，事业正在蓬勃发展，远子觉得这个时候已经安顿下来了，可以把小米接过去了，就打发大尘来接小米。

小米说："你们还在干这种事呀？你们怎么就不吸取教训，非要一条道走到黑？"

大尘不以为然地说："不干这种事干哪种事？你以为武汉是什么？武汉它让你干什么？我倒是想在武汉盖房子，想在武汉种地，想在武汉做生意，想在武汉当花工，你晓得我种花种得最好，我种的米兰还参加过全国花卉展览，可是武汉它不让我种米兰，武汉它连麻木都不让我踩，我不干这一行干哪一行？再说小米，你不要轻视这一行，你哪里晓得吃这碗饭的好处，这碗饭一端，对不起，我们凭霰弹枪说话，哪个枪快哪个是老大，管你是不是祖宗八代的武汉人。"

小米差一点就拿脚去踹大尘了。小米不是不想踹，她主要是考虑影响，老板不会管大尘是不是她的老乡，只要进了红楼宾馆，就算当儿子的也是客，儿子叫你上茶，你乖乖地跑都跑不赢，儿子对服务不满意，他要拿水漂朝你脸上丢，你还得微笑着给他掬躬，说对不起。

小米忍住没踹大尘，她说，你不消讲什么霰弹枪的事情，你把远子给我叫过来。

大尘晃着二郎腿，说："小米，远子已经不是当年的远子了，远子现在有身份，他如今出门都是我们几兄弟前呼后拥，一般人要见他，摆台子请他吃饭，都要看他愿不愿意。当然你不同，你是远子心目中的人，所以远子才要我来接你，我这样说对吧？你收拾一下，马上跟我走。"

小米说："我不会跟你走，我也不会到远子那里去，但是你要把远子叫来，推子要见他。"

大尘愣了一下，身子往前一欠，手中的茶碗和翘起的二郎腿一起放下了，问："怎么，推子来了？他在哪里？"

小米说："推子来了快两个月了，一直在找远子。推子说他要把远子带回去。"

大尘说："这是不可能的事，远子不可能丢下他的事业回去，我们不会答应——推子是不是知道了远子和我们的事？"

小米扬了扬眉毛，说："推子知道，是我告诉推子的，我写信把推子叫到武汉来的。"

大尘气坏了，说："小米我老实告诉你，你这样做很不对，你这样做有点像是祸水的意思，我早就告诉远子，我说远子你不能这样，你不能太迷女人，你要喜欢女人，可以有很多方法喜欢，不客气地说，找鸡也是一种喜欢，找鸡还方便，又不拖泥带水，但你千万不要迷恋她们，你迷恋她们要坏大事的，果然让我说中了吧。"

小米不说话，站起来，飞起一脚，把大尘踢得仰八叉摔下去，茶水泼了一头一脸。远处的当班小姐看见，先吓得捂了嘴，再跑过来，捡了地上大尘的打火机，也不知道该不该把大尘扶起来，只能站在那里搓着手，一个劲地对大尘说，老板对不起，老板对不起。

大尘从地上爬起来，撸了一把脸上的茶叶，瞪了小米一眼，掏出皮夹子，摸出一张蓝精灵，往桌子一拍，恶狠狠说，连茶带杯子，算我的，零头不找，算小费。说罢拿了桌子上的手机和打火机，拎了拎衣襟，大步走出咖啡厅。小姐拿了那张大票子，脸还是白的，对小米说，小米这是怎么回事？他是什么人？你怎么敢踢他？他怎么惹了你了？他气势汹汹的，很生气，反正这个小费我是不要的，这哪个敢要？

当天晚上远子就把电话打到红楼宾馆里，找到小米。

小米余怒未消，在电话里喊，远子你告诉大尘，他做鸭都不配，我迟早会杀了他!

远子打断小米的话,干脆利索地问,推子在哪里?

小米说,你问我,我晓得他在哪里?我只晓得大尘他拿我当鸡来比,他死定了!

远子说,小米你要杀大尘我明白,你先等两秒钟,先告诉我推子在哪里。

小米说,推子在汉口,他在打工,他打工挣钱来找你。

远子问,具体在什么地方?

小米说,我只知道是一家幼儿园,在工农兵路上,别的事我也不知道。

远子说,小米我留给你一个电话号码,你记下来,如果推子与你联系,你就把这个号码告诉推子。

远子说了那个号码,然后他问小米,你来不来?

小米说,不!

远子再不说什么,把电话挂断了。

……

远子派大尘到红娃幼儿园来接推子。

大尘在红娃幼儿园的每个教室走了一圈,和桑红、张项、王樱热火朝天地说了一阵话,还把自己的呼机号留给了她们。大尘的武汉话说得大有进步,很有欺骗性。王樱问大尘,你是不是年轻时在河南当过兵?大尘一面很得意,一面又有些沮丧,说,我要说我在河南当过兵那是在骗你,但我现在的身份,和当兵没有太大的区别——你是不是觉得我现在的样子有点老?王樱实事就是地说,是有点沧桑,不过男人就是要这样,男人沧桑了有魅力。大尘很大方地对王樱说,你要是想出去泡吧,算我的。

从幼儿园出来的时候,大尘说,推子你完全是生活在鲜花丛中,你这个样子很风流。等上了出租车后他又补充了一句说,但是你白鲜花了,你没有远子潇洒。

推子和远子在建设大道电视台对面的"现代启示"酒吧见了面。

推子被大尘领上楼的时候看见菜包子、飞娃和共生坐在楼下的一个吧台前，他们是一样的黑色西服，看见推子进来时都朝推子点头，但他们没有离开吧台。推子有点认不出他们来了。

远子在酒吧楼上的一个角落里等着，一个人。推子去时，远子站起来，很亲热地过来拥抱推子。远子说推子我想你。推子在远子拥抱他的时候感觉有些异样。远子在家时也常常抱他，有时候远子爱抱他的胳膊，有时候远子爱抱他的脖子，更多的时候，远子是从远处跑过来，像止不住飞的一只鸟儿，抱一棵大树一样地抱住他。远子虽然聪明，但推子是他的一棵大树，这一点谁都知道。那个时候推子的感觉不同，那个时候推子是一条鱼，远子是另外一条鱼，两条鱼拿他们各自的依赖来相互摩擦，搅起浪花来，感觉是很好的。现在远子拥抱推子，推子没有了那种感觉，推子觉得拥抱着他的不是鱼了，而是一只陆地上的动物。推子看远子，远子还是那个柔软的边分头，眼睛也是亮亮的，满是孩子气，除了服饰变了，别的似乎一点没变，推子就不大明白，是不是自己出了问题，是不是两个月的时间里，武汉让他失去了辨别能力。

等大尘离开以后，两兄弟落座，远子把桌子上的嘉士伯啤酒和各种各样的小吃推到推子面前。推子一看啤酒，就想起来武汉的那一天，小米请他吃饭，他喝多了啤酒的事。推子有些脸红，把面前的啤酒推开，抓竹篮子里的爆米花吃。两兄弟说了一会儿话，说东冲镇的事情和家里的事情。远子哈哈地笑，说爸怎么这样，是妈把他惯侍了。推子说，你要是在，父就不找妈扯皮，他只会疼你，没有时间扯皮了。远子就很得意，说妈呢，妈不是一样疼你。两个人说着话，远子喝啤酒，推子吃爆米花。

远子喝光两瓶嘉士伯后说：“推子我知道你，你从来不到武汉来，你从小就向往武汉但你就是不来，你记不记得小时候你给我讲过多少武汉的故事，老实说我很聪明，但我一直没有想通一个问题，你为什么不到武汉来。推子我知道这一次你来武汉干什么，你不是终于想通了，你是要把我领回东冲镇去。我明白你的想法推子，但是我不能跟你走，我的想法和你的想法完全不一样，我不能回东冲镇去，我不会像你那样一直做梦，我不喜欢在梦里头生活，我说过我要征服武汉，这就是我的想法，现在我正在按照自己的想法做，而且做得很好，而且能够做得更好，我相信这一点，所以我肯定不会跟你回东冲镇去的。"

推子坐在那里吃爆米花，他差不多一口气吃光了两篮爆米花。推子知道那是一个虚假的现象，他吃掉的不过是一把美国玉米，这样的玉米他能吃掉一大盆，而不是一把。远子叫小姐继续上爆米花的时候推子隔了橡木栏杆朝楼下看，他看见大尘那几个人坐在吧台前，一边喝着啤酒一边大声地说笑，他们的声音很大，推子觉得他们是故意用那么大声音说话的。推子不明白他们怎么会坐在吧台前的，这是一个和爆米花同样奇怪的现象。推子知道道理不会是一样的，他和远子的道理不会是一样的，虽然他们是兄弟，虽然他们过去是两条亲密无间的鱼，他们在一片水域里游戏，共同搅起浪花来。推子还知道远子已经出息了，他在武汉的某一个角落里已经出息成一个人物了，这样的出息不是东冲镇的出息，这样的人物也不是推子鹿场里的一头鹿，远子拿着这样的出息是不会轻易放弃的，他不放弃，等于是一种宣布，宣布推子再没有保护他这个弟弟的权利了，没有疼怜他这个弟弟的权利了，没有在风来的时候、浪来的时候遮挡在前面的权利了。但是推子在小姐端上第三篮爆米花并且离去之后，仍然抬起头来，盯着远子。

推子说："远子你得跟我走，你不能留在武汉。"

远子笑了笑，说："那是不可能的，推子你知道那不可能。"

推子点点头，说："你如果不走，我就强迫你跟我走。"

远子脸上的笑容没有了，他把身子往椅背上一靠，让椅子前面的两只腿悬空起来，声音有些冷冷地说："推子，你不要过分。"

推子说："我是你哥，我不过分。"

远子说："哥也过分。"

推子说："那就过分。"

远子说："我不喜欢。"

推子说："我也不喜欢。"

远子从桌子上拿过烟，抖一支出来叼在嘴上，咔嚓一声打燃火机。

推子已经看出这样的不可能了。推子看见悬空在那里的两只椅子腿。推子看出来了，但推子并不认为那就是结局，并不认为悬空就是结局。推子把面前的爆米花推开，从桌子前站起来，立在远子面前。远子看推子的表情，他那样仰着头来看推子有些不方便，他也从桌子边站起来。两个人站在那里，脸离得很近，像两条生着气的鱼，敌视的鱼，彼此对视着，之间干涸得没有丝毫水分。

楼下大尘等人一直在注意这边的情况，他们就像一群警觉的虾子。他们一看见两个人站了起来，并且敌视地对视着，立刻停止了大声说笑，站了起来。菜包子朝门口走去，其他几个人昂了脖子朝楼上看。大尘在飞娃耳边小声说了一句什么，然后快步朝楼上走来。

远子和推子对视了一会儿，把目光移开了，在大尘走近前，他有些伤感地摇了摇头，把嘴角的烟准确地吐进烟碟里，离开桌子，朝大尘走去。

大尘迎住远子，朝推子看了一眼，他们一起下了楼，和其他几个人，猫儿出没似离开了"现代启示"酒吧。

推子有些不太适应这种情况。他有点反应不过来。他在那里站了一会儿，然后坐下，坐一会儿，回过神来，从竹篮子里继续抓爆米花吃。等他快要吃完第三篮爆米花时，身边坐下一个人。推子扭过头来看了那个人一眼，把竹篮子里最后两粒爆米花塞进嘴里，说，你来干什么？

小米捋一下稀疏的黄毛短发，说："远子通知我你们要见面。远子要我带行李过来。我不想见远子，先在外面躲了一会儿。"

推子伸了伸脖子，把最后那两粒爆米花咽下去，问："酒吧贵不贵？"

小米说："这种酒吧比较贵。"

推子呆呆地看空无一物的竹篮，说："我身上没有带钱。"

小米看他一眼，脸上什么表情也没有，说："你可以回去拿。"

推子说："他们不会让我走。"

小米说："你把我押在这里。"

推子说："押在这里怎么样？"

小米说："你要不回来，他们可以把我卖了。我这样的女孩子一般可以卖一个好价钱。"

推子从竹篮上收回目光，看小米一眼。推子被小米如星的眸子刺了一下。推子觉得大家都在跟他捣乱。推子有些赌气，他伸了手去拿桌子那一头的嘉士伯。小米一下子捉住他的手。小米把短短的头发象征性地往肩后一撩，说推子你干什么？

推子说："我喝酒。"

小米说："我知道你喝酒。我知道你身上没有钱。我还知道你回去拿钱也没有用。两张台子，你一个月的工资根本不够付账，你还没有挣够这么多钱。但是你就没有想过我在这里，推子你从来不往这方面想，你就是山穷水尽了也不会往这方面想。你说他们不会让你走，如果他们要让你走呢？那会怎么样？你不用说什么，我知道，他们要让你走，你肯定会走，拔腿就走，你宁肯把我押在这里让他们把我卖了也不肯让我付钱。推子你太黑！你是个铁石心肠的人！你其实比远子还要黑！推子你干脆直截了当地承认，你根本就不会喝酒！"

小米说完那番话以后不再理推子，把小姐叫过来结账。小姐告诉小米，账已经结过了，是先头来的那几位先生结的，如果留下来的两位还需要什么，另外再算账，如果他们不要了，可以继续坐下去。

小米不需要了。小米不光不需要，也不坐，她不管推子怎么想，把推子从吧桌前拉起来，拉他离开了酒吧。小米领着推子上了806路公共汽车，在江汉大学路下了车，再领着推子往工农兵路走。她冲电动车喊，这是非机动车道你晓不晓得？你想吊销本子呀？她推开兜售黄碟的人，把推子拉过来，朝人家喊，昨天的都市报看了没有？扫黄打非第三战役开始了，警方全体出动，你不赶紧跑，想进何湾疗养呀？

小米一直把推子送到红娃幼儿园门口，在那里站下。小米一路上都在朝人大声喊，就是不和推子说话。小米知道推子这个人，推子心里要是有事了，只会自己和自己说，他不会告诉任何人，他也不会和任何人商量。

小米说："推子我过武昌了，我要回去接班。"

推子点点头。

小米说："推子有一句话我要对你说。"

推子看着小米。

小米说："我很后悔给你写那封信。我写那封信一点作用也没有。你不可能把远子带回东冲镇去，远子他已经回不去了。你不知道武汉，你也不知道远子。推子你应该忘记那封信，你也把远子忘记掉，你就当远子他终于成了武汉人了。你自己回去，回到东冲镇去，养你的鹿，看你的地图，你留在武汉已经没有意义了。"

推子说："你不进去坐一坐？"

小米说："算了，我不喜欢进别人家里坐。"

小米说完就走了。

推子站在幼儿园门口看小米的背影，小米的两条长腿在武汉是个奇迹，她这样的长腿在武汉的大马路上交替迈进，比任何标志性建筑都光彩夺目，她躲避武汉车辆的样子也很灵巧，这当然不仅仅和长腿有关；有几个走在路上的武汉人转过头来看小米，他们看小米青春盎然和妩媚的样子，他们还嗅到了遥远的小米身上散发出来的森林的气息，他们木呆呆地，都不怎么会走路了，就好像一个从武汉之外来的美丽的动物从面前经过，他们完全被征服了。

当天晚上，桑红又来看推子。桑红依旧是洗漱过，干净得过分，头发散披在肩上，穿一套宽大的休闲装，让人必须留心她，否则她就会悄没声息消失掉似的。

推子给桑红倒了一杯水，在桑红对面坐下。桑红这天晚上话很多。桑红主动讲了她办红娃幼儿园的事情。桑红高中毕业后没有考上大学，她的成绩很一般，属于那种离大学很遥远的大多数，她也没有什么家庭出身背景，父母是公用局普通的职员，前些年相继过世，来不及替她安排工作。桑红没有考上大学并不失望，这种事是一开始就预料到了的，不可能有什么打击，无非是提前几年走上社会罢了。桑红和大多数高中毕业生一样，自己给自己安排工作。她先在商场里做导购小姐，然后她学过美容，她还做过晚报和市场信息调查公司的投递员。桑红做这些工作收入都不高，有时候遇到单位效益不好，还要拖欠工资。桑红有一个哥哥，原先是商业贮运公司的司机，公司经济不景气，哥哥下岗了，自己贷款买了车开出租，跑了几年，贷款还清了，落下一台伤筋动骨老气横秋的破车，总算有个能养活家小的饭碗。哥哥想办法凑了一笔钱给桑红，哥哥说，小妹，如今截车吃黑的多，警察不耐烦的多，行里抢生意的也多，生活艰难，我吃这碗饭，也不知道今天早上出车，晚上能不能回来，我做哥哥一场，其实也顾不得你，是我这个哥哥没得用，这笔钱你拿着，自己想办法，做一件事，只要能顾生活，自己喜欢，哪天我没有回来，你能自己照顾自己，就行了。桑红喜欢孩子，她觉得和孩子打交道不累。她原来就想考幼师当老师，可惜成绩不争气，现在哥哥给了一笔钱，她就辞了原来的工，请了同学王樱和朋友张项入伙，再拉了姑妈来帮忙，办起了红娃幼儿园。

推子说："原来你也不容易。"

桑红说："你是不是以为我办了这家幼儿园，大小是个老板，和你不一样？我给你说，我哥哥给我钱的时候，他说哪一天他没有回来，我自己能够照顾自己就行了，当着哥哥的面我什么都没有说，回家以后，关上门哭了一大场。其实大家都一样，都不容易。"

推子说："你有一个好哥哥。"

桑红看推子一眼，说："你也一样。"

推子沉默了一会儿，说："我不会开车，只会养鹿，鹿比人听话。"

桑红眼睛亮了，好看的眉毛往上一挑："推子，给我讲讲你的鹿。"

推子就活跃过来，给桑红讲他的鹿。推子讲他的鹿怎么听他的话，他一进鹿场，它们全都跑过来，拿嘴来拱他，拿身子来擦他，那些小鹿还会顽皮地和他的狗打闹一番，只有顶着美丽盘角的公鹿远远地站在一旁，庄严地看着他，不肯走近。他的狗名字叫肚脐，喜欢和鹿疯，疯得皮毛上都是汗，累得直喘气，每次从鹿场回去时都要叫好多遍，不肯走，回家待不了一会儿就叫着要往鹿场去，好像它不是一条狗，而是一头鹿似的。

桑红笑："怎么起了个肚脐的名字？"

推子告诉桑红，狗的名字原来不叫肚脐，原来的名字很长，叫复活节岛石像，因为名字太长了，不好叫，狗很聪明，它知道你为什么叫它，如果它不想理你，它就跑，你还没来得及叫完它的名字，它就跑不见影子了。

桑红笑得没有办法，差点儿没把杯子里的水泼了，笑过后，问怎么给狗起那么长的名字，为什么不起短一点的，比如黑豹，比如火。

推子说他喜欢这个名字，他喜欢这一类名字，他给他的每一头鹿都起了这样的名字，比如说喜马拉雅、东非大裂谷、罗布泊、马尾藻海、楼兰、南马特尔、波利尼西亚、撒哈拉、魔鬼三角，等等。狗的名字是从复活节岛石像这个典故上来的，那是智利的一个小岛，岛上遍布火山，居住在岛上的波利尼西亚人称其为"拉帕努伊岛"或"提毕托奥提赫纽"，意思是地球的肚脐。岛上矗立着600多尊巨人石像，千百年来，谁都不清楚美洲人在远离大陆3600多公里的南太平洋一个小岛上雕凿如此众多的巨人石像是了为什么，这是一个千古之谜。

东非大裂谷也是一个谜，它北起红海以北的约旦地沟，南到赞比亚河口，经过埃塞俄比亚和坦桑尼亚，穿越整个高非洲，全长5800公里，宽度从几公里到300公里，深度从1000米到3000多米，被地理学家称作"大地的伤疤"。东非大裂谷布满了大小火山，乞力马扎罗山是其中最高的火山锥，海拔5895米，是非洲第一高峰，它虽然紧靠赤道，山顶却终年积雪。非洲大陆的最低点阿萨耳盐湖也在东非大裂谷，湖面在海平面以下155米，比吐鲁番盆地的艾丁湖还要低1米。东非大裂谷曾经发掘出世界上数量最多的早期人类化石和石器遗址，考古学家普遍认为，东非至南亚一带是人类的发祥地。

桑红听推子讲那些遥远的事，眼睛直直地看着推子。

桑红突然问："推子，你找到你弟弟没有？"

推子本来兴致勃勃，桑红那么一问，兴奋就像一只漂亮的气泡，戛然爆开，消失掉了。他看桑红一眼，收束起来，不说话了。

桑红发现自己犯了一个错误。她不该离开他，一个人从非洲大裂谷出来，回到现实中，问推子这样的问题。她也许是好意，也许她想要关心推子，关心他正在做的那些事，但她错了。推子开始一直在说话，这是他来到红娃幼儿园以后第一次说得那么多，她本来应该让他继续说下去，他说了复活节岛，说了非洲大裂谷，接下去他可以再说喜马拉雅、罗布泊、楼兰、马尾藻海、南马特尔、波利尼西亚、撒哈拉和魔鬼三角，他可以无休止地说下去，她甚至有可能让他说得更多。现在她失去了这个机会。

桑红后悔极了，她坐在那里，怅然若失。推子起来给桑红的杯子里斟满水，又坐下，还是那种不适应的样子。桑红叹息一声说，真的，倒像你是这里的主人而我是客人了，推子我知道你不想我再坐下去，你想一个人待着，那我回去了。

桑红站起来往外走，推子送她。桑红知道推子不是送她，推子是要关门，那是推子的任务，她布置给他的。桑红心想她还是老板，她没有让推子改变什么。但是桑红不甘心地想，难道推子在乡下，他在他的鹿场里，也是他那些美丽的鹿们的主人吗？他离开鹿场的时候，他的那些和他亲密无间的鹿们也会在他身后关上门吗？

在武汉一个极其平常的夜晚，武汉女孩桑红有些伤心。

十一

推子和远子又见了一次面。

推子按照远子先前留下来的号码，给远子拨通了电话。远子在电话里沉默了一会儿，然后约推子在台北路"明白人茶坊"见面。

推子不知道"明白人茶坊"在什么地方，问王樱。王樱问推子打听"明白人茶坊"做什么。推子说我去那里会一个人。王樱大惊小怪地说，推子你去是不是约会？推子你这么快就有武汉的女朋友了？桑红从教室里出来，说，樱子你莫盘推子，推子是有事，你告诉他怎么走——推子要不我用车送你去？王樱看一眼推子，再看一眼桑红，说，看来我们的人没有戏。

推子没有要桑红送，他自己找到"明白人茶坊"。他去的时候，远子已经先到了，这一次远子只带了多多一个人。

　　两个人一落座，推子就问："大尘他们呢？他们不是总跟着你吗？"

　　远子说："他们有事做，泡茶馆泡不出天下来。"

　　推子问："什么天下？"

　　远子看推子一眼，说："这些事你不要问，问下去你也解决不了，那是我的事。"

　　推子说："什么事？这是不归路你晓不晓得？"

　　远子不想提这一类问题，把话头岔开，说："你来武汉也有两个月了，你是怎么打算的？是打算在武汉长期待下去呢，还是怎么样？你要是打算在武汉长期待下去，打算朝哪方面发展？推子我想好了，你这种人，是读书的材料，现在和过去不同了，现在读书只靠钱，要不然你干脆读书，读大学读研究生都可以，你在华师读，在华工读，还可以读武汉大学，你要是愿意，这方面我可以去办。"

　　推子说："你不要把我的话转移了，我说的是你的事。"

　　远子用食指和中指夹住茶碗盖，轻轻拂去茶碗里的浮沫。多多在远处的一张桌子边坐着，埋着头聚精会神地打游戏机。推子觉得这种场面很奇怪。

　　远子拂过茶沫，把茶碗盖盖上，并不喝茶，说："推子你是真的不明白，你也没有必要明白，你不明白又没有必要明白的事，何必一定要问。"

　　推子说："你是我弟弟。"

　　远子说："我是你弟弟，但我不是你，你能管我一辈子？"

　　推子说："我管你该做什么不该做什么，我能管你一辈子。"

　　远子说："推子你和过去不一样了，过去总是你听我的。"

　　推子说："过去我是宠你。"

　　远子说："推子我要怎么说你才不缠我？"

　　推子说："要就干正经事，如果你答应下来，你可以继续留在武汉，我回东冲镇去，如果你做不到，那就跟我走。"

远子盯着推子说："我不会跟你走，我不会再回到东冲镇那个地方去了，但是我也不能向你保证什么。推子你在这方面很幼稚，和你养的那些鹿一样，你要我干的所谓正经事，其实根本就不存在。你知不知道这是什么地方？这是城市，城市的意思是什么？是我们这种乡下人永远也不可能成为主人，永远也不允许进入，永远找不到位置放下自己的脚，城市就是这种地方。我不是不想干别的事，可你所谓的正经事，它们全都留给城市人了，城市人想不想干能不能干都是他们的，他们宁肯把那些事沤烂也不会让我来干，他们不光不让我干，他们中间的一个白痴都可以叫我滚。他们问我，你的户口呢？你的暂住证呢？你仔细听一听，暂——住——证，意思是停下来歇歇脚你就滚蛋，滚蛋以前还得把你弄脏了的地方收拾干净，因为你是乡下人，乡下人等于是城市垃圾。他们按照这个方式分出不同的人，然后他们就开始打包，把不同的人分别送到不同的地方去。我凭什么就该遵守这种秩序？凭什么要按照他们的规定生活？我要就按照我的方式来生活，按照我可以的方式来征服城市，我不会听天由命，我就是做恶人，也要咬城市一口！"

推子不知道他是怎么抬起手来的。推子的手很重，把远子抽得半天没有转过脸来，远子再转过脸来的时候，他的脸上清清晰晰地印着四条指印。

多多先是没有反应过来，等反应过来以后他扑了过来，从后面拦腰抱住推子。

远子冷静地说："多多，松开他，这里没有你的事。"过一会儿他又补充一句，"你不是他的对手。"

多多把手松开了，有些不知所措地看着两个人。

远子站起来，盯着推子："你打我。"

推子不说话。

远子说："你从来没有打过我，这是第一次。"

推子还是没有说话，他被自己的行为搞懵了。

远子抻了抻衣领，说："就这样，你打了我，我们兄弟之间就算了结了，我也再不欠你了，以后的路，我们各走各的，你不要再管我。"说完，远子丢下推子，领着多多走出了茶坊。

推子在红娃幼儿园外面的公用电话厅给远子打电话。

推子说远子你必须跟我回去。

远子冷冷地说这是不可能的。

远子说推子你要明白我不再是东冲镇的远子了，再不是你弟弟的远子了。

远子还说推子你也不要再留在武汉，你不是武汉人，你永远也不可能成为武汉人，你还是回去吧。

远子说完就挂上了电话。推子再拨，他就不接了。推子每天都拨，至少拨几十遍，远子再也没有接过。

推子没有想到自己会动手打远子，他到最后都没有搞清楚他怎么会那样做。推子想想远子说的那些话，远子说他已经不是东冲镇的远子了，已经不是当弟弟的远子了，他不会再回去。推子还想远子对他说的另外的话，远子说他可以在武汉读书，他可以读武汉大学。推子一想到武汉大学就想起顺藤，他想那个班上最甜的女孩子，她亲过他，她还让他摸过她的胸脯，她后来说，你总不能跑到武汉来找我扯皮吧？推子不明白武汉怎么会是这种样子，让人改变原来。推子想武汉大学在武昌，他应该到武昌去一趟，他应该去看看小米。推子知道自己对不起小米，小米风来风去的，而他是不肯从头颅上割下来的鹿角，即使在风中，也永远不肯化解开。小米像跳跃着的火焰，她一直在烘烤着别人，有一次她差一点把他烤成一杯鹿血酒了，而他不喝酒，他一喝酒就出问题。小米是很好的酒，他为什么不喝酒呢？推子也说不清楚，反正他对不起小米。

推子那天干完了幼儿园的活，找桑红请假，说要去武昌。桑红看推子半天，突然说了一句，推子你不要太理想，理想是书上的事情，生活中是没有的，你不能老是在书上悬挂着，你要现实一些。推子不明白桑红的话是什么意思，拿眼睛看桑红。桑红就换了话题说，幼儿园要扩大，她和居委会谈好了，居委会再帮她腾两间房子，这两天签协议，协议一签下来就要动工装修。推子还是没有明白过来，但他点了点头。

　　推子乘车过武昌看小米，小米见到推子时有些意外，但她很快高兴起来，立刻去找经理请假。推子抱歉地说我不该下午这种时候来。小米说有什么该不该，你想什么时候来就什么时候来，你要想深更半夜来我就在门口等你，大不了我不做这份工，我又没有卖给哪一个。推子说你怎么老说卖不卖的，这样不好。小米说哪样好？推子你就是这样，其实你根本就不知道哪样好，何必不懂装懂呢。小米也不听推子解释，拉了推子出去。小米先换衣服，仍然让推子在门口为她把门。小米稀疏的黄毛短发在衣领上晃荡着，就像一丛轻盈欲飞的松萝。推子就想这真是很奇怪，他穿衣服的时候是一棵桧柏，怎么小米穿衣服的时候就成了一捧松萝呢？

　　推子要请小米吃饭。小米瞪了媚媚的狐眼看推子。推子连忙解释说，他刚拿到工钱，另外桑红还发给他50块钱奖金，他请小米吃饭不是还情，是真心要请小米。小米这才收了她的光彩，说，那好，我们去吃牛肉米粉。推子不同意，说你不能便宜我。小米说我喜欢牛肉米粉，我该便宜的时候便宜，不该便宜的时候自然不会便宜。推子说我不喜欢牛肉米粉。小米知道她从来没有拗过推子，只好依推子，两个人去了那家洪湖人的"好再来"餐馆。

　　坐下来以后，推子拿着菜单，从上依次往下点，一口气点了七八个菜。小米一把抢过推子手上的菜单，调侃说，老板，你挣的是美元还是德国马克？哪有你这种摆谱法？小米自己点菜，要了一个剁椒鱼头，一个红菜苔。小姐站在一边说，刚才要的菜都写在单子上了，要不划掉两个，剩下的照做，免得麻烦。小米说，要是你请客，一个都不用划掉，照原单子上。小姐白小米一眼。小米说，姐姐，你不用拿眼睛来白我，我眼睛比你大一倍，我白起人来比你威风，告诉你，我也干你这行，你要去我那里，你吃满汉全席还是一碗热干面，都是客，我都会搅一把热毛巾让你揩脸，这一点你要学会。小姐问，你是哪里人？小米说，麻城。小姐说，那我们是半个老乡，我是红安的。小米一摆手说，黄麻不分家。小姐就去下单子传菜。

　　小米等小姐走开后，把身子趴在桌子边上，笑吟吟地看着推子。推子说，刚才说了你不用眼睛威风，怎么又用眼睛威风。小米说，我是威风呀？我是看你。推子说，看就免了，有话直说。小米说，你请我吃饭，是真心请假心请？推子说，我都被你说成摆谱了，还能有假心？小米说，假心是我创造的词，我比较喜欢创造词，我给我们经理起了个绰号，我叫他花翅膀瓢虫，大家都说我这个绰号起得好。推子说，不说绰号的事，说刚才的事。小米说，你要真心请我吃饭，那今天我要喝酒。推子一听酒这个字就有些头晕。小米说，我不喝啤酒，我喝白酒。推子打了个冷战，挺住了气说，先说好，酒你喝，我是不喝的。小米冷了脸说，推子你这个人，看起来像个男人，其实一点男人味都没有，谁要嫁给你谁吃亏。小米也不管推子，把刚才那个红安小姐叫过来，要小姐给她拿一瓶黄鹤楼。小姐说，黄鹤楼辣口，北方人喜欢喝，南方人一般都不喝。小米说，那就换枝江大曲。小姐回头看一眼柜台，大声说，你不如来一瓶白云边，然后她飞快地附在小米耳朵旁边上小声说，你不要喝枝江大曲，我们这里枝江大曲都是水货，你何必帮我们老板销水货，干脆来一瓶沱牌，沱牌只3块5，便宜，还没得水货。小米瞟一眼推子，对小姐说，你比他强百倍。

一会儿菜上来了，小米往一次性塑料杯子里倒满了酒，端起来，一口喝了大半杯。推子担心地说，你瞎来。小米抽一口气，拿手扇口，快乐地说，推子晓得关心我了。推子说，我不是关心你，你要喝醉了还不是我背你。小米说，你要嫌背不方便，可以抱我。推子笑，说我还是背吧。小米说，你怕什么，怕我吃了你呀？你放心，我再不会像上次那样贴你了，我还不至于那么贱。推子知道小米拿他开玩笑，推子由她，说，你吃两口菜，压一压。小米就取了筷子吃菜，说，推子请我吃饭，还是头一回。推子说，你的意思是我要经常请你吃饭？小米说，你最好顿顿请我吃饭，饭钱不用你掏，饭不用你做，饭碗不用你洗，你只出个名分，端了架子坐上首，我来伺候你，好不好？推子先没明白，后来明白过来，不搭腔，低了头吃菜。小米咯咯地笑，说，吓倒了吧？你不用那么紧张，我不会缠你。

剁椒鱼头又香又辣，味道很好，两个人吃得都红了脸。小米喝了酒，脸色白里透红，眼睛蒙蒙眬眬的，样子非常迷人。推子有些出神，拿着筷子在那里发愣。过一会儿推子说，小米你也不容易。

小米吃菜喝酒，快乐得很，一点不容易的样子也没有，她还讲笑话来给推子听。她嘴里衔了一根鱼刺，津津有味地舔着，问推子，我现在这个样子馋不馋？推子看她一眼，说馋。小米说，我这个样子是一句武汉话。推子问是什么。小米说，吮鱼刺。推子问什么意思。小米说，就是说一个人说话办事左右为难，好比你这种人。推子说，我怎么是这种人？小米摇摇头，把挂在唇边的鱼刺满腹心思地摇掉，端起杯子，撑了手肘在桌上，一口一口地，把杯子里的大半杯酒慢慢喝下去，放下空杯子，说，推子，我知道你很骄傲，你这个人的缺点就是太骄傲了，我不该把你叫到武汉来，我犯了一个致命的错误。不过推子我还是感谢你，你说我不容易，你终于说了一句知心话，我其实并不想不容易，我想过得轻松一点，快乐一点，我太理解远子了，我觉得他有他的道理，我有一回差一点就做了鸡，我还赌气地想，我就跟餐厅经理睡了又能怎么样，我失去了什么呢？这个世界就是这个样子的，你能把这个世界颠倒过来不成？你说我把自己珍惜下来留给谁？见他的鬼！

小米又抓过酒瓶子倒酒。小米已经喝了大半瓶子酒了，推子不想让小米再喝，去夺小米手中的酒瓶子。小米躲开了。小米说，你不要以为我喝醉了，我心里有数，一瓶酒，就算是酒精，我也喝不醉，餐厅经理就是这样以为的，我说你让我喝可以，你是经理，经理一般比打工的能干，我也不要求你太能干，要喝我们一人一杯，他说好，我们就喝，等他喝趴下了，我就和几个姐妹去看录像。小米说完给自己倒上酒，一口又是半杯。

推子看小米不听招呼，急了，站起身来，硬从小米手中夺过酒瓶子，把瓶子里剩下的酒一口干了，然后把空瓶子亮给小米看，说你看，酒没有了。

推子仰了头灌酒的时候小米没有拦他，笑眯眯地看他，等他坐下来喘粗气的时候，小米说："推子你傻得让人不相信，你就不想想，你能拦住什么呢？你能让什么事情不发生呢？世界上不只一瓶酒，你把这瓶酒干了，其他的酒呢？未必你全都干了？"

推子红着眼睛俯了身子朝小米吼："我就是能拦住！你试一试！你敢再要酒，我先砸酒瓶子，再砸餐馆！"

小米趴在桌子上，一边一只手支了腮帮子，很痴迷地看推子，说："推子你醉了。"

推子再吼："你给我老老实实地喝汤！"

小米仍然痴迷地看着推子，说："汤呢？"

推子就把红安小姐叫过来，要她再给他们加一碗酸辣汤。等汤上来，小米果然老老实实地喝汤，什么话也不说。推子见她那样，反倒是觉得不安了，想自己过武昌来看小米，真心请小米吃饭，他是有感激的，他不光有感激，还有乡情，但是他也不是没有牵挂。推子牵挂小米，他不能对自己也掩饰这一点。

推子说："小米你不要怪我粗鲁。"

小米说："你用不着给自己抹黑。"

推子说："我不是有意识要吼你的。"

小米说："你这就不光是抹黑了。"

推子说："你不知道，我读中学的时候有一个同学……"

小米说："她叫顺藤，上街郭裁缝的姑娘，现在在武汉大学读书。"

推子说："你怎么知道？"

小米说："她亲过你，她还让你摸过她的胸脯，她的胸脯小得要命。"

推子说："狗日的远子！"

小米说："算了推子，你真的醉了。"

两个人就再不说话。

吃过饭，推子结过账，两个人走出餐馆。红安小姐追出来，对小米说，妹妹你来玩啊？小米说，我就在前面的红楼宾馆餐厅打工，你有空来找我。

推子要赶回汉口去，他要回红娃幼儿园去守夜。推子把小米送到红楼宾馆门口，站下来，说，小米，我回江岸了。小米说，走吧，我送你上

车。推子说，你不用送，我已经熟了。小米说，和熟不熟没有关系。推子
只好让小米再转了头送他去车站。等车的时候，小米终于还是问了远子的
事。推子沉默了一会儿说，我必须把远子带回去。小米说，带回去当然
好，但是远子不会听你的，你怎么办呢？推子说，我找人帮忙，想办法。
小米看推子，你是说找人把远子绑回去？推子不说话。小米说，推子你这
样做没有用，你把远子绑架回去，你不能一天到晚看紧他，到过武汉就好
比吃过了货（毒品），你戒不掉，远子一松绑还会回到武汉来。推子突然
发作，朝小米喊，我不能让他待在这个地方！我不能让他在武汉当流氓！
小米安静地看着推子，说，推子你不用喊，喊有什么用。推子沉默了一会
儿，说，小米你要帮我。小米点点头，说，你放心，我会帮你的。我知
道，你不想武汉坏了远子，你也不想远子坏了武汉，你心里一直装着这两
样，你只有在这件事上是相信我的，只有在这件事上才需要我。推子想要
解释，小米不要他解释，说，车来了，你走吧。

推子回到红娃幼儿园，天已经黑了，幼儿园的几个人却没有走，待在
教室里，正在议论什么。推子进门后大家都说，推子回来了。桑红很敏
感，闻出了推子身上的酒味，她注意地看推子，看推子脸上的表情。张项
说，推子你看过你的老乡了？王樱说，推子你说说看，你的老乡是不是你
们乡下说的那种娃娃亲？推子笑一笑，说，只是一个朋友，我们那里娃娃
亲已经不太多了。

推子很快知道几个人没有走，是下午和居委会正式订下了合同，居
委会把幼儿园后面的两间房子腾出来给幼儿园发展规模，幼儿园请居委
会的人吃饭，刚吃饭回来。推子替桑红感到高兴，推子心想，桑红真的
了不起。

张项和王樱在那里争论办艺术班的事情时，桑红把推子拉到教室外，
对推子说，幼儿园从明天开始就要装修，后面那堵墙要打开，两间新教室
收拾出来，要吊顶，要粉刷，还要请木工来打桌椅，推子我想请你帮忙。
推子说，谈不上帮忙，我在你这里打工，这些事，不用你吩咐我也该做。
桑红说，我的意思是，从明天开始，恐怕你就不能去找你弟弟了，也不能

去看你老乡了，你得帮我盯在幼儿园里，不是我不相信人，现在接活的，能马虎就马虎，到时候出了问题，我哭都哭不赢。推子点头，说，我明白。桑红说，我这样要求你真是不好意思，要不是事情到了这个分上，我不会这样做的。工资的事我也想过，我也不能太亏待你，从这个月开始，我给你四百五一个月，只不过你不要给张项和王樱讲，你要讲了她们不高兴。推子看了看桑红。桑红说，推子我这是好心，但愿你不要误解了我的意思。

推子去后面检查锅炉和煤气，桑红回教室去催大家早点回家，明天还要早起接孩子入园。推子看锅炉擦拭得干干净净的，煤气也关好了，厨房里案头整洁，推子就有些惭愧，心想自己跑去看小米，事情倒要别人来做。推子又想小米怎么就不明白呢？推子最后肯定地想，小米她是不明白。

推子从后面回来，听到几个人正从教室里出来。张项说，推子呢？桑红说，去后院了。姑妈说，这伢真是实在，做事让人放心。王樱说，桑红你抓紧啊，时不我待，你要不抓紧，到时候我就上了。张项说，还有我。王樱说，东东呢？东东晓得了饶得过你？张项说，你以为你是认真的？王樱说，我要认真也不是不可能，我主要是激桑红，一只野兽闯进了城市，推子是野兽，桑红是城市猎人，桑红做笼子，她要一点一点把推子哄进笼子里，做她的猎物，桑红套路太深。姑妈说，你们几个伢，不晓得有几多复杂，我告诉你们，你们不要算计推子，人家是老实伢，我是不赞成你们的。王樱说，姑妈你老了，你是老武汉了。桑红说，少说一些，哄了一天伢，你们还不嫌累呀？

几个人出来。王樱嘻嘻哈哈撩张项。张项说，你个死鬼，吃摇头丸了呀？不舒服？桑红在院子里喊，推子，我们走了，你记住关门。

推子站在黑暗里，一动不动。

天空是红色的，那是城市霓虹灯投下的反光，就像极地光，它们在高纬度地区形成，通过副热带高气压进入信风带，来到城市；这些本是高寒地区的幽灵，在做了城市黑夜里的美丽装饰后，再也不肯离开城市了。

十二

事情结束得比推子预料得早。

那天推子从外面买材料回幼儿园，车还没蹬到幼儿园门口，焦灼不安蹲在门口的大尘远远看见他，站起身子朝这边奔过来，一把抓住车龙头，气喘吁吁说："推子快跟我走，远子出事了！"

推子刹住车，问："怎么回事？"

大尘带着哭声说："我们遭了伏击，远子挨了两枪。"

推子厉声问："人呢？！"

大尘说："在马场街一家私人诊所里，你跟我走。"

推子冲进那家藏匿在曲里拐弯的巷子里的私人诊所，多多、菜包子、共生几个人脸如白纸地站在诊所里，一个个手足无措。远子鲜血淋漓地躺在一张脏兮兮的床上，飞娃躺在另外一张床上。远子一动不动，头歪在一边，手耷拉在床沿。飞娃抱着自己被霰弹枪打得乱七八糟的腿，杀猪似的大叫，快给老子打麻药！快给老子打麻药！一个蓄着山羊胡子的干巴老医生领着一个乡下人打扮的中年妇女手忙脚乱地在两张床之间穿梭，瓶子罐子碰得一片乱响。山羊胡子声音干涩地在那里喊，你们谁是O型血？你们报一下血型！

推子冲过去，推开多多等人，扑到床边，一下子抱住远子。

推子喊："远子！远子！"

两枪都打在远子的肚子上，远子的肚子被打烂了，像一朵亚马孙原始森林里开得巨大而奇形怪状的食人花。远子一直处于休克状态，推子抱他的时候他不理推子，脖子硬着，手耷拉在一边，是一种真正生气的样子。远子的掌心里蓄着一汪血，血滴滴答答从指尖上淌下来，推子染了一身远子的血，这样他们两个人都像是被滑膛枪打烂了。

推子回过头来朝大尘喊："叫车来！送他们去医院！"

大尘说："不能去医院，那边的人和警察都会在医院里布控，我们去医院等于自己送进笼子。"

推子瞪着眼吼道："不要给我提什么笼子！叫车！"

大尘慌慌张张跑出去叫车。

第一辆车的司机一看见推子满身的血，没熄火，调了头开跑了。第二辆车没来得及调头，推子伸手一把抓住了方向盘。司机说，伙计，你另找车，这一趟我不跑。推子说，你只能跑。司机说，我没得油了。推子嘶哑着嗓子说，鄂A3438，我发誓三天内找到你。司机不说话了，阴沉着脸停了车。推子抱婴儿似的抱着远子钻进车里。大尘几个抬了飞娃，拦下了另外两辆车，三辆车朝医院驰去。

推子紧紧地抱着远子，他把远子湿漉漉的脸贴在自己脸上，说，远子，远子，我是推子，我是你哥推子，你不要慌，我救你来了。

推子说，远子，我们现在就去医院，我们去医院，医生给你治伤，医生全都是好医生，他们不会不管你，他们会救活你的。

推子说，远子，你要相信我，你要挺住，我们去医院，我们治好了伤就回去，我带你，我们回东冲镇去。

车在青年大道上被堵住了，推子朝司机喊，怎么不走?！司机不说话，把车弯上慢车道，挤开自行车，绕到解放大道路口。车子颠簸了一下，远子哼了一声，微微睁开眼。远子睁开眼来看见了推子。远子睁着灰白色的鱼眼，朝推子困难地笑了一下。

远子说："推子，是不是你?"

推子说："远子，你要坚持，我们马上就到了。"

远子说："推子，这一回我没有搞好，我把事情搞糟了，我太自信，我还是应该要你来帮我。"

推子把他搂紧，说："我是在帮你，事情没有糟，我们就要到医院了。"

远子咧开嘴笑了笑。他的柔软的边分头已经被弄乱了，乱得不可收拾，这样他就像是弄丢了他的骄傲，他把他的骄傲弄得不可收拾了。

远子咳一下，嘴角涌出一汪血。远子说："我现在的样子肯定很难看，我就像一堆垃圾一样，被武汉扫出去了，武汉肯定很高兴。"

还是晚了，远子被推进手术室时，脉搏已经停止了，医院做了抢救，没有把人抢救过来。一个小时后，推子在远子的死亡通知上签了字。小米在那个时候从武昌赶来了。小米一脸苍白，样子就像一只惊惶失措的狐狸。小米一把抱住推子，小米说，远子呢？远子呢？推子看小米。推子看小米半天。推子说，远子死了。小米的泪水就流出来了。小米先是哭，站在急诊室外的过道中间，捂了脸，任泪水顺着指缝流淌下来，后来她恨到极致地跺脚，说，活该！活该！他为什么要这样？！他为什么非要把自己丢在武汉？！

十三

推子说他要把远子带回家，推子做到了，他带远子回家。

推子给父母打电话。推子说，我带远子回来了。

推子还带了飞娃一起回东冲镇。共生说，推子哥我陪你，我陪你送飞娃回去，我回去以后再也不来了，死都不来了。

大尘不回去。菜包子不回去。多多也不回去。大尘说，推子你不要给我们家里人说，你说了他们担心。推子点头。推子说，大尘，远子死了，我不会再来武汉，你们要回去，没有人来接你们，你们得靠自己回去，你们自己走回去，你们自己买车票，坐长途汽车回去。大尘说，我晓得，推子我晓得你的意思，你的意思是我们不要像远子，不要让你抱回去，推子你放心，我们不会再像远子了，我们不要人抱。

推子要小米随他回东冲镇，小米不干。推子说，小米你想怎么样？小米说，这就是你的问题，我不像你，我根本不想。推子说，小米我要你跟我回去。站在武汉天空下的小米有一刹那差点儿没流出眼泪来，但小米忍住了，她柔情万丈地看着推子，说，推子你终于说出来了，你终于说你要我了，你不知道我有几高兴，我都情愿为这句话去死。小米说，但是推子我不会跟你走了，我不会回东冲镇了，我不像远子，我也不像你，我不想征服什么，我也不会拒绝什么，我只是喜欢武汉，喜欢做一个武汉人，喜欢在武汉的大马路上走来走去，在武汉的人群当中走来走去，也许这样做很傻，也许这样做很难，也许我会失去什么，但我不会失去生命，我也不会失去机会，不会像远子那样，也不会像你那样，我肯定会做一个快乐的武汉人，我至少可以做一个快乐的小米，推子你和远子走吧，你不要管我。

推子谢谢桑红，他对桑红说，谢谢你帮我，我第一次出远门，你是我在路上认识的最好的路人。桑红的难过连她自己都没有意识到。桑红红着眼圈说，我没有想到会是这个结果，推子我是想你在我这里长期干下去的，我想你能经常给我讲你的鹿，你讲了复活节岛石像和非洲大裂谷，还有喜马拉雅、楼兰、罗布泊、马尾藻海、魔鬼三角、南马特尔、波利尼西亚、撒哈拉，还有那么多地方没有讲，它们要讲完可以讲一年，它们要继续讲下去可以讲一辈子，我以为你会接下去讲的，我以为有很多的时间，我没有想到会是这个结果。推子点头，说，我把《世界地图》送给你。推子说完这话以后就再不说什么，他连一头闯进城市的野兽和城市猎人这样的话也没有说。

推子离开武汉那天，武汉下了一场雪。小米到新华路长途汽车站送推子。小米看大尘领着人把飞娃挽上车，回头对推子说："推子，你记不记得，两年前我们从东冲镇出来那天，你在镇上车站送我们，那天也下了雪。你知不知道那天我在车上想什么？我想，武汉肯定不是我做梦时看到的那个武汉，它肯定会让我大吃一惊；我还想，有什么了不起。"小米说过那样的话后笑了，小米的笑灿烂如霞。

推子抱着远子的骨灰盒，站在那里没有说话。离发车还有一段时间，推子不想那么早上车。推子知道远子这个人闲不住，即使没有狗逗，即使满地泥泞，他也会捱着最后一个上车，何况他们就要离开武汉了，他们离开武汉就不会再来了。

据说武汉很少下雪。据说武汉的雪很不像雪。据说武汉的雪一下到地上就化掉了。据说武汉的雪化掉以后，这座城市有很长一段时间会生涩着，变不回原来的样子去。推子不知道这些，或者说他不全知道。推子不知道的，他只有想象，而想象的事情，推子从来就不要去兑现它们，兑现了，那就不是想象里的事情了。

2000年3月20日于汉口花桥